文春文庫

藤沢周平のすべて

文藝春秋編

文藝春秋

もくじ

6 藤沢さんを語りつくす

7 藤沢さんの頁

写真・飯窪敏彦

藤沢周平のすべて

物をふやさず、むしろ少しずつ減らし、生きている痕跡をだんだんに
消しながら、やがてふっと消えるように生涯を終ることが出来たらし
あわせだろうと時どき夢想する。

藤沢周平

1　別れ

弔辞　小説の名手、文章の達人

丸谷才一

　戦争に敗けてから日本は駄目になつたと慨嘆する人をときどき見かけます。もちろんさういふ面もすこしはあるでせう。あるかもしれない。しかし一般的に言つて、戦前にくらべて戦後はずいぶんよくなつたのではないか。その代表といふわけではありませんが、みんながあまり口にしないけれどもはつきりと違つたものとして、時代小説の質があがつたことを言ひたい。

　昔は時代小説の作家はずいぶん大勢ゐて、にぎやかだつた。しかし概してあまり程度が高くなかつた。おもしろいと言へばむやみにおもしろいけれど、大味な作りのもので、筋もいい加減なら文章もよくない。作中人物と親身につきあふなんてことは滅多にない。一体にさういふものでした。例外はあるかもしれないけれど、その手のものが多かつた。

ところが戦後しばらく経つてから、とつぜん時代小説の水準が上つたのです。これは文明論的に言へば、読者が成熟した結果でせう。小説の味がよくわかる。趣味がよくつて柄のいい読者の層がわれわれの社会に急に出来あがつた。平和と繁栄のせいでせうが、高級な娯楽のために本を読むことを恥とせず、知的な快楽を求めて小説本を買ふ読者がそれ以前とくらべて段違ひに多くなつた。洗練された読者の大群が出現して、戦国武将や江戸後期の侍や町人たちの物語を読んだのです。そして彼らのなかで最も趣味がよく感覚のすぐれた人々の愛読する作家が……わたしは面と向つて人を褒めるのは何だか照れくさくて苦手なんですが、この場合は仕方がない。あなただつた。藤沢周平でした。ほかの点ではともかく、小説本来のこまやかな魅惑を味はされて、身につまされ、われを忘れてページをくることになるといふ点では、あなたが一番上だつたのではないか。

戦前と戦後の時代小説をくらべて、誰も認めなければならないのは、戦後は文章がよくなつたことだと思ひます。意味がよく通るし、言葉の選び方も丁寧になつた。これももちろん読者の成熟といふことが大きい。昔風の大ざつぱな文章ではもう読んでもらへなくなつたのです。しかしそのなかで藤沢周平の文体が出色だつたのは、あなたの天賦の才と並々ならぬ研鑽《けんさん》によるものでせう。あなたの言葉のつかひ方は、作中人物である剣豪たちの剣のつかひ方のやうに、小気味がよくてしやれてゐた。粋でしかも着実だつた。わたしに言はせれば、明治大正昭和三代の時代小説を通じて、並ぶ者のない文章の名手は藤沢周平でした。そしてわれわれは、その自在な名文のせいでの現実感と様式美があればこそ、江戸の市井《しせい》に生きる男女の哀歓に泪《なみだ》し、どうやら最上川下流にあるらしい小さな藩の運命に一喜一憂することができたのです。

すこし別の話になります。

時代小説はもともと日本の近代化への反撥を基調にしてゐます。日本の近代化は浅薄で感じが悪いし、古風な義理人情はこの上なくなつかしい。明治政府の官員は厭《いや》で、徳川幕府の遺臣は心意気が嬉しい。さういふ気分の読物でした。それゆゑ時代小説の作家たちは、究極の人間像として、あの前近代の英雄、といふよりもむしろ教祖、西郷隆盛のことを何かあれこれと気にしなければならなくなるのですが、藤沢さんは一顧だにしてゐません。きれいに忘れてゐる。あるいは忘れたふりをしてゐる。これをもつてもわかるやうに、と言ひたくなるくらゐ、あなたと時代小説との関係は、在来の作家たちとは違ふものでありました。まつたく独自のものであつた。

おそらくあなたは、青春から中年にかけてのころ、ヨーロッパの文学に親しみ、それに影響されて小説を書かうと志したけれども、現代日本の文明と風俗はヨーロッパのそれのやうな優雅と完成を持つてゐないため、夢を托すべき登場人物たちを同時代の日本において動かすことができなかつた。優雅と完成があると見えたのはむしろ江戸時代だつた。そこでやむを得ず、江戸といふ様式美の時代に想を構へるしかなかつたのではないか。

従つてあなたの小説はヨーロッパに学んだ本式の方法を中心部に秘めることになり、そこでおのづから作中人物に寄せる愛着はあんなに深く、その造型はあんなに堅固になつたのではないでせうか。

とりわけ感銘の深いのは、中期以後に取入れた笑ひとユーモアの方法で、このため世界は豊かになり、安定し、奥行が深くなり、読者は遠い昔の人である人物たちに隣人たちに寄せるやうな親しみを覚えることになりました。

あれはどこから来たのだらうか。もちろん推測で言ふしかないけれども、これもきつと西洋渡りに相違ないと私は見当をつけてゐます。あなたは比類ない勉強家で、しかも苦心のあとを気づかせない名匠でありました。そのため読者は、あなたの描く薄倖《はつこう》の女の運命に吐息をつき、のんびりした剣客の冒険に大笑ひして、人間として生きることのあはれさをしたたかに味はさされ、そして今日の憂さを忘れ、明日もまた生きてゆく活力を得ることができたのです。

あなたの新作小説が出ることは、数多くの日本人にとつて、政変よりも株の上り下りよりもずつと大きな事件でした。なぜなら、藤沢周平の本はじつに確実に、新しくて楽しい一世界を差出し、優しくて共に生きるに足る仲間と、しばらくのあひだつきあはせてくれたからです。

わたしはあなたと同じ土地の生れです。職業も故郷も同じ人が一人ゐて、しかもそれが小説の名手であり、文章の達人であることは、心楽しいことでした。語り合つたことは一度か二度あるきりでしたが、それはまあ仕方がない。あなたの本に出て来る、侍や女忍者が江戸で食べる東北の食べ物、カスベや醤油の実のことを語り合ひたいと思つてゐましたが、その機会はなかつた。いづれそのうち、ゆつくりと話をしませう。そこでは時間はいくらでもあるはずだ。

一九九七年一月三十日

海坂藩に感謝 別れの言葉にかえて

井上ひさし

藤沢周平さん。藤沢さんが新作を公になさるたびに、私は御作に盛り込まれている事柄を、私製の、手作りの地図に書き入れるのを日頃のたのしみにしておりました。とりわけ海坂藩城下町の地図は十枚をこえています。そのたのしみがいま、永遠に失われたのかと思うとほとんど言葉がつづきません。

海坂藩七万石。御城下の真ん中を貫いて流れる五間川。その西の岸近くにそびえ立つ五層の天守閣。五間川には大きな橋が三つかかっていて、北から順に千鳥橋、あやめ橋、そして行者橋。一番北の千鳥橋を東へ渡る道は鍛冶町から染川町へとつながります。私はこの通りが好きでした。まず、千鳥橋の東のたもとには、冬は餅と団子、夏は団子とチマキを売る小さな餅菓子屋があります。染川町に入ると、北にあけぼの楼、大黒屋、上総屋、南に若松屋、つばき屋、弁天楼といった娼家が軒を並べる遊廓になります。とりわけ若松屋が大好きで、海坂藩の若侍たちはたいていこの若松屋で童貞を失うのでした。

御城下には暗い陰謀がつねに渦を巻いています。格段の悪者がいるわけではないのですが、人間が人間と関係し合うと、そこに小さな邪念が生まれ、その小さな邪念が人の網をかけめぐるうちにいつの間にか、すさまじいまでの争いにまで育ってしまうようでした。その中で、男たちはそれぞれの筋目を守ろうとして少しずつ汚れて行き、女たちはそういう男たちの重みをしっかりと軀で支え、心で励ますのでした。

それぞれの分を守りながらその筋目を通そうとする男たち、それを軀と心で支える女たち。この人たちが、藤沢さんの端正で切れ味のよい、それでいてやさしくしなやかな文章でくっきり浮び上がってくると、どんな人物もとてもなつかしく見えてくるからふしぎです。なつかしさが高じて、今は全員がそれぞれ私の理想像になってしまい、いつの間にか、この海坂の御城下が私の理想郷になりました。これからも日常の俗事で疲れ果てるたびに、御作の海坂藩もののどこかを開き、千鳥橋東詰の餅菓子屋で買ったたまり団子を頬張りながら例の若松屋の前あたりをぶらついてみることにいたします。私と思いを同じくする人もまたこの世の末まで跡を絶たぬはず。こうして藤沢さんのお仕事は永遠に市塵の中を、巷の塵の中を生きつづけ、屈託多い人びとを慰めるはずです。

藤沢さん、私に理想郷海坂を与えてくださってありがとう。藤沢さん、いまあなたがどこでこれを聞いておいでか私にはおよその見当がつきます。お城の南の高台にある照円寺近くの小さな家の縁側で、蟬しぐれの中、海坂名産の小茄子の浅漬を召し上がりながら、にこにこしていらっしゃるのではないのですか。小茄子の浅漬は山形の名物、私の好物でもあります。少しのこしておいてください。おっつけ私もそちらへ呼ばれますから。

一九九七年一月三十日

書き終えたところへ妻が顔を出し、「そんなことをいって、仙台の長茄子、大坂の水茄子、シチリアの茄子のスパゲッティはどうするんだ」と一喝しましたので、そちらへ参るのは、少しおくれるかもしれません。が、一粒ぐらいは食べのこしておいて下さいますように。

父との思い出

遠藤展子
（藤沢周平長女）

父との思い出を語るには、まだ日が浅く、父がもういないということもまだ実感していないような状況です。今でも、実家へ行くと、二階の仕事場で父が仕事をしているようなそんな気がするのです。椅子に座って、沢山の本の山に囲まれて、ペンを取る父の姿、CDを聞きながら昼寝をする父の姿、帽子をかぶり散歩に出掛ける父の姿。どれも昨日のことのように思われてなりません。これから、大好きだった父との大切な思い出を一つ一つ、書き記していきたいと思います。

洋楽好き

父の洋楽好きを認識したのは、私が高校生の時でした。その頃、私の部屋は父の部屋の隣で、両方の部屋の間は引き戸で仕切られていました。ガラガラッと戸を開けると、いつも父はそこにいて、話し掛けても叱られたということは一度もありませんでした。今考えると、かなり忙しい時もあっただろうに……と申し訳ない気持ちになります。

当時、私達学生の間では、アメリカのアーティスト〝アース・ウィンド&ファイアー〟

の「ファンタジー」という曲が流行っていて、私も気に入って、よく自分の部屋で聞いていました。ある日の夜、いつものように私がカセットのスイッチを入れ「ファンタジー」を聞いていると、ガラガラッと戸が開いて父が「その曲、何ていう曲だ？」と聞くのです。私は父が私達が聞くような曲に興味を持つと思っていなかったので、内心びっくりしながら「アース・ウィンド＆ファイアーのファンタジーだよ」と答えると、「ちょっと待て待て……アース……もう一回言ってくれ」と言いながらメモに取り始めたのでした。そして「なかなかいい曲だな」と言うと何事もなかったかのように、ガラガラッと戸を閉めて行ってしまいました。閉まった戸を見つめながら、私は妙に嬉しい気分になって、その夜はボリュームを上げて、わざと父の部屋に聞こえるようにして「ファンタジー」を聞いていました。

翌日、学校へ行って早速友人に「昨日ね、うちのお父さんが……」と話すと、「うちのお父さんなんか、演歌とか民謡とかしか聞かなくて全然趣味が合わない。いいよねェ。お父さんオシャレで！」と友人に言われ、（やっぱり、うちのお父さんはひと味違う！）と、なんだか得意な気持ちになりました。その頃の私達にとって、親が自分達と同じ感覚を持っているというのは、すごく理解があるような気がして自慢出来ることだったからです。

それからも、父と私の音楽の趣味は深まり、私達親子により会話を増やす効果をもたらしてくれました。時には父の方が情報が早く、私が父にＣＤを貸してもらったことも随分ありました。

洋楽ではハンク・ウイリアムス／ルイ・アームストロング／ナット・キング・コール／サイモン&ガーファンクル／クリス・レア／スーザン・オズボーン／フランク・ミルズなどがありました。邦楽では鮫島有美子の「さとうきび畑」、おおたか静流の「花」、りんけんバンド／小田和正／松任谷由実／徳永英明がありました。松任谷由実や徳永英明というと私の影響かと思われそうですが、私はほとんど邦楽は聞かないので、私の方が父に借りて聞いていました。父が徳永英明のCDを聞いていた時は（随分若い曲を聞くんだなあ）と思っていると「この人の曲を聞くと少年時代に戻った気がするんだよ」と言っていました。父はその他にもここには書ききれない程、色々な曲を聞いていました。ここで、父の名誉のために一言つけ加えますと、父の方が趣味は大分高尚でコレクションの中にはクラシックも多数ありました。

そんな父が最後に気に入って、私に注文した曲は、スティービー・ワンダーの「心の愛」でした。どこまでもどこまでも、深い愛情が広がって行く。そんな印象を受けるこの曲を、父は最後の曲に選びました。お別れの日に、洋楽好きの父がいつでも聞けるようにと、父にこのCDを持って行ってもらいました。

（今頃、のんびりと聞いているかなぁ）などと思いながら、私も「心の愛」を聞いているところです。

「かくも長き不在」

父の好きな物の中で洋画も外せない物の一つです。

最近は誕生日のプレゼントといえば決まって洋画のリクエストでした。父はあまり積極的に映画館へ行くタイプではなかったので、ほとんど家でのビデオ鑑賞でした。それも忙しい時には「映画は見だすと途中でやめられないから、暇な時にゆっくりとまとめて見るんだ」と言っていました。ですから、父が本当に持っているビデオを全部見ることが出来たのかどうかは分かりません。なにしろ、私が記憶している限り、父がゆっくりビデオを見ている姿は一度も見たことがなかったからです。

父のリクエストは大体一九五〇年代から一九七〇年代の物が多く、今はもう無くなっている映画もあり、いつも「あったらで、いいからね」というセリフ付きのリクエストでした。そんな父がこだわった映画が二本だけ、ありました。

一本は「かくも長き不在」。一九六一年カンヌ映画祭でグランプリを取った作品で、主演がアリダ・バリという女優のフランス映画でした。ところが、調べてみるとビデオが廃盤になってしまっているとのことでした。がっかりしました。父がどうしても見たいと言ったのはこの映画が初めてだったので、何とかして手に入れられないものかと、その後もずっと気になって探し続けていました。

ある日、主人と一緒にひばりヶ丘のS堂というCDショップに行きました。何げなく

S堂のカタログを見ていると「かくも長き不在」があるではないですか。なんとS堂オリジナルの新企画で昔の洋画ばかり集めて売り出すことになったそうなのです。その時は主人と二人で「あった！　あった！　これでお父さん喜ぶねェ」と大喜びしました。ところが、この映画を見るにあたって、まだ問題があったのです。というのは、この映画はビデオではなくレーザーディスクだったのです。その頃、父も私もレーザーディスクの機械を持っていなかったのです。ここまできて、機械が無くて見られないなんて、あまりにも寂しすぎます。すぐに買いに行きました。そうして、ようやっと父の許へ「かくも長き不在」は届いたのでした。その時の父の喜びようはいまでも鮮やかに思い出されます。本当に嬉しそうで「よく、あったなぁ。本当によく見つけた」と誉めてくれました。（苦労した甲斐があった）としみじみ思いました。

そして、もう一本は、一九五八年のやはりフランス映画で、アリダ・バリとイヴ・モンタンの「青い大きな海」でした。この映画は父がまだ若かりし頃、映画館へ行って見た映画だそうです。調べてみたのですが、この映画のビデオもやはり廃盤になっていて、ついに手に入れることは出来ませんでした。

父にプレゼントした洋画のビデオを私は殆ど見ていません。これらの作品を見ながら父が何を考えていたのかは、今はもう聞くことは出来ません。しかし、時間が出来たら、私もぜひ一度見て、父が過ごしたのと同じ空間に浸ってみたいと思っています。

父がコーヒー好きになったのは、業界紙の会社に勤めていた頃に仕事仲間の人達に影響されてということが『周平独言』にも書いてありましたが、私のコーヒー好きは、紛れもなく父の影響です。母は照れやで一人で喫茶店にも入れないタイプで、よく私に「お父さんと喫茶店に入っても落ち着かない」と言っていました。そんな母のことを父に「喫茶店は落ち着くよねェ。コーヒー一杯で何時間でもいられるし、考え事も出来るし」などといっぱしの大人ぶって話したりしていました。

実際、私の喫茶店歴は長く、小学生の頃からでした。私が記憶しているのは、その頃住んでいた東久留米の駅前の喫茶店が一番最初です。薄暗く、まわりには大人しかいない中、私は父と向かい合って座っていて、父はいつもコーヒーを頼み、私にはフルーツパフェを頼んでくれました。何を話したのかあまり覚えていないのは、きっと大人ばかりの雰囲気に場違いな気がしてただひたすら黙々とフルーツパフェを食べていたからだと思います。父は父で、黙って考え事をしていたように思います。父は、いつも散歩の後は喫茶店というパターンが出来ていて、よく私を散歩に誘ってくれました。緊張しつつも、散歩の後の喫茶店が私には妙に大人になったような気がして、好きなひと時でした。

これは大人になってから聞いた話ですが、その当時、父は小説を書き始めた頃で、

「お前はのんきに、パフェを食べてたけど、お父さんはあの頃は大変だったんだぞ。小説の構想を練ったり、題名だけどうしても決まらなくって悩んだり……」と言われました。その時、あの頃には気がつかなかった父の苦労が少し見えたような気がしました。その後も父とのデートは私が中学に入るまで続きました。高校に入り、私もいつの間にか父とではなく友達と喫茶店に行くようになり、その頃の心境が『周平独言』にも出ていますが、父はわりと悠然とかまえて自然の成り行きとして見ていてくれたようです。

そして再び父と私の喫茶店でのデートが始まったのは、私が結婚して父がマッサージ通いに馴れてきてからでした。父はその頃になると、あまり体の調子が良くないらしく、新大久保までの一時間の道のりは、車で通う方が楽になりました。通い出した頃は母が付き添っていたのですが、暇をもてあましている娘にアルバイトと称して運転手をさせて、おこづかいをくれていたのです。初めのうちは、私は車の中で父の治療が終わるのを待っていたのですが、かわいそうに思ったのか、父が一軒の喫茶店を教えてくれました。マンションの二階にあるその喫茶店は落ち着いた雰囲気のある、クラシック音楽の流れるとても感じの良いお店でした。「ここで、待っていなさい」と言われ、次からは、そこが父と私の待ち合わせの場所になりました。そこでは、色々な話を聞きました。たいがいは、田舎の話や父の若かった頃のこと。話が弾んでふと気がつくとかなりの時間がたっていて、父と私は「お母さんが心配するから」と言いながらあわてて席を立つのでした。

あの喫茶店は私にとって思い出の場所になりました。今度、父の小説を持って行って読んでみようと思っています。

父とのドライブ

父と私は、父が年をとるにつれて、車で行動することが多くなりました。たいがいは、マッサージに行ったりハリに行ったりと治療のためでしたが……。父はたいてい後ろの座席に座り、私達は車のミラー越しに話をするわけですが、この時が父と一緒にいた中で一番色々なことを話せた貴重な時間になりました。

一番驚いたのは、練馬にある谷原のガスタンクに登った話。これは父が三十代前半の頃のことだと思いますが、私を産んだ母がまだ元気で、父達は西武池袋線の富士見台に住んでいました。谷原のガスタンクがまだ建設途中で、父は母との散歩の途中、何を思ったのか急にガスタンクに登ることを思い付いたというのです。今だったら絶対に登らせてはもらえないでしょうが、当時は「登らせて下さい」と言うと「いいですよ。そのかわり気を付けて下さいよ」と言って登らせてもらえたそうです。それにしても工事の人もさぞ驚いたことでしょう。怖がる母を先にして真ん中の手すりのある所まで登ったそうです。「その時の景色は最高だったなぁ」と父は懐かしそうに話してくれました。「それにしても、お母さんも良く登れたね」となかば呆れながら私が言うと、「お母さんなんて、怖がって降りられなくなっちゃって大変だったよ」と言って笑っていました。

その時私を産んだ母とは短かったけれど結構楽しい生活を送っていたんだな、と漠然と考えながら車を走らせていました。

これも車の中での話なのですが、父が「いくつになっても娘は可愛いもので、本当に目の中に入れても痛くないと思ったよ」と、突然言い出したことがありました。確かに可愛がられているとは思っていましたが、二十五も過ぎた、嫁に行った娘を目の前にしてそんなことを言うなんて。照れくさくて「お父さんこんなに大きな娘が目の中に入ったら、思いっきり痛いよ」と冗談を言ったら、父に「真剣に聞きなさい」と怒られてしまいました。今思い返してみると父も大分照れくさかったに違いありません。それでも、あの時言ってくれなかったら、一生そんな言葉は聞くことが出来なかっただろうな、と今はとても嬉しく思っています。父のこの言葉を大切に思いながら、私もいつか自分の息子が大きくなった時に、そう言ってやれるような親になれたらいいなと思いますが……。

今の母の話もよく話題になりました。最近は、私の三歳になる息子の躾《しつけ》が話題の的で、父はその度に「浩平のことは、お母さんにしっかり躾てもらえ」と言うのです。私ではあまり当てにならないと思って心配しているようでした。そう言いながらも詰まるところ、父も私もうちの躾はまあうまくいったと思っていて、「お母さんはよく躾てくれたよね。だから一応私もなんとか主婦が務まっている訳だし……」と二人で納得したところで家に着くわけです。

父と、私を産んでくれた母がいなければ、今の自分の存在はなかったわけだし、私を育ててくれた母がいなくても、やっぱり今の自分はなかったわけですから、父と二人の母には本当に感謝しています。

私の父は元教育者とは思えない程、自分の子供の教育には無関心だったと思います。父には父なりの教育というものに対しての信念があったのだと思いますが、勉強は学校のみ、私は塾と名の付く所には本当に無縁でした。普通は親の方が子供の成績を気にしてそろそろ塾にでもやらないと……などと考えると思うのですが、うちの場合は父の方から「お父さんは塾というのはどうも好きになれない」と言いきってしまう風で、私もこれ幸いと意見が一致して、必然的に塾から遠ざかる環境が出来上がっていったわけです。私が「勉強はあまり好きではない」と言うと、決まって父は「お父さんも子供の頃は勉強は好きではなかったなあ」と言い、それ以上強制はしないのです。

私の家はそれよりも、躾に比重があり、小学生のうちから、掃除や自分の小物の洗濯等はやらされていました。子供の時はいやでしたが、父はその頃から私を嫁に出す時のことを考えていたようで、そう言えばよく「家のことがきちんとできると、旦那さんに大切にされるよ」と言っていました。おかげで、うまいへたは別として、私は家事をすることは嫌いではないようです。

随分前に父に「普通でいるということは難しいことだね。平穏無事なんてつまらないと思ったけど、それを守っていくことが難しいことなんだね」と私が言った時「普通の生活を続けていくことの方がよっぽど難しいことなんだよ」と言われたことがありました。それは、普通の人生を歩まなかった父の切実な気持ちだったのだと思います。わたしも今から息子のことを心配して「浩平が、お嫁さんをもらう頃には、男も家事ぐらいできないと結婚してくれる人がいないかもしれないから、今のうちに自分のことは自分でできるように躾ておかないと。勉強は男だから自分でなんとかするでしょう」と、まるで父が言っていたのと同じようなことを言っている自分に気付いて笑ってしまいます。

ひとりで運転をしていると、父と一緒に車で出かけた時のことを思い出します。今でも父が私に話しかけてくれるような気がして、ふと車のミラーをのぞいて、ポッカリと空いた座席を見ると寂しさが心をよぎって悲しくなります。

辰巳天中殺

私は、一時期占いに凝っていたことがありました。その中でも「天中殺算命占術」という占いの本を読んだ時には、あまりにも父の運命や性格に共通する部分が多いのにびっくりしました。父が占いを信じるとは思わなかったのですが、後のエッセイにこれほど腑におちる仮説は聞いたことがないと書いていたのを読みました。

父の天中殺は辰巳天中殺と言い、この星の人はどこか集団や組織から、そして家族からもはみだしていき、自ら孤立していく、ドラマチックな起伏の激しい人生を送る人が多い、どんな環境でもしたたかに生きていく、というものでした。それを読んだ時、私はいつも「お父さんの人生はドラマになりそうだね」と言っていたことを思い出しました。実際に父の生きて来た道は娘の私が聞いても、よく今のような、普通の生活を築けたなあと思える程、波瀾万丈なものでした。さらに調べてみると、父が私の産みの母を亡くしたのは、まさに父の天中殺の真っ最中だったのです。そして、六つある天中殺のうち、この星の人が一番人生の起伏が激しいと書いてあるのですから、父がそれを聞いて妙に納得した気持ちが分かるような気がしました。私も父と同じで占いを全て信じるつもりはありませんが、ふたりで啞然としたのは事実です。そして、父は占いのとおり見事に復活したわけですから。

そしてもう一つ、父と私の星をみると、どうやら私の星は父の人生の揺れを止める働きをするらしく、一種の守護神のようなものなのだそうです。辰巳天中殺なのに人生の荒波を経験したことがないと感じるとしたら、身近に必ず私の星（午未天中殺）の人がいるそうです。確かに私が生まれてからの父は、私から見る限り平穏無事な毎日を過ごしていたと思います。「お父さん、私はお父さんの守護神なんだって」と言うと、父は顔をしかめて「よく言うよ」と言って笑っていました。まあ、私みたいにあてにならない守護神では、父もちょっと頼りないかなと思ったに違いありませんね。

世間からはみだしていくということに関しては父も書いていますが、私が思うには父はその状況を納得していたように感じます。二人で話していても、学校のことにしても、仕事のことにしても、私を枠にはめようとしたことは一度も無く、いつも暖かい目で見守ってくれました。それがどんなに少ない可能性だったとしても、その考えを尊重して実現出来るような環境を与えてくれました。きっと、それは父自身が束縛を嫌い枠にとらわれない考え方の持ち主だったからだと、今になって実感しています。

余談ですが、私の産みの母と育ての母は誕生月と血液型が同じでした。偶然の一致に父と不思議に思ったことを、今思い出しました。

親の心子知らず

結婚を決める時に私は世間一般によく聞くような、父親に反対されるという経験はまったくしませんでした。あまりにもすんなりと事が運んだので、娘の私は、常日頃から、「おまえが、いつまでもすねをかじるからお父さんのすねはどんどん細くなる」と冗談を言われていたこともあって、（さてはお父さんは私が嫁に行きそびれて、いつまでも家に居すわられても困ると思っているな）と思った程でした。

私は、友人の間でも有名なファザコンで、結婚相手を決めた時の理由も、「お父さんに考え方が似ている人だから……」だったのです。

式の前日、父に今までの感謝の気持ちを伝えるつもりでいたのですが、先に父の方から「お父さん今まで育ててくれてありがとう……なんてアホらしいことはやめてくれ」と言われ、私も言うに言えず（お父さんがそう言うなら仕方がないか）というぐらいの気持ちで当日を迎えました。親の心子知らずとはよく言ったもので、当日の私は父の心境を考える余裕もありませんでした。その時の父の気持ちは、結婚して六年たってから、『ふるさとへ廻る六部は』に出てくる「涙の披露宴」を読んで初めて知りました。父がひそかに涙していたと書いているのを読んで親ばかだなあと思いながらも嬉しかった。けれども、そのことはお互いに照れもあって、結局父と面と向かって話したことは一度もありませんでした。「いつまでも娘のことを心配しているのはごめんだと思っていた。(嫁にいけば)親の責任はとたんに一〇パーセントぐらいまで減るだろう。泣くどころか高笑いで娘を送り出したいほどである」とエッセイにありますが、高笑いで送り出したまでは父の思惑どおりだったと思いますが、相変らず親離れしていかない娘にあきれて、すっかりあてがはずれたようでした。

いくつになっても、道を渡る時には自分が先に立ち、「待て待て……」と安全を確かめてから渡らせるような過保護な一面もある父でした。今は、父親に愛情を沢山注いでもらうことが出来たということは娘としてこれ以上の幸せはないと思っています。

周平と浩平

父が六十五歳の時に浩平が生まれ、父はおじいちゃんになりました。浩平という名前は父の周平からもらったもので、字も父が考えて、付けてくれました。父のペンネームから一字もらいたいと言った時、目立つことの嫌いな父の性格を考えて、(だめと言われるかなぁ)と半分思っていたのですが、意外とすんなりOKが出ました。

浩平が生まれた時、両親はとても喜んで、次の日にすぐに駆け付けてくれました。二人とも体が弱かったので、すぐには来てもらえないだろうと半ば諦めていたので、その日は本当に嬉しかった。私は母が前の日にも来ていたので、父を連れてすぐに来るということはまず無理だろうと思っていました。父はその頃は、一人で外出するということが、まったくといっていい程無くなっていましたので。

母はすぐに婆ばかぶりを発揮し、父はどちらかというとクールに浩平に接していました。男どうしのせいか意外と厳しく、小さい頃から「お母さんの言うことはよく聞くんだよ」とか「お母さんに迷惑かけるんじゃない」とか、よく言っていました。私はそれを聞きながら（こんな子供にそんなことを言っても……）などと思っていました。それでも「おじいちゃん、消防車の絵を描いて！」などと言われると結構楽しそうに描いてくれたりしていました。だいぶ経ってから「浩平が生まれた時は、あんなにきれいな赤ちゃんは見たことがないと思った」などとボソッと言っていたのが印象的でした。

おかしかったのは、自分で付けた名前なのに、私が実家に電話をした時などに「周平は元気か？」と聞くのです。私は（間違えてる）と思いながらおかしくて、わざと、「周平は元気そうじゃない！」とふざけて言うと、父も間違いに気が付いて「浩平！浩平！」と笑って言うのです。母も時々間違えていましたっけ。父にとってはちょっと迷惑な名前だったかもしれませんね。

やっぱり（孫というのは可愛いものなのかな）と思ったのは、浩平にお話を作ってくれたことです。「浩平が、のっこのっこと歩いていました。……」で始まるこのお話は、およそ普段の父の作品からは想像もつかない、ほのぼのとしたもので、母に「童話作家藤沢周平に変ったら」なんて冷やかされていました。あの頃の父は本当に優しい目をしていて、どの写真を見ても幸せそうでした。今、私の部屋にはその頃の優しい顔の父の写真が飾られています。浩平も今年四月から幼稚園に行きます。出来れば、父に大きくなっていく浩平の姿を見続けていて欲しかった。そう考えると残念でなりません。

作家の父を持って、特別にいいと思った経験はなかったのですが、今は本当に良かったと思っています。何故かというと、父が亡くなっても作品は残り、その時、その時の父を感じることが出来るからです。家族にとって、こんなに素晴らしいことはないと思います。浩平も、もっともっと大きくなったらおじいちゃんの作品を、きっと読むことでしょう。その時に私は父のことを沢山話してやりたいと思います。父、小菅留治そして藤沢周平としての父のことを……。

最後のバレンタイン・デイ

毎年バレンタイン・デイには父にチョコレートを贈っていました。贈るという程、大層な代物ではないのですが、その時によって、手造りにしてみたり、ちょっと面白いような物にしてみたり、それなりに工夫はしていたのですが、父の評判は今一つだったような気がします。母にも「お父さん最近あんまり甘いものは食べないみたいよ」などと言われながら、それでも娘があげるチョコレートを喜ばない父親はいない……などと、かってに決めつけて毎年性懲りもなく贈ったものでした。

去年はいつもの年とは違い、ちょっと大人っぽく決めようと思い、「デメル」というウィーン王室御用達のチョコレートをあげることにしたのでした。その時は知りませんでしたが、「デメルを訪れずして、ウィーンを語るなかれ」という言葉がある程、有名なチョコレートなのです。二階で仕事をしている父の所へ行き、「お父さん！　バレンタインだからチョコレート。一応感謝の気持ちを込めて……」と言うと、父はいつもと変らず「おう！　悪いね」とチョコレートを受け取り、また仕事に戻りました。いつもだったら、ここで話は終るのですが、去年は後日談がありました。私が、その後すぐに実家へ遊びに行った時のことです。いつもはチョコレートの話などしないのに、「展子、この間のチョコレートはおいしかったなぁ。お父さん、あんなにおいしいチョコレートは生まれて初めて食べたよ」と言うのです。私は、やっとお父さんの気に入ったチョコレートがみつかった！　と思い、「そんなに、おいしかったのなら、来年もまた、デメルのチョコレートにするね」と約束したのでした。残念ながら、その約束は実行できませんでした。その時はまさか父とのバレンタイン・デイがもう来ないなんて、思ってもいませんでしたから。

けれど、今年も父のために「デメル」のチョコレートを買いました。父の霊前にチョコレートを供えながら、また新たに父と約束をしました。これからは毎年お父さんのために「デメル」のチョコレートを届けるからね、と……。

私は父の入院中約八カ月の間、父に付き添うことが出来ました。叔母の暖かい手助けを受け、母と私の三人で父の待つ病院へ通いました。それは病後の母にとっても、大変な日々だったと思います。私の主人も、私が安心して父の看病が出来るようにと仕事を休んで協力してくれました。夜中まで私の電話に付き合って話を聞いてはげましてくれた友人もいました。そうした色々な人達にささえられながら、私は父との貴重な時間を過ごすことが出来ました。本当に感謝の気持ちでいっぱいです。

そして、私を最後までそばにいさせてくれて、素晴らしい時と思い出を残してくれた父に、一番感謝しています。私は今、（父はこれからも私達家族と一緒にいて、いつまでも見守っていてくれる）そう信じています。

お父さん、今まで本当にありがとう……。

***

2　周平さんと私

一枚の葉書

黒岩重吾

藤沢周平氏には忘れ難い思い出がある。平成四年まで、氏と私は、直木賞選考会の席で顔を合わせ、たまに日常会話を交わすのみだった。勿論、氏の作品は幾つか読んでいて、哀愁を漂わす人物描写の素晴らしさに畏敬の念を抱いていた。だが氏が私の小説を読んでいるとは思ってもいなかったので、自然、会話は挨拶的なものになる。

ところが平成四年、突然氏から細かい字が一杯詰まった葉書がきた。

私の菊池寛賞受賞を祝うと共に、氏が私の西成物を含めた諸作品の愛読者であったことを知った。そういえば切り込み方は違うが、氏の作品にも下層階級の悲哀を凝視したものが多い。更に氏の葉書には、私の身体を案じ、自分も病弱で、風邪を引き易い質で、現在も悩まされている旨述べられていた。

氏の文字はよく葉書に入ったな、と驚いたほど詰められていた。そういえば、氏は同賞を三年前に受賞している。

多分氏は、この機会を逃しては、私に便りを出すチャンスを逸してしまうと思い、葉書を書いたに違いなかった。

私も珍しく小さい字を、可能なかぎり葉書に詰め込んで返事を書いたが、その分量は氏の半分以下である。その中で私は、風邪に最も効果的なのは、薬よりも嗽《うがい》である旨、力説した。当時の私は嗽にこっていて、一日十回以上も洗面所に立ち、大きな音を立てていた。私がよく利用する個人タクシーの運転手は六十代で私のように小柄だが、運転手になって二十数年、ただの一度も本格的に風邪を引いたことがなかった。それも、嗽をしていても伝染《うつ》らないのである。その原因は、嗽にあると彼は力説していた。客が幾ら咳をしていても伝染らないのである。

最低、十回以上はしなければ効果がないというのが彼の持論だった。

翌年、直木賞選考委員の控え室で氏と会った時、私は早速嗽を実行しているかどうかを訊いた。

「はあ、何とかやっています」

「めんど臭いけど、習慣になれば、余り気にならないですよ、今は慣れたので十回ぐらいは平気です、げんに余り風邪は引きません」

「黒岩さんは意志が強いですね、百数十本喫っていた煙草をやめた時の随筆を読んで、感心しました」

「いやいや、どうも、どうも」

随筆まで読まれていると知り、私は照れ、何となく会話を打ち切った。

私は最近まで氏が肝臓を患っていることを知らなかった。もしその頃も、肝臓故の病弱だったのなら、嗽の押しつけは、氏にとって迷惑なものだったに違いない。

それを思うと冷や汗が出る。氏の逝去は、秋の虫、悼みて声も出ず、ただ寂寞《じやくまく》、といった感が深い。

その日

無着成恭
（福泉寺住職）

七十歳過ぎたら、藤沢さんのところへ遊びに行く——と心に決めていた。

＊　　＊　　＊

私も藤沢さんも昭和二年の生まれ。私は三月で藤沢さんは十二月。今年の誕生日がきたら七十歳であった。

会わねばならぬ用向きはなにもなかった。なにもないのだが、藤沢さんの作品を読むたびに、このことを話したい、あのことも話したいという思いがつのった。もちろん、それは私の側からの一方的な片想いで、藤沢さんは全く知らないことである。私のような男から惚れられているということを知ったら、藤沢さんはどんな顔をするか。ああ、ここにも私の読者が一人いた——という程度で軽くうなずいてくれたらそれでいいのだが。迷惑がられるかも知れないなという不安もあった。

しかし、それでも私は、古稀が過ぎたら、「出羽桜」か「寿」か「男山」か、あるいは「紅一点」か「樽平」か、藤沢さんが庄内の酒がいいというのなら「初孫」とか「大山」を探して持っていこう。

「もしもし。藤沢さんですか。ぼく無着成恭です。突然電話してごめんなさい。今日電話したのは、あなたと山形の酒を一度のみたいという用件なんです。古稀も過ぎたので、一度あなたと飲んでから死にたいんです。同じ学校の屋根の下で二年間も一緒だったのに、たったの一度も、あなたと酌み交わしたことがないんです。このまま死ぬのが残念で、古稀が過ぎたら申し込もうと思ってたんです。ご迷惑でなかったら、お願いします」

こんなセリフを頭の中でくりかえしながら、住所と電話番号をひかえてその日がくるのを待っていた。

山形師範学校では私が昭和20年組、藤沢さんは21年組であった。

昭和20年組というのは、戦争中に本科生になった学年ということである。予科の二年と三年が同時に進級し、旧制中学からは人数に余裕がなく約二十名しか採用されなかった。ところが八月十五日の敗戦で、十月、軍隊の学校にいっていたものが約百名合流してきた。加えて、女子師範を合流させて男女共学になり、それに青年師範まで加えて、同学年が、約五百名という異常さであった。

昭和21年組も、敗戦直後のごたごたや学制改革などの影響を受けないわけはなかった。それでも人数は三百人をこえる程度で、20年組よりはまとまりがあったように思う。

そういうわけで、小菅留治さん（藤沢さんの本名）と私は、同じ時代、同じ屋根の下で二年間、学んだという程度の御縁でしかない。廊下ですれ違った程度といったらいいか。

小菅さんたちが「砕氷船《さいひょうせん》」という同人誌を作ったと聞いたとき、「砕氷船か。なるほどいい名前だ」と思った。けれども私は軍国主義の厚い氷を割るために、この学校ではまず学生自治の組織が砕氷船だなんて考えていた。

いや、そう言い切っては半分ウソになる。私は、自分の生まれた村の同人誌「草酣《そうかん》」に拠っていたからである。私が生まれた村には結城哀草果先生がいて、日本野鳥の会会長の中西悟堂さんが疎開していて、川ひとつへだてた隣り村が斎藤茂吉先生の生家だったりして敗戦直後からいくつかの同人誌が活動していた。私の目はそっちの方に向いていて、「砕氷船」の方には向いていなかった。

＊　＊　＊

あれから五十年。五十年前はまるで別々の地点に立っていたのに、今は、体温が伝わってくる程の近さにいる。そう感じる。それは藤沢周平さんにだけ感じるのではない。同じ頃に生まれ、同じ時代を共有している作家からは多かれすくなかれそういうものが伝わってくる。たとえば、吉村昭さんの『戦艦武蔵』、とくに『戦艦武蔵ノート』や『総員起シ』を読んだときなど鳥肌が立った。ちょっと、先輩になるが、山本七平さんの『一下級将校の見た帝国陸軍』や『私の中の日本軍』を読んだときも、心の中にスッとはいってきた。

それが藤沢さん。あなたの書いたものを読んでいると、乾いている心がしっとりと潤ってくるのだ。

たとえば、『秘太刀馬の骨』を読んだとき、子どもを亡くした杉江さんが、夫の半十郎を拒否し躁鬱をくりかえしている。その杉江さんが子どもを人質にとって脅している浪人者をピシリとやっつけて子どもをとりかえす。そのあと、

「ずいぶん手間どりました。さあ、はやく帰って旦那さまのお夜食を支度せぬと……」

というセリフがある。

私は、この一行を何度読んだかわからない。

ジーンとくる。涙がでる。

藤沢さんは、たったこの一行を書きたくて『秘太刀馬の骨』という小説を書いたんだなあと思う。

「ずいぶん手間どりました」

この言葉、この小説の中で、二重の、いや三重の意味がある。

＊　　＊　　＊

「衰えて死がおとずれるそのときは、おのれをそれまで生かしめたすべてのものに感謝をささげて生を終えればよい。しかしいよいよ死ぬるそのときまでは、人間はあたえられた命をいとおしみ、力を尽して生き抜かねばならぬ」――『三屋清左衛門残日録』の最後にでてくる藤沢周平さんのお説教だ。これは、「夜ふけて離れに一人でいると、突然に腸をつかまれるようなさびしさに襲われる」清左衛門が最後に悟る心境として書かれている。

「残日録」とは「日残リテ昏ルニ未ダ遠シ」のことだと清左衛門が嫁の里江に説明している。これは、佛教では「有《う》余涅槃」という。お釈迦さまは「悟って涅槃の世界に入ったのだがまだ死んではいない状態」と説明している。お釈迦さまは三十五歳で涅槃にはいった。八十歳で死ぬまで四十五年間説法をつづけた。それがお経である。お経はお釈迦さまの「残日録」である。

藤沢さん。私たち昭和二年生まれは二十歳そこそこで死んだはずだった。死なずに五十年たった。その五十年は何だったのか。

『三屋清左衛門残日録』を読んで、私はあなたの佛教をここに見たという思いがしたのだ。

＊　＊　＊

はなしはちがうが藤沢さん。あなたが『半生の記』の中でコア・カリキュラムのことにふれ、「好意的にではあるが（臼井吉見は無着さんの授業を見て）『ムチャクチャの即興的なものだ』と書いてあるが、無着さんはコア・カリキュラムの教案にしたがって綿密にすすめられたのだと思う」と書いてくださった。だが、これはやはり臼井さんの方が正しいと思う。なぜなら子どもの疑問や質問は体系的にはでてこないのだから。

＊　＊　＊

それから、これは小説とは関係のないことだが『密謀』下巻の二五四ページ（新潮文庫）あたり、「直江兼続は山形城の西北菅沢山に陣を布いていた」とある（但し、西北は西南の誤りです）、この菅沢山が私の少年時代の遊び場だった。『兼続は菅沢山の本陣から東北の方を見ていた」というその本陣が私が生まれた澤泉寺というお寺である。お寺の位置は今よりも高く、水の湧きでる岩井戸の前。それから私、無着成恭の四代前までは栗林姓の、上杉の足軽。中山城の栗林となっている。明治維新のとき食えなくなって祖父があずけられた寺が無着禅師の系統だったので、弟子一同、無着を姓にして役場に登録。私の父は明治維新に批判的で、「われわれ東北人は賊軍だから」と、時には自嘲的に、ときには胸を張って言っていたことを覚えている。私の意識の底に「賊軍」というコトバが沈んでいる。

ついでに、山形師範学校で私たちに「教育史」を教えてくれたのは上杉隆憲助教授（米沢藩上杉家の当主）でしたネ。あなたが『密謀』を連載している頃、私は米沢の林泉寺でこの殿様とおあいしましたヨ。

＊　＊　＊

ところでどんな道徳でも世界宗教といわれる宗教が基礎になっているのに、明治政府は世界に通用する宗教を拒否して、世界的に見れば極めて特殊な日本教＝天皇をご神体とする新宗教をつくり、国民支配の道具にした。教義がないので「教育勅語」というお経をでっちあげて全国民に暗誦させた。その結果としての日本。パーセンテージから言えば、学歴が高いほどウソつきや偽善者が多く、学歴が低いほど正直者が多い。そういう教育構造を持つ国家の一員として、

「ずいぶん手間どりました」

と言える日がくるのだろうか。

日本人は明治以後、軍国主義教育で、地獄に突きおとされ、戦後は経済主義教育で地獄に突きおとされた。二度あることは三度あるということになるのか。それとも、三度目の正直で、やっと「ずいぶん手間どりました」となるのか。

藤沢さん。あなたはそんな過激なことは言わない。けれども同じ山形県人なのに、なぜか私は言う。しかし、藤沢さん。あなたは表面は静かだが、内面は私よりも激しい。

あなたと会うのがたのしみだ。

＊　＊　＊

電話をすれば藤沢さんは、たぶん時間を作ってくれるだろう。師範学校の頃のこと、石原莞爾将軍の大東亜聯盟が酵素による農業改良を提唱していたこと、大川周明博士の「日本二千六百年史」のこと、そして、自分の教え児のこと、日本の教育のこと、なに

よりも、佛教国カンボジアへトリピタカ（南伝大蔵経）を復刻して贈るというとき、あなたからいただいたハガキのうれしかったこと。そしてやはり主題は、藤沢周平の文学のことだなあ。あなたの小説には、どの人物にも「人それぞれに花あり」という、あたたかいまなざしがゆきわたっているもの――。「たそがれ清兵衛」ではじまる一連の作品などを読むまでもなく、あなたの作品には、いのちのいとおしさ、やさしさがゆきわたっている。奥行きがある。そんなこんなを空想して、会うことをたのしみにしていた今年の正月だった。

＊　＊　＊

けれども、私にその日が来なくて、藤沢さんにその日が来てしまった。

藤沢さんのこと

田辺聖子

藤沢周平さんの小説はいったんハマると脱けられなくなり、やめられない。むかしニンゲンたちはこういう状態を〈煎《い》り豆に手を出す〉といった。煎りたての塩豆の、あまりのおいしさにやめようとしても手が出てしまう、というのだ。

藤沢さんの小説の、ことに男たちがいい。読者を決して裏切らない。ここぞ、というところでキメてくれる。われわれ読み手としてはまさに日頃の鬱懐が瞬時に飛散する気分である。生理的快感といっていい。

このキモチイイ状態に、私はおぼえがある。

ようく考えて、ハタ、と思い当った。

宝塚歌劇の男役の役どころなのだ。――と、こういうと、宝塚をよく知らない、あるいは食わずぎらいの人から、とんでもないと抗議が出そうだが、よくできた宝塚の舞台、脚本・演出、そして演者がぴったり息のあったときの、〈男役〉は凄い。何しろ宝塚創立以来八十余年、研鑽を積みに積んで出来あがった〈男役〉なのだ。お話が展開して盛り上り、ここで観客が痺れるようなセリフ、あるいは剣光一閃の立ちまわり、何でもいい、ぴたっとキメてほしい、という、声にも出ぬ熱望にみんな心煎られているとき、まさにそれがはまる。りりしくって水際立って胸がすく、というような〈男役〉のキメかた。――それが藤沢さんの、主人公の男たちの、たたずまいに通《かよ》うのである。

(藤沢作品の主人公たちのリアリティは宝塚の〈男役〉とは趣きを異《こと》にする、と唱《い》う人もあるかもしれないが、舞台宇宙の中に於てもリアリティがなくてかなわぬのは、〈男役〉も同じである。〈男役〉は〈男〉のエッセンスを抽出したものだから、なおのことだ)

藤沢さんの小説は何べん読んでも面白い。多分、文章のリズムがととのっているからであろう。むつかしい語句は一つもない。会話も平淡である。しかし読者は一行一行に攪乱され、作者のたなごころで踊らされ、物語の結末がただもう、待ち遠しく読み急ぐ。藤沢さんは天性のストーリーテラーであるうえに、心理洞察力にも長《た》けていられるようだ。

ことにもうれしいのは、藤沢さんのユーモアだ。たとえば私の好きな『麦屋町昼下がり』の中の、「三ノ丸広場下城どき」、不遇の武士、重兵衛は昔、剣名を謳われたが、いまは酒に溺れて体はなまってしまっている。下腹も出て長みちは歩けない、木刀をふるうと目がくらむという始末である。いかにも人間的な、現代のわれわれに親しいタイプで、ちっとも剣士らしくない。妻を亡くし親類の女茂登《もと》が手伝いにきてくれているが、これがおとなしい寡黙な女のくせに力持ちで、うかつに手を出せない。このへんの抑えたおかしみが何ともいえない。——結局、重兵衛は体を鍛え直してお家騒動で悪家老を斬り伏せ、読者の溜飲を下げてくれるのであるが、帰宅した重兵衛は大力女の茂登に〈ご無事でよかった〉と力一ぱい抱きしめられ、骨がメキメキ鳴ったというのである。藤沢さんの暖かな笑いが感じられるが、氏はユーモアの感受性がお強いらしい。そういえば氏のエッセー集『ふるさとへ廻る六部は』に大阪弁に関する章がある（「大阪への手紙」）。氏は前の職場で関西企業を取材されたことがあり、その折、関西ふう経営戦略に接しられたが「なかでももっとも強い印象をうけたのが言葉だった」そうである。

「私が関西弁の持つ微妙な味わいとか、おもしろさとかを理解したのは、漫才やドラマによってではなく、こういうなまの取材を通してだったと言ってよい。関西のひとはたのしんで言葉を使う、としばしば私は思ったものである。私は東北生まれで、東北の人間にとっては言葉はどちらかと言えば苦痛の種であるだけに、この発見は驚異だった」

藤沢さんはそのころから関西弁のひそかなファンになり、お仕事中にこっそり、ご自分のことを〈わて〉といい、〈そない言わはりますけどな〉〈そらあきまへんで〉などと怪しげな大阪弁でひとりごちたり、されたそうだ。

藤沢さんとは文学賞選考会で、何度かお目にかかった。飄々としたごようすながら、隠居した武士、という物腰で、どこか筋目正しかった。しかし他の意見をもよく傾聴され、尊重されて、和やかなやさしいお人柄の雰囲気は一座に清々しい風を呼んだ。

なかで一つ、忘れかねる思い出がある。ある新聞社の主催する新人賞だったが、候補にあがった時代小説について、である。わりに評判よく票をあつめた作品だったが、それはやもめの中年武士が若い娘に何かを教える、そのことについて城下に噂が立つ。武士が道をゆくと若侍たちが、娘のことでからかったりする。いろんないきさつを経て武士は侍の意気地から、主君がさし向けた討手を迎えて戦う、という設定なのだが、藤沢さんは、主君の討手と戦う時もあり得るし、邸の防戦の準備も、古法に則《のっと》って、まちがいなく書けている、ただし一個所、看過できない部分があります、その一個所だけでこの作品の存在価値が崩れます、と静かにいわれた。

それは若侍たちが中年武士を揶揄嘲弄するくだりである、と。そういう言葉を耳にしたら武士たるものはただちに無礼を咎め、状況によってはその場で果し合いという仕儀になるはず。聞えぬふりで通りすぎるとは解《げ》せませせん、といわれ、他の委員たちも、諒承した。

温容をくずさず低声で話されるのであるが、藤沢さんの書かれる主人公の侍たちがそのままほうふつとするようで、居住いを正さしめるものがあった。直木賞選考委員の席は私と向き合せで、〈タナベさんはワープロですか〉〈いえ、お手々で鉛筆です〉〈私もお手々です、ワープロ使いでない最後の物書きになりましょうね〉と藤沢さんはいわれ、二人で笑い合ったのも悲しい思い出になった。

玄人

宮城谷昌光

藤沢周平さんの病が篤いことは仄聞《そくぶん》していた。

が、訃報はやはり私をおどろかせた。

病がちであったかたは死のきざしに馴れて、かえって死が近づかぬものだとどこかで信じていたためである。しかしながら藤沢さんの死は、胸裡にある信条をひとつ崩した。さらにいえば、いつか藤沢さんにお目にかかることができるのではないかという予感を消した。

本だけがある。

昨日とおなじ本が今日もあるのだが、昨日までは藤沢さんが生きておられて、今日は亡くなられた、こういう場合、本はおなじであろうか。私はちがうとおもう。本は作者の生前に魂をもつ。作者の死によって肉体をももつ。いわば魂魄がそろうのである。それゆえ作者の死後、本は盛衰する。

藤沢さんは駄作のない作家であるといわれる。それは作家の意図が読者になめらかに伝達されるだけの文章力をそなえていたあかしである。過不足のない表現をおもえばよいが、小説家にとってそれは憧憬の域にあることで、実現が困難なことなのである。藤沢さんのすごさは、それを苦労のあともみせずに、りきみもあらわにせず、さらりとやったところにある。

職業作家のなかでも、玄人と素人とがある、と私はおもっている。藤沢さんはまさしく玄人である。私なりの感想をいうと、藤沢さんの小説は重心のおきかたが絶妙である。創作の立場にまわってみると、恐ろしいほどむずかしい作りかたがなされている。したがって、ですぎたいいかたをするようであるが、藤沢さんの小説を批評するとしたら、伝統的な用語を棄ててかかるべきであろう。

藤沢さんの小説の真髄をつかむには、新しいことばが要るのである。それゆえ藤沢さんの作品群は次代の叡知にまかされるべきものである。いまは多数の読者の感情にいだかれているにすぎない作品を、藤沢さんはよしとなさったのか、よしとなさらなかったのか、私にはわからない。

藤沢さんの数ある作品のなかで、私は「鱗雲」が好きである。この作品は文庫では『時雨のあと』に、全集では第四巻に、おさめられている。以前私はこの作品をピアノ・ソナタであるといった。音楽を感じさせてくれたことと明度が高いことで、こういう作品を自分も書いてみたい、もしかすると書けるのではないかとおもい、全文を原稿用紙に書きうつすことにした。じつは全文を原稿用紙に書きうつすために手もとにおいている本は、藤沢さんのもののほかに数冊あり、ノートをとりながら読んでいる本も数冊あるので、十数年まえにとりかかったものでも全文の書き写しは終了していない。一週間に二、三行しか書きうつせないということである。この作業のよさは、作者の呼吸、想念のめぐらせかたなどが皮膚呼吸的にわかってくると同時に、自分では気づきにくい自分の文章の特性がわかるということである。「鱗雲」に関していえば、藤沢さんの呼吸は自分に似ているものの、作品を保っている空気の澄明度がずいぶんちがう。それはおそらく人工の直線または直立面によって視界がせばめられたりさえぎられたりすることがないせいであろう。端的にいえば、風景が遠くまでみえる。それは陽光を線におきかえた場合、その線がまっすぐに長いので、作品に奥ゆきを生じさせている。これは藤沢さんの内的世界の奥ゆきとみることもできるわけで、その種の手法で作品内の空間を拡げた作家は、藤沢さんただひとりである。

手法は作家の人間観と宇宙観と切ってても切りはなせない関係にあり、そこを限定すると藤沢さんの社会観がみえてくる。

ただしそういう解明は私の役目ではないようにおもわれる。

藤沢さんは人に教訓を垂れることをきらったかたであろう。どの作品を読んでも、教訓にふれることはめったにない。が、『蟬しぐれ』にこういうことばがある。

「兵法を学んでいると、にわかに鬼神に魅入られたかのように技が切れて、強くなることがある。剣が埋もれていた才に出会うときだ。わしが精進しろ、はげめと口を酸くして言うのは、怠けていては己が真の才にめぐり合うことが出来ぬからだ」

自分が自分に出会うことが、いかにむずかしいか。藤沢さんも努力の人であったことを、その文はかいまみさせてくれる。

藤沢さんとミステリー

佐野　洋

仮にそういう言葉があるとすれば、私は五〇パーセントの庄内人である。父方の祖父母が、ともに山形県東田川郡長沼村（現在は藤島町）の出身で、父もそこで生まれているのだ。あとの五〇パーセントは、北海道と神奈川が二五パーセントずつということになる。

このことを、いつか一〇〇パーセント庄内人の藤沢周平さんに話そうと思っていたのだが、ついにその機会はなくなってしまった。

藤沢さんとは、五度顔を合わせているが、五度とも、話題は小説がらみのことに終始した。いろいろな作家と付き合ってきたが、こういう例は藤沢さんだけである。

最初に藤沢さんとお会いした場所は、かつての文壇クラブ『眉』であった。

編集者と一緒にそこに行った私がソファーに座って間もなく、奥の方にいた数人が、席を立って出入口に向かったのだが、その中の一人が、私の前を通るときに、

「ああ、佐野さんでしょう?」

と、声をかけた。「藤沢周平です。わたしはミステリーが好きで、『推理日記』は毎号楽しみに読んでいます」

そのとき、私がどんな挨拶をしたか、はっきりした記憶がない。予想外の事態に、へどもどしたのではないか。

しかし、藤沢さんが出て行ってから、なるほどと私は納得した。

藤沢さんの作品は、雑誌の短編しか読んでいなかったが、推理小説仕立てと言えるものが、いくつもあった。題名は忘れたが、松本清張さんの短編『共犯者』と、同じ設定を江戸時代にもって行き、それでいながら清張さんとはまったく別のエンディングを見せてくれるという短編があり、これは推理小説としても一級の作品だと、感心したことがあったからだ。

それから、一年ぐらいあとだったと思うが、私の『死者の電話』という短編集が、新潮文庫から出た。そのとき、担当者から、

「解説は藤沢周平さんで宜しいですか？」

と聞かれ、私は、

「宜しいどころか、ありがたいけれど、文庫の解説なんかやってくれるかなあ……」

と、聞き返した。

「藤沢さんに、今度の短編集のことを話したら解説を書きたいとおっしゃって……。藤沢さんはミステリーのファンで、外国のものなども、ずいぶん読んでいらっしゃるんです」

それが、担当者の言葉であった。

その解説を読んで驚いた。私の初期の作品の細部にまで触れている。ミステリーファンだと自称なさるだけはある……。

以来、私は著書が出ると、藤沢さんに贈っていたが、そのたびに、藤沢さんは礼状を下さった。その一つを紹介すると……。

「冠省　書きおろしの御高著を、有難く頂戴しました。たのしみに読ませていただきます。

最近は逢坂剛氏の『百舌の叫ぶ夜』、島田荘司氏の『火刑都市』、大沢在昌氏の『追跡者の血統』など、なかなか力のこもった新鋭の作品が出て、先細りの時代小説にくらべ

うらやましいことです。『火刑都市』はまだ強引さが目立つようですね。(後略)」

このように、藤沢さんの葉書には、いつも新刊の推理小説の感想が書かれてあった。

あるとき、推理作家協会の理事会で、協会賞の選考委員に、会員外の方をお願いしてはどうか、という案が出た。私は、すぐに藤沢さんの名前を出した。

「藤沢さんが、海外ミステリーをたくさん読んでいるという話は聞いたことがある」

と、理事のだれかが言った。「しかし、引受けてくれるかなあ……」

「とにかく交渉してみるよ」

私が、事務所の電話でお願いすると、藤沢さんは快諾して下さった。

このとき同賞を受賞したのは、逢坂剛、高橋克彦、伊藤秀雄の諸氏だが、同じく選考委員だった私は、藤沢さんが丹念に候補作を読んでいたことに感服した。

藤沢さんから、髙村薫さんの『マークスの山』をどう思うか、と電話がかかって来たことがある。

「そのとき、(中略) 若者の顔の中で、突然二つの眼球がぐらりと動き、一瞬の炎をちらつかせたのを、真知子は知らなかった。それより数十秒前に、若者の手が、真知子の白衣のポケットから体温計を一本摑み出していたのも、知らなかった」

という個所があるが、ここは真知子の視点で書いているのだから、彼女が知らないことを、このように書くのはおかしいのではないか。推理小説においては、こういうのは絶対に許せない傷とされるのか。それが、藤沢さんの質問だった。

「絶対に許せない傷と言っては気の毒でしょう。恐らく、この体温計の個所は、何らかの断りをしないと、若者がいつ体温計を手に入れたのだという疑問を、読者が持つ。それで、こんな無理をしたのだと思いますが」

「そうですか……。実は、直木賞の選考で、『マークスの山』を推すつもりなんですが、推理小説の場合、うっかりミスを見逃すと、ファンから抗議を受けたりするもので……」

「いや、髙村さんの構成力と筆力には、ぼくも驚いているのです。とにかく、これまでにない新人だと思いますよ。将来は、ミステリーから離れるかもしれないし、余り細かいことは言わない方が……」

「それで安心しました。受賞したあと、佐野さんを始め推理小説専門の人たちに、こんな欠点があるじゃないかなどとやられると困ると思ったんです」

藤沢さんは、笑って電話を切った。

上述の葉書で、「先細り」とあった時代小説も今は花盛りである。藤沢さんは、満足して逝かれたのではないか。

『泣かない女』によせて

杉本章子

平成四年の六月から刊行されはじめた藤沢周平全集の第三巻に、月報を書かせていただいたことがある。

執筆の依頼を受けた際、士道物、剣客物、市井短編物……それぞれに編まれるという全集の巻立てを教えてもらったあと、それでは市井短編物の巻に書かせてください、と申し出た。

そのあと、筆の遅い私はあわてて、それもなるべく、原稿締め切りに間のある巻にまわしてもらえたらありがたいのですが……、と言い足した。

ならば、七回配本の第三巻ですね、と話が決まり、すぐに収録作品の目次が送られてきた。それを見て、私はある縁のようなものを感じた。そこには、私が折にふれては読み返している『泣かない女』という作品が収まっていたからである。

月報には、この『泣かない女』に抱いている感想を寄せよう、と私は張り切ったのだが、意あまって筆至らずの苦況におちいり、とうとう別のことを書いた。

私のはじめての長編小説を読んでくださった先生からのご助言を、テーマにしたものだった。それが月報に載ってまもなく、先生から、ご懇篤なおたよりを頂戴した。

「……新人なのだから、もう少しあたたかいことを言ってやればよかった（それも言ったのですが、忠告の方だけ伝わったようです）と後悔しました……」

とあって、私はおおいに恐縮したのである。同時にまた、『泣かない女』に抱く感想を書いていたら、どのようなおたよりがきただろうか、と考えたりもした。

『泣かない女』は、女房持ちの錺職人《かざりしょくにん》である道蔵におとずれた、いっときの恋とその終幕を描いた物語である。

恋に酔った道蔵は、足のわるい女房のお才を捨てようとする。物語のなかほどに、お才に対する道蔵の心変わりのさまが書かれているのだが、実に簡潔平明な筆致で、冷酷なまでに男の心奥をえぐり出し、読者をどきりとさせるのだ。

「所帯を持つ前には……足のわるいお才と連れ立って歩いていても平気だった。……だが所帯を持ってから……あたりの眼が、足が不自由な娘をかばう健気な若者をみる眼ではなく、そういう女しか女房に出来なかった男を、あわれんでいる眼に変ったのを感じた……」

このくだりはまさに、先生の「時代小説の可能性」というエッセイにある、

「……人情といっても、善人同士のエール交換みたいな、べたべたしたものを想像されるにはおよばない。人情紙のごとしと言われた不人情、人生の酷薄な一面ものこらず内にたくしこんだ、普遍的な人間感情の在りようだといえば、人情というものが、今日的

状況の中にもちゃんと息づいていることに気づかれると思う」

という一節を思い出し、まぎれもない人生の投影、疑いようのない人間感情の表現に、ただただ圧倒された。

それなのに、道蔵はまたあっけなく心を改め、家を去ってゆくお才を連れ戻し、めでたく幕となる。この場面で、それまでずっと心をよろい、道蔵から別れ話を切り出されても泣かない女だったお才が、はじめて泣くのだ。道蔵は、お才の手を取りながら、こう言う。

「夫婦ってえのは、あきらめがかんじんなのだぜ。じたばたしてもはじまらねえ」

男の身勝手な言い草だと私など思うのだが、それを聞いたお才は、めずらしく晴れやかな顔で道蔵を見上げる——これが、ラストである。だが正直なところ、私には納得できないなにかがあった。

というより、このさき二人の仲がどうなるものやら案じられてならなかったと言ったほうがいいかもしれない。道蔵は二度とふたたび、ほかの女に気移りすることはないのだろうか。そしてお才はお才で、自分を捨てにかかった道蔵への不信の念を、すっかり拭い去ることができるのだろうか。

そんなことを思い続けたのも、私自身、お才同様、足がわるいせいなのであるが……。

ともあれ、月報を書かせていただいてから四年がすぎたいま、こうして先生につらいお別れを書かなければならないことになってしまった。

この期におよんで『泣かない女』を持ち出しても手遅れなのだが、いまの私は、やはりあのラストでよかったのだと思い至ったことを、どうしても書いておきたかった。

それは、五体満足の身であろうと足がわるかろうと、人はひとしく、生きていくうえで無傷ではすまされないという、ごくあたりまえのことにようやく気づいたせいである。

そして、そのことに気づいてみれば、先生の作品に登場するあの人物もこの人物も、似たような一生を送ったのだと、あらためて思い出された。『時雨みち』の新右衛門しかり、『歳月』のおつえしかり、『本所しぐれ町物語』の政右衛門またしかり、である。

たとえば、政右衛門は日ごろから反りの合わない古女房と口争いをしたあと、ひそかにある女に会ってみようと思う。ふた昔も前に思いを寄せ、いまも忘れえぬ女である。ところが、段取りをつけていざ会ってみると、女は政右衛門が若かりしころの思いの丈をさりげなく打ち明けても、いっこうに反応を示さなかった。索漠《さくばく》とした思いを抱いて別れた政右衛門は、古女房と喧嘩しながらこのまま暮らすしかない、と自分に言い聞かせるのである。

「ほかならない、それがおれの人生なのだ。そう思うとやりきれない気もしたが、どこかに気ごころの知れたほっとした思いがあるのも否めなかった」

政右衛門のこの感懐と、『泣かない女』の道蔵のラストの言葉とは、どこか似通ったものがあるではないか。どちらも、似たり寄ったりの夫婦なのである。

なにも私が、道蔵とお才のその後を気に病むことはなかったのだ。二人はあのあとも、ときに笑い、ときに泣き、ときに憎んだりしながら、一つ家のなかでどうにか暮らしていくだろう。

私たちは、先生の新しい作品を心待ちする喜びを失ってしまった。だが、私たちには、心いやされる数多くの作品が残されている。

なんとありがたいことか、とつくづく思うのだ。

『白き瓶』を中にして

清水房雄（歌人）

藤沢さんとのお付き合いはいつ頃からかと、戴いた書簡五十数通を整理中気づいたのは、文春文庫『白き瓶』の私の解説に、思い違いによる誤りのある事で、全く申訳ない次第だが、今それには触れず話を進めたい。

藤沢さんのエッセイ「小説『白き瓶』の周囲」が歌誌「アララギ」昭和六十一年新年号に載ったのは、実は私が寄稿のお願いに大泉学園町のお宅に伺ったのだった。古い日記を出して見ると、六十年九月二十一日に「アララギ」の編集会議があり、「ぜひ藤沢さんの文章で新年号を飾りたい」との言い出しっぺの私が使者に立つ事になり、翌二十二日朝お電話して、二十三日午後伺っている。

全く初対面の感じでなく、気安い具合だったのは、前年既に文通があったからだろう。用件が済んでの雑談中、私が戦後に山形大学の口があったが結局まとまらなかった事、私を山形へ呼ぼうと図ったのは高師・文理大で私の一年下、しかも剣道部の後輩の関良一君だった事、などを言い出すと、藤沢さんは驚いて、「私は関先生の江戸末期文化の講義を聴いて、それが今大変役立っています」と言う。関君は近代文学研究で良い業績があるのだが、その前夜たる文化・文政期の事も調べていたのかも知れない。「それにしても藤沢さん。すんでの事に私の漢文の授業を受けるところでしたね。危かったですね」と大笑いになった。そんなこんなで、以後非常に親しいお付き合いになったのである。後々、『藤沢周平全集』の出る頃には、関君は既に世に亡く、代りに受けてほしいとの藤沢さんの希望で、私は有難く全巻を頂戴したのだった。

ところで『白き瓶』。背後の事実を徹底的に調べあげて書かれたこの作品の中で、私が一つ引掛ったのは、九州帝大病院の久保猪之吉博士の存在を、長塚節がどんな経緯で知り、絶対的信頼を寄せるに到ったか、についての件である。これは私が『長塚節の秀歌—覚書—』（昭和五十九年刊）を書きつつ、どうも判らぬままだった。『白き瓶』—初版本—ではそれが、節は弟の順次郎から聞いたとなっている。その根拠は何なのか教示を乞う手紙を、私は藤沢さんに出したのだった。六十一年の四月初め頃だったと思う。

その四月の十一日夜は、『白き瓶』の吉川英治文学賞授賞式で、私は藤沢さんの紹介によりその式に出席したのだが、式が済んで控え室へ向かう藤沢さんは、いきなり、人ごみの中の私をめがけてやって来て、その久保問題につき話しはじめた。周囲には藤沢さんにおめでとうを言おうとする人々が待っているのだが、おかまいなしである。私は困って、「藤沢さん、あとで、あとで。皆さんがお待ちだから」と言って、話をやめて貰った。

帰宅したら、藤沢さんの四月九日付速達便が来ていた。独特のあの細かい字で便箋八枚びっしり。「おたずねの個所は、じつを申しますと、『白き瓶』の事実関係ではいちばん弱いところで、困りました」という書き出しで、実にさまざまの角度から調査し推理したもので、順次郎から節が聞いたというのは結局推測の事、とある。その文末には「この手紙が十日中にとどけば、授賞式のときにお話しいたしましょう」とあって、なるほどそうだったのかと、授賞式の時の事がわかった。

その後は『白き瓶』背後事実関係追究の協力作戦みたいな事になり、書簡の往復が頻繁となった。節短歌から出発した私は何としても節が精確にここにいてほしく、追究は当然細部にも及んだ。最大の問題はやはり久保博士の件で、これは六十三年七月三十一日付書簡でも、便箋十一枚に詳細な考証・推理が記されている。その結果、文庫で大幅に書き直され、全集に収められた。「女人幻影」の章の第五節初めの辺である。同書簡ではまたその章第二節半ば辺、節が木村医師に喉頭結核の診断を受けて帰途の時刻「二時ごろ」を「五時」に直すべく、綿密な考証をしている（これも文庫で改め、全集に収められた)。

このように僅かな直しに大変な考証の存するのは、やはり「女人幻影」の章第四節辺、節が黒田てる子の兄昌恵に破談の手紙を出した日を左千夫に語るくだりの「昨日」を、全集で「一昨日」と直しているのにも見える。その考証は平成四年十一月十四日付書簡中にあるが、その書簡にはまた、久保より江夫人が「俳人」とあった(「歌人の死」の章第五節)のを「歌人」に、左千夫の言葉の中の「インテリ」(「亀裂」の章第二節)を「学者」にと、全集で直す事を述べている。また、より江夫人の「色白」(「歌人の死」の章第五節)を「浅黒」と直す事もあるが、それは先行する六十一年八月二日付の葉書や六十三年七月三十一日付書簡にも見えている。その七月三十一日付書簡には、地名の「大堀」(「初秋の歌」の章第六節)を「小堀《おおほり》」に直す事があり、この「浅黒」「小堀《おおほり》」は文庫以来直されている。つまり、文庫で直されたものと全集で直されたものとがあるわけである。

私も執念深い方らしいが、藤沢さんも凄い。細かい事項は私の調査・報告に協力して検討したものが多いが、例えばより江夫人の色の「浅黒」などについての藤沢さんの言葉「小説で欲しいのは意外にこういう点の証言です。これとか声とか」は、私には忘れ難い。

藤沢さんの作品の多くが直接資料に結びつくものでない事は、宮城谷昌光氏指摘の如くだが、例外的に『雲奔る　小説・雲井龍雄』や『一茶』があり、徹底的に資料に拘わったものとして、この『白き瓶』がある。何だか私の手柄話めいてしまって恐縮だが、凝り性二人のあの協力作戦がなつかしい。

さて、藤沢さんから大きな恩恵を蒙った事。明治神宮の平成四年秋期短歌大会（十月二十五日）に、私は「アララギ派の興起—茂吉・赤彦を中心に—」という所与の題目で講演をさせられたが、下準備に斎藤茂吉の「アララギ二十五巻回顧」その他を参考にしつつ、最も助かったのは藤沢さんのこの『白き瓶』だった。ほとんどそっくり使わせて貰い、ノルマを果たした。また、平成元年に出した私の第六歌集の帯の文章は藤沢さんに書いて戴いたのだが、どちらでも好きな方をと二通り書いて下さった。歌集を出してくれる中静勇氏（不識書院）がそれを戴きにお宅へ伺ったが、短時間話し合っただけなのに、藤沢さんの人間的魅力にとろけきって帰って来たと私に告げた。さもあろう。

「一度話しにおいでなさいよ」という書簡を何度も戴いたが、藤沢さんの執筆時間を妨害する事を畏れて、その内、その内、とそのままになってしまった。会って話をしたのは右の二回だけである。だがその二回と、それから数多い書簡と、そして何よりも『白き瓶』の存在そのもの——藤沢さんは全集より更に以後の定本を考えていた事が書簡に見える——が、十四年間のお付き合いの中身をうんと濃いものにしているのを感ずる。思えば、ひたすら『白き瓶』に終始した十四年間だった。

慈愛に触れて

太田経子

先生に最初にお目にかかったのは二十年ほど前、某誌の編集者の結婚披露宴に招かれ、同じテーブルについたときだった。

小柄だが、静かで柔和な物腰のなかに一本芯が通った感じは、抑制のきいた文章から日頃想像申し上げていた通りの印象だった。

終宴後、改めてご挨拶すると、

「今は違いますが、昔はあなたに憧れていたのですよ」と、ちょっといたずらっぽくおっしゃった。

後年知ったが、私が処女作『渇き』で恵まれすぎたデビューをした頃、私より一つ歳上の先生は、結核の療養生活を終えたあと、教職への復帰を断念して業界紙の仕事につき、鬱々とした日々を送る暗い時期にあった。そうした折、素人の人妻が苦労もなく世に出たことに、或いは軽い羨望を抱かれたのかもしれない。だが、この披露宴でお会いした頃の先生は、直木賞受賞後すでに三年。目ざましいご活躍ぶりだった。

この日をきっかけに何度かおつき合い頂くようになったが、当時の私は文学のお話を伺うより、専ら新宿の行きつけのバーやスタンド割烹店へ先生をお誘いした。先生のお酒はあくまで穏やかで、終始にこにこと楽しそうにされ、ああそう、ほう、と相槌を打たれた。

もっとも一度、ご郷里山形のことで誤った知識を口にしたとき、「そんなことはないよ」と、珍しくムキな口調で否定された。私は先生のなかにある、純粋な少年のままの一面を垣間見たように感じた。

ある晩、知り合いの店長がいるクラブへご案内した折、私はいい気分に酔ったあまり、途中先生と手をつなぎ、ソファーに座ってからもそのままでいた。そこへ挨拶に来た店長に、先生は照れたように笑いながら、「ハハ、こんなことしちゃって」と言われた。

こうして先生とのおつき合いは、いつもほんわかとした、そしてさらりとした快いものだった。しかし、先生はお仕事が多忙な上に体調を崩されて、お酒を召し上がらなくなった。飲みには行けないが家へ遊びにおいでなさい、と言って下さったが、機会もないままに、いつか遠のいた。

歳月が経ち、ようやく私も安易に流れすぎたそれまでの創作態度を悔やみだした。そして、温めていた江戸の浮世絵師英泉の生涯にとりかかり、某誌にその一回目を載せた。と、思いがけず先生からお電話を頂いた。

「面白く読みましたよ。今後、ああいう方向でやるといいですね」久しぶりのお声だった。

二年ほどして、私は不満の残る先の連作を、違う形で新たに長編にまとめてみた。読んであげるという先生のお言葉に甘え、私は七百六十枚もの悪筆の生原稿を送り、読後感を伺うため、初めて先生のお宅を訪ねた。

先生は、この作品は英泉像の本質を突いている、と励まして下さった。私は思いつめた気持で、どうせ物書きになったからには、死ぬまでにせめて一つぐらいはましな作品を残したい、と話した。先生は深く、うん、とうなずかれた。そのお顔を見て、私は唐突に椅子から立ち上がり、言い出しかねていた言葉を口にした。

「先生、お弟子にして下さい」

このとっぴな申し出に、先生は驚かれる様子もなく、ああ、いいよ、とおっしゃった。だが、私の初めての歴史小説は、出版までに色々と手こずり、先生にも随分ご心労をおかけした。ともするとめげる私を、

「年齢じゃない。要は気力です」とお励まし下さった。先生は、遅ればせながら発起した私に、何とか手を貸してやろう、と思われたのだろう。

分量の点もあって編集者から何度も書き直しを求められた末、最終的な原稿を先生に再びお送りした。先生は眼底出血の予後にもかかわらず丁寧にお読み下さり、私をお宅へ呼んで、ここにはあなたのいいところがみんな出ている、これは力作というより秀作です、と喜んで下すった。

しかし私の長編はその後も曲折を経て、昨年三月ようやく出版の運びとなった。その

ことをお伝えした数日後、先生は突如意識を失って病院へ運ばれた。この時分、すでに先生は肝硬変だった。それでも先生はベッドの上で私の本の帯の文章をお書き下さり、奥様が浄書してお送り下さった。

七月初めにやっと退院され、八月末に『青眉の女』の題名で私の本が刊行された。「とてもいい本に出来上がった」と、先生が大そう喜んでおられることを、奥様がわがことのように弾んだ声で伝えて下さった。しかしその半月後、先生は高熱を発し、食事も受けつけず、再び入院されたまま、もう病院からお戻りになることはなかった。

この何年か、何度も先生にお電話し、またお電話を頂いたが、「ああ、太田さん？藤沢ですがネ」という、あの幾分嗄れ気味の温かい懐しいお声。そして私への吉報があると、「もしもし、あのネ」といつになく急《せ》きこみ、意気ごんだ高い声音で話され、相手方へのお礼の手紙はこう書きなさい、いや電話がいい、電話ではこう言ってね、と子供に教えるように懇切におっしゃったものだ。

夫も何度か、先生からのお電話に出る機会があった。先生はいつの場合でも折目正しく、「藤沢周平と申す者ですが」と自己紹介をなさり、最後まで崩すことがなかったという。そのあくまで控え目で、朴訥《ぼくとつ》なお声の調子に夫は恐縮し、感銘を覚えていた。そのお声も、もう、二度と聞くことはできない。

先生の書斎のことなど

倉科和夫
（青樹社在籍）

　ふつう、出版社の倉庫では、返品された本は、十六冊分を平面に井桁に組んで、それを五冊ずつ積み上げていきます。千冊の本だと、七十×七十センチぐらいの底面積で、これが一メートル半ほどの高さになります。

　私が入社して初めて社の倉庫に行ったとき、ひときわ高い返品の山がありました。三、四メートルはある山が二つ。『喜多川歌麿女絵草紙』という書名で、焦茶を基調にした洒落た装丁の本で、著者は藤沢周平とありました。

　案内してくれた当時の編集長は、「この人のは中身はいいんだけど、地味だからあまり売れないんだよ」とため息まじりに説明してくれました。ほかにも『冤罪』と『逆軍の旗』という堂々とした山が目につきました。

　こんなことは今だから口にできますが、そのころの藤沢さんは、作風もまだ暗さが残っていて、売行きも芳しくありませんでした。

　その年の暮れ、初めて先生にお会いして、退社予定の先輩から担当を引き継ぎました。柔和な風貌で、少しなまりのある恥ずかしそうなしゃべり方が印象的な人でした。昭和五十二年、先生が四十九歳、私が二十六歳でした。

それから、ほぼ隔週で大泉学園のお宅へ通いました。別に出版の予定があったわけではありませんが、作品を読んですっかりファンになってしまったことと、駆け出しだった私は、担当する作家も仕事も少なくて暇だったからです。

そろそろ忙しくなりかかっていたにもかかわらず、先生は嫌な顔一つせずに相手をしてくれました。右も左も分からない私に、小説のこと、出版のこと、若いころのこと、さまざまに話してくれました。しかし、こちらも無我夢中で、その内容をほとんど覚えていないのが残念です。

こちらでも、単行本に未収録の作品のリストを作ったりして、何度か通っていましたが、その翌年の夏に先生のほうから社に電話がありました。

「そろそろ一冊まとまるぐらいの作品が集まったからきてくれ」というものでした。

もう嬉しくて、躍るようにしてお宅まで行きました。ほとんど知られていないような雑誌に書かれたものなどもあって、十一編。『神隠し』という本にまとめさせてもらい、その年の暮れに出版しました。

そのころだったと思います。たった一度だけ先生の書斎を覗いたことがあります。雑誌を運ぶのを手伝ったんだと思います。

二階へ上がって、ちょっとびっくりしました。ひと昔前の学生の勉強部屋といった感じの質素なたたずまいでした。窓辺に何の変哲もない座机がちょこんとおいてあり、その前に薄い座布団、雑誌を入れた本箱が二つか三つ。時代小説作家の書斎というイメージからはあまりにかけ離れた殺風景なものでした。

その後に出版された『周平独言』のなかに、こんな文章があります。

奇をてらっているわけでは決してなく、これが私の仕事部屋の常態であり、将来も値打ちものの陶器や軸物が持ちこまれたりして、私の部屋が書斎らしい体裁をととのえるということは、まずあるまいと思う。

なぜこうなのかということを、理由をはぶいて結論だけ言えば、私は所有する物は少なければ少ないほどいいと考えているのである。物をふやさず、むしろ少しずつ減らし、生きている痕跡をだんだんに消しながら、やがてふっと消えるように生涯を終ることが出来たらしあわせだろうと時どき夢想する。

おっしゃるように、亡くなった今でも、先生の持ち物はあの当時からたぶんほとんど増えていないことでしょう。しかし、作品のほうは、しっかりと増えつづけ、残っています。

今から思うと、当時は『用心棒日月抄』をお書きになっていたころで、気持ちがふっきれて、作風も明るくなり、小説を書くのが面白くなってきたころだったと思います。わざわざ先生のほうから私の社に電話してきたのも、その表れだったのではないでしょうか。

その後、『驟り雨』『時雨みち』『霜の朝』『龍を見た男』『花のあと』と、年に一冊ずつのペースで作品集を作らせていただきました。どれも私にとって宝物のような愛着のある作品ばかりです。お陰さまで、もう返品の山ができることもなく、前からあった山もだんだんと低くなって増刷もできるようになりました。

でも、「ぼくの書くものは、そんな派手で面白いもんじゃないし、そんなに売れない」と、当時から、またその後に流行作家と呼ばれるようになっても、先生はいつもそう恥ずかしそうにおっしゃっていました。あちこちで取り上げられ、マスコミにもてはやされることに、最後まで困惑しているようにも見受けられました。

引用した一文がその先生の気持ちをよく表していると思います。

体を悪くされてからは、お宅へうかがうのを遠慮していたのですが、十数年通って、その人柄、作風にすっかり惚れ込んでしまった担当者としては、亡くなられて、心の一部がごっそりと持っていかれたような気分です。

それに、酒呑みの私としては、一度も先生とお酒を呑んだことがないのが何より心残りです。

当時の先生の年齢に近づいたいま、改めて作品を読みなおしてみると、昔は分からなかった機微がいくらか見えてくるようになりました。生きていらっしゃるうちに、もう一度お会いして、当時の心境などお話しいただいて、ひと晩酌み交わす酒はどんなにかうまかったことでしょう。

塩引きの鮭

井上ひさし

藤沢周平さんに初めてお会いしたのは、たぶん昭和五十一年（一九七六）の秋か、翌年の春、オール讀物新人賞選考会の席であったと思われる。選考委員会が一新。委員が、城山三郎さん、山田風太郎さん、古山高麗雄さん、藤沢さん、そしてわたしの五人になったのだった。以来、公式の席（オール讀物新人賞、直木三十五賞、山本周五郎文学賞、朝日新人文学賞の各選考会）で、二十四、五回。対談と鼎談が各一回ずつで、お目にかかった回数は、合わせて三十回にも満たない。

私的なものとしては、心覚えの帳面で見るかぎり、わたしの芝居を観にこられたときに、小屋がはねてからコーヒーをのんだことが三回あるだけだ。そういうわけで、藤沢さんと交わした私的な会話を四百字詰原稿用紙に余さず詰め込んでも、百枚には達しないはずである。そして頂戴した葉書も十数葉を数える程度……。そうたいしたおつきあいがあったわけではない。他にもっと親しい方があったはず。

これでは追悼文を書く資格を欠くと考えて、そのことを「オール讀物」編集長の鈴木文彦さんに申し上げると、こんな答をいただいた。

「それでも、おつきあいのあった方なのではないでしょうか。それに井上さんは同県人でもいらっしゃるし……」

こっちは、たいした交際もしていないと信じ込んでいたのに、客観的には、それがそうでもなかったらしいということ。このあたりに藤沢さんの真骨頂がある。鈴木さんのひと言から、可能なかぎり、いわゆる文壇村での交際から遠ざかっておいて、そうして浮かした時間と体力を、あげて小説創作に捧げつくした一人の小説家の像が浮かび上がってくる。厳しい生き方をまっとうした方に、拙《つたな》いながらも精一杯の誄詞《るいし》を捧げるのも生き残った人間の仕事かもしれないと思い直して、この文章を綴っている。

もう一つ、山形県人の一人として、藤沢さんにお礼を述べる機会であるとも考えはじめていた。この間も郷里へ帰ったら、文学好きの中学校長が、

「山形県に誇るべきものが五つある。一に才一、二に周平、三、四がなくて、五に桜《おう》桃《とう》」

と言っておられたが、まことにその通りで、お二人の存在がわたしたち同県人の心の重石《おもし》として、どれだけ大事なものであるか、他県の方方には、おそらくお分かりになるまい。盛岡人は、

「岩手に誇るべきものは少ないが、しかし、それでもこの県は宰相を五人も輩出しているのですからな」

と言い言いして不味いお酒も美味しく呑む。そこでこっちも心得て、

「なにを仰《おっ》しゃる。こちらには、他にも、大槻文彦、石川啄木、金田一京助、野村胡堂《こどう》、宮澤賢治とそれこそ多士済済じゃありませんか」

と言ってさし上げると、お顔をくしゃくしゃにして酒を注いでくださるのであるが、同じように山形県人は何かというと、才一、周平、お二人の名を挙げて酒席での極上の肴とし、またなによりの誇りともしているのである。これに添えて、

「他にも、山形はリンゴに洋梨、葡萄にラフランスなど果物の大宝庫で、こちらでとれない果物は蜜柑とバナナだけだそうですな」

と言ってあげれば、山形県人たちも相好を崩し、たぶん家屋敷を抵当に入れてでもといった気合いをもって客人を大歓待するであろう。そういうわけだから、山形県人の一人としてひと言お礼を申し上げるべきだと考え、こうやって益体《やくたい》もない文章を書いているところだ。

ところで、藤沢さんとお目にかかったなかで少しばかり変わっていたのは、直木賞選考会の当日に、藤沢さんと選考会場近くのホテルのロビーに落ち合って、小一時間ぐらいかけてのんびりお茶をのむという習慣があったことで、お茶をのんだあとは、時間を見計らってゆっくり歩きながら会場へ出かけて行った。これは昭和六十一年（一九八六）一月から十二回ぐらいつづいたとおもう。

もちろん、前《ぶ》もって集まってひそひそ声で、「この作品を二人で推そう」といったような下相談を打っていたわけではなかった。近ごろおもしろく思った映画や推理小説に

ついてたがいに教え合ったり、体調を訊ね合ったり、好きな食べ物の話をしたり、そのあいまに何となく、「今回の候補作の中で感心したのは、この作品ですな」などと、ちらっと意中作の題名を小出しにしたりして、雑談をたのしんでいたのだ。なぜ選考会の直前に落ち合って茶を喫することにしたのかは分からない。たぶん、直《じか》に会場に入って行くよりも、そうやって雑談をしておいた方が気をらくにして選考にのぞむことができるのではないかと、どちらかが考えたのだろう。

その間《かん》、今もあざやかに記憶にのこっていることが二つある。一つは、たしか二回目の会合のこと。その数週間前に離婚していたわたしに会場に向かって肩を並べて歩いていた藤沢さんがポツンと呟くようにこう言われたのである。

「生き別れは、まだしあわせなのではないでしょうかね。今となっては死別でなかったことに感謝なさったらいいと思いますよ。死別の悲しみはあとを引きますからね」

えっとなって足を止め、藤沢さんを見た。

「錆は鉄を腐らせ、悲哀は人を腐らせる、と言ったのはたしかシェークスピアだったと思いますが、まったく死別というやつは、人を永い間、悲哀の淵に閉じ込めておくもので、その淵から抜け出すのにずいぶん時間がかかりました」

「……奥さんを亡くされたんですか」

そう訊ねたのは、その時分はまだ藤沢さんの年譜が明らかにされていなかったし、またこの人は御自分のことをほとんどお書きにならなかったからだった。初耳だったのである。

「ええ、若いころにね。もっとなにかしてやれたことがあったのではないかと、今でも心がすっと過去へ引っ張られて行くときがよくあります。そして、そう思ったところでもう取り返しがつかないという底無しの無力感にさいなまれる。これはつらいですよ。しかし生き別れなら、失礼な言い方かもしれませんが、その心配はない。そんなわけですから、元気を出してくださいよ」

なるほど、そうだったのか。初期の藤沢作品では、主人公と心を許し合った女性が、主人公より先に死ぬ、あるいは殺されるという物語構造がじつにしばしば見られ、そのことが読者に「還らない時間」の悲劇的な重みを切なく甘く訴えかけて来、それが藤沢作品の魅力の一つにもなっているが、あれはつまり「実録」だったのだ、とそう納得したことを覚えている。

もう一つは、塩引き鮭の話をすると、これがよほどお好きだったとみえて、藤沢さんの寡黙な舌が別人のようによく動き出すということ。この塩引き鮭、塩ジャケについては少し説明が要るかもしれない。今の塩ジャケは「塩」の一字は飾りも同然、まるで麸《ふ》でも嚙んでいるように頼りなく味気ないが、かつて塩ジャケはそんなヤワな代物《しろもの》ではなく、あれは一個の猛者《もさ》だった。金網で焼くと呆れるほどいっぱいに塩が吹き出し、薄い切身一枚で御飯を五、六杯おかわりできそうなほどしょっぱく、ギリギリと塩味がきつい。とりわけ腹のあたりに脂《あぶら》がたっぷり残っていて、ここから吹き出す塩は黄色である。

山形県では、これを一本、台所につり下げておき、寒中の脂肪源にする。つり下げておくのは猫を防ぐためである。なにより美味しいのは、これが弁当のおかずになったときで、昼、教室で弁当を開き塩ジャケを蓋に取り分けると、その塩ジャケの載っていたあたりの御飯が薄く黄色に染まっている。ここに塩味と脂がしみこんでいて、これがじつにうまかった。

この話になると、藤沢さんの目がかすかに潤み出し唇がなんとなく濡れてくる。そして藤沢さんがこう言って締めくくるのがきまりだった。

「ああいう塩ジャケにこのところ出会ったことがないのですが、どうしたんでしょうね」

「ええ、まったくシャケな話ですな。もう一度、あの塩ジャケ弁当がたべたいなあ」

「どこかに残っていませんかね、あの塩ジャケが……」

「探してはみるんですが、絶えて噂を聞きませんよ。ぜんぶ猫に食われちまったんでしょうか」

「あるいはそうとも考えられます」

話のおしまいに、いつもこのやりとりを繰り返して飽きることがなかった。芝居のあとでお目にかかるときも、話題は決まってこの塩ジャケ弁当で、他に一度、

「もう一つ、おいしかったものは、カステラの身と皮の間のところです」

という話が出ただけだった。そして別れぎわの挨拶はどちらからともなくこういうの

がきまり。

「あの塩ジャケが見つかったら、知らせますからね」

この間、岩手釜石の人に、ギリギリと塩味のきつい塩引き鮭ありませんかと聞くと、注文してくだされればすぐにも作りますという。わたしはほとんど愕然とし、次に早く聞くんだったと後悔し、そしてもう遅いという無力感にとらわれた。

「還らない時間」

注文通りの塩引き鮭ができてきても、もうその切身は甘く切ない味しかしないだろう。

*
**

3　藤沢周平が遺した世界

最後の長篇『漆の実のみのる国』を読む

向井　敏

豊饒のまぼろし

安永四年（一七七五）十月のある寒い朝、米沢藩の執政竹俣当綱《たけのまたまさつな》は腹心の御小姓頭莅《のぞ》戸善政《きよしまさ》と同道して藩主上杉治憲《はるのり》に謁し、一通の薄い冊子を差しだした。破綻に瀕した藩財政を立ち直らせるために練りあげた計画書である。

それは、漆《うるし》、桑、楮《こうぞ》それぞれ百万本を、野といわず山といわず町なかといわず、藩内いたるところに植えて殖産を図ろうというもので、十年を経たのち、この植樹が年々藩にもたらすであろう収益の予想額が記されていた。漆の実から採れる木蠟を主に、桑による養蚕事業、楮による製紙事業を含めて、収益額は石高に換算しておよそ十六万石。十五万石の貧しい藩が実高三十万石になるというのだ。

当綱の説明を聞きながら、治憲は気持のたかぶりを抑えきれずにいる。この計画が実現すれば、藩は積年の窮乏から脱し、貧にあえぐ家臣も領民も安堵して暮せるようになるかもしれない。豊饒のまぼろしがこの若い藩主の眼底を横切り、富を産む漆の実の鳴る音が耳底に響く。

領内を埋めた百万本の漆木は、秋になるとどんぐりのような実をつけ、晴れた日は実は日に光り、風が起きると実と実はたがいに触れあってからからと音を立てるだろう。山野でも川岸でも、城下の町町でもからからと漆の実が鳴り、その音はやがてくるはずの国の豊饒を告げ知らせるだろう。

実際には、漆の実はどんぐりのような大きい実ではなく、総状《ふさ》の小枝の先についた米粒のようなものにすぎない。治憲はのちにそれを知って自分の思い違いに驚くが、しかし、驚くだけではすまないことがやがて起きる。当綱のたてた計画が計算通りには運ばないことが明らかになったのである。植樹がはじまってから七年を経た天明二年（一七八二）になっても、実際に植えられたのは計画の半ばにも達していなかった。それだけではない、肥後の熊本藩を筆頭に、西国諸藩が質のいい櫨《はぜ》蠟の生産と販売に力を入れはじめ、品質の劣る米沢藩の漆蠟が売れにくくなっていた。

当然、収益予想額は当初の試算を大きく下回り、実高三十万石など、夢のまた夢。しかも、治憲は知るよしもなかったが、この貧乏藩の行く手には天明三年、五年、六年と打ちつづく大凶作が手ぐすねひいて待ち構えていた。

折も折、この計画の立案者で、治憲が藩政改革を進めるうえで最も頼りにしてきた執政竹俣当綱の罷免という事件が起きる。長年にわたる難儀な藩運営に疲れ果てたのであろうか、当綱はそれまでにも二度、職を退きたいと申しでていた。治憲に強く慰留されて思いとどまりはしたが、そのうち、藩祖上杉謙信の忌日に酒宴に興じるなど、わざとのように藩の禁忌に触れるさまざまな不行跡をはたらきだしたのである。やむなく治憲は当綱を解任し、隠居のうえ押し込めという処分を下さざるを得なかった。

たいていなら藩政など投げだしてしまいたくなるような、こういった難事が打ち重なっても、しかし治憲はくじけなかった。ずっと昔、高鍋藩三万石から当時の米沢藩主上杉重定の養子に迎えられ、藩世子としての訓育を受けていたころ、素読師範の藁科《わらしな》松伯に藩の窮状を聞かされ、「それでは家中、領民があまりにあわれである」と言って涙をこぼした少年時の初志を枉《ま》げず、藩の再生に望みをつなぎつづけた。竹俣当綱から、漆の実が藩の窮乏を救うだろうと聞いて心を躍らせたとき、耳底で鳴った漆の実の音を終生忘れることがなかった。

その音は、のちに鷹山と号した江戸時代随一の民政家、上杉治憲とその家臣たちの事績を克明に追った藤沢周平の遺作『漆の実のみのる国』の行間を満たして、絶えず鳴りひびいている。

海坂藩と米沢藩

藤沢周平の手になる時代小説のうち、武家や剣客を扱った物語の多くは、海坂《うなさか》藩とその城下町を舞台もしくは背景としてくりひろげられる。海坂藩は作者の生地に当る山形県庄内地方を天和年間から明治維新まで、およそ二百五十年にわたって領してきた荘内藩十三万八千石を母型として創案された架空の藩だが、その荘内藩の隣藩だった米沢藩十五万石にかかわる作品をも、藤沢周平はしばしば手がけている。ただし、こちらのは海坂ものと違って、実録ものというか、いずれも大筋を史実に仰いだ作である。

執筆順にいえば、まず、幕末ごろの米沢藩士で、東北には数すくない尊皇の志士の一人、雲井龍雄の短い生涯を描いた長篇『雲奔る』（原題『檻車墨河を渡る』。初出「別册文藝春秋」昭和四十九年秋季号、昭和五十年新春号）。

つづいて、破産寸前の米沢藩を継いだ上杉治憲と、若い藩主を補佐する家老竹俣当綱、この主従二人の藩政改革の苦心に焦点を当てた中篇『幻にあらず』（初出「別冊小説新潮」昭和五十年冬季号）。

そして、戦国の雄上杉謙信を継いだ上杉景勝と、その重臣直江兼続《かねつぐ》を主役に、秀吉、家康と張り合ったすえ、武運つたなくして会津百二十万石から米沢三十万石（のち、さらに減封されて十五万石）に移封された上杉家の命運をたどった長篇『密謀』（初出「毎日新聞」昭和五十五年九月〜昭和五十六年十月）。

この『密謀』の新聞連載を終えてのち、藤沢周平は「毎日新聞」紙上に「『密謀』を終えて」と題する一文を寄せ、同じ山形県でも庄内生れの人間がなぜ米沢のことに興を催すのかとみずから問うて、こう書いたことがある。

戦国時代の英雄に対する子供の評価はいまはどんなふうなのか知らないが、私は子供のころ、戦に強いという点で、単純に上杉謙信や武田信玄を信長や秀吉、家康よりも上位においていた。上洛を目ざして動き出した信玄の前に立ちふさがる徳川の軍勢を、武田軍団は三方ヶ原の一戦で粉砕する。その武田と互角に戦って、しかも史上有名な川中島の戦では、どうやら武田よりも強かったとさえ思われる上杉は、子供のころの私の頭の中で、戦国時代最強の軍団の位置に坐っていたのである。米沢はその戦国の雄上杉の裔《すえ》の城下町だった。そういう土地が同じ県内にあることに興味をひかれないわけがない。またその興味というのが、若干の誇りとか畏敬とかのいろを帯びていたとしても、べつに不思議なことではなかった。

それから十年。その間、藤沢周平の著作歴に米沢藩や上杉家のことを扱った作品は見当らない。しかし、彼が興味を失ったわけではけっしてなかった。なかでも気にかけていたのが『幻にあらず』で書き残したことの始末。のちにこの人が米沢市でおこなった講演の記録（「米沢と私の歴史小説」。文藝春秋編『藤沢周平の世界』に収める）によれば、

『幻にあらず』は元来、上杉治憲による藩政改革の一部始終を書くつもりではじめたのだが、その前半、竹俣当綱が罷免されるところで切りあげ、後半をはぶいて独立した作品として発表したといういきさつがあり、以来そのことが気がかりでならなかったという。

おそらく機会を見て後半を書き継ぐつもりでいたのであろう、折に触れて新しい資料や研究書を参看していたともいうが、やがて彼は単に後半部を書き足すのでなく、あらたに稿を起して『幻にあらず』とは別の作品を書こうと思い立ったものと想像される。そして書きはじめたのが、ほかでもない、『漆の実のみのる国』である。

小説家のたくらみ

物語は治憲がまだ直丸と名のる少年だったころ、素読師範の藁科《わらしな》松伯が米沢藩江戸上屋敷の表御殿の廊下をぎいぎい鳴らしながら、当時江戸家老の職にあった竹俣当綱を訪ねてくる描写からはじまる。廊下が鳴るのは根太《ねだ》がゆるんで踏み板がそっくり返っていたからである。藩の財政が窮乏のどん底にあって古びきった建物の建替えができず、畳は破れ、廊下はきしみ、雨の日はあちこちで雨漏りがするありさま。

のっけからこんな調子で、『漆の実のみのる国』は米沢藩とその家臣、領民の窮迫を語る描写に満ちている。同じ題材を扱った『幻にあらず』でも藩の窮状はもちろん描かれてはいるけれども、物語全体の仕組みのうえでは背景にとどまる。それがここでは、貧こそ物語の主役といいたいくらいだ。作者自身、この作品のために史料を点検してみて、そのあまりの貧しさに衝撃を受けたのにちがいない。

作中で克明に記されていることだが、かいつまんでいえば、米沢藩の窮乏は関ヶ原の役ののち、西軍の石田三成と気脈を通じた廉《かど》で会津百二十万石を米沢三十万石に減封され、さらにその六十年後、時の藩主上杉綱憲が嗣子を定めぬまま急死したことから十五万石に減らされたのがきっかけだった。上杉家の石高は会津時代の十分の一近くにまで減ったことになるが、譜代の家臣の数は五千人と変らず、そのため、それぞれの家禄も米沢移封のときに三分の一、十五万石減知のときにまたその二分の一に下げられた。

それでも謙信以来の軍用御囲金《かこいきん》があるうちはまだよかった。だが、幕命による数次の国役、宝暦年間につづいた凶作、それに歴代藩主の浪費などで御囲金も底をつき、それからというものはことあるごとに江戸、上方、越後の豪商などに借金を申し入れるのが例となった。竹俣当綱が漆など三百万本植樹の計画を立てた安永四年には、積りつもった借財は総額十六万両余、年々の返済額はほぼ四万両、藩の金銭歳入を上回る額に達し、金主たちはもうこれ以上の金策には応じようとしなかった。家臣は家禄の半分を借り上げられ、領民は七公三民という苛酷な年貢を課され、国中が貧にあえぐことになったのはいうまでもない。

江戸後期、財政難に苦しんだ藩は何も米沢藩に限らないが、一時は八方ふさがりの藩運営に困じ果てた重職たちがいっそ幕府に封土返上を申し出ようかと考えたほどの、このよりぬきの貧乏藩のありさまを、藤沢周平は筆を惜しまずこまごまと、煩をいとわず数字をも挙げて描きだしてゆく。

彼がこんなにまで詳しく、こんなにまで徹底して米沢藩の眼を蔽わんばかりの窮状について書いたのは、実情を広く人びとに知らせようという、啓蒙家風の、あるいは歴史家風のもくろみがあったせいであろうか。そうではない。けっしてそうではないことが、読むうちにわかってくる。

それは一つには、上杉治憲がこのあわれな藩を立ち直らせることができるだけのすぐれた器量と、不退転の意志を持った人物として、切所切所で颯爽と登場する、そのとき読者が味わうであろう安堵感、爽快感を確かなものにするためだった。

たとえば、明和元年(一七六四)、治憲が養父重定に代って藩主の座につくしばらく前のころの藩政の苦境をことこまかに記したのち、藤沢周平は米沢藩を破船にたとえてこう書く。

この時期の米沢藩は、君臣、さらにはたくさんの領民がともに乗り合わせた破れ船で、広い海をただよい流れているようなものだった。改革派をふくめて行きつく先を知っている者は誰もいなかった。

そして、これにつづけてさらに一行が書き添えられる。この一行がもたらす爽快と安堵こそ、彼のねらうところだった。

その中にあってただ一人、よき政治の到来を信じ、藩の再生を疑わない者がいた。世子上杉直丸である。

また一つには、八方ふさがりの藩を救ってくれるかもしれない方策に思い当ったとき、あるいはたとえわずかでも事態が好転しつつあることを知ったとき、治憲が覚えた心躍りに、真実味を与えるためだった。すくなくとも、全篇を埋める藩の貧しさについての描写や記述は、あきらかにその役割を果している。

竹俣当綱から漆、桑、楮それぞれ百万本を植えるという殖産事業の計画を聞いたとき、治憲の感じた気持のたかぶりの描写がその好例。米沢藩が当面している窮境をいやというほど読まされてきた読者は、治憲が豊饒のまぼろしを見たことを、漆の実の鳴る音を聞いたことを、けっして疑わないであろう。

爽快感と安堵感の確保。感情描写についての真実味の裏づけ。こうしたたくらみは千軍万馬の小説家でなくてはできることではない。

十八年の歳月の重み

しかし、『漆の実のみのる国』に登場する人物のなかで、というより人物のとらえ方、描き方のうえで最も興を惹くのは竹俣当綱である。

当綱は上杉家譜代の名門の出で、若くして江戸家老となり、藩政改革の中心人物の役割をつとめた。当時の藩主上杉重定の寵《ちょう》を得て藩政を牛耳《ぎゅうじ》っていた森利真《としざね》を誅殺したのも、藩の窮乏をかえりみようともしない重定に隠居を強いて、藩主の座を治憲に譲らせたのも、当綱が主となってやったことである。国家老として治憲の藩立て直しの事業を支えるようになってからのことはこの稿のはじめであらまし触れたが、それにしても不可解なのは、みずから建策した漆、桑、楮の植樹計画が緒についたばかりなのに二度にわたって致仕を願い出たこと、慰留されると今度は故意としか思えない不行跡をはたらいて、解任処分を受けたことだ。

この当綱の所行をどうとらえ、どう描くか。伝記小説の切所ともいうべき難題だが、藤沢周平は『幻にあらず』と、『漆の実のみのる国』とでまったく違った解を出している。

まず、『幻にあらず』の場合。執政の職を退きたいと願い出た当綱は、治憲にその理由をただされてこう答える。

「正直に申しあげますと、それがし、ほとほと疲れました」

「……」

「賽《さい》の河原でござりますな。一所懸命に石を積んで、今度はよいかと思うと、鬼がやってまいります」

「……」

「それがしが藩の建て直しを考えましたのは、さよう、大殿様が入部なされた時分からでござります。殿がお生まれになる前でござりますな。あれから、ざっと三十年経ち申した」

「三十年のう。そうなるか」

「はい。それがしはもはや若くはござりません。しかるに、藩の建て直しはまだ先が見えておりません。なるほどいろいろとやってはみましたが、それでいくらか家中や農夫が楽になり申したかといえば、否です。殿はいまだに木棉を召しておられる。（中略）それがしは近頃、藩の建て直しなどということは、若い間にみる幻かも知れんと、そう思うようになり申した」

「……」

「若い時分には、これほど美しいものはござりませなんだ。命を賭けて悔いないと、女子に惚れこむように、真実そう思うたものでござる。しかし、年取ると、この幻は辛うござりますな。ほかにもいろいろと物が見え、迷いも生じまする。しかも若いときと違い、追いかけるのに時どき息が切れ申しましてな」

一方、『漆の実のみのる国』の場合。当綱は一応は、疲れたのでやめたいと答えるが、治憲に「不満、落胆、憤り、すべて腹にあるところのものを隠さずに申せ」と迫られ、「藩再生の実効がいまだ見えないことに疲れた」のは事実だが、しかしそれだけではないと前置きして、こう語りだす。

「それがしはもともと傲岸不遜な人間でござります。藩政を指図する上でも、おのれの才を恃み、門地を誇り、人を人とも思わぬやり方を通して参りました。そのことには自身も気づいておりましたが、持って生まれた気質ゆえ、矯めることはかなわなんでござります」

「ふむ、それで」

「とは申しながら、それがしにしても、時と場所によっておのれの傲慢をおさえるすべぐらいは心得ており申した。しかるに近ごろ……」

当綱は深い吐息をついた。

「以前のようなこらえ性をなくしてござります。齢のせいでもありましょうか、思いどおりにいかぬと不平不満はたやすく身の内をあふれ、誰かれかまわずに非難、叱責の言葉を浴びせずにはおられぬ、かようなことが多くなりました。こういう人物が執政の座にいてはいけません。国をあやまる恐れがあります」

貧乏藩のやりくりに三十年、もう疲れたから辞める。これだけなら、ことは単純でわかりやすい。しかし、生来の傲慢な気性を抑えきれなくなったからという要素が加わると、話は一挙に複雑になる。

　もちろん、当綱がそういう入り組んだ性格の持主であることが治憲との問答で突然明されたわけではなく、伏線はちゃんと張られている。たとえば、久びさの豊作に恵まれた安永六年（一七七七）秋、治憲は領内の老人を招いて敬老の行事をおこなったが、そのとき、当綱は満足げな治憲を見ているうちに、「名君気取りも、ほどほどにされてはいかがか」という声が自分の胸のなかから聞えてきたのに気づいて、太いためいきをついたという挿話。また、微禄の下士から立身して今は治憲に重用されている莅戸《のぞき》善政《よしまさ》の顔を思いだし、「たかが馬廻の分際で以て……」とつぶやいているのに気づいて、自分の心情の傲慢さ、卑しさに暗然としたという挿話。

　藤沢周平は『幻にあらず』の末尾で、治憲に当綱の不可解な乱行をかえりみさせ、「改革はときに人に非人間的な無理を強いる。当綱は、長いこと一汁一菜、木棉着を窮屈に思い、最後には罪を覚悟で大胆に遊んだのかも知れない」と述懐させている。しかし、『漆の実のみのる国』では、当綱の内面の複雑と混沌に眼を凝らし、あの乱行もそうした内面とかかわりがあるのだと匂わせることを選んだ。

　この二つの作品のあいだには十八年の歳月が横たわっている。その歳月の持つ重みが作者にこの解を選ばせたのにちがいない。

最後の六枚

さきにも触れたが、『幻にあらず』は独立した中篇小説の体裁はとっているものの、上杉治憲の生涯とその藩政改革のすべてを描くという当初の構想からいえば、未完で終った作品である。『漆の実のみのる国』はその始末をつけるつもりで想をあらたにして起稿され、「文藝春秋」平成五年一月号から連載されはじめたのだが、これも構想通りの形では完結を見ることができなかった。八分通り書き終えたところで、作者藤沢周平が病に倒れ、ついにその病から回復することができなかったからである。せっかくの大作を中断したまま、世を去らねばならなくなって、どんなに口惜しい思いをしたことか、想像に余る。

ところが、驚くべきことが起きた。作者は連載最終回分に当る原稿を病床で書きあげていたというのである。ただし、その量は四百字詰原稿用紙にしてわずか六枚（「文藝春秋」平成九年三月号に遺稿として掲載）。それがまた驚いたことに、その六枚のなかで、既発表分の話柄を巧みに受けて物語が展開され、大作の幕引きにふさわしく、余韻を豊かに響かせて閉じられていた。仮に事情を知らずに通読する読者がいるとしたら、彼はなぜこれが未完なのだといぶかしむにちがいない。

藤沢周平の生涯の作品の数は短篇百五十余篇、長篇およそ四十篇。作家として名のり出てから二十五年のあいだにこれだけ多くの作品を書いていながら、求めに応じて安易に書き流したようなものは一篇としてない。発表する以上は読者を失望させるようなことは断じてしないというのが、この人の掟だった。『漆の実のみのる国』の最後の六枚は、その作家魂の結晶というに値する。

もちろん、これだけでは上杉治憲の志した藩政改革はどこまで達成できたのか、米沢藩が負っていた厖大な借財は返済できたのか、家臣や領民の窮乏はいくらかでも緩和できたのかといった、執筆当初の構想には含まれていたはずの諸状況は知ることができない。すくなくとも、藤沢周平自身の文章では読むことができない（せっかくだから書き添えれば、治憲の在世中に、藩外の金主からの借財はあらかた返済され、家臣から借り上げた米と銀も銀だけは返済されている）。

けれども、真暗闇だった米沢藩の行く手にほのかにでも光を点じることになった政策案については、その六枚の半ば近くを費してきちんと書きこまれている。莅戸《のぞき》善政が起案し、のちに「十六年組立て」と呼ばれることになる藩政立て直し計画のことである。これは、「改革すべき項目を十六段階に分け、一年に一項目を実施してその上に次の新規の事業を積み上げて行くという方法」だった。

莅戸善政は中堅家臣団の三手組の出だが、治憲の代になって御小姓頭に抜擢され、竹俣当綱とともに治憲を支えてきた人物である。当綱が罪を得て下野し翌年、致仕して隠退していたが、藩主の座を世子治広に譲った治憲に乞われて中老職につき、藩政改革の中軸となった。豪放果断な当綱と違って緻密で慎重な性格の持主で、「十六年組立て」

はその性格を写したような政策ということができる。

当綱の漆、桑、楮植え立て案もすばらしい計画だったが、漆百万本を一挙に植えようといったような無理があってうまくゆかなかった。それに対して、善政の「十六年組立て」は功をあせらず、一歩一歩着実に改革を進めていこうとしてい、自分の生存中にできなければ後継者に引き継いでもらおうという、先を見通した慮《おもんぱか》りを秘めていた。藤沢周平はそうした遠い慮りに着眼して、善政が治憲に「十六年組立て」を提出したときの情景を描いた。そこには、むかし当綱の計画案に心を躍らせ、漆の実の鳴る音を耳にした、意気軒昂たる若い治憲とはまた違う、成熟した治憲の姿がほんのわずかな言葉であざやかに描きとめられている。この稿のしめくくりに、その文章を引かせてもらうことにしたい。

この計画の特徴はすでに述べたように一年に一事業のみを行ない、積み上げて、その成果をたしかめながらすすめることである。事業の完結までには長年月を必要とする。年齢からいって、善政がこの財政組立ての成果である殖産事業が華咲くところをみることはおそらくむつかしかろう。

しかし治憲はそのことに触れなかった。いたわりをこめて言った。

「善政、そなたのような人物こそ、真の政治家と申すものだ」

善政はうつむき加減のまま、めずらしく微笑した。

『一茶』『白き瓶』をめぐって

川本三郎

農と文と

藤沢周平という労を厭《いと》わない作家にとっては、厖大な資料を読みこんでいき、基礎となる土台をきっちりと作り、その上に、物語をひとつひとつ確実に積み上げていく伝記という手法は、資質によく合ったのではないかと思う。また、藤沢周平は基本的には日常の細部を大事にするリアリズムの作家であり、すでに生を完結した歴史上の人物を描く伝記はそのリアリズムの手堅さにもよく合った。

ここではいくつかある伝記小説から『一茶』と、『白き瓶《かめ》 小説 長塚節』を取り上げてみたい。この二つの伝記は、同じく言葉に生きた人間を取扱いながら、また、ともに農村の生まれの人間を描きながら、まったく違った対照的な味わいを持っている。そこがまず面白い。

『一茶』は、一茶という俳人の俗臭芬芬《ふんぷん》たる一生をあますところなく露わにしていて、どちらかといえば善人が主人公であることの多い藤沢周平の作品群のなかでは異彩を放っている。ここに登場する一茶は、田舎者の劣等感にさいなまれ、人間関係の瑣事に卑屈なまでこだわり、貧苦のなかで生活にゆとりをなくし、ついには故郷に帰り、百姓仕事を実直にこなしてきた弟から財産の半分を取り上げた、欠点だらけの男である。ありていにいえば〝嫌な男〟である。

藤沢周平はそのアクの強い一茶の俗の部分にこだわり、俳人、ひいてはものを書く人間の業のようなものを書きこんでいく。「一茶は、必ずしも私の好みではなかった。私はどちらかといえば蕪村の端正な句柄に、より多く惹かれていた。だがあるとき、一茶の句ではなく、生活にふれて二、三の事柄を記した文章を読んだあと、一茶は私の内部に、どことなく気になる人物として残った」「一茶は二万もの句を作った俳人だが、弟から財産半分をむしりとった人間であった。とさきに書いたが、私の興味はむろん後半の部分、俗の人間としての一茶を書くことにあった」と藤沢周平は随筆「小説『一茶』の背景」で書いているが、作者自身がこの俗気にまみれた一茶を好きではなかったことは容易にみてとれる。にもかかわらず、藤沢周平が『一茶』を書かざるを得なかったのは、一茶の卑しさ、焦燥感、野心といった負の側面に、文章を書く人間なら誰でも否定し得ない宿痾《しゆくあ》を見たからだろう。また、同じ農村出身者として、一茶の卑屈さのなかに、都会に出てきた人間の哀しい心性を見たからだろう。作家は、ときに、〝嫌な人間〟〝嫌いな人間〟を取り上げることによって、自分の暗部と向き合い、作家としての幅を広くしていく。

　これに対し『白き瓶』は幸福な伝記である。随筆「小説『白き瓶』の周囲」で「薄倖の歌人の、短い生涯にもかかわらず残されたもののたしかさ、胸打つ深さに何はともあれ賛辞をのべよう」と執筆のモチーフを語っているが、藤沢周平は一茶の場合とは対照的に明らかに長塚節を愛している。歌人であると同時に、故郷の茨城の農村に根を下ろし、土に生きる人々と共にありたい、と実直で慎ましい暮しを生きた長塚節のなかに、あり得たかもしれないもうひとつの自分の理想像——、農と文の調和を見ている。江戸市井の人々や、下級武士を好んで取り上げたことからわかるように、藤沢周平が愛したのは、貧しい日々の生活のなかで、分相応に暮していく寡欲な人々である。慎ましさと律義さは、藤沢周平にとってもっとも平凡で、それゆえにもっとも大事な徳だった。

　そして、一茶と長塚節は、この徳の合わせ鏡のような存在だった。一茶は信州の百姓の家を離れ、江戸に出て来る。はじめは堅気の暮しを志すが、すぐに職を転々とする根無し草となり、金のために俳諧をする、一種、無頼の徒となる。俳句、俳句といいたてたところで、堅気の人間からはしょせんは遊びでしかない。故郷にいて野良仕事に精を出している父親や弟から見れば、俳句にうつつを抜かしている一茶など無為徒食の余計者である。

　『一茶』の面白さは、俳人をつねに生活者の視点で相対化していることにある。それは農村出身で、土に生きる人間たちの厳しい生活を知り尽した藤沢周平が、東京に出て来てものを書く人間になったときに、つねに戒めとして自分に課してきた相対化、他者の視線と重なり合う。文に生きる者を決して特権化しない。必ず地道に生きている生活者の目でとらえ直す。藤沢周平の作品が、大人の文学、苦労人の文学といわれる所以はここにある。

『一茶』にこんな箇所がある。江戸でそれなりの俳諧師になった一茶が、あるとき女郎屋で遊び、朝帰りをするくだりである。女と遊んだあと明け方の町を家へと帰る。途中、早出の職人たちが早くも働いている姿を見る。「みんな働いている」。一茶は、そのことに負い目を感じる。とりわけ、雇われの手間職人らしい、少し腰のまがった老人が明け方の町を仕事へと出かけていく姿に胸を衝かれる。

「一茶は顔をしかめた。いい気分で遊んできたが、その金がどういう素姓の金だったかを、眼の前の年寄が思い出させたようだった。むろん、働いて得た金ではない。そして女に使うような金でもなかった。そう思うと、朝帰りの身体が、水を浴び竦《すく》みあがったような気がした」

故郷を離れ、堅気の仕事を捨て、俳諧という遊興の世界に入り、そこに居直った一茶のような〝嫌な男〟でも、さすがに、朝帰りの町で実直に働いている人間たちを見ると、言葉に生きる自分の虚しさに思いあたらざるを得ない。藤沢周平の真骨頂はここにある。俳人やもの書きを決して特権化することはない。むしろ、お天道様と共に起きて働きに出かけていく市井の人々の地に足がついた暮しのほうをよしとする。言葉などしょせん虚に過ぎない。それは「働き」とはいえない。藤沢周平の健全なコモンセンスである。

藤沢周平が大人の男たちに根強い人気を持っているのはこの生活者としてのまっとうな常識が根底にあるからである。決して文学を特権化しないし、芸術を特別扱いしない。この点でも、藤沢周平は、リアリズムの作家である。

合わせ鏡

一茶と合わせ鏡になる長塚節のほうは、言葉に生きる人間でありながら、同時に、土臭い生活を決してないがしろにはしない。むしろ、そのことを誇りにしている。一茶にとって「みんな働いている」という生活実感は、朝帰りという特別なときにしか起ってこないものだが、長塚節にとっては「みんな働いている」光景は、農村に生きる者として、日常的に実感しうる当り前の姿である。だから、身体が弱いにもかかわらず、この歌人は、自ら鍬を取って田を耕す。

「節は、使用人たちの邪魔にならないように、反対側の隅から鍬を入れた。源三郎（注、使用人頭）の手入れがいいので、鍬の刃先はさくりと土を切る。毎年耕されている野菜畑の土はやわらかく、引き起こすと新鮮な匂いを発散した。耕しすすんで行く間に、節のまわりに次第に濃密な土の香が立ちこめる」

『白き瓶』のなかでも、もっとも幸福な農耕描写のひとつである。傾きつつあるとはいえ土地の豪農の「小旦那」であり歌人である長塚節の野良仕事など「働いている」本当の農民から見れば、しょせんは遊びごとでしかないことは事実だとしても、ここには少なくとも、節の、農に生まれた人間として農と共に生きたいという実直な想いが確かに感じられる。その想いは、山形県の庄内平野の農家に生まれ、自ら鍬を持って田を耕したこともある藤沢周平の土臭い生活感覚と幸福に重なり合う。

農に生まれながら農から離れ、江戸で十七文字の世界に没入した一茶を狂の人とすれば、農に生まれ農から離れなかった長塚節はあくまでも常民である。藤沢周平の愛着は、まっすぐに長塚節にあったが、節の常民性を際立たせるためには、どうしても、農から離れた一茶の狂が必要だったのである。一茶と節の両方を描き切ることで、藤沢周平は、農村出身の文学者という自己の根拠を確認し得たに違いない。

リアリズムの作家としての藤沢周平は、文の世界の裏側にも敏感にならざるを得ない。平野謙流にいえば「女房の目」である。文に生きる者たちの台所事情へのこだわりである。この点では『一茶』も『白き瓶』も一致している。どちらの伝記小説でも、藤沢周平は、二人の台所事情に着目せずにはいられない。このあたりもまた苦労人の文学といわれる藤沢周平の真骨頂である。とりわけ『一茶』の場合に、その傾向が著しい。

『一茶』は極端にいえば全篇、金をめぐる話といっていい。一茶の句について触れられているところはごくわずか。あとは何が書かれているかというと、一茶の台所事情、経済事情である。これほど徹底して金にこだわった伝記というのも珍しい。

江戸に出て来た一茶はどういう暮しをしていたのかを、地を這うような視点からあぶり出していく。俳諧などで食っていける筈がない。では、一茶はどうやって生活をしていたのか。藤沢周平は、そこにこだわる。

一茶は、内証の豊かな俳句好きの商家に出入りする。卑屈なまでに頭を下げ、機嫌を伺う。わずかその日、一食を腹に入れるためにさりげなく昼食どきに訪ねて、馳走にあずかる。一茶の頭にあるのは、いかにしていい句を作り上げるかではない。いかにしてその日の食を得るかである。浅ましいといえば浅ましいが、あたりをはばからぬその必死に生きる姿には、最底辺にいるもの書きのなりふり構わぬ労苦が感じられ、次第に他人事とは思えなくなってくる。この一茶の姿に、藤沢周平は、あるいは、業界紙時代の自分の鬱屈した想いを重ねているのかも知れない。

「働かない」で生きていく一茶は、見栄や外聞になど構っていられない。豪商にたかるだけではない。一茶にとっては旅すらも、一種のたかりである。旅の先々で、俳句好きの商人たちを訪ね、言葉を売ってその日の糧を得る。凄まじい生活である。『白き瓶』の長塚節の旅が自前の金でのゆとりある、歌を作るための優雅な旅なのに対し、一茶の旅は生きるための修羅のように壮絶な、ぎりぎりな旅である。一夜の宿をあてにしてきた寺でけんもほろろに追い出され、野宿するしかないところまで追いつめられていく一茶の姿は鬼気迫るものがある。「働かない」遊興、口舌の徒も、ここまでくれば半端ではない。覚悟が出来ている。読者としては、土に生きる長塚節の実直さを愛しながらも、一茶の十七文字に賭ける虚仮《こけ》の一念のような一徹さ、近代の言葉でいえば芸術至上主義の迫力に圧倒されていく。長塚節が調和型の文士とすれば、一茶は芸術のためには実人生など顧みない破滅型である。この両方を視野におさめることの出来た藤沢周平の懐の深さには、いまさらながら驚倒せざるを得ない。繰返しいえば、一茶と長塚節は、藤沢周平のなかでは、同じものの二つの姿、負と正、合わせ鏡なのである。

しかも、金にこだわり続ける一茶を最後のクライマックスで、土に生きる弟から図々しくもその財産の半分を強欲にむしり取る〝嫌な男〟として突出させていくのだから、藤沢周平のリアリズム感覚は透徹している。旅する俳人といえば聞えはいい。しかしその内実はしょせん、たかりによって生きる口舌の徒でしかない。先輩の露光が旅で野垂れ死にしたことを知った一茶は、忍び寄る老いを自覚したとき、いっそう財産に執着し、故郷に帰ると弟から財産の半分をほとんど強奪する。

「働かない」一茶が、地道にこつこつと鍬を持って田畑を耕してきた生活者である「働いている」弟の前に立ちふさがり、その財産を奪う。人の道からいえば許されないことである。「働かない」で生きてきた一茶の壮絶な居直りであり、藤沢周平はそこに、言葉という虚に生きる者の極北を見ている。狂気を見ている。

生活者の手ごたえ確かな生を大事にしていた藤沢周平は、他方で、もの書く人間の取り憑かれたような狂気の闇もまた知っていた人である。随筆「転機の作物」に、珍しく文の狂気を語っている。「私は会社に勤めて給料で暮らしている平均的な社会人で、また一家の主だった。妻子がいて、老母がいた。その平凡な、平凡さのゆえに私の平衡を辛うじて支えている世間感覚を失いたくはなかった。何かに狂うことは出来なかった。

しかし、狂っても、妻子にも世間にも迷惑をかけずに済むものがひとつだけあって、それが私の場合小説だったということになる」

何度読んでも身につまされるのは、ここで藤沢周平が、苦労人、生活者といわれ調和型といわれる自分のなかにも修羅のような狂気が潜んでいるとひそかに告白しているからである。その修羅が『一茶』を生んだ。あるいは、こうもいえる。藤沢周平は『一茶』で狂気を書くことによって、そのあと、心置きなく、本来の理想型である長塚節の世界に入りこみ、自分と節を幸福に一体化させることが出来たのだ、と。

むかしの農家のモラル

それにしても、藤沢周平の実直さ、慎ましさはどこから生まれているのだろう。私には、それは、藤沢周平が農の子であり、農を愛し、農を誇りにしたことから作られていったモラルに思えてならない。誤解を恐れずにいってしまえば、藤沢周平の文学は「農民文学」なのである。それも、農の貧しさ、農の苦しさだけを描くのではなく、農の豊かさ、楽しさを描いた、幅の広い「農民文学」である。

『白き瓶』に印象深い箇所がある。長塚節の長編小説『土』を夏目漱石が賞讃した。しかし、節はその賞讃に素直に喜べなかった。町っ子の漱石は、農村の暮しを低く見て、こう評したのである。『土』の中に出て来る人物は、最も貧しい百姓である。教育もなければ品格もなければ、たゞ土の上に生み付けられて、土と共に生長した蛆《うじ》同様に憐れな百姓の生活である。(中略)長塚君は、彼等の獣類に近き、恐るべく困憊を極めた生活状態を、一から十迄に誠実に此『土』の中に収め尽したのである」

藤沢周平によれば、長塚節はこの文章にひっかかった。自分の近くにいる農民を「蛆同様」とか「獣類に近き」とは何事か。「節は勘次やおつぎを蛆虫とか獣類とか思いながら書いたわけではない。ごく普通の人間として描いたのである」。こう書く藤沢周平は、明らかに長塚節同様に『土』の主人公たち、勘次やおつぎを愛している。彼らの実直で、慎ましい暮しに敬意を払っている。藤沢周平をあえて「農民文学」と呼ぶ所以である。

庄内平野の農家で生まれ育った藤沢周平は太陽と共に起き、野良で「働いている」農民たちの暮しを身近に見ていた。その健康さを愛し、自らも好んで田圃に入った。随筆『半生の記』のなかでこんなことを書いている。「私は師範生のころも、休暇で家に帰れば時どき田圃に降りたし、教師になってからも農繁期には兄夫婦を手伝って稲を刈った。それは私自身田圃に出て働くことが嫌いでなかったせいでもあるが、より厳密に言えば、長男である兄に対する敬意の気持からそうするのだった。兄夫婦が田圃で汗を流しているときに、学生だからと畳にひっくり返って本を読んでいることは出来ない。それがむかしの農家をささえていたモラルだった」。

皆んなが汗を流しているときに、自分ひとりが、「本」の世界にいることは許されない。藤沢周平の文学の核にあるのは、まぎれもなくこの「むかしの農家をささえていたモラル」である。

『早春』の謎

向井 敏

唯一の現代小説

晩年の葛飾北斎の暗澹たる内面に探りを入れた『溟《くら》い海』(初出「オール讀物」昭和四十六年六月号)で作家として名のり出てこのかた、藤沢周平は守備範囲をもっぱら時代小説に定め、長篇短篇合せて二百篇近い作品を書きつづけてきたが、だからといって現代小説にまったく背を向けていたわけではない。一作だけにとどまりはしたけれども、現代ものの短篇を純文学系の文芸誌に発表してもいる。「文學界」昭和六十二年一月号に載せた『早春』がそれで、紙数は四百字詰原稿用紙にしておよそ六十枚。孤独な影を負った初老のサラリーマンを主人公とする、いたって地味なつくりの作品である。

岡村と名のるその男は海産物加工の食品会社の社員で、数年前に営業の現場をはずされ、以来、市場調査室に在籍してアンケートの整理などの半端仕事で日を送っている。いうところの窓際族だが、停年まであと四年となった今では、「この先自分の上には二度と日が射すことはないだろう」と自分の人生に見切りをつけている。

会社の仕事だけでなく、日々の暮しも寒々としたものだ。妻は五年前に死んだ。子供は二人いたが、長男は地方の大学を出て地元の素封家の娘と結婚し、時折電話をよこすだけだし、長女の華江は勤め先の妻子ある男と恋仲で、家を出る支度に余念がない。その華江に再婚してはどうかと切り出され、行きつけの駅前のスナックバーのママの名を言われて、彼はいっときその気になるが、未亡人だとばかり思っていたママに夫と子供がいることがやがて知れる。

ある日の暮れ、誰もいなくなった家のなかで、彼はひとり食卓の椅子に腰をおろし、茫然とものを思う。「こんなぐあいにひとは一人になるのか」と。「こんなふうに何も残らずに消えるもののために、あくせくと働いたのだろうか」と。

『早春』はあらましこんなふうに、主人公を包む孤独の影がしだいに濃くなりまさっていくさまを描いた作品で、話の成り行きをくつがえすような事件は何一つ起らない。ただ、二、三日おきに深夜になるとかかってくる無言のいたずら電話があって、たえず彼を悩ませる。その電話が鳴るのはいつも午前二時きっかり。受話器を耳に当てても何の物音も声も聞えなかったが、受話器のむこうで「息をひそめてこちらの様子を窺っている者の気配」が感じられた。相手はいったい何者で、何をもくろんで電話をかけてくるのか、彼にはまったく心あたりがなかった。

そして一篇は、この電話はただのいたずらではなくて、自分と同じような孤独をかかえる人間のしわざではあるまいかと思い当った主人公が、無言の相手にこう語りかけるところで終る。

その夜も、きっかり午前二時に電話が鳴った。岡村はスタンドの灯をつけて、受話器を取った。相手は無言だった。受話器のむこうから岡村の様子を窺っていた。

「どなたでしょうか」

と岡村は言った。相手の気持がほんの少しわかるような気がしている。午前二時に、眠っているひとを起こすのが狂気の所業なら、その狂気はいまの岡村の中にもまったくないとは言えなかった。岡村はやわらかくつづけた。

「あなたも話し相手が欲しいんじゃないでしょうか。なんだったら少しお相手してもいいですよ。どうせ眠れそうもありませんからね」

岡村は待った。相手はやはり無言だった。そして突然にむこうからかちりと電話が切れた。あとにはブーンという機械音だけが残った。

それと知らぬまに人の背に忍び寄ってくる底知れぬ孤独。この主題は内外を問わず、また規模の大小の別なく、現代小説でしばしば扱われていて、別段珍しいものではない。見るべきは、右に引いたしめくくりの数行がよくあかしだてているように、深夜の無言電話という小道具を操って主題を鮮明に印象づけていく構成の巧みさ、描写の確かさであろう。ただ、それにしても不審なのは、物語性というか、起伏に富んだ展開で読者を否応なく作中に引き込んでいく、作者得意の描法がこの小説では意識的に抑制されていることである。

由来、物語性の微弱ないし欠如は純文学系統の作品の特徴。特徴などと半端な言い方をするより、いっそ通弊と呼びたいくらいのものだが、せっかく藤沢周平が現代ものに手をつける以上は、純文学の常套になじまぬ、一口でいえば読んで面白い作品に仕上げてくれるのではあるまいかと、私などは期待していた。それが意外にも、物語性を抑えに抑えた作柄だったのである。なぜだろう。いぶかしい。

生れついての物語上手

ことわるまでもなく、藤沢周平は時代小説にかけて屈指の物語上手。のっけからそうだった。出世作となった『溟い海』、直木賞受賞作の『暗殺の年輪』（初出「オール讀物」昭和四十八年三月号）をはじめ、登場してまもないころの彼の作品は暗みに傾く主題を扱ったものが過半を占めているが、話柄がいかにあわれであろうと、結びがどんなに暗かろうと、話を面白く仕組まずにはいられないという、物語作者の本能のようなものがありありと感じられた。

初期の作品に暗い主題のものが多かったのは、もちろん理由があってのことである。のちに彼は、あるエッセイ（「一枚の写真から」。初出「波」昭和五十三年八月号）で往時をかえりみて、「私が小説を書きはじめた動機は、暗いものだった。書くものは、したがって暗い色どりのものになった」と書き、「ハッピーエンドの小説などは書きたくなかった」とも記しているが、そうとまで思いつめるほどの巨大な鬱塊が彼の胸中にわだかまっていて、そこからしみだしてくる鬱屈した気分を作中に流しこまずにすますことができなかった、そのせいであるといってまずさしつかえないであろう。

けれども、ひとたび稿を起すとなると、そうした動機や意思や思惑が、面白く読ませたいという物語作者の本能によって裏切られるということがしばしば起きた。このことについては、さきに『藤沢周平全集』の解説でも触れたことがあるのだが、いま一度繰りかえせば、「男女の愛は別離で終り」、「武士は死んで物語が終る」といった暗い結末を想定して書きはじめられた小説であっても、ひたすら暗みに向って突っぱしるだけというような芸のない描き方をこの人はしない、というより、することができなかった。主筋傍筋を交錯させ、いくつもの挿話を輻輳させるなど、読者の熱中を誘いだすさまざまな工夫をめぐらし、幸薄い男たち女たちの翳った人生を題材としながら、ときには波瀾含みの展開で手に汗をにぎらせもし、ときには思いがけぬことの成り行きに膝をのりださせもし、またときには何条もの伏線を一挙にあらわにして眼をみはらせもして、主題は暗くとも、読んで面白い物語に仕組んでしまうのである。

彼自身のいう「暗い色調の時代」の諸作ですでにそうだから、昭和五十年代にはいってのち、軽快で柔軟な作風に転じてからの諸作では、生来の物語上手の面目が存分に発揮されているのはいうまでもない。

とりわけ見やすい例でいえば、暗から明へ作風を移すきっかけともなった『用心棒日月抄』（初出「小説新潮」昭和五十一年九月号〜昭和五十三年六月号）の場合。

この物語は、北国のある藩の若い藩士で家中きっての剣士でもある青江又八郎が藩内の政争に巻きこまれて人を斬り、やむなく脱藩して江戸に逃れたことからはじまる。そして、その又八郎が国元から放たれた刺客といくたびも渡り合い、その都度、手練の剣をふるって難を切り抜けたすえ、政争に決着のついた国元へ帰るところで終る。当然、物語は脱藩剣士の剣をめぐる運命を追って展開し、それを主筋としていくつかの傍筋がからんでくるのであろうと予想したくなるところだが、『用心棒日月抄』の構造はそんな単純なものではない。

江戸に逃れた又八郎は口入れ屋の相模屋吉蔵に頼って用心棒稼業に精を出し、暮しの算段を図ることになるのだが、その用心棒稼業が、折も折、江戸に潜入して吉良邸討入りを画策しつつあった赤穂浪士たちとかかわりを持ちはじめ、ついにはこの物語全体が忠臣蔵外伝ともいうべき性格を帯びるにいたる。

それだけではない、吉蔵が周旋する用心棒の仕事は、富商の妾の飼犬の番だの、稽古ごとに通う小娘の付き添いだの、大店の隠居のお守りだのと、市井の住人たちから持ちこまれる、見かけは他愛ないものが多いのだが、実際には他愛ないどころか、よほどの才覚をそなえた用心棒でなくてはつとまらぬ、容易ならぬ事情を秘めていることがやがて知れてくる。そうした挿話の一つ一つに、作者は卓越した物語づくりの技倆を惜しみなくふるって、物語の興を一段と盛りたててゆく。

察せられるように、『用心棒日月抄』は剣客小説にして市井小説を兼ね、忠臣蔵外伝としても一級品という、凝った造りの物語なのである。贅をつくした構成。さりげなくユーモアを刷きこんだ涼やかな文体。これほど満ち足りた思いを味わわせてくれる時代小説はめったにあるものではない。

ここで話を『早春』に戻せば、いやでも当面するのが、こんなにも物語づくりに長じた藤沢周平がなにゆえにその天与の才能を抑制したのかという疑問である。

『残日録』と『早春』の分れ目

『早春』を発表したのとちょうど同じ時期、藤沢周平は二つの長篇小説を新聞と雑誌に連載していた。一つは、微禄ながら剣に天賦の才をもつ若い藩士が降りかかってくるさまざまな苦難と渡り合って成長していくさまを描いた『蟬しぐれ』（初出「山形新聞」昭和六十一年七月〜昭和六十二年四月）、もう一つは、長く藩の要職にあった人物の老後の暮しを扱った『三屋清左衛門残日録』（初出「別册文藝春秋」昭和六十年夏季号〜昭和六十四年新春号。以下、『残日録』と略記）である。

この二長篇は筋立てや主人公の立場はもとより、主題も描法も対照的といっていいほど違っていて、作者は二作を一対《つい》の作品として、互いに他を補完しあうような物語に仕上げようともくろんでいたのではあるまいかと思われるが、それとはまた違った意味で対《つい》をなすものと見立ててみたくなるのが『早春』と『残日録』。それというのも、作者はこの二作の主人公に似通った境遇を与え、ほとんど等質の孤独感にひたらせているからである。

『早春』の主人公岡村某は当年五十六、五年前に妻を亡くし、会社ではかつては営業課長だったが今は窓際に追いやられている。一方、『残日録』の三屋清左衛門も齢は五十二、三年前に妻を失っているし、藩主交替を機に長く勤めていた用人の職を辞し、家督も息子に譲って今は隠居の身の上。そして、二人ながら強い孤独感、寂寥感に襲われる。岡村の場合、それは誰もいなくなった家のなかで食卓の椅子に腰をおろし、ひとりぽつねんとしているときに襲ってきた。

傾いた日射しが狭い庭に入りこんで、光沢のあるさるすべりの幹や、沈丁花の赤いつぼみを照らしていた。風はやんだのに、空気はむしろさっきより冷えて来たようである。そして日はいよいよ西にまわったらしく、西側の窓が突然に火のように赤くなって、そこからはいりこんで来る光が椅子にいる岡村にもとどいた。岡村は孤独感に包まれていた。そうか、こんなぐあいにひとは一人になるのかと岡村は思っていた。それは幾度も頭に思い描いたことだったが、胸をしめつける実感に襲われたのははじめてだった。(中略)窓の光はいつの間にか消えて、考えに沈んでいる岡村を冷えたうす闇の中に取り残した。

清左衛門には、夜ふけて離れの隠居部屋でひとりでいるとき、それはやってきた。

夜ふけて離れに一人でいると、清左衛門は突然に腸をつかまれるようなさびしさに襲われることが、二度、三度とあった。そういうときは自分が、暗い野中にただ一本で立っている木であるかのように思い做《な》されたのである。

清左衛門は意外だった。（中略）清左衛門自身は世間と、これまでにくらべてややひかえめながらまだまだ対等につき合うつもりでいたのに、世間の方が突然に清左衛門を隔ててしまったようだった。多忙で気骨の折れる勤めの日日。ついこの間まで身をおいていたその場所が、いまはまるで別世界のように遠く思われた。

藤沢周平はその小説観を述べたエッセイなどで、時代や状況がどんなに違っても、人間が人間であるかぎり不変なものが存在するといった意味のことをしばしば語ってい、またじじつ、そのことを頼りとして時代小説を書いてきた作家だが、岡村の胸をしめつけ、三屋清左衛門の腸をつかんだ孤独と寂寥の思いをも等質のものと見ていたことは、右に引いた二つの文章を読み合せてみればおおよそ察しがつく。

しかし、その先が違う。『残日録』では、作者は隠居したわけ知りの元用人でなければ解けないような難題をつぎつぎと清左衛門につきつけ、彼を隠居部屋から連れだして解決に奔走させる。先代の藩主が一夜の気まぐれで手をつけた女の後始末だとか、旧友の息子の不行跡のとりなしだとか、遺恨試合の立ち会いだとか、あるいは零落した昔の道場仲間との争いだとか。新藩主の密命で、藩執政部の政争の解決に一役買ったりもする。そうやって日を経るうちに、清左衛門は身を噛むさびしさを飼いならすすべを覚え、やがて、「いよいよ死ぬるそのときまでは、人間はあたえられた命をいとおしみ、力を尽して生き抜かねばならぬ」とまで述懐するにいたる。

それに対して『早春』では、いわば孤独感をテコとして物語を仕組むといった手立てはほとんど講じられていない。主人公を冷えびえとした孤独のなかに置きざりにしたまで、一篇は閉じられる。

この違いはどこからきたのだろう。思うにそれは、現代小説でなまじ物語などを仕組めば、それだけで真実味が遠のいていきそうな不安が、作者のなかにあったせいではあるまいか。彼ほどの物語上手が『早春』では物語性そのものを抑えこんでしまった理由も、おそらくそのあたりにあったのだろう。

絵空ごとの不安

藤沢周平の後年のエッセイに、「小説の中の事実――両者の微妙な関係について」と題する一篇（初出「オール讀物」平成六年十月号）があって、なかにこういう一節が見える。

つくり話はちょっとした才能があれば誰にでも書けるだろうけれども、つくり話と見すかされるようなものでは小説とは言えない。また、誰も読んではくれないだろう。そこに実としか思えぬ迫真の世界が展開されていて、はじめて読者は小説の中にひきこまれるのである。私が丹念に資料をしらべて、出来るかぎりの事実をとりあつめて剣客小説の細部をかためるのも、そうすることで多少なりとも小説にリアリティを付与したいねがいがあるからにほかならない。

何度も言うようだが、いや、これは何度繰りかえしてもいいと思うのだが、藤沢周平は物語をつくることにかけて、天成というしかない豊かな才能の持主だった。だからこそ、「つくり話はちょっとした才能があれば誰にでも書けるだろう」などと、こともなげに言えるのであって、われわれ普通の人間にとっては、「つくり話」を産む才能は「ちょっとした才能」どころではない。それはまぶしいばかりの大才なので、よほど名のある作家でも、物語が思うようにつくれなくて幾夜と知れず苦吟を重ねている例はいくらも見かける。

けれども、人間というのは難儀な生き物で、才能があればあるで、ない人には思いもよらぬ疑問や不安に悩まされるということがしばしば起きる。藤沢周平についていえば、それは、あまりにもやすやすと物語が出てくるものだから、それをなぞって書いた小説などはほんの絵空ごとにすぎないのではないかという疑問であり、「実としか思えぬ迫真の世界」を築くにはもっと違った手立てが要るのではないかという不安であったように思われる。

その手立ての一つが、彼自身語っているように、物語の細部を事実でかためることだった。小説は細部描写の精粗次第で生きもし死にもするとよくいわれるが、藤沢周平にとって、細部のリアリティの確保は単なるお題目ではなく、作家生命にかかわる大事であったにちがいない。

さきに引いた文章にたまたま剣客小説のことが出てくるが、その剣客たちの遣う剣技の流派名の名づけ方一つをとっても、この作家の事実へのこだわりぶりがよくうかがえる。大正二年、中里介山が『大菩薩峠』初篇で机龍之助に甲源一刀流の流れを扱む「音無しの構え」を演じさせて以来、幾多の時代小説作家の手でさまざまな剣技剣法が工夫されてきたが、そのなかで質量ともに他を圧しているのがほかならぬ藤沢周平。量でいえば、剣客ものの諸作で彼が繰りだした剣技の流派は主人公側の分だけでも五十に余る。なかには、『蟬しぐれ』の牧文四郎や『風の果て』の桑山又左衛門の遣う空鈍流だの、『闇の傀儡師』で鶴見源次郎がひらめかす無眼流、『三屋清左衛門残日録』で清左衛門が久びさに遣った無外流だのと、見るからにフィクションぽいのがあるものだから、軽率にも五十余の流派のおよそは作者の創案にかかるなどと書くようなエラーを冒したことがあるのだが、じつはそれらの流派はいずれも実在したもので、藤沢周平はこまめに資料に当り、各流派の剣技の特徴を調べあげたうえ、物語の内容とにらみ合せて選びだしていたのである。

そういった流派が実在したものであろうと創作されたものであろうと、読者のほうはさほど気にはしないだろう。しかし、作者にとってはそうではなかった。今はすっかり忘れられていようと、かつてそれがこの世にあったということが大事だった。たとえ流祖一代かぎりの渺《びょう》たる流派であっても、それが実在したということで、自分のつくった物語がまるっきりの根なし草ではないことのあかしとしたかった。

彼が故郷の庄内地方をかつて領していた荘内藩十三万八千石を模して海坂藩《うなさか》をつくり、この藩を武家小説の本拠と定めて、その作中に、山や川や野の眺め、土地の食べもの、国言葉などをしきりに取りこんだのも、「小説にリアリティを付与したいねがい」に多く由来していよう。

小説家の息抜き

長篇短篇を問わず、よく練れた時代小説を書き継ぐ一方で、藤沢周平はまた、歴史上の実在の人物や事件に材を求めた歴史ものや実録ものの領域にも手をのばし、ここでもすくなからぬ数の作品を世に送っている。

この作家の時代小説に長く親しんではきたが、歴史ものや実録ものはまだ読まずにいたという読者がもしいたとして、はじめてこの系統の作品を読んだとすれば、彼はずいぶんとまどうことだろう。そこで彼が出会うのは、武家小説のきりりとして姿かたちの整った文体や、ほのかにユーモアをしのばせた軽快な会話、あるいは市井小説の情感をゆたかにたたえてしかも風通しのいい描写とは様子の違う、びっしりと目のつまった叙述であり、史実を几帳面に追うたねばっこい筆運びだからである。

たとえば、文化八年秋、荘内藩鶴ヶ岡城下で起きた叔父と甥との凄惨な果し合いを描いた『又蔵の火』（初出「別冊文藝春秋」昭和四十八年秋季号）。その果し合いは『隠し剣孤影抄』などの剣客小説に描かれた、剣の名手たちの小気味よい剣さばきとは似ても似つかない。双方血だらけになるまで斬り合い、疲れ果てて喘ぎながら這いずりまわり、ともに致命傷を負ったあげく、刺し違えて死ぬのだが、作者はそのありさまを細大もらさず描いてゆく。

あるいは、天保年間に荘内領内で起きた、三方国替え阻止のための百姓一揆の一部始終を叙した『義民が駆ける』（初出「歴史と人物」昭和五十年八月号〜昭和五十一年六月号）。一揆に加わった百姓の集団を主役として書かれた、いわばノンフィクション・ノヴェルで、彼らの会話はすべて国言葉の庄内弁で録するという手のこんだ仕立てになっている。

また、長塚節の短い生涯を克明に追った千枚の大作『白き瓶《かめ》』（初出「別冊文藝春秋」昭和五十八年新春号〜昭和五十九年秋季号）。「小説長塚節」と副題されてはいるが、実質的にはこれは評伝で、長塚節研究の集大成と見ることができる。当然、その叙述は綿密をきわめる。ほとんど執拗といいたいくらいだ。

そして、疲弊しきった米沢藩を継いだ上杉治憲《はるのり》(のちの鷹山)とその家臣たちの藩政改革の苦心を描こうとして構想され、無念にも作者の遺作となった『漆の実のみのる国』(初出「文藝春秋」平成五年一月号〜平成九年三月号)。上杉家は関ヶ原の役後、会津百二十万石から米沢三十万石に移封され、さらにその六十年後、十五万石に減知されたが、譜代の家臣の数は五千人と変らなかった。そこへ幕命による国役、宝暦の凶作などで、藩は貧窮のどん底に落ちるが、その窮乏のさまがいちいち数字をあげて繰りかえし繰りかえし語られる。貧がこの作品の主役であるかのように。

藤沢周平は時代小説では煩瑣《はんさ》を嫌い、執拗をしりぞけ、描写をぎりぎりまで刈りこむことをつねとしてきた人である。それが彼の小説のもたらす涼やかな印象の一因ともなっているのだが、歴史ものや実録ものではまるで逆で、ことこまかに史実を追い、資料を検証し、そのために叙述が煩瑣、執拗にわたることを少しも恐れていない。むしろ、それを楽しんでいるようにさえ見える。いや、そう見えるのではなくて、じじつ楽しんでいたのだろうと私は思う。

というのも、何よりもまず史実に拠《よ》るのがルールのこの系統の作品では、自分のつくる物語などはただの絵空ごとにすぎないのではあるまいか、小説のリアリティを確保するために何か別の手立てを工夫しなくてはならないのではないかといった疑問や不安に悩まされることがなかったからである。ひょっとして、歴史ものの執筆はこの作家にとっては恰好の息抜きだったのかもしれない。

*
**

4 半生を紀行する

座談会　わが友小菅留治
山形師範学校時代

土田茂範／小野寺茂三／小松康祐
那須五郎／蒲生芳郎／松坂俊夫

ユーモアと明るさ

松坂　私は二期下なんですが、他の皆さんはみんな同級ですよね。
蒲生　私は結核で休学してたんで、復学後は松坂といっしょだったけれど、本来ならそのはずだった。小菅留治（藤沢氏の本名）は鶴岡の夜間中学を出て、山形師範の本科に入ってきたんだよね。我々は予科からだったけど、本科になって小菅と出会った。俺と小松は下宿がいっしょで、小松と小菅が無二の親友だったんだ。
小松　小菅とは同じ庄内出身でしたし、同じように長男じゃなく二男三男だったものだから、はじめから気があったんだ。それに、小松と小菅で出席簿が並んでたんで、自然と親しく口をきくようになった。でも、時間的にいちばん長くいっしょにいたのは小野寺だよな。

小野寺　師範の寮でいっしょで、その後の下宿生活でもずっといっしょだったからね。卒業を前にした、最後の二、三カ月が別だっただけ。十二月の、もう年の暮れだったと思うんだけれど、感じるところがあってひとりで色々考えてみたいので下宿を別にしてくれないかっていうんで、引っ越しを手伝って別れたんだ。そうやって二年と何カ月かいっしょに暮らして、彼のことを私なりにまとめてみると、すごく自分に厳しい男だったと思う。その反面、他人に対しては極端に優しかった。それに、何にでもまじめだったですね。

那須　物を良く知ってたよ。今でも覚えてるんだけれど、マツリって花があるだろ。茉莉花って書くんで、私はマリカって読んでたんだけれど、そしたら小菅がぼそっと、マツリって読むんだよ、と。「砕氷船」で集まっていろいろやってるときも、文学への見方や、作品も、幅広い知識に裏打ちされてるというのがわかって、こいつは一目置かにゃならんやつだと思わされた。

小松　私は俳句で「砕氷船」に参加したわけだけれど、小菅は俳句のこともよく知ってましたよ。

土田　小菅と小松がふたりで古本屋巡って歩いてたのをよく覚えてるよ。それに私も混じって。なんだか、しょっちゅう出くわしていっしょに歩いた印象がある。

小松　学校をサボるのにもずいぶんつきあわせたよ。毎日のようにいっしょに映画を観てた。小菅はまじめなだけじゃなく、つきあいが良かったんだ。というか、人ときちんとつきあう男だった。それに、どんな人の話もじっと聞いてられるところがあった。一度いっしょに師範の先生の家に遊びにいったら、小菅は先生の奥さんに、結婚生活を長く続ける秘訣は何ですか、なんてけろっと尋ねるんだ（笑）。奥さんが「さあてね」なんて首をひねってから、「愛は小出しに永遠に」なんて答えた。私は呆然としちゃってて、だから今でもよく覚えてるんだけど、小菅はけろっとしてまた質問を発する。そんな感じだった。

小野寺　私も似たような記憶があって、小菅がうちに泊まった時のことなんだけれど、うちのお袋と、何話してたのかは知らないけれど、とにかく話しこんでるんです。翌日、小菅が帰ってから、「ああいう人は、将来大成する人だよ」って、お袋がえらく感心してた。

土田　控えめでしゃしゃり出ないけれど、話し好きな男だったよ。

小野寺　まじめっていうと思いだすのは、寮を出て下宿生活が始まってからは自炊だったんだけれど、下宿のおばさんが女子師範の附属小学校に勤めたことがあるような人だったものだから、われわれの生活に対してもすごく厳格なわけなの。たとえば、一食一食ちゃんと食べなければいかん。何を食え、何を食べてはいかんみたいなことまでいう

昭和十八年　予科練合格の友を送る。級友をさそい率先受験した藤沢さん（左端）は近視ではねられた。友人は無事復員したけれど、さそった悔いは生涯消えなかった。

わけ。だから最初小菅は窮屈そうで、顎が上がっちゃってるように見えたんだけれど、だけど投げやりにはならないタチだった。おばさんのいったことにちゃんと取り組むようにして、最後のほうは、きちんとした食事をとることに慣れてしまってた。

蒲生　分かるな。だけど、まじめっていってるだけだとなんかただ褒めちぎってるだけって感じもするし（笑）、それに、少し違うなと思うのは、小菅にはふわっとしたユーモアと明るさがあったろ。庄内弁の効果を巧く使ってるって印象がある。なんだか、洒脱《しゃだつ》なんだ。

小松　村の若者が夜なべ作業をしながら、庄内弁でぽんぽんとやりとりを交わす。格好をつけずに、本当のことを言いあってる。小菅の明るさって、そういうところに繋がると思います。本人も意識して、作家になってからもそういった若者のやりとりをじっと聞いてたりもしたみたいだし。われわれとつきあって学校をサボるにしろ、何にしろ、自分から人と交わろうっていうのを強く持ってた気がする。

小野寺　寮では、同室に下級生がひとりいて、先輩が面倒を見る風習だったろ。小菅はそういう下級生の面倒を見るときも、先輩ぶって何かを教えるってことがなかった。周辺からじっくり話して、相手を愉快にさせながら、最後にはすぱっと本質的なことを教えちゃってるという感じがした。

土田　聞き上手なだけじゃなく、話すのもうまかったんだよ。静かに、これはこうだからこうだろ、っていうふうに、語るんだよな。

小松　私は小菅に家庭教師をお願いしたことがあるよ（笑）。私が英語を「であるところの」なんて直訳すると、彼がこなれた日本語にしてくれるんだよ。次々と私が読んで訳して訂正を受けて。

青春の、「砕氷船」

松坂　「砕氷船」のいいだしっぺは蒲生さんでしたね。最初は「ピラミッド」という回覧雑誌だった。その「ピラミッド」に小菅さんは、アラン・ポーの評伝を書いたり、「大鴉」の訳を載せたりしてた。

蒲生　私の記憶では、回覧雑誌は一回だけで、次には回覧じゃ物足りなくなって、「砕氷船」になった。とは言うものの、ガリ版刷りで二十部刷っただけだったがな。

松坂 物足りなくなってというよりも、私と、それから病気で休学されてた蒲生さんは学年が下だったけれど、小菅さんたちは卒業なんで、やっぱりちゃんとしたものを作りたいって気持ちがあったように思うんですよ。昭和二十三年。卒業の年ですよね。

蒲生 たしかにその両方だった。当時、俺にはなくて小菅にはあると感じたのが、天性の詩的感性でしたよ。やつは小学校時代から、漢詩のアンソロジーとか読んでるんだよな。いっしょに暮らしてた小野寺、そのへんはどうかな？

小野寺 とにかく、書くことだけはもう、時間があれば書いてるというような感じだったな。それで、どこかに送ってた。この話は誰も知らないんじゃないか。

松坂 投稿ですか？

小野寺 そうではなく、話しちゃうと小菅に怒られるかもしれんけれど、好きな女の子がおったんだな。しかし、送っていたのはラブレターじゃなく、自分の作品だったんだ。文学の話をできる人だったんだろうな。いっぺんだけ、克明にじゃないけれど、小菅が話してくれたことがあったよ。それからあと覚えてるのは、大学ノートに、克明に日記を書いてた。

蒲生 その女性の話もくわしく聞きたいんだけれど（笑）、故人の迷惑になるといけないし、もう少し小菅の読書体験について話すと、みんなもそうだったかもしれんが、私も小菅も、子供のころに、大人の本を乱読してるんだよな。もちろん、「少年倶楽部」

とかも読んでたって話もしたけれど、「主婦之友」とか「婦人倶楽部」とか、「キング」とか。それに『神州天馬侠』とか『快傑黒頭巾』とかの小説も。私も小菅も田舎の農家の出で、ふたりとも兄さん姉さんが多かったから、きょうだいの読んでたものを借りて読んでるんです。後年、もう藤沢周平になったあとだけれど、恩師のお葬式で会った時に、帰り道で大岡昇平が自分の少年時代を書いた小説の話になって、そしたら小菅がしみじみ言うんだ。「俺たち田舎育ちの人間は『赤い鳥』とかじゃなくて、『神州天馬侠』とか立川文庫とかで育ったなあ」って（笑）。小菅のなかでの、小説は面白いものだという原体験は、この子供のころの乱読にあると思うんですよ。

那須　小菅は「砕氷船」に詩を書いたろ。はじめ、小菅が理想としていたのは、スマートな詩だったと思うんだ。それが、真壁仁さんの詩集『青猪《しし》の歌』に出会い、詩人の丸山薫さんにじかに出会って、野太さとか、土臭さみたいなものにうたれた。丸山さんの詩のなかに、「勝って驕るものは去れ」みたいな一節があるんですよ。私のところには、負けたものが集まってこいと。丸山さんの詩には、陽の当たるものよりも下積みの人間に焦点を当てたものが多い。この詩人たちとの出会いが、小菅の詩の方向性を変えたし、その後藤沢周平になっていく過程でも、大きな影響を与えていたんじゃないかという気が私にはするんです。

松坂　小菅さんは、「砕氷船」に、「女」「死を迎へる者」「白衣」「睡猫」の四篇の詩を寄せているんですね。「女」という詩をちょっと読んでみましょう。

「火を焚きませうか?」。

フト顔を上げて女は言つた。

暗い庭に降りて
二人は燃えさうなものを拾つた。
いろんなもので小さな山が出来た。

「あたし。火を焚くのが好きなんです」。

女は呟いて静かにマッチを擦つた。

突然闇を裂いて
紫の光がけはしく走つた。

「あたし。火が好きなんですの」。

女は言つて羞らふ様に微笑した。

私はうなづいて涙ぐんだ。


火は勢ひを増した。

――彼女は夫を失へる子なき未亡人――

蒲生　「砕氷船」の小菅の詩を見た時には驚いたな。っていうか、ショックを受けたわけです。さっき言ったように、少年時代の読書体験が似てるな、なんて話を当時から小菅としてたのに、その詩の中には、全然違う小菅留治がいたわけだ。それから密かに、これは俺とは違うなという感じを持ち続けてたわけだけれど、まさか大作家になるとは（笑）。

松坂　でも、一号しか作らないうちに卒業してしまい、そして今度は「プレリュウド」になるわけですね。昭和二十六年。藤沢さんがエッセイにも書いてるけれど、やっぱり教壇に立って社会に出てみると、みんな書くものの傾向がちょっとずつ変わって。

小野寺　その頃小菅から手紙をもらったことがあるんだ。教師になって一年めだった。教育への情熱について、カリキュラムについて、便箋十三枚にわたって細かい字で書いてあったよ。

松坂　私はもっと後年になってからですが、やっぱりあの当時を振りかえる葉書をもらってるんです。自分の小説については、何ひとつ書いてよこしたことのない人でしたのに、「プレリュウド」に書いた詩については語ってるんですよ。教師になって一年めはまだ何もわからなかったけれど、二年めになるといろいろ教育上の問題とかで鬱屈した気持ちもあって、それが「プレリュウド」の詩に出ているようだ、というようなことが書かれてありました。ところで、「砕氷船」と「プレリュウド」の現物は？

土田　私はきれいなまま持ってたんです。それで、師範学校の本館がいま、記念館になってるんだけど、その中の「藤沢周平」のコーナーに寄付したよ。

闘病、そして藤沢周平へ

小松 ところが、その昭和二十六年に、小菅は結核で倒れてしまった。私も同じ時期にやはり吐血したことがあるんですが、あの頃は結核って流行ってたろ。蒲生が休学したのも結核だったし。もっとも、私の場合は教師にもどれたわけだけれど、小菅は病が重くて教壇から退かざるをえなくなってしまった。

松坂 その後小説家藤沢周平としてデビューするまでのあいだは、よく消息がわからなかったんですよね。

小野寺 私と小松は昭和二十六年か七年ごろに会ってる。うちに訪ねてきて、それから小松の家に行ったんだけれど、その時、休職してると言われたんだ。

蒲生 やっぱり同郷のあんたがたも、それ以降は知らないんだ。教え子たちも知らなかったというし、身を隠したと思うんだよな。

土田 結局、結核になって休職して、休職できる期限が過ぎてしまって退職してと、そこまでを風の便りに聞いただけだったですね。

松坂 療養生活が文学修業になったというのはあるのでしょうが、小菅さんにとって辛い時期だったのはたしかですね。小菅さん自身がのちにおっしゃってたことで、この感慨は晩年までそうだったように思うんだけれど、自分は教師になるべくしてなれなかった人間だと。私たちはみな教師をつづけたわけですが、本当ならば小説家になられて、そんなふうに思う必要は全然ないと思うのに、小菅さんは自分だけが道を外れたっていうふうにおっしゃってたんです。

小松　やっぱり文学をやるということは、特に当時の庄内のような場所で育った人間にとっちゃあ、ひとつの負い目だったと思うんだ。そういうことはしちゃいかん、っていうような躾もあったしな（笑）。

土田　俺は小菅が休職してから、一回手紙をもらったことがあるんだ。お前はいい教師になれたけれど、俺のほうは……なんて書かれてあって、痛ましかった。あれだけの小説を書いて、ものすごい作家だと認められたけれど、やっぱりどこかで教師をつづけていたかったっていう思いがあったのかなと思うことがあるよ。

蒲生　人間に対する善意が強かった男だから、教師への思いというのは終始消えなかったんじゃないかな。

那須　教師への道、というか。小菅がそれを天職と思ってたところを私も感じますね。

松坂　風の便りも途切れてずいぶん経ったのち、昭和四十六年に『溟い海』で藤沢周平として「オール讀物新人賞」を受賞されるわけですが、これについては私、ちょっと恥ずかしい話がありまして。略歴に山形師範卒業とあったので恩師たちに「小菅留治って知ってますか」って聞いてまわったら誰も知らない。それでそれ以上は調べなかったんですが、拝読してすごい作品だったんで、是非地元の新聞に紹介をさせてもらいたいって手紙を書いたんです。でも、そしたら「後輩はかわいいけれど、紹介されるような大それた作家にはなっていないので」といった丁寧な返事をいただいた。私はそれでもまだ「砕氷船」をいっしょにやった小菅さんだって気づいてないんです。あとで、あの手紙を出したのが「砕氷船」の後輩の松坂だと分かったんですかって聞いたら、「そりゃもちろんすぐに分かったよ」って笑われましたね。

蒲生 俺は小菅が直木賞をもらってもまだ気づかないわけよ（笑）。

土田 俺はわかったぞ（笑）。紹介のお終いに、本名があったからな。

小野寺 私は受賞を小松から聞いてすぐに知ったんだけれど、小菅の連絡先がわからなかった。それで四方八方手を回して聞き回ってやっと電話番号を見つけて電話したら、本人が出たんだ。おめでとうって言ったら、「どこから聞いた、お前」って（笑）。それからは、手紙のやりとりが復活したんです。そうなるともう、もともと何でも言いあえる間柄だったもんだから、時に電話よこすんですよ。こっちの食べ物でほしいものがある時とかね。送ってくれなんていうんじゃなくて、これ送れって（笑）。

小松 やっぱり小野寺とは三年近くいっしょに暮らしてたからな。

蒲生 でも、『涙い海』や直木賞受賞作の『暗殺の年輪』を読んだ時には驚いたな。たくまぬユーモアがあって明るかった小菅と、深刻で暗い藤沢周平のイメージが一致しなかったんだ。『用心棒日月抄』あたりからの藤沢周平のほうが、私たちの知っている小菅留治を思わせるところがある。

松坂　そうですね。『三屋清左衛門残日録』とか、そういった暖かくてユーモアのある作品のほうが、昔の小菅さんを思わせる。もちろん、藤沢周平初期の作品にはまた違う凄味と味わいがあるんですが。それはやはり、結核との闘病、娘さんを残して最初の奥さまが亡くなられた悲しみという、ふたつの地獄を潜りぬけてきて作家となったことと関係があるんじゃないでしょうか。

那須　平成四年ごろかな。小菅から手紙をもらったんだけど、デビュー当時を振りかえった思いが綴られてあったんです。同郷の小松にも言ったことがありませんが、私は最初の妻を亡くし、現在の妻と再婚しました、云々とあり、そして、そういう体験がなかったら、私は小説を書かなかったかもしれません。しかしそうではなく、そういう体験がなかったとしても、やはり小説を書いたかもしれません、とあって、そのへんのところがよく分からないので、全集(『藤沢周平全集』文藝春秋刊)の月報エッセイを書きながら検証してみるつもりだと書かれてた。

松坂　前の奥さまが亡くなられたのは、二十八歳ごろですよね。

那須　ほんとに若くして亡くなられた。それで、家内は私と結婚しなかったら、若くして死なずにすんだかもしれないということも書いてあったんです。

凜として静か

松坂　小菅さんって、直木賞を受賞されて、作家の地位を確立されてからも、決していばらず、私たち昔の友人を大事にしてくれた人ですね。

蒲生　ずっと年賀状のやりとりさえ途切れていたのに、有名な作家になったからといって急にこっちから連絡をするのも憚られたから、私は直木賞受賞後、四、五年は何も連絡をしなかったんだ。そしたら昭和五十二年に仙台で講演会があって、小菅がやって来るという。だから遠慮しながら手紙を書いたら、すぐに折り返し返事をくれてね、懐かしい、自分も蒲生をよく覚えてるって。

松坂　それで私らも混じって、仙台で出迎えたわけですよね。

蒲生　そうそう。そこで実に三十年ぶりで再会するわけだけれど、全然偉ぶらず、まったく昔のままだった。

松坂　だからあの時、色紙を何枚も書かせちゃったでしょ（笑）。

小野寺　小菅は直木賞を受賞したあとも、うちに来て泊まってるんですよ。資料収集のために酒田に来たらしいんだけれど、いきなり電話が来て、小菅だ、小菅だって。それで、どこから掛けてるってきくと駅にいるっていうんで、「じゃ、俺がすぐ行くから」「学校抜けだしていいのか」「いいから、今とにかく行く」なんてやりとりをしてね。それで会うと、次は米沢へ行かねばならないってことなんで、なんだ、今日のうちに行っちゃうのかと言い返したら、「そうじゃないからお前を呼んだんだろ」って。このへんでうろちょろしてて誰か顔を知っている人間に見つかると嫌だから、夜タクシーで行くから寝床をひとつ用意しておけと（笑）。

小松　ひとつ話しておきたいことがあるんですが、昭和五十一年、つまり小菅が直木賞を受賞した三年後に、私が勤務していた酒田で大火災があったんだ。三百名以上が被害にあい、生徒の家も三分の一が焼けました。私たち教師も駆けずりまわることになって、そして私は義援金を管理する係りになったんですが、お金を送ってくださった方のなかに、小菅の名前があるんだよ。しかも、かなりの金額を送ってくれてた。

蒲生　藤沢周平じゃなく、小菅留治の名前だったわけかい？

小松　そう、小菅だった。

松坂　私が持ってる手紙で言うと、「オール讀物新人賞」のころは、差出人が小菅で書いてらっしゃるんですが、直木賞を受賞されてからは全部、藤沢周平と記してるんです。その時期に小菅留治としてお金をよこされたということは、やっぱり藤沢周平であることを隠してたんでしょうね。

那須　それで思い出したんだけれど、昭和五十四年に、山形師範を卒業して三十周年ってことで、同窓会をやったろ。小菅も非常に楽しみにしてたみたいでやって来たんだけれど、同窓会の席上でただのひと言も藤沢周平としての自己宣伝をしないんだな。

松坂　同窓会の会報も、小菅留治で書いてるんですね。

土田　あの時、山大（山形大学）から表彰されたろ。表彰も小菅留治で受けてたな。だから、あれが藤沢周平だってわからない連中もずいぶんいたと思うぞ（笑）。

松坂　その時のことを、エッセイに書いてあるんですね。自分は教師として何もしていないのに、表彰をされる理由がないと思ったと。

小野寺　表彰されるとか、賞をもらうといった晴れがましいことは嫌いな男だったな。っていうか、ある種の反骨精神から拒むようなところがあったように思う。鶴岡の名誉市民として表彰したいって言われたときに、私に電話をよこしたんだ。お前だったらどうするって。そう言われても俺には誰もそんな立派なものをくれないからって答えて（笑）。でも、せっかく名誉市民だと言われてるんだから、素直に受けたほうがいいんじゃないかって言ったら、「どうもそういうのは嫌いなんだよな、俺」って言うだけで、あとどうするってのは口を濁してたっけ。

松坂　結局、拒み通したんですよね。

小野寺　ええ。そのあと紫綬褒章をもらった時も、やっぱり電話をしてきたんです。私が、あんまり頑張って拒んでないで、早々ともらっちゃったほうがいいよって言ったら、「そうか、じゃあもう少し考えてみるか」って言って、その後もらうことに決心したことを葉書で知らせてきました。この頃からだよ、葉書をずうっと並べてみると、体調が崩れてきてるのかなって。

蒲生　そう、字でわかるんだよな。俺もそう思った。

小野寺　ずいぶん間違って消し、書き直すってことも多くなってたし。

松坂　紫綬褒章の時は、私はお祝いの電話をしてるんですが、おめでとうございますって私が言うと、「作家としてはそんな賞はぜんぜん関係ないんだ」っておっしゃってましたね。ですから、受賞のインタビューも、山形新聞以外は全部断ってらした。「地元の新聞だけはどうしても断りきれなくて」と苦笑いをされてました。

蒲生　小菅のそういうところ、庄内弁で何とかいうだろ。

小松　かたむっちょ。

蒲生　そうそう、かたむっちょ。頑固ってやつだ。自分に厳しくて、人には優しく、ユーモアに溢れてて、そしてかたむっちょ。昔からそうだったな。「碎氷船」の頃から、小菅留治は藤沢周平だったんだなって気がするよ。

松坂　たしかに、あの「碎氷船」をわれわれがやっている時に、小菅さん自身もふくめて誰ひとりとして、やがて作家藤沢周平が誕生するなんて思ってもいなかったわけですけれど、あの時からすでに小菅さんは、どこかで藤沢周平だったような気がしますね。

仰げば尊し

湯田川中学校教師時代

福澤一郎

「赴任してはじめて、私はいつも日が暮れる丘のむこうにある村を見たのである」と刻まれた石碑が、山形県鶴岡市の湯田川温泉にある。藤沢周平著『半生の記』の一節で、昭和二十四年三月に山形師範学校を卒業した藤沢は、四月、自分の生家のある黄金村と山を隔てた隣村にあった湯田川中学に赴任した。

当時村立だった湯田川中学は、昭和三十年鶴岡市立になるが、その後昭和三十二年、市立大泉中学に統合され、今は存在しない。同じ場所には当時から併設されていた湯田川小学校のみある。石碑はその湯田川小学校の正門のところに建てられており、学校関係者だけでなく、前を通る誰もが見ることができるようになっている。

昭和二十六年三月に肺結核であることが判明、四月から入院を余儀なくされるので、教師生活は僅か二年にすぎなかったが、教壇に立ったときから、この一月に亡くなるまで、恩師と教え子という紐帯は、切っても切れぬ関係のように続いてきた。藤沢自身にとって、家族とともに心の拠り所だったに違いない。

亡くなった後、弔慰のため自宅を訪れた教え子たちは、棺の窓を開けて顔を見ること を許された。葬儀では、親戚一同とともに、前列に並び、火葬場まで行き、お骨を拾っ た。すべて故人の遺志だったという。

赴任して、まず二年生（二十三年入学組）の担任になった。クラスの名簿を抱えなが ら、初めて二年B組の教室に入ってきたとき、その歩き方はほんの少しだが、上下にゆ れていた。その度にサラサラしている髪の毛がゆれた。教壇に立つと、照れくさいのだ ろう、生徒たちのほうを見ずに、窓のほうへ視線をやった。おもむろに振りかえると、 黒板に「小菅留治」（藤沢周平の本名）と書いた。

「今度来た先生、男前だな」と、二年生だけでなく、すぐに全校の女子生徒たちの噂に なった。当時二十二歳、若々しかったし、どこかあかぬけたところがあった。他の先生 たちのほとんどは年配者で、生徒たちの父親と雰囲気は変わらなかった。

おそらく師範学校時代、山形市にいたせいであかぬけていると思われたのだろう。山 形市は当時、小京都と呼ばれ、一泊しなければ帰ってこられないほどの遠いところで、 小学校の修学旅行先でもあった。「もちろん後で知ったことですが、先生は山形でよく 映画を見ていられた。それで田舎出身者なのに洗練されたのではないでしょうか」と教 え子のひとりは解説してくれた。

佐田啓二似の先生

映画といえば、少しませた女の子たちは、鶴岡の映画館に通っていた。ラジオドラマで人気が出た菊田一夫の「鐘の鳴る丘」が映画化され、上演されたことがある。その中で復員してきた青年役の男優が登場したとき、はっとさせられた。小菅先生によく似ていたからだった。演じていたのは佐田啓二、昭和二十二年にデビューしたばかりの新進俳優だった。誠実でひたむきな役を演じ、なおさら小菅先生とダブった。以来佐田啓二似の先生として、さらに人気が出た。

後年、直木賞を受賞して、そのことが新聞に大きく報道されたとき、ご無沙汰していた教え子たちは、掲載されている写真を見て、ただちに藤沢周平が小菅先生だと判った。佐田啓二似のおもかげがあったからである。ちなみに晩年は、宇野重吉似だとする者と太宰治似だとする者と両説ある。

「男前」だけで、人気が出たわけではなかった。いつもニコニコしていて、やさしかった。授業中、髪の毛が前にたれると、さっとかきあげるのと、チョークを持った手をグルグルさせているのが癖だったが、大声をあげて叱ったりすることはなかった。

この「やさしさ」というのは、戦後の新しい教師像といってもいい。それまでの教師というと、鞭を持って教壇に立つ者、悪さをすれば往復ビンタはあたりまえ、中には真冬の霜が降りたり、雪が積もったりしているグラウンドを走らせる者もいた。戦中、小

昭和二十四年　湯田川中学校赴任

学生になった生徒たちにとっては、それがあたりまえだったので、小菅先生のやさしさに最初はびっくりさせられたが、女の子はもちろん、男の子もすぐに慕うようになった。小菅先生の前で悪さをすると、げんこつで頭を軽くポカリとやられる程度だった。

「先生の実家に、男たち五、六人で遊びにいったことを覚えています。大きなおにぎりが出されてね、先生に『早く食べろ、食べろ』と言われたんです。当時学校の先生の家に遊びに行く習慣なんてありませんでした」と加藤政一（二十三年入学組）は思い出を語る。

「宿直室に、よく遊びに行きました。ぼくは二年A組で、先生は担任ではなかったのにもかかわらずです」と五十嵐勝（二十三年入学組）が言う。当時は自宅に風呂などなく、温泉地ゆえ、どの家の子も毎日のように共同浴場につかりにいき、その後宿直室を訪れた、男の子も女の子も。赴任していた二年間、小菅先生の宿直日は、他の先生の宿直日より、いつも賑わっていた。授業では触れない、自分がこれまでどんなことをしてきたかを、おもしろおかしく話してくれた。話がはずみ、十二時ごろまで続き、さすがに後で親から抗議がきたこともあった。

男の子たちとは、キャッチボールもしたし、鉄棒で大車輪をしてみせることもあった。夏になると、近くの由良海岸へ臨海学校に行くのだが、けっこう泳いでみせたし、砂の上で相撲もした。当時、どちらかといえば筋肉質の頑強そうな体付きだったという。

女の子たちの思い出には、学校へ来るまで、いつも歩きながら本を読んでいた、といったものもあったが、青白き文学青年という趣きはなかった。生徒たちと共に勉強をし、遊んだ。

就職して三カ月ほど経ったころ、私は教師をやめようかと思いつめたことがある。

（『半生の記』より。以下注記のない引用はすべて同書より）

と、悩んだ時期もあったようだが、生徒たちはそれを微塵も感じていない。

担任してすぐの頃、黒板に三好達治の詩を書いたことがある。「私は峠に座つてゐた」で始まる「峠」という詩だった。生徒たちにとっては詩などというものに初めて接することになったが、「いい詩なんだよ」と小菅先生は感嘆をこめて言った。

芥川龍之介の作品をよく読ませて聞かせたという。「トロッコ」であったり「蜘蛛の糸」だったりするのだが、小田猪仁（二十三年入学組）は「杜子春」も読んでもらったことを覚えている。先生の手書きのガリ版刷り「杜子春」が全員に配られた。

「後年、藤沢先生は、『ぼくはよく先人たちの作品を書き写したものですよ』とおっしゃったことがあるんです。先生の文学修業だったわけですが、この話を聞いて、小菅先生がガリ版を刷ってくれたことを思い出したんです」

夏休み前の海浜学校のころから急に元気をとりもどし、九月の教員異動にともなう担任の編成変えがあったあと、さらに元気になった。新しく担任することになったのは一年生で、男女あわせて五十五人のクラスだった。

この一年生は二十四年入学組で、その後一年半にわたって担任を続けることになる

（ただし、二年になり、教室の広さの関係で二クラスに分かれている）。思い悩んでいた（？）小菅留治先生は、以後自分なりの教育実践を展開していく。放送劇をしたことも一例だ。

ふだん教科書の音読も出来ないような生徒が、セリフをひとつあたえたり、放送劇のB・G・Mの係をやらせると、見ちがえるほどにいきいきとしてくるところに着目していたのである。

この狙いはズバリあたり、二十四年入学組の教え子の多くが、もっとも楽しかった思い出として、放送劇をあげていた。マイクの前でしゃべることに、ラジオドラマに出ているような興奮を覚えたからである。裏方担当も含め、クラス全員が参加した。

一年生のときは「みにくいアヒルの子」をやった。アンデルセンの原作を、小菅先生が脚色し、挿入歌として、「水よ、水よ、きれいな水よ」で始まる歌が入った。

武田彦恵（旧姓後藤・二十四年入学組）は六年前大手術をしたが、手術後、夢うつつの中で、突如この「水よ、水よ」というメロディが聞こえてきた。そこではっと目が覚めた。するとベッドのそばで心配そうに夫や子供たちが見つめていたという。

この歌は、明星派の詩人深尾須磨子の作詞によるもので、「いずみのほとり」という題がつけられている小学校唱歌だった。

二年生で「白鷺」をやった。湯田川温泉発祥にまつわる話で、奈良時代、ひどく傷を負った一羽の白鷺がこの地に舞いおり、湿地に浴していたが、数日で治り飛びたっていった。里の人が見にいったところ、こんこんと湯が湧いていたという。この話を脚色して放送劇にしたてた。

この放送劇には、シューマンの「トロイメライ」が、挿入された。「クラシックの曲を生まれて初めてといっていいぐらい聴いたんです。とても新鮮でした」

放送劇とは別に、戦後初めてクリスマスパーティもしているし、西洋の風物を積極的に取り入れている。

『半生の記』には出てこない話だが、英語の授業がユニークだった。生徒の名前を呼ぶとき、英語の名前で呼ぶようにした。女の子はベティやエミリー、キャサリン、男の子にはエリック、ロビン、デビッドといった名前がつけられた。ミスター・デビッドと呼ばれると、「イエッサー」と返事しなければならない。でも、思わず「はいさー」と応えてしまった子がいた。全員大爆笑で、小菅先生も苦笑するだけだった。

休職の発表

一方で、小菅先生は漢詩も教えている。葬儀のとき、教え子代表として弔辞を読んだ萬年慶一（二十四年入学組）は、今も、

凱風　南よりし　彼の棘心を吹く
棘心　夭々たり　母氏　劬労す

という詩経にある漢詩を空で詠うことができる。母の苦労をしのび、母を慕う気持ち

を述べた歌とされ、戦後の教育でありながら、「修身」に出てきそうな詩であった。

詩や短歌を生徒たちによく書かせていた。自然の風景や、季節の移り変わりを好んで描かせた。自然には恵まれていたところだったが、生徒たちはそれを言葉で表現できるようになった。

後に、高校を卒業した年に、生徒たちは「離散会」を萬年慶一が中心になって催している。生徒数も五十人ちょっとと少なく、小学校、中学校の九年間いつも同じ顔触れだったこともあって、男女を問わずとても仲が良かった。萬年によると「小菅先生に習ったおかげで、よけい仲良しになった」という。中学を卒業して、高校に行く者、就職する者に分かれたが、ほとんどの子が自宅から通っていて、しょっちゅう顔をあわせていた。しかし高校を卒業するとなれば、東京や他の町へ出ていく者も出てくる。そこで「離散会」をやろうということになった。その会で、今後文集を出し、親睦を深めようという提案がされ、年に一度文集が出された。「石清水」という名で、詩や短歌、随筆が、東京から、地元から続々萬年の元に送られ、ガリ版刷りの文集になった。三号まで続いている。小菅先生の指導のたまもので、彼らはいっぱしの文学青年、文学少女になっていた。だから教え子たちは「私たちはレベルの高い教育を受けることができた」と胸を張る。

まだ、藤沢周平が湯田川中学で教えていた時期、湯田川温泉から、南東に約六十キロほどいった同じ山形の南村山郡山元村（現・上山市山元町）の中学校に無着成恭がいた。

無着成恭は山形師範で藤沢周平の一年先輩にあたり、師範を出てすぐに山元中学校に赴任した。戦前からの、それも山形など東北各県でさかんだった、綴方教育に影響を受け、さらに戦後教育の柱として、いかに「民主主義」を子供たちに理解させるかに、力を注いだ。その結果がのちに「山びこ学校」としてまとめられ、ベストセラーになったのは周知のとおりである。

藤沢周平が湯田川中学に赴任した年に、「山びこ学校」の江口江一の作品「母の死とその後」が日教組主催の全国小中学生作文コンクールで、文部大臣賞を受賞している。湯田川中学の先生方が知らぬはずがなく、『半生の記』では社会科中心に授業を進めていく運動「コア・カリキュラム」との関わりで、無着成恭について触れられている。

藤沢自身は、コア・カリキュラムについて、

小説にうつつをぬかしていた私にとっては、職員会議でその言葉を聞いたのが初耳だった。

と述べている。学校全体としては、流通の仕組みを生徒たちに調べさせたり、農協に見学にいくなど、一応コア・カリキュラムに取り組んだ。しかし、無着成恭のように生活を直視し、その深層を子供たちにえぐらせようとするようなことは、学校も藤沢自身もしていなかった。

藤沢自身が、教科書から離れて独自に試みた教育、詩や短歌を聞かせたり、書かせたり、放送劇をしたことは、一言でいえば、情操教育ということになる。だから、子供た

ちは楽しく授業を受けることができ、心が豊かになったような気がした。

佐野眞一著「遠い『山びこ』」は「山びこ学校」の教え子たちのその後を描いた労作だが、「無着が卒業生の消息についてほとんど知らないことはわかっていた」というところから、著者は取材を始めなければならなかった。今回、藤沢周平の教え子探しは、まったく苦労せずにすんだ。

小菅先生が肺結核だとわかったのは、二十四年入学組がまもなく三年生になろうとする、三月におこなわれた健康診断によってだった。しばらくは、そのまま教壇に立っていた。しかし、食事の時間になると、それまで一緒に食べていたのが、姿を現わさなくなり、生徒たちを不思議がらせた。四月になり、三年生になったとき、休職が発表された。もち上がりで、三年生の担任もしてもらえると思っていたので、生徒たちの多くがショックを受けた。

当初肺炎だと伝えられたが、すぐに結核であることが知れ渡った。当時結核は今のがん以上に恐れられた病気で、それも伝染病であったため、隔離されることもあった。藤沢周平は幸い、隔離されるところまではいかず、鶴岡市内の中目《なかのめ》病院にしばらく入院、その後自宅療養をしていた。

「みんなのことが心配でな」

中目病院には、何人もの生徒が見舞いにいっている。女子生徒が多かった。中には結核感染者と接触したことで、親から叱られた者もいた。

卒業記念に、放送劇でやった「白鷺」を芝居で上演することになり、その相談に、自宅療養していた小菅先生の家まで、何度も通った者たちもいる。

高校に入ってからも、国語を教わる目的で、小菅先生の家に押しかけた者が何人かいた。高校の国語ともなると、難しくなったためということもあっただろうが、

「国語の授業がつまらなくて、つまらなくて。先生は教科書を読んでいるだけ。中には、教師用の虎の巻があるでしょう、それ見ながら生徒の顔を見ずに授業を進めていた先生もいたんです」

と女子生徒だった一人が振り返った。

夏の暑いときには、小菅先生の家にはスイカがどっさりあった。浴衣姿の小菅先生が、「食べろ、食べろ」とすすめてくれた。痩せ細ってはいたが、そこには以前と変わらない先生がいた。

中には、ある作品の読書感想文を書け、という宿題が出され、先生に教えられた通り書いて提出した者もいた。職員室に呼ばれ、「これはキミが書いたものではないだろう」と見抜かれ、怒られてしまった。

昭和二十八年、藤沢周平は上京し、東村山にある篠田病院・林間荘に転院する。転院当初はさすがにわざわざ上京してまで、見舞いに訪れる者はいなかったが、昭和三十年になると高校を卒業して東京に就職したり、大学へ進学したりする者が出てくる。東京在住者は、東村山の病院に入院していることを知り、誘いあい、見舞いに訪れるようになる。

最初に情報を得たのは、現在病気でふせっている松田健雄（二十四年入学組）で、当時大学生だった。松田から連絡を受けた大石梧郎（二十四年入学組）と、ふたりで訪ねていった。大石の記憶によると、

「みんなのことが心配でな。あいつがどうしているか、この子は何しているのか、いつも気にかかって、仕方がないんだ」

と小菅先生は言ったという。――後で知ったことだが――自分は大手術をした後なのに、その話はまったくせず、昔の先生のままだった。

やはり松田から連絡を受け、見舞いにいった工藤司朗（二十四年入学組）は、「ここは本が読めるし、俳句は作れるし、いいところだ」と明るい表情の先生に出会った。しかし、昔はいつも背筋をピーンと伸ばしていたのに、肩が下がっている姿を見て、辛苦の道だったことを察した。

現在、湯田川温泉の旅館、九兵衛――藤沢周平の常宿でもあった――の女将大滝澄子（二十四年入学組）は当時世田谷に住んでいて、ひとりで見舞いにでかけた。小菅先生

と何を話したかは覚えていないが、初めていく東村山の駅に着き、不案内の道を歩くと、すぐに病院が見えた。他には一軒の家もなかった。世田谷も湯田川同様緑の多いところだと感じ、暮らし易さを覚えたが、東村山は、湯田川以上に辺鄙なところだと感じた。病院を出たのは、夕暮で、田畑から蛙の鳴声ばかりが耳についた。西武線にのり、新宿の駅に着くまで、蛙の声が聞こえた。

昭和二十三年入学組は、僅かな担任期間で、その後も国語の授業を受けてはいたが、関係は薄かった。それでもいつも小菅先生は気にかけていた。たとえば彼らが三年生のとき、いじめにあった子がいた。その子は湯田川に家族ぐるみの疎開で来た子で、戦争が終わってからも残っていた。言葉もうまく通じず、いじめにあうと、すぐに引っ込み思案になり、今でいう登校拒否に陥った。学校のすぐ近くに家があり、放課後、学校の方をなんとなく見ていると、小菅先生が体育館から顔を出して言った。

「おまえ元気か、どうしてる、先生は待っているから出てこいよ」

人懐っこい声だった。

学校に行かなくなり四、五日目のことで、担任の先生は何も言ってこなかった。小菅先生の言葉に励まされ、翌日から学校に通えるようになった。

肺結核が判ったのは、ちょうど卒業の年で、卒業式のときも先生はいつも通りで、自然な別れになった。結核になったことは、すぐに知るところとなったが、見舞いにいく者はごく僅かだった。東京に出た者たちの何人かが、やはり一級下の松田からの連絡で、東村山の療養所に訪ねた程度だった。

昭和三十二年に退院、いったんは湯田川に戻り就職先を探したが、思うようなところがなく、東京に仕事を求めた。教え子たちの話を総合すると、「小菅先生は教師に復帰すべく職探しをしていたはずだ」となる。だから湯田川中学校で校長をしていた小杉先生を頼ったのだという(『半生の記』「死と再生」に詳しい)。

「石清水」の制作に毎年携わっていた萬年は、出来上がると東村山で療養していた小菅先生の元に送っていた。先生からは、そのつど便箋四枚にびっしり書かれた批評文が送られてきた。その端々には、教師に復帰したい強い思いが感じられたという。

休職して三年過ぎると、教師の資格を失うことになっていた。六年経過していたので、表向き資格は失うが、実際はいくらでも融通が利くはずだった。小菅先生が、教師に復帰できなかったのは、ひとつは結核が治ったとはいえ、まだ子供たちの前に立たせるのはどうかという不安が校長先生にあったためだろうと教え子たちは推察している。ただ「小菅先生の才能を生かすには、東京が一番だと思う」とアドバイスした小杉先生を教え子たちは高く評価した。東京に行かなければ、作家藤沢周平は誕生せず、地元の中学の校長先生として人生を終えていただろうからだ。

しかし、教師に復帰することをあきらめ、上京しなければならなかったとき、上京することが、小菅留治にとっては都落ちの心境だったのではないだろうか。

東京に出て、業界紙の記者になった。教え子たちとの連絡は途絶え、多くの者は直木賞受賞後に再会することになる。

　業界紙につとめ、間借りして小さな世界に自足していたころ、声高く自分のいる場所を知らせる気持がなかったことも事実である。（「再会」『小説の周辺』所収）

　萬年は年賀状を送ったが、返ってこなかった。他の者たちとも音信不通になる。

　しかし、結婚した話は、すぐに伝わった。相手が、二十三年入学組の一級上の女性だったからだ。湯田川に隣接する、藤沢の生まれで、藤沢からも、湯田川中学に通っていた。中学生当時、色が白く、お人形のような顔立ちで、文学少女だった。彼女なら小菅先生のお嫁さんにふさわしいと思われた。

　藤沢周平の藤沢は夫人の故郷からつけられ、周は、藤沢がかわいがっていた夫人の甥っ子の名前である。平はどこから取られたのか、小菅先生は何も言わなかったが、教え子たちは「みんなを平等に扱ってくれたから、その平だ」と思い込んでいる。

　この時期、藤沢周平は教え子たちをけっして拒んでいたわけではない。

　佐藤ミエ（旧姓上野・二十四年入学組）は、新婚当時の小菅先生に池袋の駅でばったり会った。お互いしばらくは声も出なかった。以来、日曜日になると、先生の家にでかけた。夫人と三人で家の周りを散歩した。

「先生は、散歩することが、このうえなくお好きな人でした。落語の話をよくしていまして、暇ができると上野の鈴本演芸場に通われていたとのことです。『時そば』っていうのは、こういう話なんだ、と散歩をしながら教えていただきました」

江戸時代の市井の人たちとの出会いが、落語を通じてあったのかもしれない。

小菅先生が藤沢に帰ってきて、夫人の実家に宿泊したとき、偶然顔を合わせた者もいる。吉泉和子（旧姓佐藤・二十四年入学組）で朝風呂の帰りだった。髪を束ねていたこともあって「日本的だな」と誉められた。その後も、一度ばったり顔をあわせ「和子とはよく会うの」と言いニコッとされた。出張の途中に寄ったとのことで、忙しそうにしていて、教え子が集まる余裕はなかった。

夫人との生活は長くなかった。結婚して四年後、生後八カ月の子供を残したまま夭折する。その後地元での再婚話もあったがうまくいかず、五年後に東京で現夫人と結ばれた。

庄内弁を忘れず

長崎種子（旧姓石川・二十四年入学組）は、最初の夫人が亡くなり、藤沢の母親が上京して、子育て役をしていた頃に、新橋で小菅先生に会っている。当時勤めていた業界紙の会社の近くだった。彼女の身体が弱かったのを心配して、電話をもらったのだ。喫茶店で話をした後、日比谷公園まで二、三十分ほど散歩した。

教え子たちとの関係が疎遠になったのは、教え子たちのほうも忙しくなったからだ。高校を出て就職した昭和三十年前後は、まだ就職難だった。神武景気の直前で、親戚や、先輩のつてを頼って仕事探しをしたり、職を転々とする者も少なくなかった。

二十歳のときに、東村山の療養所を訪問した大石梧郎は、高校卒業後、東京の下町で金属加工の工場を営んでいた親戚を頼って上京、二十八歳のときに独立して、今に至っている。名前から判るように、五男坊で、地元にいても仕事はなかった。東京に出てきた者は、次男、三男坊ばかりで、藤沢周平が、業界紙の記者で忙しくしていた頃、彼らも生活の基盤作りのために必死だった。

オール讀物新人賞を受賞したとき、藤沢周平が小菅先生だと気が付いた者は、ほとんどいなかった。工藤司朗は松田健雄からの電話で知り、連絡先も教えてもらった。その後、工藤は一級上で弁護士をしている菊地仙治と、ある日地下鉄の駅で偶然会い、旧交を暖めた。菊地は小菅先生がオール讀物新人賞を受賞したことは知っていた。工藤が連絡を取り、二人で恩師と会う機会が設けられた。そんなことが何度か続き、直木賞受賞の記念のパーティには二人を同行したほどだった。

直木賞受賞を知り、お祝いの手紙を出した長濱和子（旧姓尾形・二十三年入学組）は、その時結核で入院していた。小菅先生はすぐに返事を出す。

「卵形の顔で、ほっぺたが赤く、何か私に言われても、下を向いてしまってなかなか答えてくれない。その子が尾形和子だと思いますが、違いますか」

小菅先生はその教え子のことを覚えていた。というより約百名の教え子のひとりひとりを忘れなかった。長濱和子は鶴岡の病院に入院していたが、手紙を受け取った翌年、自分と同じ病気をした彼女を見舞っている。

直木賞を受賞して三カ月後、湯田川温泉で講演会が催された。「再会」(『小説の周辺』所収)にあるように、最前列にかつての教え子たちが座り、講演会が終わると、教え子たちが取り囲み「先生今までどこにいたのよ」と涙ぐんだ。

教え子たちが何より喜んだのは、作家藤沢周平が、かつての小菅先生と変わらず、地元の言葉庄内弁で語りかけたことだった。

「直木賞をとられたので、雲の上の人になってしまったんじゃないか、東京帰りは違うだろうというところを見せつけるんじゃあないかと一抹の不安があったんです」と教え子の一人が語る。

それは杞憂におわった。だからなつかしさしかなく、誰もが涙ぐんだ。藤沢周平にしても、直木賞受賞パーティ以上の晴れ舞台だったかもしれない。

地元の教え子たちが連絡を取るときは、手紙でも電話でも、ずっと小菅先生で通した。藤沢周平も、いつもはきれいな標準語を話していたが、「小菅先生」と呼ばれると、すぐに語尾に「〜の」をつけるのが特徴の庄内弁になった。

「奥様と、湯田川に来られることもありました。びっくりしたのは、奥様は東京ご出身のはずなのに、先生につられて、『んだ、んだ』とおっしゃっていたことです。とてもきさくな方で、お二人の仲の良さを感じたものです」と地元の教え子は感心していた。

東京では、同級生の間で、よほどのことがないと連絡を取り合って集まるということはなかった。年賀状の交換さえしていなかった。直木賞受賞のとき、教え子たちは四十歳にさしかかろうとする時で、働き盛りで忙しい日々を送っていた。いっぽうで、多少生活上は落ち着いてきた時期でもあった。

高校に入ると弘前に転出し、結婚後新潟にいた太田祥子（旧姓松田・二十三年入学組）は、同級生に元気でいるかどうか手紙を出した。弁護士の菊地仙治も受け取り、知る限り連絡を取ってみることにした。同じ時期、やはり菊地を訪ねてきた者がいた。今野光史（二十三年入学組・故人）で証券会社に勤務していたが、福島支店から東京本社に転勤になった。彼もみんなと連絡を取りたがった。

「泉話会」の小菅先生

そこで、菊地は東京にいる者だけでいいから、小菅先生にも来てもらい親睦会のような集まりをすることを思い立った。五十嵐勝や小田猪仁、今野、菊地などの東京在住者に、太田も新潟からかけつけた。場所は、小菅先生の弟のいきつけの割烹料理屋「はりまや」に決まった。池袋にあり、大泉学園に家があった小菅先生も来やすいところだった。しかし第一回は、急用で、本人は欠席した。

来年もまたやろうということになったのだが、それをききつけた工藤司朗が、一級下の者たちも加えてほしいとの申し出をした。

そして、今度は小菅先生も出席して、二学年が合同で、恩師を交えて開くという、他にはあまり例のないクラス会が開かれることになった。小菅先生自ら、この会に命名しようということになり、「泉談会」と決まった。湯田川温泉の泉を取り、泉が湧きいずるように、談論風発して、楽しく語り合おうという意味がこめられていた。

第一回目が開かれたのが昭和五十四年三月で、場所は「はりまや」、十五名ほどが集まった。毎年一回三月の最後の土曜日に開かれることが決まった。

翌年になり、会の名前が「泉話会」と改められた。菊地あてに小菅先生より電話があり、泉談会ではどうしても語呂が悪いのでということだった。

泉話会発足当初から世話人をつとめた菊地仙治は、

「先生が、みんなの求心力になっていたんです」

としみじみと語る。

かつては仲の良かった同級生であっても、ささいなことで仲たがいをする、あるいは金の貸し借りといったことでトラブルを招いたりする。田舎にいたときのような情は都会にいると薄れてくる。弁護士をしている菊地はそういった諍いを仕事がら、しょっちゅう見ていた。でも泉話会にかぎって、そういったことがなく集いを続けることができた。小菅先生がいたからこそ、仲良くやってこられたと思っている。

藤沢周平が有名人だからという理由だけでは、毎年集まれなかったに違いない。教え子たちが慕っていたからこそ、毎年集まるのを楽しみにしていた。工藤司朗によると、

「当初は、みんな小菅先生とお呼びしていました。最近になって藤沢先生とお呼びする

ようになったのです。そしてやはり東京にいるからでしょうか、先生も私たちも、標準語で話していました」

しかし、口では藤沢先生といっても、心の中では、いつまでも小菅留治先生だった。泉話会で藤沢周平は、自分の作品について述べたり、何か文学論をぶったことは一度もなかった。ひとりの教え子が、ある女流作家をあげ、どんな方ですか、と質問したところ、ニヤッとして「あの人の太ももは、ほんとうに太いんだ」と茶化すだけだった。藤沢周平も小菅留治として振る舞おうとした。心安らぐ場所だった。でなければ、あれだけ忙しく作家活動をしていた人が万難を排して、毎回参加するはずがなかった。

会が始まると、まず参加者が近況報告をする。ひとりが終わるたびに、身を乗り出し、手を耳にあて、聞いていた小菅先生が、

「そうか、それは良かった、良かった」

というふうにうなずきながら短い言葉を添える。ことにゲスト参加者、地元鶴岡や湯田川から馳せ参じたり、北海道や京都にいる者たちが参加すると、一層耳を傾ける。小菅先生はもっぱら聞き役で、先生がうなずいてくれると、それだけで教え子たちはすっきりした気分になった。

ある日、結婚して京都に住んでいた黒井庸子（旧姓今野・二十四年入学組）の元に突然電話がかかってきた。「小菅です。今京都にいます。明日都合がつけば、会いませんか」と言う。昭和五十六年のことだった。直木賞受賞後、電話は何度かしていたが、会

うのは、中学生の時以来初めてだった。ホテルのラウンジで話をし、近くの料理屋で食事をした。料理屋では係りの女性が注文をとるとき、黒井庸子に「奥様は？」と聞いたので二人で大笑いした。黒井の夫は小菅先生と同い年だった。

話の中で、小菅先生は地方へ行った者たちを気にかけているのが判った。だから京都にいる黒井にも連絡がきたのだった。

「中学を卒業して、すぐに北海道に就職していった女の子がいた。あの子は今頃どうしているのかな」といった話もした。彼女の消息はまったく知られていなかった。

三、四時間は先生と歓談していたことになる。その話をある同級生に教えると、嫉妬された。二人きりでそんなに長く先生と過ごした者はいないと。以後黒井も都合がつけば、泉話会に出席するようになった。

泉話会の中には、離婚問題に発展していった者、サラ金に手を出し、困っていた者もいた。すると先生は「大丈夫だったか」と声をかける。たとえ大丈夫ではなかったとしても勇気づけられた思いになり、その後いい方向で解決することができた。

何か相談事があれば、先生の家に電話をする者もけっこういた。最初は夫人が出る。すぐに本人に代わった。「今、締切間際なので」「忙しくしておりますので」と断られたことは一度もなかった。どんな長電話になっても、先生の方から切ることはなかった。

泉話会では、近況報告が終わると、後は雑談に終始する。そのうちカラオケが始まる。

「うまくなったの」との感想はもらすが、小菅先生が歌うことはなかった。

平成五年の泉話会のことだった。泉話会はいつも会費八千円だったが、藤沢周平は、二万円ほど出していた。その年に限って封筒に入れて会費を払った。開けてみると十万円も入っていた。本当の理由は判らないが、おそらく来年からは出席できないという思いだったようだ。その時点で、藤沢はかなり健康を害しており、無理を承知で参加していた。翌年は、なんとか出席したが、それが最後になった。

泉話会のメンバーは、封筒の中身が高額なので、どうしようかと話しあった。その時は名案が浮かばず、取り敢えず貯金しておこうということになった。

小田猪仁は、長塚節の生家が自宅からさほど遠くないところにあるのを知り、見にいったことがある。藤沢周平は『白き瓶』で長塚節を描いている。それで興味を持った。生家のそばに、石碑が建てられていて、その時、藤沢周平先生の石碑もあればいいと思うようになった。地元に戻ったときに石屋を訪ねると、五十万円ほどでできるという。もし他から賛成が得られなくとも、自分一人でも建てようと思った。しかし、地元の教え子たちはもちろん、泉話会のメンバーも全員賛成し、貯金していた分に積み立て、石碑代にあてることにした。

石碑に刻む文字を……

藤沢は朝日賞を平成六年一月に受賞している。この時のパーティに教え子たちが何人か招待された。その中のひとり佐藤徳一（二十三年入学組）が「まもなくみんな還暦を迎えるのだから、全員で集まり、先生に感謝するお祝いをしようじゃないか」と提案している。

このふたつの提案があわさって、計画が進められることになった。泉話会から連絡をもらった藤沢周平は、当初渋っていた。二百万、三百万もかけて文学碑を建てるまでに膨らんだ計画に、困惑したし、気恥ずかしいところがあった。

平成六年十月、藤沢は湯田川に帰郷する。九兵衛旅館に宿泊し、萬年が呼ばれる。用向きは「文学碑を建てる計画を東京の連中がしていて、困っている。ストップさせてくれ」というものだった。しかし、実はそのとき地元への根回しは終わっていた。小田が話していたし、泉話会のひとり奥井千賀（二十三年入学組）が、「地元の長男たちの顔をたてないとうまくいくものもいかなくなるよ」というアドバイスをしてくれたので、電話などで計画を伝えていた。

萬年は、逆に藤沢周平を説得した。教え子の熱意に負けて、藤沢周平は了承した。しかしいくつかの条件を出している。

・みんなの記念碑にすること、
・目立つものにするな、
・無理して大きいものにするな、
・後々迷惑がかかるものにするな、

というものだった。

まず、湯田川小学校に掛け合い、校長ならびに教育委員会から了承をとった。ただし、公費からは出せないという。それは望むところで、教え子たちから寄付を集めることになった。すぐに目標額の百万円は集まった。七十万円が建設費、残りは祝賀会の費用にあてられることになった。

二十三年入学組も、二十四年入学組も平成九年の三月までに全員が、還暦を迎える。そこで間をとる形で、そしてみんなが集まりやすいということで、平成八年五月の連休中に除幕式の日時が決まった。しかし、藤沢周平は入院、見舞いにいった工藤司朗に、「延期してほしい」と迫った。出席したかったからで、藤沢自身楽しみにしていた。しかし後に、退院してから、工藤にそう言ったことを藤沢本人はまったく覚えていなかった。

結局九月十五日に延期された。

七月に入り、藤沢は石碑に刻む文字を、病と最後の闘いをしながら、自ら筆をとり書いている。文面はいくつかの候補の中から、藤沢自身が決めた。冒頭の「赴任してはじめて……」が、それだった。

萬年宛てに送ってきたが、

「筆に力が入らず、思うように書けない、そちらで書き直してほしい」

との伝言があった。

なるほど、書き始めは筆をおろしたところなので太いのだが、横棒を見ると、力が入らず、細くなっていっているのがはっきり判る。萬年は〝後々、これが藤沢周平の字だと思われるとまずいかもしれないな〟と心配になった。

ところが、石碑の大きさに合わせて拡大コピーをしてみると、藤沢周平らしい、いい字体になって、このまま刻むことが決まった。

石碑のデザインを考えたのは、地元で家屋の設計技師をしている大井清（二十四年入学組）だった。中学生時代はどちらかというと、小菅先生から頭に拳骨をもらうことが多い、やんちゃ坊主だった。その大井が教科書を読みながら、教室を歩き回っていた姿を思い起こし、本を手で持っている形にして、本の部分に言葉を刻むことを発案し、了承された。

除幕式の日、小菅先生の姿こそなかったが、湯田川温泉は賑わった。地元にいた教え子はもちろん、東京からも、全国にいた教え子たちも一堂に会し、盛大に祝った。まさか、それから僅か四カ月後に永遠の別れが来るとは誰も思いもよらなかった。もしも予想できたのなら、祝賀は自粛しただろう。

教え子たちにとって、藤沢周平が直木賞を取り、泉話会が発足した頃は、まだ自分たちの子供は受験期だった。それが結婚をし、孫ができた者も出てきた。還暦になり、男性は定年を迎え、女性も自由に使える時間を持てるようになった。これからの余生、教え子同士、恩師も交えて、一層親密になれるはずだった。

湯田川温泉は、小菅留治が赴任してきた四十八年前も今もまったく変わらぬたたずまいを見せている。ただ、もう小菅先生が姿を見せることはない。そこだけがぽっかり穴が開いてしまったようだ。でも教え子たちは湯田川小学校に建てられた〝みんなの記念碑〟の前に立つと、小菅先生との楽しかった日々のことがすぐに蘇ってくる。

療養所は「人生の学校」だった

篠田病院林間荘時代

植村修介

東京西郊の東村山市恩多町（旧、北多摩郡東村山町久米川）に、かつて篠田病院林間荘という結核療養所があった。正確には昭和十五年から昭和三十九年三月までである。藤沢周平（小菅留治）はここに昭和二十八年（一九五三）二月から昭和三十二年（一九五七）十一月まで四年十カ月入院していた。

肺結核が発見されたのは昭和二十六年（一九五一）三月、勤務先（山形県西田川郡湯田川村立湯田川中学校）の集団検診においてだった。ただちに休職。郷里・鶴岡市の中目《なかのめ》病院に入院した。期間は八月末までの約半年。週一回の気胸療法を行なった。九月から昭和二十七年いっぱいと昭和二十八年一月までは自宅からの通院で気胸療法を受けた。

昭和二十七年五月からは特効薬のパスを、七月からはさらにストマイを服用しはじめたが治療効果が上がらず、八月末、医師と相談の末、東京の専門病院へ入院を申し込んだ。

実際に入院できたのは半年後の昭和二十八年二月であった。健康保険による医療費給付期間は三年だから、余すところ一年一ヵ月である。

兄が東村山まで付き添ってくれた。先に送っておいた夜具の荷を解いてベッドに寝かせると、兄は口ずくなに私をはげまして帰って行った。兄はまた十四時間かかる夜行列車で鶴岡に帰るのである。私は一人になった。（「療養所・林間荘」『半生の記』所収）

藤沢周平が入ったのは北病棟の二人部屋。1から8まである安静度で重いほうから三番目の3であった。歩行は室内のみ、トイレは一人でOK（1と2は便器を使う）だが風呂は駄目。週に一回、看護婦に拭いてもらうというレベルである。

「私は自転車を乗り回していた入院前の自分を思い、おれの病状はこんなにわるかったのかと落胆した」（「回り道」『半生の記』所収）

とあるように、本人が考えていた以上に病勢は進んでいた。

「あの人はいつも死にそうだったね」

これは同時期の入院患者で、のちに藤沢周平の医療保護受給の世話をした小林保男氏（67＝印刷業）が当時受けていた印象である。この証言は「行手には相変らずちらつく死の影を見ていた」（『青春の一冊』）という本人の回顧と一致している。

入院後ほどなく、藤沢周平は主治医から、時間のかかる化学療法でいくか、きついけれども短期間で治る可能性のある手術をとるか二者択一を迫られ、躊躇することなく手術を選んだ。

篠田病院林間荘は療養専門施設であって手術はできない。このため、同じ東村山町の結核専門病院、保生園（現在は新山手病院と名前を変えて一般病院）、白十字会病院と契約を結び、患者は両病院の車で運ばれていって手術を受けた。篠田病院の療養患者の手術の適・不可を判定するため、週に一回、保生園から医者が派遣されてきていた。

> 六月、東村山町保生園病院で手術を受ける。右肺上葉切除のあと、さらに二回の補足成形手術を行ない、肋骨五本を切除。（「藤沢周平全集」年譜より）

一回で済むはずの手術が三回になり、予後は不良であった。篠田病院に帰ったのは十月末であった。以後、安静度3の患者として、翌二十九年いっぱい二人部屋生活が続いた。

篠田病院林間荘の場合、「二人部屋」は症状の重い患者を、「大部屋（六人部屋）」は比較的軽い患者を、「外気舎《がいきしゃ》（外気《がいき》＝バンガロー風の離れ）」は回復期の患者をそれぞれ意味した。

昭和二十八年　篠田病院入院　後列左から三人目

昭和二十九年（一九五四）四月から一年間、「大部屋」と「外気」で過した栗原一郎氏（74＝元岩波書店）は、患者自治会「松風《しょうふう》会」の委員長をしていた関係で、しばしば回覧板をもって藤沢周平の二人部屋を訪れた。栗原氏は、

「小菅さんはいつも実に静かに寝ておられた。彼にとって、常にバタバタ走り回っている僕などはさぞ迷惑な存在だったでしょう」

と述懐している。

入院した直後、藤沢周平が療養仲間のS氏に誘われて俳句同好会、「野火止《のびどめ》句会」に入り、俳句を一から学び、やがてS氏の慫慂《しょうよう》に乗る形で静岡の俳誌「海坂《うなさか》」に投句をはじめたことはよく知られている。

年譜によると、昭和二十八年六月号に四句採られたのを皮切りに昭和三十年八月号まで四十四句が入選したという。熱心に投句したのは正味四年十カ月の入院期間のうち一年半にすぎなかったが、本人はエッセイ集『小説の周辺』に収められた「小説『一茶』の背景」の中で「しかしそれは一人の人間が、つまり私のことだが、何かに眼を開かれる機縁としては、十分すぎる時間だったとも言える」と述べている。

『小説の周辺』のうち、「『海坂』、節のことなど」によると、野火止句会ができたのは昭和二十八年二月。「海坂」を見せられたのはその一、二カ月後だったようだ。右の文中で藤沢周平は、「私の好みの偏り」は「自然を詠んだ句に執する」ことだと述べている。

篠田病院の敷地は四千坪とかなり広い。その東南の二千坪近くが畑であった。元同病院事務長の小池孝一氏（80）によると、畑専門の職員がいるほか、近在の農家に耕作を依頼、甘蔗《かんしょ》や大根などを作っていたという。

木造二階建の看護婦宿舎付近には、かなり大きな赤松が十本以上あった。畑の南寄り、久米川駅にかけてはみごとな松林が続いていた。

病舎の北側は雑木林と近隣農家の野菜畑。病院の東はずれには幅二メートルもない野火止用水が東南に向って流れていた。流れの両岸には葭《あし》や芒《すすき》が生い繁っていた。

病院から東南の方向を見ると、川（用水）向うには麦畑、その向うは荒地。昭和二十九、三十年頃はさらにその向うに建設中の小平霊園の様子が見てとれた。

病院は高台ではなく平地に建っていたので直接は見えなかったが、野火止用水と並行して一本の道（町道）が南北に走り、道に沿ってところどころに疎林があり、道の東側には野菜畑が広がっていた。

いまはすっかり家が建って、見るかげもなくなったが、そのころの病院のまわりは、茫茫とつづく麦畑だった。そしてその先に櫟、小楢、栗、エゴノ木などの雑木林、村落などがあった。

雑木林の中には、春は草木瓜《くさぼけ》、スミレの花が咲き、秋には木の実が落ちた。（「小説『一茶』の背景」）

ちなみに、この文が書かれたのは昭和五十三年、今から十九年前である。

講談社勤務の出井福一郎氏（57＝少年社員時代の昭和三十年八月から三十二年九月まで入院。定員二人の〝外気〟で藤沢周平と同室だった）によると、「大部屋」以降の藤沢周平は、午前中によく散歩に出たそうで、スケッチブックを携えていくことも少なくなかったという。コースは、「外気舎」の脇から用水にかかった一枚板の橋を渡って道に出て、稲荷公園に向って北上するものだった。

戦前から篠田病院を含む辺り一帯は、紫外線が豊富で空気がよく、特効薬出現までは数少ない療法とされてきた大気療法に適した土地ということで、有名な清瀬療養所はじめ結核療養所が多かった。軍の療養所もこの地域に数多くあった。諸施設を取り巻く自然は、松林、点在する欅の大木、かつては江戸の経済林だった雑木林、麦や野菜畑、芒がのさばる荒地といった武蔵野特有のものだった。

周囲の自然がいかにすばらしかろうと、患者たち、とりわけ「二人部屋」の患者にとって心中は暗かった。新薬は開発されていたものの、結核という病気が治癒までに三年四年あるいはそれ以上の年月を要する厄介な疾病という基本的事実は変わっていなかったからである。

それはとりもなおさず、職や学の中断（断絶）を意味した。当面の経済問題はいうに及ばず、復帰以降の復職を含む就職も、よほど恵まれた人でない限り、望みはまずなかった。

加えて手術前後の藤沢周平には、生家が破産をまぬがれるかどうかという重い現実がのしかかっていた。後ろ向きの想念が次々に浮び、現実問題（間もなく健保が切れるということも含めて）を突きつけられ、肝腎の症状が低位で停滞したまま……いくつかのエッセイにあるように「デスパレートな気分」に陥ったのもやむをえない気がする。

「各自が、生ま生ましすぎる悲惨な経験をもっているわけです。それを表に出しては、とても毎日の入院生活なんかできません。で、患者たちは、例外なく諦念をもつようになります。だから、しごく呑気そうに構えないとやっていけないんだということを知恵が悟るんです。大部屋なんか、見た目には明るい……」

出井氏の回顧である。

昭和三十年（一九五五）三月、藤沢周平は待望の大部屋（六人部屋）に移った。安静度3から4への昇格である。4になれば、散歩や、短時間の外出が許された。

小林保男氏の場合、生活相談部をつくり、日本患者同盟の篠田・村山地区担当委員として八十人以上の患者の医療保護への切り替えの面倒を見、さらにガリ版講座を主宰して他病院にまで教えに行っていた。

栗原一郎氏は、松風会委員長として、「朝日訴訟（患者の生活保護権を求める訴え）」支援の都庁座り込み（昭和二十九年九月？）に松風会会員三十人と共に参加したり、病院側とバター現物支給（月に半ポンド。進駐軍命令で行なわれた）打ち切りを巡って争ったり、専属栄養士と献立について懇談会をしたり、演芸会の出しものの根回しをしたり……と病床の暖まる暇もないほどだった。

氏によると、バター現物支給打ち切りに対する患者の不満はもの凄く、執行部は激しく突き上げられたという。

藤沢周平が諦観の末、療養生活を楽しもうという姿勢をとりはじめたのは昭和三十年の春以降のようだ。

まず、詩の会「波紋」の発起人の一人となり、山形師範時代にはじめた詩作を再開した。名づけ親は自分であったと藤沢周平は認めている（『半生の記』）。同名の詩誌は「各自の作品をそのまま綴じたものを回覧し、一年分たまったところでガリ版印刷した」（出井氏）。

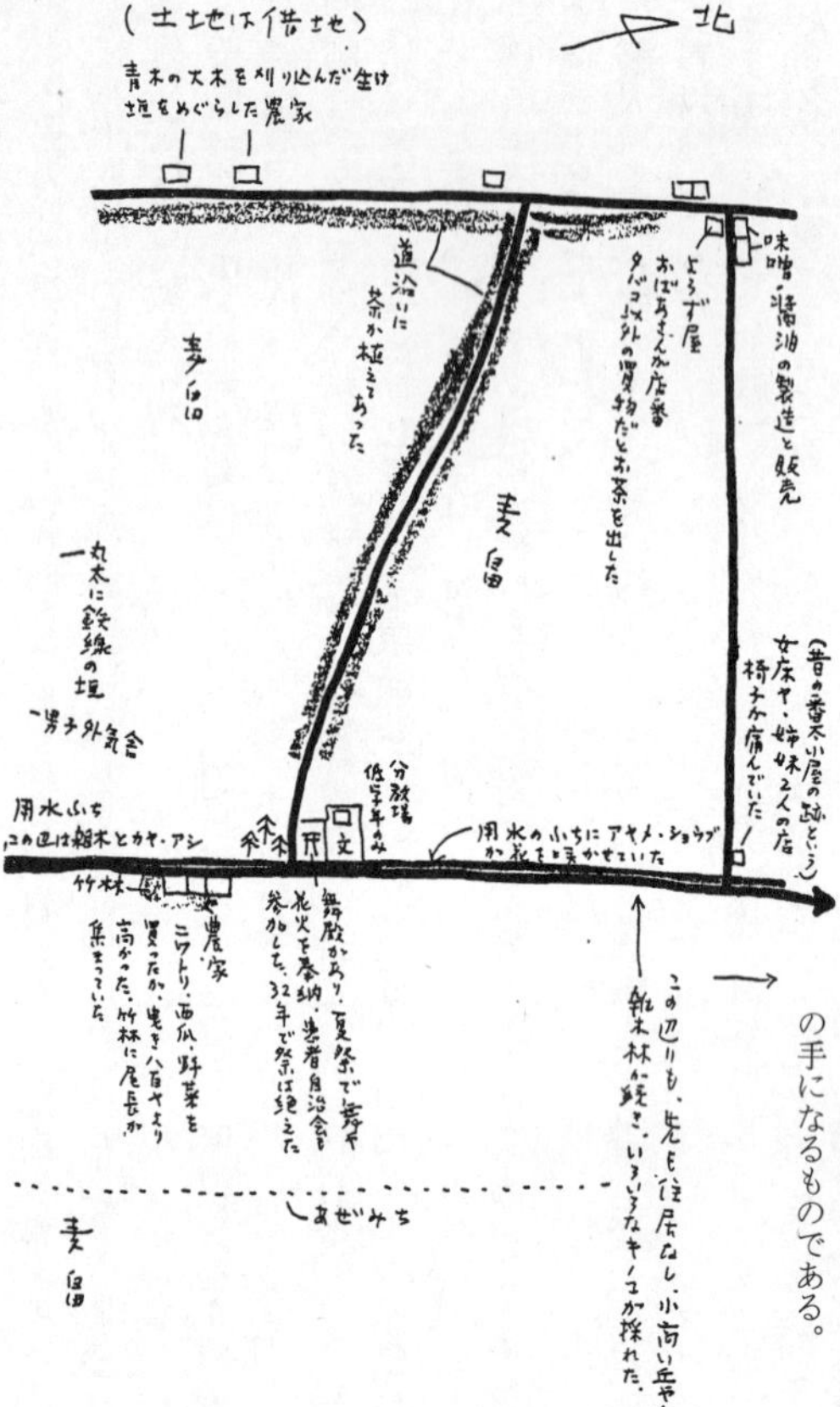

篠田病院林間荘見取図。これは藤沢さんとほぼ同時期に入院していた武井正弘氏の手になるものである。

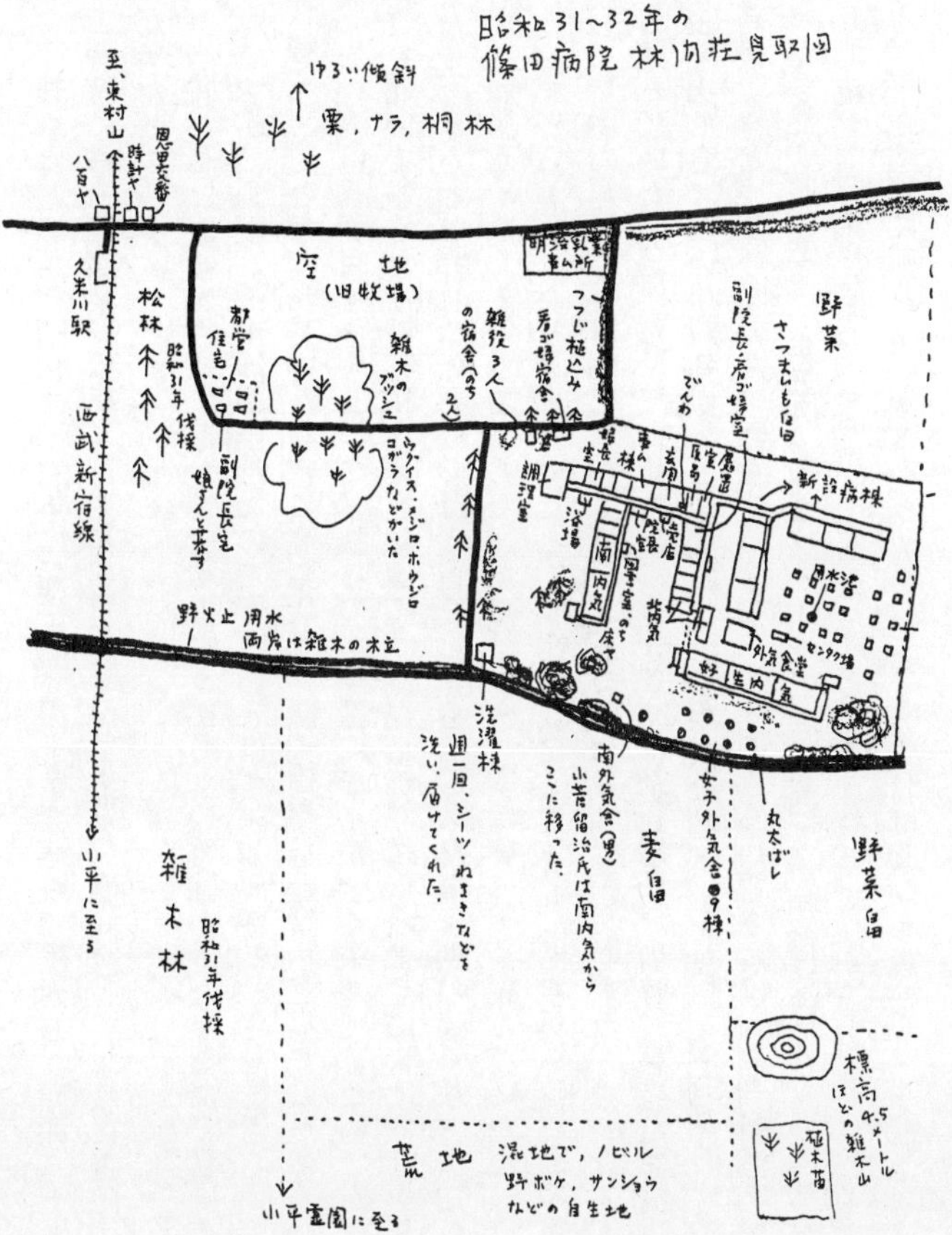

昭和31〜32年の
篠田病院林間荘見取図
ゆるい傾斜
栗、ナラ、桐林
至、東村山
八百ヤ
時計ヤ
久米川駅
空地
(旧牧場)
明治乳業
松林
昭和31年伐採
西武新宿線
雑木のブッシュ
ウグイス・メジロ・ホウジロ
コガラなどがいた
雑役3人の宿舎(のち2人)
看ゴ婦宿舎
フフジ植込み
副院長宅
副院長・看ゴ婦室
さつまいも畑
野菜
でんわ
新設病棟
調理室
浴場
南内気
外気食堂
センタク場
野火止用水
両岸は雑木の木立
洗濯棟
週一回、シーツ・ねまきなどを
洗い、届けてくれた。
南外気舎(男)
小菅留治氏は南内気から
ここに移った。
麦畑
女子外気舎 9棟
丸太ばし
野菜畑
小平に至る
雑木林
昭和31年伐採
標高4.5メートルほどの雑木山
雑木苗
荒地 湿地で、ノビル
野ボケ、サンショウ
などの自生地
小平霊園に至る

囲碁もはじめた。昭和二十六年に保生園と白十字会病院で手術し、昭和二十九年に篠田病院に移った高梨建爾氏（71＝元油研マシナリー役員。昭和三十一年秋に退院）は碁仇だった。

「当時、私は五級か六級でしたが、私のほうがちょいと強かったかなあ。私は東京生まれですが、両親とも米沢の出身なので留さんとはずいぶん親しくさせてもらいました」

建ちゃんと呼ばれていた当時の高梨氏は、藤沢周平を超堅物と見ていた。

「あの人は真面目すぎちゃって、私らのエロ話になんか全く乗ってこない。ただニコニコと聞いているだけ。花札も碁もやるにはやったが、私らのように賭けてはやらなかった。だからわれわれ口の悪いのは『留さん、もしかしたら子供のつくり方、知らねえんじゃねぇか』なんていってました。ただ留さん、本は実によく読んでいたね」

みずからも本ばかり読んでいたという出井氏によると、「図書室には以前の患者が置いていった単行本がけっこうあって、小菅さんはリルケ、カロッサ、マンなんかをいつも読んでいた印象が残っています。もうひとつは眠狂四郎。当時、患者たちは少しずつ金を出し合って『小説新潮』『オール讀物』『中央公論』、それに『週刊朝日』や『週刊新潮』をとっていました。回覧するんです。そのうち小菅さんは『週刊新潮』ではじまった（注＝昭和三十一年五月、連載スタート）『眠狂四郎無頼控』にえらい興味をもちましてね、〝円月殺法か、こいつは面白いなあ。こうやって剣を回していってこう、っと。……本当に斬れるのかなあ。それにしてもこれは凄い小説だ〟っていってました。

大部屋がしばらくその話で賑わったのを覚えています」

当時、患者のささやかな慰めは、本かラジオであった。たいていの患者がゲルマニウムラジオをもっていた。イヤホーンで聴くのである。

下町出身の出井氏は落語が好きだった。その頃、東京放送（ＴＢＳ）や文化放送は人気噺家を専属の形で抱えており、落語番組は多かった。先代の金馬、文楽、志ん生、円生、今輔、馬風、三升家小勝などが活躍していた。出井氏は熱心に落語放送をすすめた。

「最初は、何だこんなものと思っていたけど、聞いているうちにだんだん面白くなってきたよ」

これが藤沢周平の落語観だったという。

後年、藤沢周平は高梨建爾氏に、「療養所生活はいい経験だった。大学に行ったようなものだ」と述懐したそうだが、そうした感想は、大部屋生活に慣れ、活動範囲と知己が広がって以降に養われたものであろう。

篠田病院には、医師、看護婦、事務方、その他併せて二十五人前後のスタッフがいた。患者は常時二百人以上いた。ベッド数は二百八十六床。うち結核二百六十五床、一般病（カリエスなど）二十一床。

同病院はもともと山形と縁が深かった。初代院長の篠田義市医博（神経内科）は、山形市の名門病院・篠田病院院長の弟だった。同医博は、東京新宿で神経内科病院を経営していたが、昭和十五年、その別院という形で篠田病院林間荘をつくった。

昭和二十八年十二月、山形と東京は合併し、医療法人篠田好生会東京篠田病院林間荘となったのである。

合併により、山形からの看護婦派遣がふえ、十七、八人いた看護婦の七、八人は山形出身者が占めるようになった。朝夕に〝故郷のなまり〟を耳にできた藤沢周平は、少なくともこの点に関しては仕合せであったといえよう。

先に、生活相談部を主宰していた小林保男氏の世話焼によって、藤沢周平は健保から医療保護へ切り替えられたと述べたが、医療保護というのは入院費と医療費が只になることであって、現金支給はなかった。生活保護を受けて初めて現金（月額六百円。のち九百円）が貰えるのである。

藤沢周平は、この生活保護を申請しなかった。必然的に小遣いは仕送りに頼らざるをえなかったと思われる。

当時、チリ紙その他必需品購入、交際費等で、小遣いは最低千円（一ヵ月）は必要であった。高梨氏は世田谷にあった生家まで、千五百円の小遣いを貰いに行っていたという。

小林氏のように、技術の出張教授をしたり、物を売買して稼ぐという才覚が藤沢周平には皆無であった。

北、南病棟の廊下には、七輪が三基ずつ置かれていた。燃料は煉炭。大部屋や外気の患者たちは、この七輪で自由に煮炊きをしたり湯たんぽ用の湯をわかしていた。大気療法は外と室内温度を一致させるため窓は一年中開けておく。それゆえ冬場は湯たんぽがなければ凌げないのであった。

篠田病院の食事は、出井氏によると「かなり上等だった」とのことで、それは他の病院から転院してきた栗原氏も「めしはよかった」と認めるところなのだが〝バター闘争〟に現われたように、患者たちの間には「栄養を摂らなければ回復しない」という思い込みが強くあり、小遣いを投じての栄養補給は大ていの人がしていた。

藤沢周平も、近所の農家で卵をわけてもらったり、リヤカーを引いて病院内までやってくる八百屋から果実や野菜を買ったりしていたという。

立派なヤキトリをつくり、二人部屋の患者には只で配り、大部屋や外気の患者には一本五円で売っていた人もいる。大庭正能氏（70＝宝石商。昭和二十六年から昭和二十九年四月まで入院）である。

大庭氏は、病院の近くにあった獣肉処理場へ出かけては、非常に安い値段でバケツ一杯のモツをわけてもらった。

「こっちは病院の患者とわかっているから同情して余計に入れてくれるんだ」（高梨氏）

それを持ち帰り、蒸気でふかしてアクを抜き、小さく切って串に刺し、安静時間（午後一〜三時）を利用して七輪で焼いたという。

「タレもちゃんと作りました。多いときで三百本は作ったな」（大庭氏）

二人部屋時代の藤沢周平も、この饗応にあずかったと思われる。

昭和三十二年の春、藤沢周平は外気に移った。この外気（正確には外気舎）を彼は『半生の記』では独立作業療舎と書いている。

外気患者の行動は限りなく自由に近かった。早い話、外気から勤めに出てもよいし、病院付属の畑の一隅を借りて農作業をやってもよいのである。通常、外気に入るのは退院前の半年間。しかし、これはタテマエだった。

「就職口が見つからなくて、体温計をこすって熱を上げ、〝ほら、まだまだ熱が出ます〟と頑張る人も珍しくありませんでした」（小池元事務長）

藤沢周平も再就職のあてがなく、焦っていた。彼は何度か帰郷して運動したが口は見つからず、結局、退院の一カ月前の十月になって友人の世話で業界紙への就職が決まったのであった。

右腕が石のように重いのを、丑蔵は感じた。激しい痛みと一緒に解《だる》い感じがある。一瞬走らせた眼の隅に、丑蔵は半ば斬り放された己れの腕をみた。創《きず》口はざっくり口を開き、白い骨と溢れ出る血が視野を掠めた。

又蔵は低く気合いをかけると、握りしめている柄に体重をかけて刀を押し出した。ほとんど同時に、冷たいものが腹の中に深く入り込んできた感触があった。その硬く冷たいものを拒んで、全身に痙攣が走るなかで、又蔵はとめどなく躰が傾いて行くのを感じた。

どちらも『又蔵の火』のラスト近くの描写である。出井氏によると「自分の身を刃物によって傷つけられた人でないと、とうてい書きえない文章」だそうだ。

誰に対してもその穏やかなスタンスを変えず、真摯に闘病していた小菅留治に、戦友たちは彼がもう一つの名前で生き出してからも病院時代と同じように礼節と思いやりをもって接した。

誰も声高にはいわないけれども、戦友たちは「小菅さん」「留さん」の活躍と声望の高さを、わがことのように誇っていた。

藤沢周平も、彼らには百パーセント胸襟を開いた。高梨氏は九六年夏頃、楽しみに読んでいた『漆の実のみのる国』について、「上杉鷹山は書けば書くほど名君じゃなくなっていくんで困っているんだよ」と電話で聞いたという。

「いちばん悲しかったのは、彼が輸血肝炎で亡くなったことだね。ストマイのせいで難聴になった人や、低肺で苦しむ人が仲間にはごろごろいます。近々、そんな仲間に呼びかけて小菅さんを偲ぶ同窓会をやるつもりです。これがもう最後だから、きっと大勢集まるだろうね」

世話役・小林保男氏はぽつりとした調子でこういった。

業界紙は腰かけではなかった

金田明夫
（日本加工食品新聞編集長）

日本食品経済社時代

小菅留治さんというと、今でも目に浮かぶのは、碁を打っている姿です。療養所にいたときに覚えたとかで、暇ができると、近くの喫茶店でコーヒーを飲んでいるか、碁を打っているかでした。当時、当社には、碁の好きな者が五、六人いましたので、相手に不足はなかったのです。

これは『周平独言』というエッセイ集の中にも出てくる話ですが、仕事が終わってから、碁が始まり、夢中になってしまい、ビルの管理人のおばさんから「シャッターを閉めるから出ていってください」と叱られるまでやっていた。事実その通りで何度もあったことです。だいたい午後九時くらいになると、管理人が顔を出しにくるのです。

正直申し上げて、小菅さんの碁はけっして強いとはいえず、三、四級の腕前といったところでしょうか。

ところが、普段は物静かで、大きな声をあげたり、部下を怒鳴ったりしない方なのに、碁となると俄然闘争的、挑戦的な攻めの碁になるのです。碁の打ち方を見ると、その人の人柄が如実に表われると、よく言われますが、小菅さんという人は、内面は激しいものを持っており、適当なところでは妥協しない性格であることを知らされ、驚かされたものです。

この内面の熱い気持ちが、小菅さんが後に作家藤沢周平としてデビューし、数々の名作を生み出した原動力になっていったのだと思っています。

小菅さんは、昭和三十五年に日本食品経済社に入社、しばらくは営業をやらされたようですが、日本加工食品新聞の編集に携わることになり、四年後には編集長に昇格しています。

昭和三十五年というのは、日本の戦後の過程で特筆すべき年なわけです。岸内閣が退陣し、所得倍増論をひっさげて池田内閣が登場、その後高度成長期が始まりました。

食肉加工業界にとっても、「農業基本法」が制定された年（翌年より施行）にあたり、それまでの米作中心の農業から、〝選択的拡大〟ということで、畜産と果樹など、今後成長が予想される部門を積極的に伸ばしていく政策がとられることになりました。結果として、ハム・ソーセージ類が急成長し、一般家庭の食卓にのぼるようになり、関西に集中していた大手のメーカーが、東京に進出するきっかけになっていったのです。

最近は、落合が移籍するなどで話題になったプロ野球球団日本ハムファイターズのオーナーとして知られるようになった大社《おおこそ》義規さんも、当時は四国に本社があった徳島ハムの社長にすぎませんでした。昭和三十八年に鳥清ハムと合併、「日本ハム」になり、大きな飛躍をとげていきました。ちなみに大社さんは、小菅編集長のインタビューにはいつも快く応じられるなど親交が深く、小菅さんを高く評価されていました。藤沢周平としてデビューしてからも、「全作品を読んでいるよ」と話されている熱心なファンです。

ともかく、食肉加工産業の大成長期に、小菅さんは業界紙の記者として過ごされ、やりがいのある、いい時期にお仕事をされたと思います。実を言えば、日本加工食品新聞の創刊は、小菅さんが入社される半年前であり、要するに新聞の基盤作りをしていただきました。たいして大きな業界ではありませんが、業界専門紙だけで六紙あり、けっして楽な基盤作りではなかったと思います。

業界紙ですから自ずと記事構成にも限界があります。平たく言えば、記者会見にマメに顔を出し、記事にして、後は企業のトップのインタビューができれば成り立つところもあります。六紙もあり、過当競争なのだから、ひたすら個性的な紙面にすればいいかというと、そうはいきません。

小菅編集長になってからも、紙面構成に他紙と大きな違いはなかったでしょう。しかし、内容で、大手企業の幹部の取材中心になりがちなところを、小企業や、一般社員にも話を聞くといったことも心がけておられました。藤沢周平が市井の人を描く目の高さと同じだったのです。そして企業ベッタリにはならず、批判すべきところは批判するといったこともされていました。

昭和四十二年二月「血清豚事件」という、この業界では最大級の事件が起こりました。家畜伝染予防法では、血清ワクチンの採取に使った豚、つまり血清用豚は焼却し、食用豚には使ってはならないとされていました。血清ワクチンを作るためには、病原菌を豚に投与して免疫性を高めなくてはならないので、食用に使えるわけがないのです。ところが当時豚の値段が高めに推移しており、悪徳ブローカーが、血清用豚を安く仕入れ、高く売り捌いたというとんでもない事件でした。当時の新聞報道を見ると、

「病気の豚を密殺し売る」（朝日新聞）

「病菌ブタ食卓にショック、奇形児や流産のおそれ」（読売新聞）

といった見出しの報道がなされ、すぐに豚肉の値段は暴落、業界の危機を迎えました。

業界専門紙としては、一般マスコミと一緒になって、業界叩きをするわけにはいきません。だからといって、擁護するのもどうかと思います。他紙の中には、たとえばカネミ油症事件や、森永砒素ミルク事件とは違い死者はひとりも出さなかったのだから、一般マスコミが興味本位に書いているだけだと、決めつける向きもあったのです。

私どもの新聞は、まず事実は事実として明らかにして、なぜこういうことが起きたのか、どういう問題が背景にあるのか、そして消費が激減していったことに対して、どう対応していけば信頼を回復していけるのか、批判は批判として記事にし、けれども建設的な方向にもっていくような提言もしていったのです。

小菅編集長は、自らの署名入りで、囲み記事を書いています（昭和四十二年三月二十日号）。見出しが「根が深い病菌豚問題」であり、中見出しには「業界の信用の問題〇〇にトップ企業の責任」（実際の記事にはメーカーの実名が記されています）と、企業の責任を明確にしています。その翌週の号では、やはり署名入りで「早期解決に全力を」と今度は業界を励ましている。

また、当時はびこっていたブローカーについて、信頼できるところはどこかはっきりさせ、管理体制を強固なものにするようにといった提言もしましたが、それはメーカーサイドの姿勢でもあったので、食肉の管理体制が改善されていくことになっていったのです。

小菅編集長も、我々編集部員も忙しい日々を過ごしていました。新聞は週に一度の発行で、編集部員は四、五人でした。編集長といえども席にデンと座っているわけにはいかず、いつも駆けずり回っていました。各企業、百貨店、肉屋さん、そして当時勃興してきたスーパーを回り、官庁や各団体を訪ね、取材はもちろん、カメラマンもやり、帰ってくれば原稿を書く。

今度は、印刷所にいき、校正をし、割り付けをしていく。今のようにコンピューター操作ではなかったので、誤字誤植があると、下手をすれば、そのページ全体の組み替えをしなければならず、印刷所側とケンカ腰でやらなくてはいけないこともしょっちゅうだったのです。

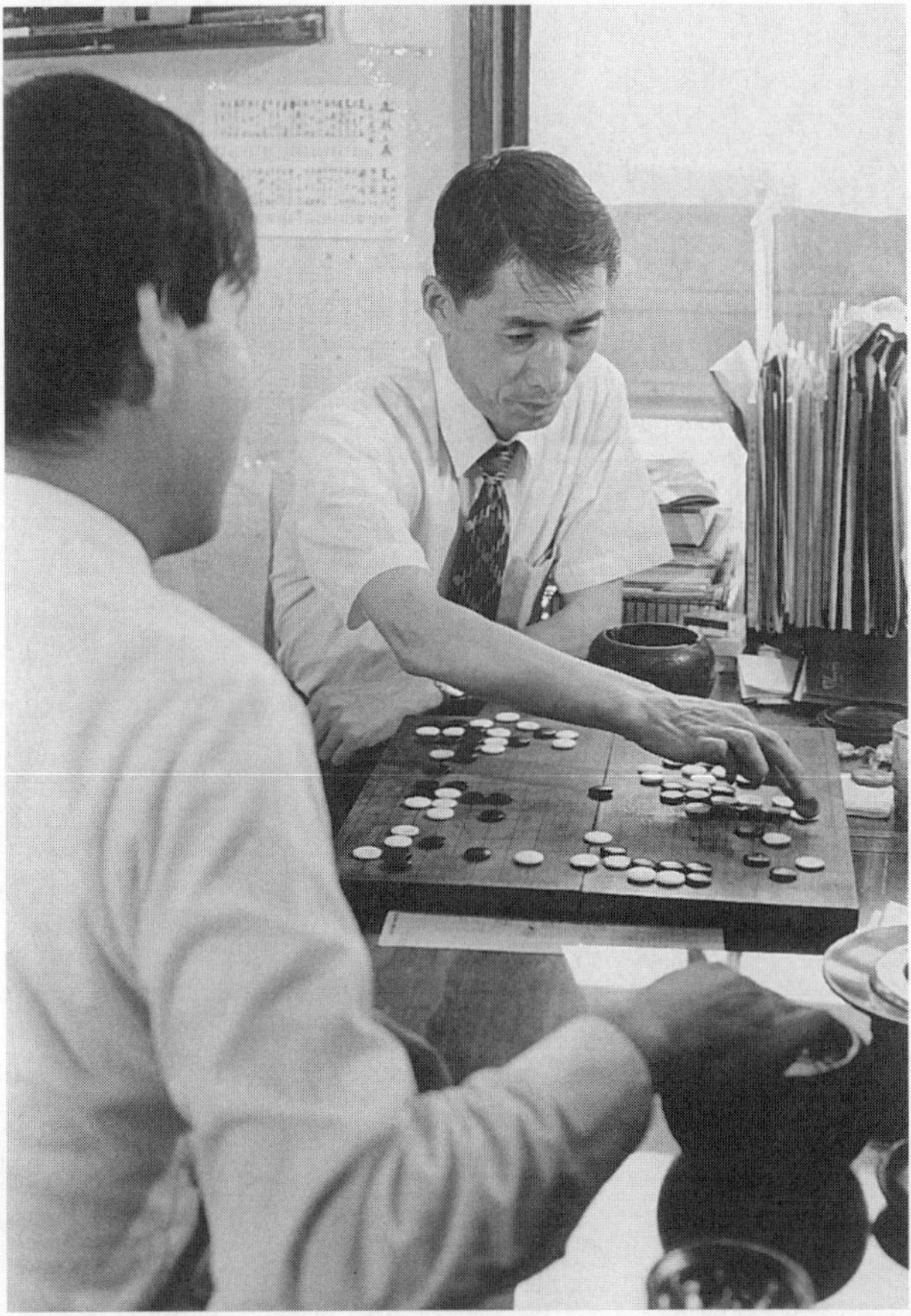

日本食品経済社 昭和四十八年 直木賞受賞の夏

さらに編集長は、一面の下にある、朝日新聞なら天声人語のような「甘味辛味」というコラムを書かなければならない定めになっており、けっこう大変だったと思います。普通なら、業界の見通しや、何かの出来事の感想などに終始しがちですが、小菅さんの書かれたものは、ユーモアにとんだ柔らかいエッセイ風のものもあり、今にして思えば、藤沢周平のエッセイを彷彿とさせるものがありました。

忙しく働いていても、弱音はけっして吐かず、「疲れた」という声も聞いた記憶がありません。いわゆるスポーツマンタイプにありがちな逞しいという印象ではありませんが、かつて結核で療養していたなどとはまったく知らず、だいぶ後になってから聞いてびっくりさせられたものです。

仕事が終われば、一介のサラリーマンですから、ちょっと寄り道していこうかということになります。椎名誠さんの小説に『新橋烏森口青春篇』というのがあり、椎名さんはたしか流通業界の業界専門紙記者をされていて、その頃のことを綴ったものですが、私たちも同じころ新橋界隈を根城にして、一杯かたむけていたのです。

小菅さんは、自分から飲みに誘うことはなかったのですが、こちらが誘えば同行されました。私どものように深酒はせず、それでも酔いが回れば、仕事中に見せる東北人らしいと言うと語弊があるでしょうか、寡黙さから打って変わり、ポツポツとですが、よくおしゃべりになるのです。

よく自分の故郷の話をしていました。出羽三山に登ったこと、景色の美しさ、自然の厳しさといったことから、幼年時代、立川文庫や剣豪小説を読んでいたといった話を始めるのでした。酔いが回ると、故郷山形をなつかしがったのです。

でもしゃべり口調は、普段も酔いが回ってからも、完全な標準語で、東北弁の訛りはほとんど感じられませんでした。ただ、普段退社のとき、「お先します」というときのイントネーションだけ、何か特有の言い方だったのを覚えています。

普段寡黙ではあっても、人の話を聞くことは好きで、だからこそ取材には率先してでかけていきました。観察心、好奇心は旺盛なものがあったということです。そういえば社員旅行のときも、みんなで麻雀卓を囲むのですが、小菅さんは麻雀はしませんが、後からじーっと見ていたりすることがありました。

企業のトップから肉屋の主人まで、多くの人々に会い、巧みに話を引き出していったことが、作家になってからの様々な人物を描くときの大いなる財産になっているはずです。山形にずっといたら、これだけの登場人物を描けなかったのではないでしょうか。

いつ頃だったでしょうか、小菅さんから、

「実はこの小説、ぼくが書いたんだ」

と教えられたことがありました。読み切り小説ばかり集めた、けっして一流とはいえない出版社から出されていた雑誌があり、小菅さんの小説が掲載されていたのです。私が見せられたのは一作品だけですが、他にもいくつか書いておられたようです。時代小説でしたが、なんという雑誌だったか、内容はどうだったかは、申し訳ないのですが忘れてしまいました。本名で書いていなかったのはたしかなのですが、なんというペンネームだったかも覚えていません。

業界紙というところは、小説家志望であったり、詩人志望であったりする者が、世に出るまでのとりあえずの喰うための生業のつもりで就職してくることがけっこうあります。そういう者に限って、酒の席で文学論を戦わせたりするのですが、小菅さんにはそれがなく、小説を書いていることを知り、意外に思ったものです。ただ、俳句や美術品などに関する造詣の深さには、いつも驚きを感じていました。

「オール讀物新人賞」を受賞されてからも、仕事ぶりはまったく変わらずでした。相変わらず取材に駆け回り、帰宅時間が早まったり、休む日が増えたりということもなかったのです。私たちと同様の、いや私たち以上の量の仕事をこなし、帰宅されてから小説を書いていたということになります。私たちは家に帰れば一日の疲れが出て、テレビでも見て寝るだけという生活でしたから、よく書く時間があるものだと不思議なぐらいでした。

小菅さん自身は業界新聞の編集という仕事が好きだったのだと思います。もし直木賞を取られなかったら、そのまま編集長と作家を両立させていたかもしれません。

直木賞の受賞が決まった次の日、出社してみると、予定表を書き込む黒板に大きな文字で「小菅留治君、祝直木賞受賞」と書かれていて、社員全員が祝福したものでした。

さすがに直木賞を受賞されてからは両立は難しく、弊社の社長と相談して、受賞から約一年後、退社され、後任の編集長を私がつとめさせていただくことになりました。作家活動に専念されてからも、私たちとの縁が切れたわけではありません。業界紙六紙で「日本食肉加工記者会」というのを作っており、昭和六十年、創立二十五年の記念の会を催したことがあります。この時の記念講演を、藤沢周平さんにお願いし、講演は苦手とのことでしたが、記者当時の思い出を話すのなら、なんとかできるでしょうということで、快く引き受けていただきました。記念の会には記者会のメンバーだけでなく、業界団体の役員、各企業のトップも全員出席し、人気作家の講演に熱心に耳を傾けていたことが印象的でした。

平成二年には、私ども日本加工食品新聞の創刊三十周年にあたり、記念号に寄稿していただきました。その中で、

「私はそういう働き甲斐のある時代にめぐりあわせ、よい新聞に勤め、また食肉加工記者会の友人たちとの交友にめぐまれて年月を過ごしたことを、いまも非常なしあわせと思っております。」

と書かれています。藤沢周平さんにとって、業界紙時代は、小説家になるための腰かけとしてではなく、充実した十四年間であったと信じています。

（インタビュー、構成／福澤一郎）

作品のふるさと鶴岡、米沢を歩く

高橋義夫

好学の風土

山形県鶴岡の市街図と江戸時代の城下の町割の略図、藤沢周平全集の何冊かを鞄に入れて、鶴岡を訪ねた。

作家が好んで作品の舞台とした海坂藩は、北国の小藩というだけで、荘内藩がモデルだと明言されたわけではない。しかしおよその地形、風俗、食べもの、方言から考えて、作家の故郷が海坂藩だと見て、不都合はない。直木賞を受賞した『暗殺の年輪』では、海坂藩は七万石とされている。荘内藩は十三万八千石、実収は二十万石以上あった。海坂藩は荘内藩を半分に縮めたくらいの大きさと、理解しておこう。

丘というには幅が膨大な台地が、町の西方にひろがっていて、その緩慢な傾斜の途中が足軽屋敷が密集している町に入り、そこから七万石海坂《うなさか》藩の城下町がひろがっている。城は、町の真中を貫いて流れる五間川の西岸にあって、美しい五層の天守閣が町の四方から眺められる。

と、『暗殺の年輪』に書かれている。鶴岡には天守閣はなく、この城は作家の想像上に美しく輝いているのである。

鶴岡市街の真中を内川が流れ、城址の鶴岡公園はその西岸にある。内川を五間川に見立て、西側に天守閣があるつもりで、堀に囲まれた鶴岡公園に入って行く。公園の中には郷土資料館がある。

堀をめぐる道路の東南の角に、藩校致道館の跡がある。そのあたり一帯は、観光コースでもあり、市民の憩いの場ともなっている。

藩校致道館は九代藩主酒井忠徳が創設した。数え年十歳になると入学を許され、経書の素読、習字を学ぶ句読所に朝五ツ時（八時）から八ツ時（二時）まで学ぶ。学業上達の者は、祭酒・司業・学監が評議の上で、終日詰生、外舎生、試舎生、舎生の四段階に進級する。舎生は一切の公務を免じて、昼夜文武の業にはげみ、国家の用に立つ人材を育てるため鄭重に教育した。親子兄弟に面会できるのは、月に六度だった。生徒数はおおむね三百五十人くらい、そのうち二十人くらいが舎生などの止宿生で、残りは通学生だった。入学の際に句読師に扇子をもって束脩《そくしゅう》の礼に行くことが決められていたが、学生にはそれ以外の謝礼は不要である。学校経費は一年に米千俵と決まっていた。

『隠し剣』シリーズに出て来る藩校三省館は、この致道館をモデルにしたものである。

鶴岡という町には、致道館ゆかりの好学の伝統が連綿とつながっているらしい。若き日の藤沢さんは故郷の黄金村役場に勤めたことがあるが、「この役場は、昼休みにむかしの荘内藩の藩校致道館ゆかりの『論語抄』を読んだりするところがあった。読書を指導する高山さんは、旧藩主酒井家を中心に経書の講義をうけたり、農事を勉強したりする集まり『松柏会』の幹部で、また陽明学の安岡正篤《まさひろ》氏に師事する学究でもあった」と、『半生の記』に書いている。

孔子の教えが、風土にしみこんでいる土地で藤沢さんは育ったわけである。作品に描かれる男女が、せつないまでに慎ましく、礼を忘れないのは、教養以前のしつけの問題であるようだ。それは現代の日本人が、すっかり忘れ去ってしまった生活の要素である。

ぼくはひとまず城址の周辺から離れ、寺めぐりをした。

江戸時代の町割では、温海《あつみ》街道にそって上肴町、鍛冶町、大工町と町家がつづくあたりが、ゆるやかに盛り上がる勾配である。現在の国道三四五号（湯田川街道）のあたりである。『蟬しぐれ』の主人公の牧文四郎が罪を着て切腹させられた父の死骸を荷車に乗せて曳いて行く印象的な場面がある。「のぼり坂の下に来た。そしてゆるい坂の上にある矢場跡の雑木林で、騒然と蟬が鳴いているのも聞こえて来た」と、ある。作家はこのあたりの勾配のある地形を思い浮かべていたのだろうか。

旧鍛冶町口の木戸跡が、酒井家の菩提寺の大督寺の杉木立の一角に残っている。

大督寺から湯田川街道を二、三百メートル南下するあたりまでは、なだらかな坂道のはずである。実はぼくは道案内がわりにタクシーを雇っているから、あまり口はばったいことはいえない。坂のおわりに、総穏寺がある。

藤沢さんの初期の作品『又蔵の火』の舞台が、総穏寺である。これは海坂藩の話ではなく、鶴岡で実際におこった事件だった。

新屋敷町に土屋という百五十石どりの藩士の家があった。当主久右衛門が隠居して夫婦養子をとって家を継がせ、その後に、妾に万次郎、虎松という二人の男児と一女を生ませた。養子の才蔵は土屋家に二人の男児をひきとり養育したが、兄の万次郎は青年になってから手のつけられない放蕩者となった。もてあました才蔵は万次郎を座敷牢に幽閉した。

文化元年十月に、医道を志す弟の虎松が兄に同情して、手引をして牢から脱出させた。その万次郎は翌年五月、領内に立ちもどったあとに親族に捕えられ、城下にもどる途中で斬り合いになり、殺された。斬ったのは万次郎出奔後土屋の婿養子となった丑蔵《うしぞう》と同族の土屋三蔵である。

久右衛門の死後、土屋の血統をつぐのは万次郎、虎松の兄弟だが、二人は出奔し、他家からの養子たちが家を守るという複雑な事情である。兄万次郎は放蕩者だが、親族が手にかけ、誰も慈悲の心をそそがないことに怒りを発した虎松は、江戸で剣術を学び、六年後に鶴岡にもどり、兄の仇を討とうとする。土屋丑蔵も豪の者で、二人は死力を尽して闘い、ついに総穏寺の門前で相討をとげる。

この一件は、『敵討故郷之楓』『敵討鑑治之相槌』という古本に書かれているというが、ぼくは未見である。同時代に生きた滝沢八郎兵衛という一日市《ひといち》町の油屋が記した日記にくわしく書かれているが、半時（一時間）ばかりも斬り合っていたという。後で傷を改めると、丑蔵は十八ヵ所、虎松は八ヵ所あったそうだ。刃こぼれもすさまじい両者の刀が、総穏寺に保管されている。

総穏寺は現在、改修工事のさいちゅうである。工事中で立入禁止となった縄張の中に、丑蔵と虎松（又蔵）の像が立っている。もとの銅像は昭和十九年に戦争のため供出させられてしまったので、戦後別の素材で造り直したものだそうだ。

二人の像は、敵討ちというよりも、敗残兵がたがいにかばい合うような風情で、工事現場に立っていた。

「涌井《わくい》」の料理を求めて

『三屋清左衛門残日録』の清左衛門が足繁く通う小料理屋「涌井」は、花房町にある。「花房町は城下の南にあって、道場がある紙漉町とはかなりはなれている」と、作中にあるから、方角からいって、鶴岡城下の江戸時代の町割では上肴町といったあたりだろうか。現在では本町三丁目という無粋な町名に変ったが、バス停留所には上肴町の名が残っている。

ちなみに他の作品にもよく出て来る紙漉町は実在した町で、城下の東の外れ、羽黒街道の入口にあたる。

「涌井」のおかみのみさは、三十前後で、膚がきれいで眼に少し険があり、美人とはいえないが男好きのする女である。そういうおかみがいて、「海から上がったばかりの魚を、大いそぎではこんで来て喰わせるので評判がよかった」というのだから、三屋清左衛門でなくとも通いたくなろうというものだ。

「涌井」で出る料理を活字の上で拾うと、蟹の味噌汁、鱈汁、小鯛の塩焼き、豆腐のあんかけ、ハタハタの湯上げ、クチボソ鰈の焼いたもの、茗荷の梅酢漬け、赤蕪の漬物といった庄内料理がならぶ。

海が近く背後に山があるこの土地では、どれも特別なものではなく、たいがいの家庭で食卓に上る料理である。クチボソの焼いたものや小鯛の塩焼きは、旬《しゅん》であれば町の魚屋の店先で焼いている。

『荘内史料集』の「生活文化史料」に、文政年間の町人の喰物日記が収録されているが、たとえば旧暦十月のある日の献立は、

（朝飯）豆腐から、葱汁、香の物菜漬、生姜。

（夕飯）餅、香の物、菜漬、吸物、甘鯛、（酒肴）釜鉾、鮭味噌漬、生姜、蛸、鯛煎、なめ、芹、刺身、香の物菜漬。

とあり、かなり豪華な感じのものだ。小鯛、蟹、大海老、鴨は、季節にはほとんど連日食膳に上っている。喰物日記をつけるくらいだから、くいしん坊にはちがいないが、

その町人は中級の商家で、とくべつに豊かなわけではない。食べるものにかんしては、鶴岡は昔からかなりめぐまれた土地だったのだろう。

藤沢さんが故郷の味を懐しみ、作品の中にしばしば再現したのも、ゆえなしとしない。ぼくはせっかく鶴岡を訪れたのだから、「涌井」の料理を味わってみようと思った。季節外れの物は、やむなく後日の楽しみとし、三月初旬に手に入るものだけを、作ってもらおうと、柏戸銀寿司の暖簾をくぐった。亡くなった元横綱柏戸の弟さんが店主で、顔がよく似ている。場所は江戸時代の町割では八間町から五日町に当たる見当で、海坂藩でいうなら、「小鹿町は紅梅町のような茶屋町というわけではなく、町のほんの一隅に一軒の料理茶屋、数軒の小料理屋がかたまっているだけである」という、小鹿町といったところだろうか。

「わしはこれが好物でな。しかし、よくいまごろまであったたな。赤蕪というのは、大体これから漬けるものじゃないのか」

「そうです。よくご存じですこと」

おかみのみさはそう言い、手早く清左衛門の膳にも赤蕪と、このあたりでクチボソと呼ぶマガレイの焼いたのを配った。（「霧の夜」の章）

「涌井」の料理をぼくは手帳に書きぬいてある。小鯛の塩焼きはなかったが、赤蕪とクチボソの焼いたのはある。あいにく鱈は季節が終ったばかりだった。

赤蕪とクチボソのほかに、ハタハタの湯上げと豆腐のあんかけが食卓に並んだ。湯上げはゆでたもののことである。豆腐は胡麻豆腐だったから、「涌井」のものと同じだったかどうかはわからない。

「これだけあればよい」と、作中人物がいうように赤蕪の漬物は歯ぎれがよくて、甘さと酸味があり、口がさっぱりして後をひく。ハタハタの湯上げは生姜醬油で食べるが、辛口の庄内の酒にはよく合う。

湯田川と藤沢

湯田川街道を雪をかぶった金峯山に向かい南下する。やがて民田《みんでん》という標示が目に入る。用心棒シリーズの青江又八郎が、この土地に産する茄子に目がない。小ぶりで皮が薄く身がしまった茄子である。

藤沢さんが生まれ育った黄金村は、民田に隣接している。現在の地名は、鶴岡市大字高坂字楯ノ下という。南に金峯山、その奥に母狩山といった山がそびえる裾野の小集落である。すぐ東に青龍寺《しようりゆうじ》の山、北には広々とした田園があり、彼方に鶴岡市街を見る。集落の前を青龍寺川が流れ、黄金橋が架かる。藤沢さんの生家は、その橋のすぐそばにあった。

「新しい私の家は、多郎右衛門の土蔵あとに建つ小さな平屋だった。入口の土間と茶の間、ひらきと呼ぶ茶の間につづく仕事場兼広縁である板の間、寝部屋、台所、そしておそらく多郎右衛門の遺物に違いない大きくて黒光りする仏壇と神棚、そのうしろにあるひと間きりの座敷。それだけの家だった」と、『半生の記』にある。その家はすでに失くなっていた。

現在では日中は人々は町場に働きに出ていて、集落は閑散としている。戦後間もないころは、もっと賑やかだったろう。近所の人が出て来て、近くに藤沢さんのお姉さんが住んでおられると教えてくれたが、もちろん清閑をさまたげるような不躾はしない。

むかしの村落のままの細い道を抜けて、金峯山の登り口の前を通り、もとの黄金コミュニティセンターの前にタクシーをとめた。昭和十八年からしばらく藤沢さんが勤務した村役場のあった場所である。「村役場のある青龍寺は、小学校、農協、駐在所、電気会社の出張所、料理茶屋などがある集落で、私は小学校に通った道を、今度は役場職員として通うことになった」と、『半生の記』に記されている。そうした町の面影は、青龍寺の入口のあたりにいくらか残っている。もとの役場だという建物だけを見て、湯田川に移動する。

『蟬しぐれ』に金井村の欅御殿というのが出て来る。これが黄金村で、青畑村というのが青龍寺村ということになりそうだ。最後にお福が身を寄せる領内の西にある温泉場というのは、小さな磯を持つ漁師村だから、湯田川温泉ではなく湯野浜温泉だろう。湯田川温泉は小さな温泉街である。ぼくは以前にも泊りに来たことがある。そのときは藤沢さんにとって大事な土地だったとは露知らず、昔芸者さんだという女性が一人できりもりするスナックで、三味線を弾いてもらい、のんだくれていた。今度はそのような無礼は働かないことにする。

昼食に寄った温泉宿の主人の車に乗せてもらい、湯田川小学校に行く。「学校は小さく、グラウンドも狭く、その学校に小学校と中学校が同居していた」その中学校に、山形師範を卒業するとすぐに藤沢さんは勤務した。現在は中学校は別の場所にある。

小学校の前に、真新しい碑が建っている。藤沢さんの教え子たちが建てたものだ。碑を建てたりというたいそうなことは、藤沢さんがもっとも嫌うことだとぼくは思っていたから、碑が建つということを知ったときには驚き、藤沢さんの健康について不吉なことが頭をかすめたものだった。教え子の熱意にほだされたということだろう。少なくとも、生前に碑を建てることにはしっくりしない気持を、ぼくは抱いていた。

しかし、実際に碑の前に立ち、「赴任してはじめて、私はいつも日が暮れる丘のむこうにある村を見たのである」という、藤沢さんの筆蹟の碑文を見て、やはりこれでよかったのだという不思議な安堵感が生まれた。それはいかにもひっそりと、つつましやかに建っていた。

学校は湯田川と藤沢の境い目にあり、前の道は藤沢の集落につづいている。若くして亡くなった前の奥さんの出身地で、ペンネームはその土地に由来している。山際に広がる静かなたたずまいの集落である。

藤沢さんはご自身の初期の作品を負の文学と呼んだことがある。それは若い妻を亡くしたことへの自責の念と、運命への怨みが、暗い情念となって闇の底にわだかまっているような作品群で、書くことによってようやくはけ口を見出しているといったものだった。

初期の作品に登場する女性に、藤沢さんの筆はあまりに厳しく、罰を与えるようにさえ見えるのが、ぼくにはかねがね不審だったが、学校の前から、日が暮れる丘の向こうの集落を眺めているうちに、作中の女性をかんたんに幸福にしては、亡くなった人にすまない、という思いがあるいは藤沢さんにあったのではないかという気がして来たのである。

「漆の実のみのる国」を歩く

絶筆となった大作『漆の実のみのる国』の十数年前に、米沢藩の上杉鷹山と竹俣当綱《たけのまたまさつな》を主人公にした短篇『幻にあらず』(「別冊小説新潮」昭和五十一年冬季号)を、藤沢さんは発表した。この作品は天明二年、藩政改革のなかばにして、竹俣当綱が失脚するところで終っている。

そのころから、あるいはもっと以前から、藤沢さんには米沢藩の改革を描く構想があったのかもしれない。藤沢さんは博く歴史資料に目を通されたが、故郷の荘内藩ばかりではなく、米沢や上山《かみのやま》といった奥羽諸藩のことは細かくお調べになったにちがいない。

海坂藩は政争のはげしいところで、つねに抗争がくりかえされている。それは日本中のどこの藩でもおこり、現在でもくりかえされているにちがいないが、作品にあらわれた事件の原型は、米沢藩の歴史にもとめられるのではないか。『蟬しぐれ』を読むと、場所は荘内らしいが、事件は米沢藩のできごとに似ているという気がする。荘内藩と米沢藩は、作品の海坂藩の中でひとつに重なり、ついに日本人の心性の原型ともなっていると思えるのである。

ぼくが「漆の実のみのる国」を訪ねたのは、海坂藩を歩いた三日後だった。米沢はまだ山蔭に雪がたくさん残っている。歩いているうちにも、春の雪が降りしきった。まず歴代藩主に敬意を表するために、上杉家廟所を訪ねる。杉木立に囲まれた廟所はひっそりとして観光客の姿もなく、雪が消え残っている。廟所の屋根のいたみが目についた。それから米沢城址の上杉神社をめぐり、鷹山公を祀《まつ》る松岬神社を拝む。ここまでは定番の観光コースで、なんどかぼくも訪れているのだが、今回は南米沢駅のさきまで足を延ばし、竹俣当綱の墓所がある常慶院を訪ねた。

庫裡に声をかけて留守番の老女に、当綱の墓の場所を教えてもらう。どこから来たのかとたずねるので、山形からと答えると、それは遠くからおいでなされたと驚くので、逆にこちらが驚いた。当綱の墓にはまだ雪が積もっている。功臣のおくつきらしく、広々としている。藩政時代を通じて、中興の功臣として人々の尊敬を集め、墓所も大切にされたことがうかがわれる。

もとの道を米沢中心街にもどる途中、常慶院からほど遠からぬ場所に、もう一人の功臣、莅戸《のぞき》善政の墓所、長泉寺がある。入口がわかりにくいが、表示板が出ている。境内は幼稚園になっている。

両方の寺とも、鷹山公の治績をたたえるためだろうが、案内板の文章に誅殺された執政森平右衛門の頭に奸臣の二文字が冠されているのは、悪玉の代名詞とされたようで、いささか気の毒な気がする。これでは平右衛門の霊も米沢にはいたたまれまい。

長泉寺のすぐ隣が、雲井龍雄の墓がある常安寺である。藤沢さんには、雲井龍雄の生涯を書いた長編小説『雲奔る』がある。雲井龍雄には熱心なファンというべきか、忘れない人たちがいると見えて、墓石も新しくりっぱなものが建てられている。香華がたむけられていた。

雲井龍雄の激情は、藤沢さんとは一見無縁のようだが、実は底流であい響きあうものがあるのかもしれない。藤沢さんは案外、その激しいものを心の底に秘めて、容易に人には見せなかったのだろうか。

海坂の食をもとめて

杉山透

青江又八郎と醬油の実

藤沢周平の全作品のなかで、食べ物の場面が比較的多く出てくるのは『三屋清左衛門残日録』である。この連作長編では、後半から「涌井」という小料理屋がかなり重要な舞台になるし、そこのおかみであるみさも小さくはない脇役をつとめるから、ごく自然に食べ物の話が出てくる。しかし、三屋清左衛門の食膳についてはのちに改めてふれることにして、「用心棒日月抄」シリーズでの、いっぷう変わった食べ物のシーンから話をはじめよう。

「用心棒日月抄」シリーズ第二作の『孤剣』で、食べ物が出てきて、しかも一読して忘れられない場面がある。

主人公・青江又八郎と女嗅足《かぎあし》・佐知が、連絡のため人目を忍んで会う、その場所がみすぼらしい煮売屋なのだ。そこで二人は宿敵の動静について語りあうのだが、話に入るまえにこんにゃくを注文する。そして国元の名物である玉こんにゃくのことを思いだす。

玉にまるめたこんにゃくを串に刺し、ダシをきかせた醤油で煮ふくめたものだ。

佐知がつつましく、しかし気取りのない顔でこんにゃくを噛んでいるのを眺めて、又八郎は濃密な親しみを佐知に感じる。真昼間にこんにゃくを食べながら殺伐たる話をしているのに、男女の密会めいた雰囲気がただよう。つつましやかで、ユーモラスで、どことなくもの哀しい。

もうひとつ、別の場面。青江又八郎が風邪をひいて長屋で寝込んでいるところへ、探索の結果を報告するために佐知が訪ねてくる。まだ夜食をとっていない又八郎のために、佐知がありあわせの材料で雑炊をつくってやる。残りものの大根の味噌汁に冷や飯を炊きこんだ、故郷ではおなじみの雑炊である。

又八郎がその雑炊をふうふう吹きながら食べるあいだに、二人はそこにはない故郷の食べ物の話をする。小茄子の塩漬け。しなび大根の糠漬け。寒の鱈。四月の筍。いずれも、庄内地方のどこかにあるらしい「海坂藩」の食べ物であり、それらはそのまま現在の庄内の人びとの暮らしのなかにもある。

又八郎と佐知はしばし国元の食べ物の話に夢中になる。ここでも、故郷の食べ物を通して二人の気持がひそやかに通いあう。食事のあと、台所でもの馴れた動作で洗いものをする佐知の姿に、又八郎が思わず「嫁がれたことがあるのか」と訊くと、佐知は「一度嫁ぎましたが不縁になりました。出戻りでございますよ」と答える。又八郎は初めて佐知の肉声を聞いたような気持になる。

　青江又八郎は江戸でしがない用心棒稼業をしてはいるが、じつは藩の重大な密命をおびている一流の剣客である。いつも敵に命を狙われているし、ときには敵の命を狙わなければならない。そういう殺伐たる日々のなかで、ものを食べる場面は、又八郎と佐知を束の間ではあっても日常の生活にひき戻す。こんにゃくの醬油煮を食べたり、残り汁でつくった雑炊をかきこむとき、又八郎と佐知はふつうの男と女になる。その効果はじつに鮮やかだ。

　さらにいうと、又八郎はいつも自室の米櫃《こめびつ》のなかにあと何食分の米があるかを気にしている。飢えることへの恐怖があり、彼にとって食べるということは即いのちを維持していくことなのだ。思えば、食べ物とはもともとそういうものだった。だから食事の場面には、もの食う人の、けなげさとものの哀しさがつねにつきまとっている。

　それはともかく、おかしいのは、実際に食べているものはそのようにギリギリの粗食なのに、又八郎は佐知とともに国元の懐かしい味を思いだして飽かず語りあうことだ。小茄子や寒鱈や筍のことを語りあいながら、二人は不思議な結びつきをさらに深めていくかのようだ。心が通いあい、それが切迫した慕情に高まっていく。ただし故郷の食べ物は二人の話のなかに幻のように去来するだけで、現実のご馳走としてはついに現われない。又八郎と佐知の恋が、たがいに強くひかれながら束の間の幻のようなものであるのに見合っているということだろうか。

「用心棒」シリーズ第四作『凶刃』でも、同じような仕掛けのなかで故郷の食べ物が出てくる。第三作『刺客』から十六年後、中年になった又八郎と佐知が登場するこの物語では、『孤剣』の場合とちがって、実際に故郷の食べ物が又八郎の目の前に供される。その故郷の味が、「醬油の実」と「カラゲ」である。二つとも不思議な食べ物であり、きわめつきの庄内の味といってもいいかもしれない。

まず、醬油の実。醬油は、大豆と大麦に塩とコウジを加えて発酵・熟成させ、それをしぼったもの。そのしぼりカスにさらにコウジと塩を加え直して発酵させたものが醬油の実である。『凶刃』では、「近ごろははじめから醬油の実そのものを作る糀《こうじ》屋も城下に現われ、この貧しくて美味な副食は、上下を問わず城下の家家で愛用されていた」と書かれている。「海坂藩」の時代だけそうだったのではなく、現在でもこの通りで、鶴岡では名物としておみやげ屋にも売っているし、どんなスーパーにもビニール袋に入れて置いてある。

カラゲは、魚のエイの干物である。カラカラに干しあげて、石のように固い。「水でもどして甘辛く煮つけると、なかなかに美味な一品料理になる」と書かれている。これまた、鶴岡の乾物屋の店先でたやすく見つけることができるものだ。

醬油の実にしろカラゲにしろ、あるいは先にあげた玉こんにゃくや寒鱈もふくめて、藤沢周平が書く食べ物はすべてその故郷である庄内地方の食べ物であり、しかも現在も日常の食卓にのぼるものである。それが藤沢文学に現われる「食」の大きな特徴といえるだろう。そしておそらくは作家の故郷への深い思いがその描写にこめられて、どんなにつましい食べ物も、じつにおいしそうに輝いているのである。

民田茄子と瓜の効果

やや意外な感じさえするのだけれど、一途に暗く鋭いと評される初期の短編でも、藤沢周平は食べ物を描いてきわめて魅力的な場面をつくりあげている。

『ただ一撃』は、老剣士・範兵衛の物語である。荘内藩にふらりと現われた浪人が、御前試合で家中の名だたる剣士たちを打ち伏せる。藩主酒井忠勝の不興をなだめるため、老剣士・範兵衛に白羽の矢が立ち、範兵衛は浪人と立ち合うことになる。そこに範兵衛と息子の嫁との関係が絡むというストーリーだ。

嫁が出してくれた小茄子の漬け物を、範兵衛が歯のない口に入れてもぐもぐと転がしながら食べる。のどかで印象深い場面のあとに、民田茄子とよばれるその小茄子のことが説明される。

「鶴ヶ岡の城下から三十丁ほど離れたところに、民田という村がある。ここで栽培する茄子は小ぶりで、味がいい」にはじまり、皮の薄い七月の茄子、皮は硬くなるが捨て難い風味を宿す八月の茄子というふうに克明に語られている。

民田村は藤沢周平の生まれた黄金村の隣り村で、現在でも盛んに産出されている民田茄子は全国的に名声を得ているものだ。作家が幼少時から親しんできたに違いない美味が、鋭い一撃のようなこの短編に絶妙なふくらみを与えているように見える。

もう一編。宮城谷昌光氏が「美しいピアノ・ソナタのような名品」と評した『鱗雲』に出てくる瓜のことも忘れられない。舞台はやはり海坂藩とおぼしい東北の小藩。ただし瓜（真桑瓜に違いない）はとくに庄内の特産物というわけではなく、昔はどこにでもあった庶民的な果物である。

近習組にいる小関新三郎は、藩の用で峠をひとつ越えた村に使いに行った帰り、峠の上で病いに苦しむ武家の娘を助けた。真夏の暑い盛りだった。背負って家に帰ると、母親の理久が娘を手厚く看病する。新三郎は五年前に父を亡くし、二年前に妹を失った。母と二人暮らしの寂しい家なのだ。

江戸から旅をしてきて隣りの藩へ行く途中だという、雪江という名のその娘は、何か秘密を隠しもっているようだけれど、清楚で美しい。どことなく死んだ妹に似ているせいか、母親も心をこめて看病する。

数日後、新三郎が家に帰ると、雪江はだいぶ回復したらしく、起きて瓜を食べていた。新三郎はそばにいき、話を交わす。

「ご親切は忘れません」

と雪江は言い、つつましく瓜を噛《か》んだ。

「がぶりとやりなさい。そうしないと瓜はおいしくない」

「なにを言ってますか。そばでそんなに世話を焼かれては、味も何も解らないじゃありませんか」

別の盆に、切り割った瓜を運んできた理久が言い、新三郎は苦笑し、雪江は声を出して笑った。

寂しい家に、ひととき瓜の香りとともにさわやかな暖かさが流れる、すばらしい描写である。ここで食べられるものはぜひとも瓜でなければならないと思えるし、ものを食べる場面がこれほど鮮やかに決まるというのも稀れだろうとも思える。瓜はいまや日本中からすっかり姿を消してしまった果物だが、瓜を食べたことがない人でも、瓜の味以上の何かをそこに読みとるはずである。

「涌井」の食膳に上るもの

藤沢周平の後期の代表作のひとつである長編小説『三屋清左衛門残日録』では、冒頭で述べたように、小説の途中から小料理屋「涌井」が重要な舞台になる。「海坂藩」と思われる城下の、紅梅町にある小ぎれいな店だ。とくに物語の後半になると、三屋清左衛門は一章に一回ぐらいの頻度で「涌井」の一室に坐り、料理を食べ酒を呑む。禄高三百二十石、元用人でいまは隠居の身である清左衛門にとって、「涌井」はなくてはならぬくつろぎの場所になっている。清左衛門はおかみのみさにも心を許しているようで、のちに思いもかけず二人が男と女の関係になるという展開がある。

そして清左衛門の古くからの友人で町奉行の佐伯熊太も、清左衛門に連れてこられて以来、この店が大いに気に入っている。二人はよく連れ立ってやってくるが、食べるほうで活躍するのは、太り気味でしじゅう元気のいい佐伯熊太である。

食べ納めの赤蕪《あかかぶ》の漬け物が出ると、佐伯は、「わしはこれが好物でな。しかし、よいまごろまであったな」などといって手を出し、たちまち自分のぶんを食べ尽すと、清左衛門の小鉢にあるものまでも平らげてしまう。

晩春の膳に酒粕を入れた筍の味噌汁がのると、佐伯は目を輝かせて、「今年はもう喰えぬかと思ったら、またお目にかかったか」と喜ぶ。

小皿に無造作に盛った茗荷《みょうが》の梅酢漬けを口にすると、「赤蕪もうまいが、この茗荷もうまいな」と町奉行はいう。

漬け物をバリバリと嚙む音が聞こえてきそうな、佐伯熊太のみごとな食欲である。その食欲につられて、錆びた紅色に染まった赤蕪や茗荷をちょっとつまんでみたくなるほどだ。すでに述べたように「海坂藩」領は庄内地方に重なり合うのだが、赤蕪も茗荷も庄内の名産であり、土地の人びとが日頃口にしている漬け物である。

しかし、「涌井」の膳には漬け物だけがのっているわけではない。季節ごとのシュンのご馳走が食膳を賑やかにすることもある。それがどんなものか、献立てを三つあげてみよう。
・晩春の頃。小鯛の塩焼き、豆腐のあんかけ、こごみの味噌和え、賽の目に切った生揚げを一緒に煮た筍の味噌汁（酒粕入り）、山ごぼうの味噌漬け。
・中秋の頃。蟹の味噌汁、カレイ（おそらくは土地でクチボソとよばれて珍重されるマガレイ）の塩焼き、風呂吹き大根。
・初冬の頃。鱒の塩焼き、はたはたの湯上げ、しめじ、風呂吹き大根、茗荷の梅酢漬け。
献立てといっても、目をむくような山海の珍味があるわけではなく、料理の仕方は手のこんだものではない。ただ庄内だけに固有のものではないにしろ、いかにも庄内らしい食べ物や料理法がここにはある。

料理法として目立つのは、東北らしく味噌がよく用いられていることだ。筍も酒粕入りの味噌汁にし、蟹も味噌汁にする。味噌が味つけの基本になっている。

蟹は、庄内の海では、ズワイガニ（土地ではこの雄をタラバガニとよび、雌をメガニとよぶ）、ワタリガニ、ヒラツメガニなどがとれる。このうち、メガニ、ワタリガニ、ヒラツメガニなどがよく味噌汁にされる。「涌井」のおかみに「蟹は茹でますか、味噌汁にしますか」と訊かれて、清左衛門が「味噌汁の方が野趣があっていい」と答えるのだが、このときの蟹は、秋という季節柄、メガニかヒラツメガニだろうか。

『残日録』のなかには、ほかにカナガシラというホウボウによく似た魚の味噌汁も出てくる。夏風邪をひいた清左衛門に滋養をつけてもらおうと、嫁の里江がつくる一椀だ。カナガシラの味噌汁はいまでも妊婦のために供されることが多い、この地方の滋養強壮食である。

小説の終わり近く、清左衛門と佐伯熊太が「次は寒い日に来て、鱈汁で一杯やるか」とうなずきあう、その鱈のどんがら汁も味噌仕立てだ。鍋に頭、内臓、身と鱈のすべてを入れて味噌汁にした、庄内の冬には欠かせない鍋物だ。「用心棒日月抄」シリーズの又八郎と佐知も、この鱈汁をしきりに懐かしんでいた。

はたはたは、いうまでもなく山形や秋田など冬の日本海沿岸の名物。湯上げは、頭と尻尾をとったはたはたを茹で、するりと中骨を抜いておろし醤油で食べる。ほかに、生のはたはたを焼いて味噌をぬって食べる田楽焼きという食べ方もあるのは、小説のなかでも紹介されている。

献立てのなかにあるちょっと変わった一品は、豆腐のあんかけ。土地で南禅寺豆腐とよばれる半球形の絹豆腐に、甘くしたクズのあんをかける。これは京都文化の影響を受けた酒田にはじまった料理といわれている。

以上述べてきた荘内（すなわち海坂）の食べ物と料理法については、鶴岡市の石塚亮さんにご教示いただいた。

石塚さんは、「涌井」の献立てのほとんどは作家が少年時代に親しんだ味ではないか、と推測した。特別に仕立て上げられた料理はひとつもなく、シュンの材料をできるだけそのまま味わうための、ふつうの家庭料理だというのである。そうした食事は現在でも庄内の暮らしのなかに生きつづけているから、「涌井」の献立ての再現は比較的たやすくできたのだった。

稲光が稲の穂をつくる

「涌井」の食膳に、小鯛やクチボソの塩焼きがのる。筍汁がのり、蟹の味噌汁がのり、はたはたの湯上げがのる。シュンの食べ物が出て、季節が確実にめぐっていく。清左衛門や佐伯熊太にとって「涌井」でのひとときはやすらかで暖かいものではあるけれど、同時にそれは、季節が移り、時間が容赦なく流れることを示してもいる。茗荷の漬け物をかじる佐伯の鬢の毛はいつの間にかかなり白くなっているし、清左衛門を店から送りに出たみさは、近々故郷に帰ることにきめたと告げる。そのようにして物語が時間を孕み、登場人物たちの人生が深い陰翳をおびる。そして小説を読むというのは、そういう他人の人生の時間を文章を通じて体験することだったはずだ。

藤沢周平が描いた食べ物の場面は、新しい季節がもたらすシュンのものを口にする喜びと懐かしさがあるいっぽうで、淡いもの哀しさがただよっている。日々の食べ物を尊びながら、ものを食べなければ生きていけない人間のけなげさのようなところにまで、作家の目が遠く届いているからだろう。

そういう目で描かれた食べ物の場面は、『三屋清左衛門残日録』にある、次のような美しい光景にまっすぐにつながっているように思われる。清左衛門が少年時代に見た稲妻を回想するシーンである。

ふたたびはげしく稲妻が光り、四方の木立も家家も明るいむらさき色に染まる。それははじめて見るうつくしい夜景だった。（中略）

そのときうしろから母の声がした。帰りがおそいのを案じて外に出て来たらしい母は、すぐに稲妻に気づいたらしく、そのまま清左衛門の横に来てならぶときれいな稲光りとつぶやいた。そしてつけ加えた。

「稲はあの光で穂が出来るのですよ。だから稲光りが多い年は豊作だと言います。おぼえておきなさい」

しかし残念ながら、われわれはこのようにあざやかな季節感と、その季節感と分かちがたく一体となった主食への敬虔な思いをほとんど失ってしまっている。米に対してすらそうなのだから、魚や野菜についてはいうまでもない。シュンの感覚もほとんど失くしてしまったし、季節がもたらしてくれる食べ物を尊ぶ気持もどこかに忘れてきた。

藤沢周平は時代小説という枠組を使い、たぐい稀れな名文によって、昔の日本の男と女を本物よりももっと魅力的に描いてみせた、という意味の丸谷才一氏の評言がある。食べ物についても同じことがいえるかもしれない。藤沢作品の食べ物の場面には、われわれが失ってしまった切ないもの、胸ときめくものが、つねならぬ魅力を放っているのである。

5　藤沢作品と私

物悲しい慈悲の光

中野孝次

藤沢周平の時代小説をわたしが好んで読むのは、なによりもまず読むとそのたびになにかひどく懐しい世界に帰ったような安らぎを覚えるからである。誰だって古き日本の真相なんて知るわけもないが、藤沢周平の描く世界に入るとどこかこういうのが昔の日本、昔の日本人か、と郷愁に近い感情をよび起させるものがある。それに触れるのがいかにも快く、うれしいのでまた読むわけだ。

むろんその前にまず第一に文章がいいということがある。誰もが端正など呼ぶあの藤沢周平独自の文章の魅力がなければ後の世界はない。折目正しく、きりりとしていて、しかも緩急のテンポあり、速度感のある、とにかく鈍味なところのまったくない文章、それに触れるのがたのしいから読むわけで、文章そのものがよき世界のアウラを作りだしているのである。

顔を上げると、さっきは気づかなかった黒松林の蟬しぐれが、耳を聾するばかりに助左衛門をつつんで来た。蟬の声は、子供のころに住んだ矢場町や町のはずれの雑木林を思い出させた。助左衛門は林の中をゆっくりと馬をすすめ、砂丘の出口に来たところで、一度馬をとめた。前方に、時刻が移っても少しも衰えない日射しと灼ける野が見えた。

馬腹を蹴って、助左衛門は笠の紐をきつく結び直した。助左衛門は熱い光の中に走り出た。(『蟬しぐれ』)

こういう文章は従来の時代小説にはまずなかったものである。凜としていて、行動を描くことがそのまま主人公の高ぶる思いと決意の表現となる。これが終りの叙述だから〝蟬しぐれ〟は読み終っても読者の心中に鳴りつづけるのである。

こういう文章を書く文学について語るには、こちたき理窟をこねまわすよりも文章の現物を出して示す方がいい。藤沢周平という作家は、時代小説を書く流行作家だったけれども、一作といえども雑に書き流した小説はなく、どれもが物語の結構、語り具合、描写に工夫をこらしてあって、読むにたえないものは一つもない。剣による戦いの場面だって、従来の時代小説では吉川英治であれ誰であれ、「エイッ、ヤッ」と叫ぶともう相手は仆《たお》れたと書くだけだったが、藤沢周平の場合は「隠し剣」シリーズの「臆病剣松風」の新兵衛と刺客の戦いにしろ、『玄鳥』の「三月の鮠」の勝之進と信次郎の試合にしろ、『蟬しぐれ』の文四郎と興津の試合にしろ、戦闘の描写までがその文学の重要な魅力となっているのだ。

文四郎は、またにじり寄るように前に出た。すると、はじめて興津も前に出て来た。打ち合う意志を示したのである。水にうかぶ水すましのように、興津はすいと前に出て、その動きはなめらかだった。

双方が少しずつ足をすすめ、間合いがほぼ三間に迫ったとき、文四郎は足をそろりと右に移した。つぎに足を左に左にと移した。石栗道場で千鳥と呼ぶ足遣いである。

（『蟬しぐれ』）

これならわかる、とわたしは藤沢周平の剣の争いの描写を読むたびに思う。剣による戦いを技術的に正確に描いて、まさに舞を見るように姿よく、品がいい。この品がいいというところが大事で、これは彼の文学すべてに通じる魅力の勘所だ。

藤沢周平はそういう文章で男と男の友情を描く。『三屋清左衛門残日録』の清左衛門と佐伯熊太、『蟬しぐれ』の文四郎と逸平と与之助、『用心棒日月抄』の又八郎と細谷源太夫など、彼らの遠慮ない言葉のやりとり、心の通い方は、見ていて羨しくなるほどであり、ああ、こういう友情のある、世界があったのだと烈しい懐しさにとらわれるのである。

肴は鱒の焼き魚にはたはたの湯上げ、茸はしめじで、風呂吹き大根との取り合わせが絶妙だった。それに小皿に無造作に盛った茗荷の梅酢漬け。

「赤蕪もうまいが、この茗荷もうまいな」

と町奉行の佐伯が言った。佐伯の鬢の毛が、いつの間にかかなり白くなっている。町奉行という職は心労が多いのだろう。

白髪がふえ、酔いに顔を染めている佐伯熊太を見ているうちに、清左衛門は酒がうまいわけがもうひとつあったことに気づく。気のおけない古い友人と飲む酒ほど、うまいものはない。

「今夜の酒はうまい」

清左衛門が言うと、佐伯は湯上げはたはたにのばしていた箸を置いて、不器用に銚子をつかむと清左衛門に酒をついだ。

わたしはこのくだりを何遍読み返したかしれないが、読むたびにいいなあと感歎する。なんでもない飲み食いの場面を描いて、食い物をこれだけうまそうに描き、その食い物を通じて男と男の心の通い合いを描く。いったいどんな現代文学がこういうしみじみと懐しい世界を描いただろうか。これこそ藤沢周平の独擅《どくせん》場で、この魅力にうたれた者はもうその世界から逃れられなくなるのである。阿波徳島の小さな町に藤沢周平の熱烈なファンである医者がいて、一夕酒を飲みながら藤沢文学について語りあったとき、その人が最後に「ああいう世界に住み、ああいう人達と暮したいものですなあ」と嘆じたが、これこそ藤沢周平の文学の魅力を究極的に言いあらわした感想であろう。

とくにそのことは藤沢周平の描く女についてあてはまる。『用心棒日月抄』の佐知や、『残日録』の涌井のおかみなど、ああ、こういう女が昔の日本にはいたのだと、郷愁の情が湧然と湧いてくるのを覚える。

《物言いも立ち居もごく控え目で、その美は内側からにじみだしてくるような女だった。》（『残日録』）

《内側から射す羞恥心に照らされて、不本意に女らしい表情になるというふうだった。》（『刺客』）

控え目で、慎みがあり、欲望や感情をむきだしにするのをはしたないと感じ、意志によって自分を律することのできる女。「抑制された意志が静かな光を沈めている」（『用心棒』）女。「身についた優雅な気品」（『蟬しぐれ』）のある女。「女子は好きとはいわぬ、慕うという」（『隠し剣』）と躾けられた女。それだけにその抑制のほころびた瞬間、思いもかけぬ艶と色っぽさが匂いだす女。まったく藤沢周平の描く女たちはなんと魅力的で、慕わしい人々であろう。こういう女とこそ暮したいと願わせる女たちばかりだ。

そして藤沢の描いたこれら男や女の人間像を通じて、われわれは次第に藤沢周平という作家は人間においてどういう心遣いや人柄やふるまいを好ましいと見ていたかを理解し、その人物たちをわれわれも好きになってくるのである。それは一言でいえば、美しい日本の人間とはこういうものであったか、と言いたくなるような人物たちだ。躾というものがあり(「武家の娘はそのように泣いてはならん」『臍曲がり新左』)(「みわと名乗る少女だったが、言うことは大人のようにしっかりしていた」『孤剣』)、現代の若者のように甘ったれたところがまったくなく、だれもがその苦しい世界に堪え、我慢し、辛くとも凛とおのれを持し(「誰もかばってはくれぬ、すべて自分で自分の始末をつけねばならんときが来ているのだ」『蟬しぐれ』)、人に対する思いやりがあり、いざというときにたよりになる人間、「物の役に立つ男ども」(『蟬しぐれ』)であり、「ひかえ目で、こまかく気のつく女」「言葉遣いも、立居の礼儀作法も心得ている女」(『残日録』)である。

そしてその世界で、感情や欲望を露骨に出さぬその男が女によせる思いは「愛憐の情」という言葉に集約される。これがどんな恋心よりも強く持続的な恋情にほかならぬことを、われわれは藤沢周平の描く人物たちを通じて知るのである。

《そのことを理解したとき、文四郎の胸にこみ上げて来たのは、自分でもおどろくほどにはげしい、ふくをいとおしむ感情だった。蛇に嚙まれた指を文四郎に吸われているふくも、お上の手がついてしまったふくも、かなしいほどにいとおしかった。

文四郎は足をとめた。そして物思いの炎が胸を焦がすのにまかせた。》(『蟬しぐれ』)

これこそがどうやら藤沢周平の世界を彩る基本のトーンであるような気が、藤沢文学を読むことが重なるうちに、だんだんにしてきた。男と男の友情の底にあるのも、市井の裏店に棲息する人間どうしのあいだに流れる思いも、男と女の恋情にあるのも、ひとしくこのどの人間も逃れられぬ不幸の存在を前提にした思いであるような気がしてならないのである。それはほとんど慈悲という言葉に近い。どこか物悲しいところのある慈悲のやさしい光に照らされているのが、藤沢周平の描いた世界であった。

人間哀歓の風景を描いた作家

桶谷秀昭

藤沢周平は書くべきことを書きつくして死んだ。その死の知らせを聞いたとき、さう思つた。おそらくこの作家に心残りはなかつたであらう。

おなじ思ひは、昨年死んだ司馬遼太郎についてもいへさうである。およそ作風のちがふ、といふよりも対照的な、天下国家と文明論の壮大なヴィジョンをくりひろげたこの作家が、文化勲章を貰つたとき、生まれかはつて小説を書くとすれば、男女の痴情を描きたい、と語つた言葉が、その当時も今もつよく胸にのこつてゐる。そのことを思ひだしたうへで、なほ、司馬遼太郎は書くべきことを書きつくして死んだといふ思ひがつよいのである。

ただ、人の志といふものは、一様ではない。司馬遼太郎には、ほとんど天性とみえる明るさがあつた。ほとんど、といふのは、私に疑ひがあつて、もしかするとあの明るさは、司馬さんがあぶら汗を流して身につけた第二の天性ではないかといふ思ひが消えないからである。

藤沢周平の気質に根ざした志には、司馬遼太郎が身につけてゐた一種のカリスマ性は感じられない。この作家の心の核にはつねに自愛があつたと思ふ。司馬遼太郎の明るさの裏に激しい自己嫌悪を推測しつつ、さう思ふのである。

自愛は暗さをともなふ。いや暗さをいやすために自愛なしでは生きていけない、さういふ究極の自愛感情があるのではないか。それは私小説作家の自愛感情にも通じるのであるが、藤沢周平は私小説を書かずに、時代小説を書いた。

その動機はさまざまに考へられようが、自己表現において無理はすまい、といふ志につきるのではないかと思ふ。藝術は自己の表現にはじまつて自己の表現にをはる。いろいろ考へてあるとき、さういふ結論にたどりついた藤沢周平を想像してみる。するとその自己表現は、文壇的処女作『溟《くら》い海』のやうな小説になつた。

老残の藝術家北斎が語りの上からは主人公であるが、本当の主人公は、暗示的に描かれてゐる広重である。

一枚の絵の前で、北斎はふと手を休めた。隠されている何も見えないことに、疲れたのである。結局広重は、そこにある風景を、素直に描いたにすぎないのだと思った。

そう思ったとき、北斎の眼から、突然鱗《うろこ》が落ちた。まるで霧が退いて行くようだった。霧が退いて、その跡に、東海道がもつ平凡さの、ただならない全貌が浮び上ってきたのである。広重は、むしろつとめて、あるがままの風景を描いているのだった。

どんな風景を描くかには作者の選択がむろんはたらく。風景の切りとりかたである。「人間の哀歓が息づく風景」を広重は切りとったのだ、と作者は北斎にいはせてゐる。それをもうすこし具体的にいへば、作中の北斎が思はず息を呑む、広重の「東海道五十三次のうち蒲原《かんばら》」の絵である。

闇と、闇がもつ静けさが、その絵の背景だった。画面に雪が降っている。寝しずまった家にも、人が来、やがて人が歩み去ったあとにも、ひそひそと雪が降り続いて、やむ気色もない。

人の世の、歓びと哀しみを生む出来事のすべてが、をはつてしまつてゐる。もう取りかへしがつかない。人間の哀歓の息づく風景を描くといふのは、人間の哀歓の実体にふみ込むことを諦めた精神の仕業である。

風景の背景は一色の闇である。その闇の中に作者は北斎的な自己表現の意慾を封じ込めた。近代の藝術意欲の極北に北斎があるとすれば、広重は北斎とは逆道を往く自己表現の道に参入した。藤沢周平はそんなことを、この描写で考へてゐる。『溟い海』のクライマックスは、新人広重の擡頭にいらだつた北斎が、ならず者を使つて闇打ちにしようとする場面である。版元で一度会つたときの、広重の落着いた起居振舞、丁重なものいひ、容易に傷つきさうもない柔和な風貌が気に入らない。

ところが、やがてあらはれた広重は、じつに暗い表情をして歩いてゐる。それは、「人生である時絶望的に躓き、回復不可能のその深傷《ふかで》を、隠して生きている者の顔」である。

この小説で文壇に登場したとき、藤沢周平は四十代のなかばになつてゐた。山形師範を卒業して、敗戦直後の新制中学の教師になつたが、結核のために六年余の療養生活を送り、病気がいえたときは失業してゐた。職を求めて上京し、業界新聞の記者を転々とするうちに、青春と壮年の時期が過ぎていつた。

この東京生活を悔い多き半生といつてゐる。あてのない日々をながく生き、つのつていく鬱屈のかたちをふりかへつて、虚構の世界に造型し、現代小説に描くことを考へなかつたわけではなからう。だが、もはやとりかへしがつかないといふ悔いのつよさが、そんなことをして何になるといふ思ひに取つて代つた。

歴史とは、もはやとりかへしのつかない過去への愛情から生まれた記録である。あてもなく生きることが日常であり、常態であるやうな人びとの暮しが、遠い江戸の市井にあつた。それは絵になる。絵の背景には深い闇がある。

日没の、まつかに燃える太陽とはちがふ、鈍い光を大川の川面に映す夕暮どきや、夜の闇が、藤沢周平の市井小説の背景に多いことに気がつく。前科者や、前科はなくても、とりかへしのつかない不幸、過失を秘めた人物たちを、作者はくりかへし前景に描いた。

一方、士道小説で描いた武士や剣客たち、彼らのなかに英雄はひとりもゐない。封建の制度に屈従して生きる平凡人である。剣客も、強ひられて立ち合はざるをえなくなり、相打ちにほとんどひとしい必殺剣によつて相手を倒す。その一瞬の空気を引き裂く迅速な動きの描写は、五味康祐や柴田錬三郎の独創にくらべれば、冴えはない。

ただ、士道小説の背景の自然描写からは歌がきこえる。東北の海坂藩《うなさか》に代表される、風土に根ざした四季のめぐり、風の動き、草木のいのちを写す背景描写から、望郷の歌がきこえる。

それから、その風土の中で、ふくよかな香気と色気をただよはして生きる武家の妻や娘たちを描いて、忘れがたい印象をのこした。つひにひとりの悪女も描かなかつた藤沢周平にとつて、女は彼の望郷の想ひの根につながる人間の風景であつたかもしれない。

骨を嚙む哀惜

丸元淑生

私の記憶の中では、藤沢周平の作中人物のいく人かは、実在の人物と変わらぬ存在になっている。「臍曲がり新左」の新左衛門、「酒乱剣石割り」の甚六など、それはみなわれわれの周囲のどこにでもいそうな人間だが、思い出すたびに動くものがあり、生きているのを感じることができるのだ。

いうまでもなく作者の筆力によるものだが、藤沢周平の短篇を最初に読んだとき、私は文章の新しさに驚嘆した。新左衛門にしても、甚六にしても、彼はその人物造形をほとんど形容詞を用いることなく行っていた。あえて容貌を伏せておくことが作者の意図であるかのように、容貌風体についての記述もわずかだった。

眉は太くて、前に長く伸び、その下に眼尻の上がった金壺眼を光らせ、くぼんだ頰の肉を埋め合わせるかのように、顎は横にがっしりと張っている、という憎さげな顔で、俯きがちに城と地蔵町の家を往復する。　（「臍曲がり新左」）

背は五尺そこそこ、顔は黒く口が大きく、がっしりした肩幅だけが取り柄の男……

（「酒乱剣石割り」）

新左衛門にはわずかに三行、甚六には一行にも足りない文章が使われているきりである。それにもかかわらず、読者にはこの主人公たちの全体像がはっきり見えていた。しかも、着物のほつれがわかるくらいに接近した視点があり、新左衛門の息づかいや、甚六が内部に抱いている鬱屈までもが伝わっていた。

そこには、その人の行為と意識によって人物を造形しようという徹底した姿勢があり、大胆で斬新なその試みが成功して独自の文体ができ上がっているのに私は、わがことのような興奮を覚えた。まったく新しい小説の出現を目のあたりにしたからだ。

「臍曲がり新左」は、「藩中で、治部新左衛門ほど人に憎まれている人物はいない」という出だしもよいが、秀逸なのは結びの文章である。

「お似合いのお二人でございますな」

「む、む」

と新左衛門は渋面を作った。しかし、芳平が薪の燃え残りの最後の一片に水を掛け、庭が闇に包まれると、不意に相好を崩してにやりと笑った。

この「不意に」ということばが新左衛門の素早い動きを伝えており、闇に顔を隠して笑うどうにもならない臍曲がりの像を定着させている。

だが、この新しい小説の主題が臍曲がりを描くことにないのはいうまでもない。許しがたい存在となった大藩の実力者の篠井右京を、新左衛門がその豪邸に押し入って「据え物を斬るように斬りおろし」、抜刀して立ちはだかる用心棒の巨漢を前にしたときに作品の主題が示される。新左衛門は一瞬のたじろぎも躊躇もなく、男に向って歩いていく。男はしりぞくが構わず歩いていき、「カッ、カッと硬い金属の音が、二人の腹のあたりで鳴」るまでに体を接してしまうのだ。

一歩も後退しないこの一直線の行動は、藤沢作品の全篇に鳴り響いている主題で、一直線であるがゆえに、主人公は臍曲がりや飲んだくれといった屈折した人物にする必要があったに違いない。

「一顆の瓜」の半九郎は若竹のように真直ぐに伸びた爽やかな青年だが、藤沢周平は巧妙に久坂甚内という相棒を配することで曲折を生み出している。このコンビは『用心棒日月抄』の又八郎と細谷源太夫の原型といってよいだろう。

私はむさぼるように藤沢周平の作品を読んだが、処女作といわれていた『溟い海』は途中まで読んで止めていた。作品の出来が悪かったからではなく、私の側に読むと息苦しくなってくる傷みがあって読み進めなかったからである。

それから二十年経って、このたび完読してみると、『溟い海』は才能でぎらぎらに輝いている作品だった。まぎれもなく傑作であり、私は感嘆を禁じえなかった。この作品は昭和四十六年の「オール讀物」新人賞を得たのだが、作品の出来に瑕瑾《かきん》をいう人がいたとしても、この作家の将来性は疑うべくもなかっただろう。

思わず唸ってしまう表現が随所にあり、こぼれ落ちんばかりの才能には、甲冑に身を固めた巨人を見る思いがした。そこに私は殺気のもたらすアドレナリンの臭いまで嗅いだのだが、作家自身には、もうそれ以上は一歩も歩けない自分がわかっていたのかもしれない。

私がそう思うのは、藤沢周平は昭和三十九年以降七年間、毎年のように「オール讀物」新人賞に投稿しており、あるインタビューに答えて次のようにいっているからである。

「でも、あまり成績はよくなかったですよ、はっきり言って。新人賞の最終候補に残ったのは、『溟い海』が初めてですからね」

私はこれを読んで、他の作品と異なり、『溟い海』では心理解説がなされている理由がわかった。それで非常にわかりよくなっているけれども、藤沢周平がつくり上げた独自の文体は、心理解説を行った部分で破綻している。あえてそうしたのは、作品がまた理解されずに賞を逸するのをおそれたのだろう。

藤沢周平の文体は、心理解説をしないという拒絶の上に成立っている文体である。むろん、心理描写と心理解説は別のもので、彼が心理解説を排したのは、なによりも作品の品格を重んじたからに違いない。

平たくいえば、わかる人にはわかってもらえる作品をつくろうとしたわけで、根底にあるのは藤沢周平の譲れない美意識だが、それが『涙い海』で描いた北斎同様、彼ほどの才能の持主を「四十を過ぎてもなお無名」にしていたといえる。

健康にも運命にも恵まれず、鬱屈をかかえてひたすら小説を書いてきた藤沢周平にとって、『涙い海』は最後に「世間を相手に試みた必死の恫喝」だったのだ。

他の「オール讀物」新人賞の応募作が読めない今日では、『涙い海』を第一作というしかないが、第三作にあたる『帰郷』は、終始不運のうちに生涯を終える男を主人公にした救いのない小説である。その「もと漆塗り職人」が病いを得て故郷に帰りながら、再び故郷に背を向けて歩き出していく結末はこう結ばれている。

二度と帰ることのない夜の故郷をしばらく眺めた後、宇之吉は今度はゆっくり歩きはじめた。道は上松宿に向っていたが、それは地獄に向っているようでもあった。

病み、傷つき、内部には悔恨と「骨を嚙むような」哀惜の思いの渦巻いている無職渡世人が見せる一直線の行動で、この三行を書いたとき、作者はおそらくカタルシスを覚えただろう。「地獄」ということばを選んだ作者の心には、他のことばでは癒しえない傷があったに違いない。

サナトリウムの記憶

関川夏央

昭和二十六年三月、勤め先の山形県西田川郡湯田川中学校の集団検診で肺結核の診断をつけられた二十三歳の藤沢周平は新学期から休職し、療養生活に入った。それは結局六年八カ月にもおよんで、中学校教師を生涯の仕事と決めていた藤沢周平の人生を大きく変転させた。

地元で二年治療につとめたがはかばかしくなく、昭和二十八年二月、七歳年上の兄に付き添われて上京した。入院先は北多摩郡東村山町の篠田病院林間荘だった。当時北多摩一帯には多くのサナトリウムが点在していた。藤沢周平は、自分は治らない結核のせいで田舎に居場所がなくなった人間だと思い、行く手にちらつく死の影を見つめていた。

安静度三度とは、手洗いと洗面のほかは原則として横臥安静という重症である。風呂にも入れず、週一回看護婦に体を拭いてもらった。

薬餌療法でも治るが、その場合は回復が遅くなるだろう、手術をすれば比較的早く治る可能性があると医者がいうと、藤沢周平はためらわず手術を選んだ。二十代の時間は日々に過ぎていく。治ろうが治るまいがこのへんでケリをつけたいという、なかばなげやりな気分が彼にはあった。右肺葉を切除し、さらに二回補足成形手術を行なって肋骨五本を切った。それは昭和二十八年六月から九月にかけてのことである。

入院してまだ間もない頃、療養仲間の句会に誘われた。しばらくすると句会のリーダー格の人が、静岡の句誌に参加しないかと勧めた。それは馬酔木《あしび》系の句誌で誌名を「海坂《うなさか》」といった。藤沢周平ははじめは本名で、のちには北邨《ほくそん》という俳号で投句した。手術以前に送った句は昭和二十八年六月号に四句採られ、昭和三十年八月号までに合計四十四句が掲載された。そのなかに、「野をわれを霙《あられ》うつなり打たれゆく」「軒を出て狗《いぬ》寒月に照らされる」などの句があった。

昭和二十八年十月、外科病棟から療養棟に帰った。経過はそれほど思わしいものではなく、安静度三度、ベッド上での生活が昭和三十年春までつづいた。

しかし藤沢周平は書く。

「療養所の暮らしは少しも暗くはなく、むしろ明るいものだった」「そこはたしかに死の影がはりついている場所ではあったが、また治療して社会にもどって行く人間を見ることが出来る場所でもあった」(「青春の一冊」)

その頃、多数の青年たちが結核に罹病して、サナトリウムに時を費していた。渥美清もそのひとりで、その明るい演技の時折に束の間見せる鋭利なまでの暗さは、サナトリウムで死の淵をのぞき見たことの名残りだといわれた。が、藤沢周平にはそれがあまり感じられない。渥美清ほどには死を恐れなかったということかも知れない。

山形師範時代に外国映画と翻訳小説のおもしろさに目覚めた藤沢周平は、映画は無理でもベッド上で小説に読みふけった。彼が心に残る本としてあげているのはハンス・カロッサの『ルーマニヤ日記』とウジェーヌ・ダビの『北ホテル』である。

いま手元にある『ルーマニヤ日記』は、新潮社の現代世界文学全集のうち、芳賀檀、高橋義孝、高橋健二訳の第二十八巻に収録されたものだ。

ヘルマン・ヘッセ、トーマス・マンよりわずかに年少のカロッサは、第一次世界大戦に国民兵軍医として志願従軍した。西部戦線から東部戦線に転じ、『ルーマニヤ日記』に描かれた一九一六年初冬には三十七歳だった。それは死の風景にあふれた実録的小説である。

ハンガリー、ルーマニア国境付近を行軍していたカロッサは、あるとき二本の白樺の幹の間に倒れたルーマニア兵のかたわらを行き過ぎた。死んでいると思われたその兵隊が、カロッサの外套の裾を引いた。彼はおそらくモルヒネを欲したのである。

「無限に痛烈な、無限に苦しい苦悩というものがあるのだろう、意識がありながら死んで行く者は、そういう苦悩から何としても逃げだしたいのだ」「注射が終ると彼はほとんど気持よさそうに白樺の幹に頭をもたせかけ、両眼を閉じた。その深い眼窩にはただちに大きな雪片が落ちてきた」

また戦場の村で無感動な少年の手で石壁に叩きつけられ、瀕死となった仔猫にもカロッサはモルヒネを射ってやった。

「三分後、彼女（仔猫）は床の上の小さな陽だまりへ行って、気持よさそうに手肢《てあし》をのばし、前肢に頭をのせてねむりこんだ」「それからせわしない鋭い呻き声をさせ、最後に一度、深く、ほとんど快いといってもいいほどの息をした」

「（その猫を死に至らしめた）ハンガリーの少年は死んだ猫の前にひざまずき、泣きながら撫でさすっている。粗野な人間が永遠なるものに撃たれるのを見るのはいつも美しい」

このような描写は、藤沢周平に「ある種のくつろぎと勇気」を与えた。「ほとんど幸福な死があること」は、つねに「死の不安を抱える」彼にとって「小さくはない慰藉」をもたらした（「青春の一冊」）。

ウジェーヌ・ダビは、ハンガリー出身のユダヤ人である。彼は、パリ北駅近くの安ホテル、というより階下にカフェのある下宿屋を舞台に、そこに滞在しては川のように流れ去る群像を描いた。すでに忘れられて久しいが、その『北ホテル』はポピュリズムの傑作と呼ばれた。

「ブルジョア小説家の心理解剖（ジイド末流の小説）は、理智の軽業にすぎない。小説に必要なのは、心理解剖ではなくて、心理綜合である」

訳者の岩田豊雄は、永戸俊雄の言葉を借りて、ポピュリストの考えをしるし、さらにこう書いた。

「小説は何も立證する必要はない。何も教える必要もなく、政治運動や社会運動と何の関係もない。小説家は文学の職人であればよろしい。これがポピュリストの純粋小説論で、彼らの戦闘語は、だから、〈小説のための小説〉ということになる」

一九三〇年代なかばの作品である『北ホテル』が新潮文庫として刊行されたのは、昭和二十九年三月二十日だった。値段は七十円とある。『ルーマニヤ日記』は昭和二十九年二月二十五日刊行で三百五十円、但し地方売価は三百六十円とある。藤沢周平もこの年か、せいぜい翌年にこの二冊を読んだのだろう。

藤沢周平は、昭和三十年春に安静度四度の大部屋に移り、散歩を許されてゆるやかに回復へと向かった。昭和三十一年には所内文芸誌に参加し、翌昭和三十二年にはアルバイトで病院内の新聞配達をするまでになった。そしてその年の十一月に退院した。しかし、すでに故郷には仕事をするべき場所が失われていたので、東京にとどまり、つてを頼って業界紙に就職した。彼は間もなく三十歳になろうとしていた。

「療養所は、私にとって一種の大学だった」と藤沢周平はのちに書いた。「(教師という)職業自体がその地域では無条件に尊敬されるか敬遠されるか」である。そんな「世間知らずもそこで少少社会学をおさめて、どうにか一人前の大人になれたというようなものだった」(「再会」)

療養所は生死が交錯する戦場のような場所であり、同時に人が集《つど》っては散じる『北ホテル』に似た場所だった。そこで読んだ『ルーマニヤ日記』のカロッサの視線と、ダビのポピュリズムの方法は、藤沢周平の内部に深く刻まれた。

しかし、それらが作品上に投影されて、いまの私たちが知る藤沢周平的世界に結実を見るまでにはさらに長い時間を経なければならなかった。それは、時代劇にかたちを借りた私小説をひととおり書き終え、積もったさまざまな屈託を吐き出したあとのことで、療養所を出てすでに二十年ほどの時間がたっていた。

昭和五十一年、明るい作風に転じた『用心棒日月抄』を書いたとき、彼は出羽荘内の藩名を「海坂」とした。それは、水平線上の、あるかなきかの傾斜弧を形容する美しい言葉であるとともに、療養所の記憶を象徴する断片でもあった。藤沢周平は、そのとき四十八歳だった。

受けの剣、老いの剣

寺田 博

左斜め上方から襲って来た弓削の剣を、敬助は寸前にかわした。体を入れ換えて、また斬りかかって来た下段からの剣も、上から押しつけるようにしてはねた。

斬り返されると思ったに違いない。弓削は体をまるめて敬助の横を駆け抜けた。風のように速かった。敬助がむき直ったときには、弓削はもう青眼に構えていた。その

構えのむこうから、訝《いぶか》しむような眼が敬助を見ている。敬助が斬りつけなかったのを不審に思っているのだ。（中略）
もう少しだ、と思った。しかし、敬助も疲れていた。二人はもつれ合うように、大通りからふたたび別の路地に入った。弓削は、そこでまたはげしく攻勢に出て来た。かわすだけで斬り合おうとしない敬助に苛立ったようでもある。はげしく休みのない攻撃をかわし切れず、敬助はついに二の腕を浅く斬られた。（中略）
「さあ、来い」
弓削は八双に構えると、よたよたと走ってきた。そして振りおろした剣は、それでも十分に鋭かったが、かわされると急に体勢を崩した。
弓削がはじめて見せた隙だった。敬助も疲れていたが、その隙は見のがさなかった。すばやく踏みこむと弓削の肩を存分に斬った。

これは藤沢周平の作品の中でも、ひときわ剣の動きを緻密に表現して生彩を放つ『麦屋町昼下がり』（文春文庫）の末尾の決闘場面である。藩随一の使い手で、試合では一度も勝ったことのない弓削新次郎を向こうにまわし、主人公片桐敬助が艱難辛苦の末、討ち果たす場面だ。
到底勝てる相手ではない剣士に、この主人公はなぜ勝つことができたか、言いかえれば不可能を可能にする剣技をどのように体得したかが、この作品の一つの眼目だが、これは現代の時代小説では決定的に新しい決闘の描きかたである。これまでは、ともすれば、強くて正義の剣士が悪の強豪を討ち果たすか、せいぜい実力伯仲の剣士同士が勝負を競う物語が多かったが、この『麦屋町昼下がり』に収録された諸作品(「三ノ丸広場下城どき」「山姥橋夜五ツ」「榎屋敷宵の春月」)はすべて、劣勢の主人公が死を賭して闘い、強力な相手に勝利をおさめる物語である。

『麦屋町昼下がり』の主人公、片桐敬助は、三十五石取の御蔵役人にすぎないが、秋の御前試合では、家中からえらばれた剣士五人との試合で無敗だった。

ある夜、敬助の上司である御蔵奉行に呼ばれ、訪ねると縁談が持ちこまれた。相手は百二十石の御書院目付の三女。身分違いの縁談に苦慮しつつ、敬助は帰途につくが、その深夜の道を、女が走って来るのが見え、その後を抜身の刀を持った男が追ってきた。「お助けくださいまし」といったのは若い女で、追ってきた男は半白の髪で白い寝巻を着ている。男は「じゃまするな」と怒号し、女をかばった敬助にいきなり斬りかかってきた。自分が身をかわせば女が斬られるにちがいないような鋭い太刀さばきで、敬助は前に踏みこんで男を斬った。

実はこの男は三百石の上士で、弓削伝八郎。若い女はその子新次郎の妻で、舅にあるまじき無体を言いかけられ、拒んで逃げだしたという。敬助はまさに身分違いの人間を死に至らしめたわけで、しかも今は江戸詰の弓削新次郎は天才的な剣士であるだけでなく、強い偏執的な性向を持つ男だった。

敬助は五十日の閉門に服し、縁談も取消となる。いずれ直心《じきしん》流の道場で筆頭の剣士である新次郎が、不伝流道場の俊才とうたわれたとはいえ、一度も勝ったことのない敬助を討ち果たすだろうというのが藩内の見方だった。敬助は師匠の野口源蔵から、かつて野口道場の先代を破るほどの腕を持ちながら酒に溺れ、職務もしくじって百石の家禄が三十石となった大塚七十郎を紹介される。

赤黒く酒焼けした七十郎は「弓削に勝ちたかったら、おれを信じろ」といって、一にも二にも受けの稽古を敬助にすすめた。

そんな時、敬助は新次郎の妻が麦屋町で男と密会しているといううわさを同僚から聞く。麦屋町は料理茶屋、待合茶屋があつまっている狭斜《きょうしゃ》の町だ。

やがて新次郎が帰国し、御蔵帰りの敬助をもの憂げに路上に待ち受け、「貴公と斬り合う気はない、話を聞きにきただけだ」と、敬助から伝八郎を斬った時の状況をくわしく聞き、「おやじと女房のほかに人はいなかったのか」と念を押してはなれていった。

三月ほど経って、七月の暑い日に大目付から呼び出された。出頭すると、上司の御蔵奉行と中老もいて、新次郎が妻女と密会の相手を麦屋町で斬り殺し、料理茶屋の使用人、逮捕にむかった徒目付二名も斬殺し、そのまま茶屋に立て籠っているという。敬助に討手の命が下った。

焼けるような日射しの麦屋町の大通りに出かけた敬助は、いったんは新次郎に刀を引くよう呼びかける。だが新次郎は「癇にさわるやつは誰でも斬る」といって、冒頭に引用した決闘となるのである。

このように徹頭徹尾受けにまわって最後に逆転する剣技を描写した藤沢作品は、ほかにも「臆病剣松風」「隠し剣鬼ノ爪」（文春文庫『隠し剣孤影抄』所収）などがある。殊に前者の主人公、瓜生新兵衛はいつも頼りなげな態度を示し、斬り合いになっても、〝風に吹かれる葦のように見えた〟と形容されるような闘いぶりだが、それが〝躱《かわ》し、受け流し、弾ねかえし〟しているうちに〝腰は次第に粘りつくように坐り〟〝一枚の柔軟な壁と化し〟、やがて、するりと相手の内側に入るのである。この斬り合いを傍で見ていた上司が「松の枝が風を受けて鳴るように、相手の剣気を受けて冴えを増す」と評する件りは説得力があった。

そういえば、代表作といわれる『用心棒日月抄』（新潮文庫）の青江又八郎も先に右肘や肩先、手首などに傷を負いながら、後に刺客の片腕を斬り落とす場面が印象的だった。逆転勝ちの剣法はこの作者の一つの特徴といえるかもしれない。

夕焼けや風のにおい、日のかげりなどの自然描写、人物のすっきりとした造形力、端正な文体とリリシズム——藤沢作品の定まった評価の上に、ちゃんばら愛好者である当方としては、さらにもう一つ、老残の剣士の内面と剣戟の表現にいつも引きつけられてきた。とりわけ初期作品の「ただ一撃」（文春文庫『暗殺の年輪』所収）、十年も道場通いを中断していた老剣士の決闘を描く「孤立剣残月」（文春文庫『隠し剣秋風抄』所収）、息切れするようになった宮本武蔵を描く「二天の窟」（講談社文庫『決闘の辻』所収）の三編は、再読、三読しても味わい深い作品である。老いが人を変えるだけでなく、闘いの心理と技を変えてしまうことが、なぜか刺激的である。

閃光の一行

吉田直哉

文中のその一行は、読者が物語に没入し、一本道を突っ走るようにわき目もふらず読み進んでいるときに、不意に現われる。

目にもとまらぬ抜き打ちのように、青天の霹靂のように、運命がたたくという扉の音のように。

しかし、確かに登場人物のその後が変わる、運命の一行にちがいないのだが、必ずしもそれは深刻、痛切なものと限らない。

弥生の前に、甚五郎の奇妙な表情があった。(「嚔《くしゃみ》」新潮文庫『霜の朝』)

甚五郎はそのとき生まれてはじめて年若い女子と向かい合ったのだ。そして振袖に身を包み、匂う花のようにみえる弥生を「——なんと可憐なおひとだ」と思ったのである。弥生も、先刻から胸ときめかせて甚五郎が何か話しかけるものと思って「つつましく俯いていたのだが、何の音沙汰もないので、訝《いぶか》って顔を挙げたのである」。見合いだった。

それなのに弥生が目にした彼の表情は、「あからさまに言えば、下を向いた弥生に向かってべっかんこうをしていたのである」

弥生は、頭に血がのぼって鋭く言った。

「不器量は、自分で承知致しております。でもそのようなお顔をされるいわれはありません」

あわてた甚五郎は、ついに「嚔《くしやみ》でござる」と告白する。誰も知らない厄介な病い、心身が緊張したときに嚔が出るという、彼の最大の秘密を——。告白に満足した弥生はこの剣客の伴侶となるのだが、その後も「嚔は大事なときに出た」

鮮明な映像を伴う閃光のような一行は、ときとして登場人物の困惑をよそに、こらえきれぬ笑いを誘う。女房おりつの目を盗んで、ひとの妾と通じている小間物屋の若旦那栄之助は、正気にもどると女の旦那がこわくてたまらない。しかし足が遠のいたら、色女おもんが猫を抱いて、客として店に来たのだ。

栄之助はおりつの前を通って帳場に入りこんだ猫が自分の膝に上がって来て、さも居心地よさそうに身体をまるめるのを茫然と見た。（「ふたたび猫」新潮文庫『本所しぐれ町物語』）

「おりつがおもんを見、おもんもおりつを見ているのが顔を上げなくともわかったが、栄之助は手も足も出なかった」のである。

おもんの茶の間に行くたびに膝に乗って身体をまるめる猫なのだ。身体をもたせかけ、「今夜はどうするんですか、旦那は来ませんけど」と、むせかえる女の匂いのなかで言う飼主なのだ。「あら、この猫」……どうしたのかしら、と女房の声が深い疑惑をふくんで行くのも仕方のないことである。

読者の意表をついて突発するダイナミックな地すべりも、薄明の世界に射こまれた白銀の矢のような一行からはじまる。

野江は、最初の夫が若死にして磯村という勘定方の家に再嫁するが、それは一家挙げて蓄財に狂奔し、家中や城下の商人に金貸しをしている家だった。嫁入ってはじめてその事実を知り心が冷えきっていた野江は、寺参りの帰途、再婚の前に話のあった手塚弥一郎と会う。しあわせか、と問われ、しあわせだと答えるしかない。そんな自分があわれで、もっとべつの道があったのに、こうして戻ることのできない道をあるいている、と思う。

淡淡とした描写のあとに突然、一行がある。

手塚弥一郎が、城中で諏訪平右衛門を刺殺したのは、その年の暮であった。（「山桜」新潮文庫『時雨みち』）

「剣術が達者だそうだから、ひょっとしたらみんなに剣の腕前を見せたかったかな。正義派というのがいてな、ときどきこういうことをやるものだが、ばからしい話だ」とあざけるように言った夫に腹を立てた野江は、着せかけた袖無し羽織を畳に投げ捨てる。そして去り状をもらって磯村の家を出た。回り道をしたが、自分の行くべき道がはっきりわかったのである。

──下男には下男のやり方がある。(「報復」新潮文庫『霜の朝』)

柚木家の下男松平《まつへい》は、主人の邦之助が家老都築頼母《つづきたのも》の邸へ公金流用の直諌に行って謎の横死をとげ、屍が戸板にのって出てきた夜も、邸の外で主人の帰りを待っていた。寡婦となった康乃《やすの》が憎い仇の都築にもてあそばれ、生ける屍となって玄関を出てきたときも、外で帰りを待っていた。うつくしく仲むつまじい若夫婦は、下男松平の誇りだった。しかし柚木という家の、春の日ざしのような絵は失われ、跡かたもなくなった。松平はひそかに報復を決意する。──下男には下男のやり方があるのだ。

推理小説ではないが結末をあかすのは控えよう。とにかく松平の命を賭けた報復は、相手の命は奪わずに、胸のすくようなかたちで遂行されるのである。「はじけ飛ぶ花のむこうに、松平は一瞬顔を見合わせて笑っている、邦之助と康乃のまぼろしを見たように思った」

ところが、由蔵は女のことを考えていたのである。(「秘密」新潮文庫『時雨のあと』)

耄碌《もうろく》がすすんだ舅《しゅうと》の由蔵が、まるで古い人形のようにじっと地面をみつめているのを、嫁のおみつは心配し、息をつめて見守っている。由蔵は、若いころ生涯たった一度の悪事をおかしたとき救ってくれた女の声が誰のものだったのか、思い出そうとしていたのだ。そしてそれが死んだ女房だったことを、やっと思い出す。「よかったですね。考えごとが済んで」……ほっとして、おみつが言う。登場する女ふたりのやさしさが、藤沢文学の醍醐味であることは言うまでもない。

「星を見たか。よし、今度はそこにある石を見ろ」（「暗殺剣虎ノ眼」文春文庫『隠し剣孤影抄』）

時間と空間をジャンプして襲って来る運命の一行は、せりふであることも多い。志野の父は、藩主の遊興を諫め、闇討ちにあって非業の死をとげた。藩中にただ一家、虎ノ眼の秘剣を父から子に伝える家があり、闇の中で見る修業をするという。志野の兄は、彼女の許婚《いいなずけ》が暗殺者だと確信、縁談をこわして新しい相手をすすめた。……数年後、わが子と夫の遊びともつかぬ声を闇の中で志野は聞く。「石も、星のようにはっきり見えてくるものだ。そう見えるまで、眼を凝らせ」……志野は、兄からきいた暗殺者の家の習練の話を思い出し、思わず声をあげそうになる。「暗夜ノ物ヲ見、星ヲ見、マタ物ヲ見ル……」

「むこうにも、朝顔があるんだね？」（「朝顔」文藝春秋『日暮れ竹河岸』）

妾のことで夫を非難もせず、奉公人からウチの天女さまと呼ばれるおうのは、毛虫退治を命じた小僧の不用意な言葉から「むこう」にもおんなじ朝顔が咲いていることを知った。夫は朝顔の種子を取引き先にもらった、などと言ったが「むこう」から持って来たのだ。おうのは、子供が生まれ大きくなるさまを想像しながら育てた丹精の花を残らず、無表情に摘み捨てる。

稲妻は、雷雲の中の電圧が臨界に達したときに走る。「女がいつ来たのか、幸助は知らなかった」（「約束」）というようにあくまでやさしく、さりげない藤沢さんの一行もまた、人生の電圧が臨界に達したときに走る。

藤沢さんは逝ったが、閃光の一行は不滅だ。読み返すたび、新たに出会えるのである。

こころの内の呼び声

秋山駿

私は『蟬しぐれ』で藤沢周平を知った。ある書評委員会の席上で、丸谷才一さんが、きみ、これ面白いから読んでみろよ、と勧めてくれたのである。こういうのを読者の幸運という。

その夜、布団にもぐり込んで読み始めると、たちまち、あ、これはいいな、と感じた。面白い、というより、いいもの（本）だなという感触に包まれた。四ページも行くとこんな文章に行き当たる。

いちめんの青い田圃は早朝の日射しをうけて赤らんでいるが、はるか遠くの青黒い村落の森と接するあたりには、まだ夜の名残の霧が残っていた。じっと動かない霧も、朝の光をうけてかすかに赤らんで見える。そしてこの早い時刻に、もう田圃を見回っている人間がいた。黒い人影は膝の上あたりまで稲に埋もれながら、ゆっくり遠ざかって行く。

頭上の欅の葉かげのあたりでにいにい蟬《ぜみ》が鳴いている。

（『蟬しぐれ』）

そうか、これは時代小説などというものではない、と思った。なんだか、四十年を隔てて自分が、一心に島崎藤村や志賀直哉に読み耽っているときの若い心に帰っていくようであった。いや、そう言うと、ちょっと違ってしまうのかも知れない。読む感触は、やはり同じ若い頃に読み耽った、スタンダールだったかフローベルだったか、なにか外国の小説を読んだときの感触に通じていた。

一人の主人公の、生きるための行動がある。その行動と共に、彼の住む町が浮かび上がり、その周りに自然が、風景が拓かれ、その上を時間が、季節が流れ、行動の一歩一歩が掛け替えのない人生の刻みとなり、全体がやがてある運命の旋律を奏でる。これが、われわれが魅せられてきた近代文学（小説）というものの基本、あるいは原型ではあるまいか。それがここに在る、と感ぜられた。

とうとう徹夜をして、朝が白々と明けてくる頃に読み了えたが、気分は爽快であった。こんな読書は何年振りのことだろう。

そのときも、そして今も、この小説のことを思い出すと、蟬の声が不意に甦ってくる。

文四郎は家の裏手に回った。木立の下に入ると、頭上から蟬の声が降って来た。そして西に回ったせいでやや赤味を帯びた日射しが、田圃の上をわたって木立の中まで入りこんで来て、裏の木立は内側から木の幹や葉の裏まで奇妙な明るみに染まっているのだった。日射しはまだ暑かったが、木木の葉を染めている明るみには秋の気配が見えていた。

（同前）

この小説の根底には、一種の誰のものとも言えぬ何処のものとも言えぬ生命感が流れていて、それを私は時間とか季節と言ってみたのだが、蟬の声は、その生命の流れの基音のようなものだ。ドストエフスキー『白痴』を読んだ人は覚えていられるだろうが、ムイシュキンが白痴の頃スイスの山中で、音もなく静かに落ちている滝に出遭う。一瞬、時が停止しているような風景が出現する。何かあれによく似た感触を、蟬の声が私の心にもたらす。

小説のあちこちで蟬が鳴く。蟬の声が聞こえてくると、一瞬、私は読む歩行を止める。なにか激しい郷愁のようなものが衝き上げてくる。何だろうか、これは？　ふと、幾層もの奥深くに隠された、こころの故郷といったものを覗くような気がする。

感心した私は思いきって、カルチャーセンターの小説を読む教室のテキストにしてみた。すると、時代小説嫌いであろうと思っていた女性達全員が、これはいいものを読ませてもらったと喜んだ。なかでも芸大で作曲を学んだ知的女性が、「ああ、自分もこんな時代に生きればよかった」と言うのを聴いたとき、我が意を得たという感じがした。

これを皮切りに、私は藤沢周平をよく読んだ。藤沢周平全集二十三巻、毎月刊行されるのが待遠しく、手にするとすぐ読んだ。一、二日、あるいは二、三日で読んでしまう。ほとんど全巻を読んだ。

ただし、私は二巻だけは読まなかった。『一茶・白き瓶』（第八巻）と『周平独言・小説の周辺』（第二十三巻）である。これには手を触れなかった。この二巻を開くと、私の批評家根性が刺戟されるのではないかと心配した。そうはしたくなかった。私はわが愛読する藤沢周平の像を傷付けることを怖れた。

作家作品との出会い方にも、おのずからの工夫というか、付き合いの方法があるものだ。私はいつも藤沢周平を布団にもぐり込んでから読んだ。そうすると、憂鬱な日々の中にいても、不思議に心が静かになって眠れるのである。もっとも、しばしば読み耽って眠らぬことも多かったが、それには満足感があった。

私は自分がなぜ藤沢周平に惹かれるのかを問い、その源を尋ねたとき、次のようなルソーの言葉に行き当たった。

「どの程度まで人間が本来怠惰なのかは考えもつかないことである。人間が生きているのは、ただ眠り、無為に生き、じっとしたままでいるためであるかのようだ。(中略)なにもしないということは、自己保存の情念についで、人間の最初の、しかももっとも強い情念である。よく眺めてみれば、われわれの間にあってさえも、おのおのが働くのは休息にたどりつくためであり、さらにわれわれを勤勉にしているのは、怠惰なのであるということが分るであろう。」(『言語起源論』小林善彦訳)

そうだ、そうだ、これは本当のことだ。それは私の心の内部にある声のようであった。そして、この「なにもしないということ」、この「休息」「怠惰」の気分を、藤沢周平は私の心に呼び覚ますのである。

これはおかしなことだ。藤沢さんは、実に刻苦して執拗に、絶えざる努力を重ねてこれらの多量の作品を書いた。その作品が私に「なにもしないということ」の平安を与えるとは。芸術上の不思議であり、読者の幸福である。

そんな私はだから、たとえばの話だが、『用心棒日月抄』より『よろずや平四郎活人剣』の方に心惹かれるのである。作品としては前者の方がいい、それは分っているが。私は『信長』を書いているとき、藤沢さんの「信長ぎらい」の文章に出遭った。そして、思わず微笑した。ああそうか、いかにも藤沢さんならそうであろうな、と。

⁂

6 **藤沢さんを語りつくす**

語りつぐべきもの

吉村　昭
城山三郎

組織にはこりごり

吉村　昭和二年生れというと、僕と城山さん。藤沢周平さん、結城昌治さん。

城山　北（杜夫）さんもそうだ。

吉村　北さんと僕は昭和二年五月一日、同年同月同日生れ。

城山　ほんと！　五木（寛之）さんと石原（慎太郎）さんもそうだというね。昭和七年生れで。

吉村　だから、僕は北さんと同じ時間生きてるんだ。まったく同じ時間（笑）。

城山 いつか、あなたと僕と藤沢さんと三人でしゃべろうよ、といったことがあるね。
吉村 そうそう。
城山 だけど、藤沢さんの体調が悪くて、二人だけでやった(「あの戦争とこの半世紀の日本人」文春文庫 城山三郎対談集『失われた志』所収)。
吉村 藤沢さんとは、じっくり話してみたかったなあ……。
城山 話したことないの?
吉村 ない。全然ない。
城山 惜しかったなあ。僕は雑誌の対談で初めて話したんだけど、話がはずんで、午後二時にはじめて終ったのは七時……。気がついたら五時間も話しこんでいた(「日本の美しい心」文春文庫『藤沢周平の世界』、城山三郎対談集『失われた志』所収)。
吉村 やはり、共通点があるんだな。僕らが体験した昭和の戦争というのは、たとえば桜田門外の変で井伊大老暗殺の現場にいたとか、戊辰戦争に巻き込まれて逃げて回ったとか、そんな体験よりもっとすごいことがある。
僕よりも一年上は、もう兵隊なんです。僕なんかは、結核で中学五年のときに五分の三休んでる。だから普通は卒業できないんだけど、その年に限って四年生も一緒に繰り上げ卒業した。それで卒業扱いになってね、そのまま徴兵検査を受けたんですよ。それも終戦の十日ぐらい前、真夏の焼け野原。外壁だけ残ってる小学校で徴兵検査、ただ聴診器をちょっと当てるだけでね。第一乙種で合格。結核だったのにね。

城山　繰り上がったんだ、学徒動員で。

吉村　そう。僕より一年上の人は兵隊に行き、三年ぐらい下の人は学童疎開。そんな世代だから、僕は昭和二十年四月十三日の東京空襲を体験してるんですよ。この空襲体験者が意外と少ないんだな。

城山　僕らみたいに、志願して兵隊に行ったのはべつだよね。僕とか結城さんとか。しかし昭和二年生れというのは、ほんとに徴兵になるかならないかの境目だよね。

吉村　あの頃、僕も兵隊に行って戦って死ぬんだと思っていたんだけれど、当時の愛国心というのは、天皇陛下のためというよりなんか老幼婦女子を守るっていうふうに考えてたな。そのために男は戦うんだっていうふうにね。

城山　その前に軍隊に志願しようという僕たちには、やはり天皇のためということでしたね。本土が空襲でやられ出すと、具体的に誰のために死ぬかというふうに変わってくる。

吉村　あ、なるほど。僕は中学二年のときに既に最初の結核をやり、それで三月ぐらい休んだ。こんどは五年でしょう。しょっちゅう結核だから、軍隊へ志願するということが体格的にだめだということをまず考えて、ただ星一つの兵隊でもいいと思ってた。

城山　僕は吉村さんとちがって昭和二十年、海軍に少年兵として志願した（注、海軍特別幹部練習生）。しかし、海軍で体験したことは、すべてがショックだった。軍隊というものはこういうものか、というね。結城さんも病気になって除隊になる。

吉村 何なのかなあ……。この軍隊のすさまじいシゴキというのは。日本人同士なのにねえ。

私の兄が戦死してるんですが、これがやっぱり連隊へ入っていて、母親が面会に行ったら、紙に書いたものをすっと渡す。読むと、すごいリンチに遭っているというんですよ。恋人がいて、彼女から手紙が来たのを目の仇にされて、下士官からガンガンシゴかれたらしい。自殺するんじゃないかと母親がしょっちゅう心配してたんだけど。何なんですかねえ、あの上官によるリンチは。

城山 牛馬同然というけど、牛馬にも劣ると思うんですよ。夜寝てるときにハンモックをぼーんと切る。だからどーんと下に落ちる。それからハンモックを畳んで、また吊り直す。それを訓練でやらされるのと、また警戒警報が鳴るたびにハンモックを畳んで、練兵場の端の壕まで持っていかなくちゃいけない。牛や馬なら寝てりゃいいんだけど、寝ることもできない。そういうことの繰り返しだから、もう牛馬以下。

カッターの訓練だってね。頭がコブだらけになるぐらい樫の棒で殴るわけだから。牛や馬だったら、逆に突き飛ばされますよ。

吉村 そうですねえ……。

城山 まったく、ひどい組織だった。そうして終戦になったら、下士官兵や将校はもう一斉に倉庫からコメとか缶詰とか持ち出して、クラブと称する近くの民家に全部運び込んで盗む。めちゃくちゃだったよねえ。

僕はもう組織というものはこりごりなんです。軍隊に代表されるような組織というのは、目的は最初はよかったかもしれないけど、腐敗し出すと何をやるかわからないね。これは組織というものの怖さでしてね、戦後、たとえば共産党や全学連がすぐ活動するでしょう。僕なんかはそんな組織に入ってる人の気が知れなくてね。

吉村　そうそう。

城山　あなたもそうでしょう。エッセイを読んでいたら、道路建設の反対運動に入ってくれって言われたので引っ越ししてしまったとか（笑）。そのときに逃げ出していなくなっちゃうわけでしょ。

吉村　いまの家じゃなくてね、三十年ぐらい前かな。道路ができるというんで、反対同盟が生れた。まあ、うちは小説を書いているから発起人の一人になってくれといわれて、さあ逃げよう、と（笑）。

城山　それはわかるね。僕も外から応援はするけど、もう組織には加わりたくない。僕の卒業した中学校、小学校でも、僕らの同期の会が最後までできなかったんだよね。それで上下の同期会からガミガミ言われて、しぶしぶ同窓会をつくった。組織すること、されることが嫌なんだろうね同期生は。感覚的に、もうこりごりだとか何かあるんでしょう。

武者小路実篤もだめ

吉村　僕はそういう軍隊経験を味わってないけれども、組織の中に入るのは絶対いやだね。

城山　まあ入ってなくても、隣組だ、国防婦人会だとか、あの頃いろいろ網の目のように組織があったね。

吉村　隣組の組長なんて威張ってたなあ。何かあると、非国民とかどなりつけてね。

城山　そうそう。

吉村　戦争中は、日本全国が一つの組織だったからね、考えてみれば。僕は改造社から出た『現代日本文学全集』の「武者小路実篤集」を持っていまの千住新橋を歩いてた。交番があって、そこに憲兵がいるわけですよ。ちょっと来い、と呼びとめられて、何でこんなもの持ってるんだと。武者小路実篤でもだめだったもの。

城山　僕の場合はね、東京に伯父がいて、遊びに行ったら、警官に呼びとめられてね。学校のマークがCとAで、コマーシャル・アカデミーの略なんです。非常にモダンな学校で、校長がコロンビア大学出身の人。警官がその英語のマークは何だっていうんですよ。何だと言われたって、学校のマークだからね。説明したら、それでいかんとは言わなかったけど、まもなく、やっぱりC・Aが名古屋商業と変わってしまったんです。変な時代でしたねえ。

吉村　そう。いやな時代だった。

城山　われわれの世代には、権威とか権力的なものはもうこりごりという気持があるでしょう。藤沢さんにも、そういう部分がありましたね。あんなおとなしい人だけど、あの人の随筆読んでいたら、岩手県の宮沢賢治記念館に触れたくだりがありましてね。とにかくこの上のものは望めないぐらい整った施設だと。しかしかすかに権威主義が臭うような気がする、と書いてあるんですね。わかるような気がします。

こういう一種の敏感さというのは、普通の人は感じないことだろうけど、権威や権力というものにいやになるほど触れた人間だと、臭ってくるんですねえ。

吉村　藤沢さんが亡くなったのは、やはり戦後の結核手術で大量の輸血をし、そのさいに血清肝炎にかかったのが遠因だったと聞いています。あのころ、死んだ人の多くは結核が原因でしょう。

城山　そう。戦後僕もしばらくして体をこわした。水道橋（東京）に結核予防会というところがあったでしょう。そこで診断を受けた。畳針のようなもので胸を刺して、で、通らない。癒着しているというんだ。

吉村　あれは肋膜と肋膜の間に刺しこむんですね。

城山　そう。で、肋膜が癒着しているからできないと。その人は海軍の軍医でね。僕は元少年兵だったから、可哀相だと思ったらしくて、「きみね、いくらやっても入らないんだよ」と気の毒そうにいうんだ。「可哀相だなあ」とね。で、それがだめだと、あと手術になりますね。あなたのように肋骨を取ってしまう手術になる。ちょうどその頃、新しい薬が入ってきて、それを飲んでみるかといって飲んだら、助かったんですよ。あなたのように手術されるのも痛いけど、畳針を毎回突き刺されるのも痛いですよ。空気を送り込むわけでしょう。だから、あのころはみんな結核で倒れた。結城さんも手術で肋骨をとったほうでしょう。

吉村　ともかく、僕がやった肋骨をとる手術というのは、戦後三年間ぐらいしかやっていないみたいですね。三、四年ぐらいかな。

城山　あなたの奥さまが書いていらっしゃる小説を読むと、後ろ姿見たら、自分の顔が入るぐらいの窪みがあるって？

吉村　まさか。小説家というのは、大袈裟だからね（笑）。

城山　でも、やっぱり相当な窪みができるわけでしょう。

吉村　そうですね。だいぶ、へこんでるんですよ。両手を伸ばしてみると、（両手を合わせて）ほら、左手のほうが長いの。肋骨をとってるから、骨格が曲がっているんですね。

城山　ほう。だから僕たちにとっては、戦後はほんとうに余生だという感じしかないよね、生き残ったっていうか。

吉村　僕が手術したのは昭和二十三年ですけれど、それ以前に手術して生きてるという人はほとんどいない。このあいだ一人だけ生きている、ということがわかりましたが、二カ月前に。それまでは一人もいなかった。

だけど、藤沢さんと結城さんの結核は僕よりもずっとあと、四、五年あとだから、薬もあった。ストレプトマイシンが入ってきたし、手術も全身麻酔でやったらしい。僕のときは局所麻酔だから。

城山　いやだねえ。

吉村　痛いなんてもんじゃない（笑）。よく痛いと失神するなんて言うけれど、失神する暇なんてないよ。みんな「殺してくれ、殺してくれ」なんて絶叫しているんだから。手術されていても意識ははっきりしているんだ。

城山　こんな痛い目に遭わせるなら、ひと思いに殺してくれ、と。

吉村　ひどいもんですよね、あれ。土木工事みたいなもんだから。肋骨を二十五センチ平均ぐらい切る。

切っちゃうと、ちょうど隔壁がなくなるから、外圧でぴしゃっとなって肺臓も一緒に潰れてしまう。だから、僕は左のほうの上の肺はいまレントゲンを撮ると真っ黒になっている。つまり潰れてしまっている（笑）。

城山　当時、ピンポン玉を入れたりしたでしょう。

吉村　それがすごく悪かったんですね。僕よりもっとあとのこと、一年後ぐらいかな、これ大失敗だったんですよ。壊死してしまうんですよ、肺が。

城山　あなたは、それを入れる前の療法なんだな。

吉村　原始的な手術ですよ。運がよかった。藤沢さんの場合は大量輸血で、血清肝炎になった。それが、だいたい二十五年ぐらい経つと出てくるというんですね。僕は手術しても う五十年経ったから、血液検査しても「あれえ、綺麗な血で運がいいですねえ」と言われるんです。奇跡なんですね。もちろん、手術後は呼吸困難になりますけど、二十歳だったから、右の肺が発達して大きくなってしまった。いま肺活量三〇〇〇ccあるんです。これも医者が驚くんですね。それだけあれば十分でしょうって。

城山　へえ……。

あと五年が五十年

城山　ところで、結城さんの『余色』という句集が未来工房から出てるんですけれどね。それを読むと、ちょうど同じ年代だから、そういう命の感覚というのが、よく出てるんですよね。

吉村　詩ですか。

城山　いや、俳句。これ、あなたも好きだろうと思うけれど、

春惜しむ
命を惜しむ

酒惜しむ

吉村　アハハハ……。

城山　吉村さんが作ったみたいだよね。

吉村　ほんとねえ（笑）。

城山　それから、

書き遺すことなどなくて涼しさよ

まだ生きているかと蚊にも刺されけり

とかね。こういう感覚ですよね、僕らの感覚は。

吉村　そうですねえ。

城山　なんとなく、まだ生きてるのかっていうか……。僕らは余生感覚なんていうと、若いくせに何言ってるかとか、よく言われたよね。だけど、ほんとうに余生感覚ですよね。

そういう一方、若い人を見ると、ぜんぜん違うでしょう。結城さんの俳句でいくと、

夏負けもせずよく喋る女かな

とかね。

吉村　アハハハ……。

城山　わかるよねえ、この気持。僕らは、毎年、この夏を無事過ごせるかというような感覚で、つまり、

尺取虫律儀は時代おくれかな

という感覚、尺取虫みたいに一年一年生きているという感じでしょう。そういう感覚で生きてきた。

吉村 この間も、城山さんに言ったけどホテルで年齢書くとき六十九歳と書くでしょう。これ何だ、と思うんですよね。六十九歳だなんて、これ誰の歳だろうと。

城山 そこまで生きたと思わない、ということ？

吉村 そういうこともあるし、何だろうね六十九というのは。それでもう少し経つと七十歳になるわけですよね。初めてなるんだから、戸惑いが起きるよね、これ。七十歳とは何だろうってね。

城山 うーん……。

吉村 僕は二十歳で手術するとき、せめてあと五年生きていたらと思ってね。神様を信じてはいないけれど、そういうふうに祈ったものね。五年間生きてりゃあ、もう文句言わないと。それが戦後五十年も生き残ったんだからねえ……。

城山 その感慨はあるね。とにかく戦争中は、二十歳まで生きられればいいと思ったからねえ。

吉村 そうですね。

城山 その延長線上だから、ある意味では昭和はずいぶん長かったでしょう。だから、そんな長く生きているっていう気がしないんだよね。

吉村　あ、そうか。

城山　年号も変わったりしないでしょう。藤沢さんも絶えずこういう感覚の中で生きている人だったと思うんですよ。でも考えてみたら、そういう世代を離れても日本人の中に、わりにそういう感覚で生きているという部分があるでしょう、日本人というのは。なんとなく、やっぱり「長生きするぞ！」と長生きするんじゃなくて、なんとなく生きてるとかね。いつ何が起きるかわからないけれどまあ……というような感じがあって生きてるからね。そういう意味でも、藤沢さんの作品は共感を呼んだんじゃないのかねえ。ほっとするっていうか、あ、同じ感覚だなあ、ということでね。

流されていく怖さ

吉村　だけど、終戦のあと、マスコミから何からみんながらっと変わったでしょう。あれは、僕はずいぶん戸惑いを感じたけれど、城山さんはどうでした？

城山　戸惑いというよりも、腹が立って、腹が立って……。戦争中言ってたことと全部違うんだから。だって、こちらは命をかけて兵隊に出て行ってるわけだから。

吉村　そうですよねえ。

城山　帰ってくれれば、なんか悪いことをしに行ったみたいに言われる。特攻崩れ、予科練崩れというわけでしょう。

吉村　終戦後、僕がいちばん腹を立てたのは、ある作家が、戦時中に軍隊に入らないために徴兵検査のときに醤油を一升飲んで行って、案の定、不合格で帰ってきたと得々として書いているんですよ。つまり、このようにして自分は戦争に反対したっていうけど、あれはちがうんだなあ。

城山　反対したんじゃないよ。

吉村　そうなんです。ただの卑怯者なんです。軍隊というのは員数だから、その人が外れたら、誰かもっと身体の悪い人が一人組み込まれて行く。その人が結果的には戦死しているかもしれないんだから、この作家はいやだなあと思いましたね。そういうやつばっかりだもの、もてはやされるのは。

それと僕なんか、憲兵だとか警察官が怖いというよりも、隣組のおばさんのほうが怖かったな。だって、長袖の着物を着た女性をぜいたくだといって婦人会の連中が駅のところでハサミで切ってるの見たことがあるけどね。ちょっと長いだけでも切ってしまう。戦時中のそういう雰囲気が、戦後になってがらっと変わるんだからね。

城山　何も信じないというか、まず疑ってかかる。あるいは遠ざかるという思いですね。

吉村　僕は戦後二十年ぐらい、ぼんやりしてたなあ……。それで、『戦艦武蔵』を書くヒントになった武蔵の建造日誌を見たら、そこに確実に戦時中の日本人がいたんですよ。徹夜、徹夜、徹夜でね。専門用語で書かれているからよくわからないけれど、それでもきょうは徹夜でどうのこうのとか、工員さんたちが働いている。これを読んで、ああ、あの当時の日本人だなと思って、それで僕は書く気持になったんですね。

単行本になったら、小さな出版社の編集者だったけれど、三人ぐらいにからまれたですね。飲んでいて、広告が軍艦旗がはためいているものだから、ああいうの書くなんておかしい、と言ってね。どこがおかしいんですか、と訊くと、読んでなくてもわかるって言うんですよ。みんな読んでないんだよ（笑）。「戦艦」というだけで、もう腹が立つというんだ。

城山　ほう。

吉村　日本人が戦争していたんだから。戦争が終ったときの一般のマスコミの風潮というのは、一部の軍国主義者が戦争を指導したというんだけれど、そうじゃないんですよ。われわれがやった。国民がやったんですよ。それを責任転嫁している、文化人と称する人たちは。

城山　僕の親父の例で話すと、僕が少年兵に行くことは望んでいなかった。で、僕を徴兵猶予のある理科系の学校に親父は入れたわけ。その親父が先に軍隊にとられちゃった。

吉村　普通の兵隊でとられたんですか、お父さんは。

城山　召集でね。国民兵ということでとられたわけですけれども、あとはおふくろだけだから、口説きやすかった。それで徴兵猶予を取り消して、行ったわけですね。そのときおふくろは笑顔で送り出してくれたけれど、復員して家に帰ってきたときに、妹から「お兄さんが出て行った日は、お母さんは一晩中泣いてて、ぜんぜん寝なかった」というんですね。そんなに泣くんだったら、どうして志願するときに反対しなかったのかなとそのときは思ったけれど、もうそういう私的な感情の許されない時代になっていましたね。

これは藤沢さんが書いていたことだけれど、戦争に行くときに母親が涙流したりして送っていたけれど、戦争の末期になってくるともうみんな「万歳、万歳」でね。一人、二人じゃなくて、もう十人とか二十人とかで故郷を出て行くから、みんなが同じように手を上げて「万歳」やって、その風潮になってしまっている。風俗とか、流行とか、時代の流れですね。そういうものに日本人は弱い、と書いてあった。

藤沢さんは僕らと同じような感覚を持っているから、そういう世の流れに流されていく怖さというものを非常に警戒していますよね。

吉村 そうですね。うちの兄貴が戦死したときなんか、母親、父親、兄弟みんな号泣してるわけですよ。雨戸閉めて、近所に聞こえないように半狂乱になって母親が泣く……。

翌日、小学校から帰ってきたら、お前のお兄さんはお国のために戦死したんだ。お前もしっかり勉強しなさいと言って、母親は端然と座っている。喪服を着て。そういう時代だったんですよ。それで一つの秩序が保たれている。大変な時代をわれわれは見てるんですよね。

城山 そうですねえ。だから、戦後はひっそりと静かに暮らせればいいという感情と、もう一面で、何か許せないという怒りがある。いったい僕の青春をどうしてくれるのか、という感情がある。

吉村　戦後、共産党に入らないやつは低能だ、みたいな風潮があったでしょう。頭のいい人間は共産主義者になるみたいな。僕の周りなんかに、ずいぶんいるんですよ。僕もずいぶん勧められた。だけど、僕にはマルクスとかレーニンが言ったことを、なぜ全面的に信用しなくちゃいけないかという根本的な疑問があるわけ。もう戦時中の狂乱の時代を見ているから、不信感というか、人間に対する、どこか全面的に信用できない冷めた部分がある。

それから、戦後病気で寝ていたときにも完全な末期患者だったからね。体重が三十五キロになっちゃった。家の六畳間に寝ていると、枕の向こう側に窓があって、庭が見えるんですよ。絶対安静だから、寝たっきりだから手鏡持ってね。窓の外の庭なんかを見てるんですよ。そうしたら、そこにぽこっと神父さんが出てきてね、外国人の。それで日本語で、あなたが寝ているのを聞いてやって来た。「聖書」を——いまも、僕はそれ持ってますけどね——くれたんですよ。読んでたら、一週間ぐらいしたらまたその神父さんが来て「いかがでしたか」と言うから、「とっても面白い小説を読んだような気がしました」と言ったら、「あ、そうですか。それでもいいんです」と言って帰っちゃったけど、あのときもやっぱり死の間際まで行ってても、キリストという人が唱えたことを、なぜ俺は信用しなくちゃいけないのかなと、そういうひねくれた感情を持っていましたね。

戦争中と戦後とがらっとした変わり方、新聞から何からね。そういう事態を体験しているから、何かしら不信感があるんですよね、きっと。それで、そんなようなことを考えていたんだな。

城山　だから、あなたはまず徒党を組むということを嫌うでしょう。

吉村　だめなんだよね、僕は。小説家でいままで三回飲んだのは、三浦哲郎さん、それから城山さんとはこの間初めて対談で会って、それぐらいのものなんですよ。小説家との付き合いがない。

城山　文学者の仲間とか……。

吉村　ないんですよ、ほとんど。編集者の人としか飲んでないんですよね。一つの小説を書いて次の小説を書く間が困る。歴史小説を書いた後は、午後二時頃になると「あ、いま八ツか」なんて思っちゃったりするんです（笑）。四つ角に来ると、「あ、辻に来た」とかね。だから座標軸がそっちに行っちゃってるから、なかなか元に戻らない。

城山　じゃ、新内かなんかやったらいいじゃない。

吉村　アハハハ……。

城山　われわれは趣味がないねえ（笑）。

吉村　そう。旅に出るのも、海外とかはだめなんですよ、二泊以上、旅をすると疲れてしまう。

井上靖さんに「中国に行きませんか」と電話で誘われたことがあるんだけど、二日以上はちょっとダメなんです、と言ったら、「それじゃダメだな」と笑われてしまった。

城山　ホテルがあわないということかな。

吉村　いや、家に帰りたいというよりも、書斎に帰りたいんですよね。書斎の机の前に座ってるのがいちばん気が落着く。一字も書けず、ぼんやりしていても。

城山　あ、それはあるね。僕もまた仕事場がべつにあるでしょう。そこへ行くとホッとするね、どこよりも。

吉村　やっぱり同じなんだ。

城山　それで一日中がつがつ原稿を書くわけじゃないんだ。ボーッとして、寝ころんで本読んだり、それこそ昼寝することも……。

吉村　アハハハハ。

城山　おそい昼食をとるまでは、とにかく原稿にしがみついてはいるけど。

自分のペースで食べたい

城山　ところで、あなたがエッセイに書いていたでしょう。フグ屋へ行って、ビールを注文したら、うちはビールを出しません、と。フグとビールは合いません、と言われて怒ったと書いているよね。もう二度と行かないって。

吉村　いや、怒りはしない。「あ、そうですか」と言って、お酒から始めましたけど、もう絶対に行かない。その店は以前、近藤啓太郎さんが行って喧嘩してるんですよ

（笑）。

城山　大岡昇平さんも同じことを書いているね。大岡さんがそば屋に行って座ろうとしたら、いや、そこはダメだからあっちへ座ってくれと言われて、憤慨して飛び出した。ところが杖を忘れてまた取りにもどって恰好が悪かったと。とにかく俺に指図するとは何事だっていうんですよ。やっぱり指図されるのはもうイヤだという、あれは元兵士の感覚ですね。

吉村　命令だからね。

城山　こっちはお客なのに、なんで指図するのか。吉村さんの場合だってそうだよね、ビール飲んじゃいかんとか。

吉村　大きなお世話だよ。

城山　大岡さんに言わせりゃ、なんで指図するかという、軍隊でもあるまいし。そりゃあ、そうですよ。

吉村　人によって、ビールでフグを食べたい人もいるんだし、ビールしか飲めない人だっているんだから、店主がそういう自分の好みを押しつけるのはよくないですよ。

城山　そういう点では、お客さまは神さまだ、という、あの人は偉いねえ。

吉村　そうそう。本来はそうあるべきですよね。たとえば、もう絶対行かないと決めた店の例をいうと、そこの板前は江戸っ子ぶっているんですよ。魚の煮物の傍にあるゴボウを食べないでいると、それも食べてくれなくちゃ困るとか、口うるさい。

僕の生れた東京の下町というのは、一つの町全部がそれで独立してるんですよ。映画館なんか、日暮里に五つあったもんね。寄席もあったし、天麩羅屋とかそば屋とか、みんなあるわけですよ。だから外の町には出ない。そこで板前が偉そうに気に入らねえから、カネなんか要らねえから帰ってくれなんて、そんなこと一言でもいったら、誰も行きゃあしないですよ。

下町っ子はみんな慇懃丁寧なものなんですよ。それが、なぜか落語だかなんだかで変なことになっちゃって、江戸っ子は荒っぽいもんだっていうのが定説みたいになった。

城山　落語がねえ……。藤沢さんも、それと似た話を書いているね。わんこそばを批判してね。「どっこい、どっこい」ってかけ声で客に競争でそばを食べさせる。何とかさんは八十杯食べたなどと、ばかばかしい限りだと書いているね。

自分は静かにすじこそばをすすりたい、と。やっぱり僕らはそっちのほうだね。そうでしょう。

吉村　城山さんは、店の前に並ぶっていうのはできないんじゃない？

城山　その通り。

吉村　毎年一月二日に、浅草の観音様に行くんですよ。そうすると、どこへ行ってもみんな並んでるんだな。天麩羅屋でもなんでも。あれがだめ。戦争中のこと思い出しちゃうんだ。食糧難のころだから、学校の教師が食堂の前に並んでるの見たけど、侘しいなあと思ったもんね。

だから浅草から必ずホテルに行くんですよ。ホテルは開いているし、空いてもいる。そこで一杯飲むんですよ。あの並んで食べるっていう感じがだめなんだよね。

城山　並んでまで食べるな、だよね（笑）。

いや僕もね、正月に増上寺近くのホテルに泊まってるんだけどね。吉村さんは年中行事が大事だって書いていらっしゃるでしょう。僕も隣の増上寺の除夜の鐘を聴いて初詣する。で、明くる日は芝の大神宮っていうのかな、神明社があるんですね。それのお参りに行く。ところが、増上寺がおカネとって鐘を鳴らさせるようにしたのかな。大晦日の深夜一時半ぐらいまで鐘を鳴らしているんだよ。スピーカーでもワーワー、ワーワーやってる。行けば行列してるでしょう。もう途中からやめた。

吉村　それはやめたほうがいい。

城山　それで芝の神明社だけ行くことにした。あの夜は、もうお寺じゃないわ。

吉村　うちの近くに井の頭弁財天というのがあってね。夜中ちょっと過ぎに初詣に行ってたんだけど、昔は閑散としていたのに、いまはもう行列ができてるの。三、四年ぐらい前からかな。それでもう行かない。並ぶというのが嫌なんだ。

城山　ラーメン屋の前で並んだりさ。若い人は平気なんだね。

吉村　さもしいって感じになっちゃうんだよなあ、あれ。食べるために並んでるというのは、いかにもさもしい（笑）。

城山　評判になったから、テレビが取り上げたからというんで、並ぶわけでしょう。あれはただ流行に流されてるだけなんだ。
　また鎌倉なんかで、文士がよく来るような店があるでしょう。で、そこへ行ったわけ。入口を開けたら、一斉によそ者が来たなって感じで見られる。ああいうのもいやだねえ。一見《いちげん》さんという感じでさ。
吉村　逆に、よくこういうところに来たといって、歓迎されたこともあったなあ。
城山　どこですか。
吉村　萩（山口県）。小さな店でね、そこの店の親父は、漁に行って自分でとってきた魚を出すんですよ。安くて美味い。これもね、タクシーの運転手に聞いたの。観光客はここに来ないって、絶対に。だから親父に「よく来ましたねえ」なんて言われた（笑）。
城山　そういうのはいいよねえ。
　まあ、われわれの世代でいえば藤沢さんも吉村さんも僕も、いわゆる世間で思っている作家臭くないっていうか、作家らしくないでしょう。僕なんか講演会に行くとね、「あれッ、先生って僕らが考えてたのとぜんぜん違う」って言われる。名前からいってね、海音寺潮五郎さんみたいな人が来ると思ってるんだな。
吉村　威風堂々という雰囲気はないんだよねえ。
城山　だって、びくびくしながら生きてるんだもの、こっちは。そんな威張るなんて……。
吉村　そうそう。小さくなって生きてる（笑）。

結論風にいえば、僕の弟、両親、それから兄がガンなんですよね。これみんな五十から五十三歳までの間に死んでるんですよ。

城山 ほう。

吉村 だからね。僕は六十九歳まで生きたから、後はもう大丈夫じゃないかなと思ってるんですけどね。

城山 なんか結核やった人はガンにならないって、この前テレビで言ったんだって？

吉村 そんなことは言いませんよ。だけど、ここまで来ちゃったんだから、もう惰性で長く、九十ぐらいまで生きて……。どうなんですかねえ。

城山 何が？

吉村 九十ぐらいまで惰性で生きてね、ずーっと小説書いてるっていうのも面白いんじゃないですか。「まだ生きてる」なんて言われてさ。

城山 そうそう（笑）。

吉村 「まだ書いてるよ」なんて。

城山 僕ら、いまでもそういう目で見られてるんじゃないの。

吉村 アハハハハ……。

「美しい日本の人間」を書いた人

秋山　駿
中野孝次

秋山　藤沢周平さんが描く女性というのは、じつにいいね。

中野　そう。特に女がいい。いまの日本はとかく、臆面もなく欲望も感情も丸出しでしょう、そういうふうな中にあって、藤沢さんが書く女性の美しいこと。例えば『用心棒日月抄』（新潮文庫）の佐知という女性。非常に控えめで慎み深くて、抑えたところがじつにいいなあ。

佐知が急に、取りすがるように又八郎の着物をつかんだ。思わず又八郎も、佐知の肩をつかんでいた。（略）

又八郎は手を放して、硬くなっている佐知の肩を軽く叩いた。

「地震が嫌いのようじゃな」

夢から覚めたように、佐知は又八郎を見た。そしていそいで手をひくと、つぶやくような声で、見苦しいところをお目にかけましたと言い、背をむけて足早に出て行った。（『孤剣　用心棒日月抄』）

秋山　私は藤沢さんの読者としては、運がいいんですよ。はじめて読んだのが『蟬しぐれ』で、これは傑作だと思った。

中野　あれは彼の代表作ですね。

秋山　そう。何の気なしに手にとって読みはじめたら、まるで少年の頃に戻ったみたいに、朝まで徹夜して読んでしまって（笑）。

中野　そんな小説にはめったに出会わないよね。あの作品は、小さい子が、互いにはげまし合いながら鍛練によって成長していく小説でね、本格的な成長小説《ビルドウングス・ロマン》で、非常にいい。

秋山　青春のこともよく描いている。

中野　それから、友情。藤沢周平さんはいろいろな作品で友情を書いているが、これがどれもじつに見事です。『蟬しぐれ』以外の作品でも、例えば『三屋清左衛門残日録』（文春文庫）の清左衛門と佐伯熊太。『用心棒日月抄』の又八郎と、子だくさんの源太夫のコンビ。どちらも、一方がいささか雑な男で、それとの組み合わせがなんともいえない。その中でも特にいいのが、やはり『蟬しぐれ』かな。文四郎と逸平と与之助というそれぞれ才能も性格もちがう三人の友情、これは見事です。

秋山　対談とかエッセイを読むと、藤沢さんはどうも孤独な人だったようですね。
中野　あの人は友情に憧れてたんじゃないかな。こういう関係があったら、という。だからあれだけ素晴らしく友情を書けたんじゃないかと思うね。
秋山　藤沢周平の作品を読むと、日本の近代文学――ことに戦後の文学に何が欠けているかを考えさせられるんです。最近の純文学で、友情を描いたものなんか見当たらないですが、そもそも友情をちゃんと書くなんて、むずかしいことでしょう。
中野　むずかしい。藤沢周平の小説を読むと、男どうしの飾らぬ口の利き方が何ともいえず楽しい。清左衛門と熊太のやりとりなんて、とってもいいじゃない。

「いかにすべきかと、わしに相談があったから、わしは貴公を推薦した」

「だから、なぜそこにわしの名前が出るのかと聞いておる」

「源太夫は貴公と、紙漉町の道場で一緒だったそうではないか」

「たわけたことを。どこから聞きこんだか知らんが、源太夫と一緒だったというのはたったの半年ほどのことだ。ろくに口をきいたこともない間柄では、同門とも言えん」

「なに、たとえひと月でも同門は同門だ」

（『三屋清左衛門残日録』）

秋山　『蟬しぐれ』がとてもいいと思ったから、カルチャースクールで、小説を読む教室のテキストにしたんです。受講者は女性がほとんどだから、最初、受け入れられるかなと心配していたら、みんな歓迎してくれてね。ある人なんかは「『蟬しぐれ』の時代にわたしも生きたかった」なんて。

中野　そうそう、そこだね。そういう気を起こさせるところが藤沢周平の魅力だと思うな。昔の日本がどうだったかとか、昔の日本人がどうだったかなんて誰も知らない。が、藤沢周平の描いた小説には、昔の日本はこうだったのか、かつての日本人はかくありしか、という深い郷愁みたいなものを喚び起こすものがある。

秋山　自然描写もそう。戦後の小説なんかから、自然描写は失われてしまっているけれど、藤沢周平の自然描写はじつにいい。

中野　よく舞台になる海坂《うなさか》藩。あの北国の描写がいいなあ。微妙な日本の四季の移ろいが、じつにみずみずしい筆致で描かれている。あれだけ季節感を書ける作家は、純文学にもいないね。

秋山　つまり、日本の美しさなんですね、この人が書いたのは。

中野　そう。要するに辛抱とか忍耐とか、思いやり、慎み、羞じらい。そういう日本人の美徳が生きていた時代であり人間ですよ。だから読者が、「あの時代に生きたかった」と思うのはよくわかる。「修行をする」ということばが生きていた時代です。『蟬しぐれ』にも書いてあるが、修行で心を鍛練することで、つらい人生を克服してゆく。万事がそうだったんですね。

秋山　ええ。特にあの本には主人公をはじめとして、背筋を伸ばして立っている若者たちと、その行動が描かれていて、だから読んでいて気持ちがいいんです。主人公の周りの風景、季節、町のあり様とか、全部があたまの中に浮かんできて、よくわかる。

中野　人の健気さ。いろいろな人間の、生きている健気さみたいなものを描くのもうまい。例えば、「泣くな、けい」という作品（中公文庫『夜の橋』所収）、あれなんか泣かせますよ、本当に。文章の品がいいでしょう、だからそのなかの人間の品のよさが生きてくる。

けいは髪は乱れ着物は汚れ、全身汗みずくになって土間に立っていた。顔は真っ黒に日にやけ、眼ばかり光っている。近づくと、けいの身体から異臭が匂った。

「旦那さま」

けいは波十郎を見上げると、叫ぶように言った。

「お刀を取りもどして参りました」

（「泣くな、けい」『夜の橋』所収）

秋山　以前、中野さんが、新渡戸稲造を引き合いに出して「品格が大事だ」と言ったことがあるけれど、そういったものがあるわけですね。それに、少しおおげさなことばになるけど、誇りがある。そういう人たちが登場してね、それがすごくいいんだ。

中野　そう。結局、藤沢さんが書こうとしたのは、人間の品位というものですよ。だから読むと懐かしくなる。川端康成が「美しい日本の私」と言ったけど、美しい日本の人間を描いたのはむしろ藤沢周平です。自然、人柄、品性。こういう世界を自然に書いたんだから。

秋山　そう、それがあの人の功績です。

中野　登場人物がみんな、男も女も、自分の中に己れの律を持っている。自分に対して、こういうことをしてはいけない、こうすべきだ、というような。いまの日本人は、そういう是非、善悪、正邪をきちんと見分ける能力を失ってしまったみたいだからね。藤沢作品にも悪いやつは出てくるけれど、そういう律を持っていないやつが悪人なんですね。

秋山　説教くさくないというのも大きなことですね。

中野　山本周五郎には少しそういうところもあるけど、藤沢さんにはない。これはこの人の地なんでしょうね。

秋山　そうでしょう。そして、さりげなく書かれているからこそ、これからも残っていく。いま暮らしていて、われわれもどこか乾いた気持ちを抱いているから、ああいう人情に触れるとちょっと潤いが出てきます。

中野　精神が刺激されて楽しくなるとか元気づけられるとか、そういう小説は現代のいわゆる純文学にはほとんどないからね。

秋山　清々しくなったり、しんみりした気分になったりするんですよね、藤沢文学を読むと。いい気分になる。

中野　おそらく彼の作品に書かれていたのは、昔の日本というものに託した彼の夢だったんでしょう。だから、実際の自然より美しく、実際の人間よりも美しく、理想化されているんだろうと思う。そこがいいんです。

虚空へ向って叫ぶ

「ずいぶんと愚かなことをなされた」

馨之介は冷たい声で即座に言った。狂暴な怒りが心のなかに動きはじめていた。

「そのために、私は二十年来人に蔑《さげす》まれて来たようだ。我慢ならないのは、近頃それに気づいたことですよ」

馨之介はもう一度振返った。

「今夜、私は人を殺して来ましたよ」

外へ出ると、冷えた夜気と秋めいた月明りが躰を包んだ。背を丸めて馨之介は歩き出した。

（『暗殺の年輪』）

中野　初期の作品には、『暗殺の年輪』や『又蔵の火』（ともに文春文庫）のような暗いものが多いね。もっとも、藤沢さんが書くと、暗い話も泥臭くなく厭味がないから、多少暗いな、と感じるくらいで、それはそれでいいんですが。

秋山　初期作品について、藤沢さんは、時代小説という枠は借りているけれど私小説のようなものだと言っています。あの人にも暗いところもあっただろうから、最初のうちはそれが出ていたんでしょう。

中野　内へ内へこもるような感じがあったね。それが、『三屋清左衛門残日録』の頃には、あれだけ開けた世界を描けるようになったというのはたいへんですよ。あの作品では、小説の世界が公の場へと開けている。最後にはそういう域に達したんですね。

秋山　あれは現代文学では書けない世界でしょう。

中野　途中、私は『用心棒日月抄』くらいからだと思うが、とぼけたユーモアが出てきた時期から、世界が広くなったんじゃないか。

秋山　そうですね。だからさっき自分の暗い部分が出てくると言いましたが、そういう私小説的な作品をずいぶん書いてしまってから、さらに書きつづけていく中で、今度は作中人物を自分から切り離して新たに育てようと思ったんじゃないか。そう思うと変わるものでしょう。

中野　それに、作家として自信が出てきたということがあると思う。自信ができると余裕も生まれる。世界が広くなるから、ユーモアも生まれる。初期はあまり本が売れなかったというから、読者の手応えがわからなかったんでしょう。それが、やがて売れるようになって、びんびんと反応が感じられ出した。その過程で作品世界も明るくなっていったんじゃないかな。読者とつながっているという意識がないと、なかなか余裕は出てきませんからね。

秋山　以前、小林秀雄論をやったとき、『考へるヒント』のあたりで、昔の考えと矛盾するところが出てくるので、「これはおかしいんじゃないか」と書いたんですが、いま思えば、『考へるヒント』は自分に向って書いてるんではなくて、人のために書いてるんですね。藤沢さんの場合も、そういうことなんでしょう。読者とのつながりのようなものを感じるようになって、人のために書きはじめた。

中野　自分の言うことを聞いてくれる人がいるということがはっきり信じられてくると、書き手というのは変わってきますね。

秋山　そう。それなんだと思います。

中野　虚空に向ってひとりで声を発しているという感じだと、なかなかそうはいかない。藤沢さんも、初期のうちは虚空に向って書いている思いが強かったんじゃないか。

海坂の町を訪う

五間川の川岸では、青草のいろが一日一日と濃さを増し、春の到来は疑いがなかったが、その季節の流れを突然に断ち切るように、日は終日灰いろの雲に隠れ、城下の町町をつめたい北風が吹きぬける日があった。

そういう日は、町なかを流れる五間川の川水に、総毛立つようにこまかなさざ波が立ち、人びとに季節が冬に逆もどりした印象をあたえるのだった。天神町のはずれにある文四郎の家を、前ぶれもなく布施鶴之助がたずねて来たのも、そんな寒い日の午後だった。

（『蟬しぐれ』）

中野　以前NHKで特集をするというんで、藤沢さんの故郷の、山形県鶴岡市に行ったことがある。そのときに、鶴岡を海坂藩のモデルとしていろいろ撮影したんだが、あそこには、昔のものがまだいくつも残っていて、よかった。藩の学校というのが出てくるでしょう、あれがまだ残ってるんだ。致道館というんですが。

秋山　ああ、行ってみたいねえ。

中野　致道館の中に入っていくと、藤沢周平の世界に入ったような気がする。広い畳敷きでね、『蟬しぐれ』にも書いてあるね。作中人物たちが朗読する声が聞こえてくるような気がした。関々たる雎鳩《しょきゅう》河の洲《す》にあり、窈窕《ようちょう》たる淑女君子の好逑《こうきゅう》、と。

秋山　そっちもいいけど、居酒屋に入ろうよ（笑）。

中野　そう、居酒屋もいいねえ（笑）。あそこは食い物がいいから。

秋山　あそこに行って、一杯酌んでみたいね。こういう対談の席もその方が感じが出る（笑）。居酒屋のおかみさんが一人、ここに同席していれば、もっと話がはずむところなんだけど（笑）。

中野　清左衛門と佐伯熊太が一緒に飲《や》るところにしても、赤蕪の漬物とか、はたはたとかくちぼそとか出てくる、あれがみなうまそうでね。

秋山　そうそう、いいね。あれでちょっと呑みたいですよね。

中野　しかも、食べ物がふたりの友情をつなぐ絆にもなっている。

秋山　そうですね。

中野　『用心棒日月抄』の場合だと、又八郎と佐知が、故郷の食べ物の話をする。故郷の食べ物への思慕を通じて二人の恋心が通い合うという仕掛けになっている。あの、距離をおいた上品なところがなんともいいね。

秋山　海坂の町は、実際の鶴岡に近いんですか。

中野　大体同じでしょう。井上ひさしさんが『蟬しぐれ』を読んで海坂藩の地図を描いたことがありますね。私もそれを真似して描いてみたことがある。鶴岡の地図をもとにして。あまりうまく描けなかったが。

秋山　そういうふうに思わせるものはたしかにありますね。

中野　五間川なんていう川の名前もいいし、染川町というのも、聞いただけで飲み屋の町という感じがする。

秋山　海坂というひとつの町をつくり上げて、そこに生きる人々のことを書いていくというのは、文学の本筋という気がする。

中野　例えばトーマス・マンならば『トニオ・クレーゲル』でひとつの町を描いて、そこに住む人間を書く。そういう仕掛けが、かつての文学にはあったはずなんですがね。

秋山　近代小説の原型というのは、そういうところにあると思います。

中野　そういう意味でも、架空の町をつくって、ここまで読み手にその姿を想像させるというのはたいへんなことです。しかも、「海坂」だとか「染川町」だとか、創造した名前によって。名前に神が宿るとも言いますが、こういう命名は想像力をつよく喚起しますね。

秋山　作者自身も、自分でつくりあげた世界の中でずっと生きているんでしょう。町にあるひとつひとつのものすべてが生きているんですよ。

「あたしが逃がしてあげる」

新七の話がすむと、おすみは闇の中にぼんやり見える男ににじり寄って、首を抱いた。

「かわいそうに。そんな悪い女のために、あんたが捕まって死ぬことはないわ」

おすみは男の顔を胸に押しつけた。おすみのするままになりながら、新七は悲痛な泣き声を洩らした。男の泣き声がおすみの胸をかき立てた。墜《お》ちこんだ暗く深い穴の底で、男はいままで一人ぼっちだったのだ。

「心配することはないわ。あたしにまかせて」　（「小ぬか雨」『橋ものがたり』所収）

秋山　藤沢周平ファンには、いわゆる「市井もの」が好きだという人もいて、私もどちらかというと、そっちが好きなんですよ。

中野　『橋ものがたり』（新潮文庫）なんて、あれは市井ものの傑作でしょうね。

秋山　そう。中に出てくる女性と人情が、非常にいい。

中野　例えば飲み屋の女性だとか、ひどい生活の中にいながら、無私で、思いやりがあって、情が深くてね。

秋山　読むとほっとするところがある。

中野　市井ものでは、彫り師を書いた「伊之助」連作（新潮文庫『消えた女』他）もいい。ああいう職人を書いても、武士を書くのと同じような感じが根底にある。『よろずや平四郎活人剣』（文春文庫）もそう。

秋山　あれも市井が舞台ですね。少しおおげさな話になりますが、藤沢さんの小説というのは、海坂藩のものが典型ですが、自分がつくった世界の人間をちゃんと書いて、動かしている。作者が信じる「本当のもの」が生きている世界というものをつくり上げているわけです。それが読む者に訴えかけてくる。

中野　そう、まさにそうですね。司馬遼太郎は小説の中で天下国家を論じたけれども、藤沢さんはそれを厳しく自分に戒めて、天下国家を論じたことは一度もない。自分の分《ぶん》というものをきっちり守っている。

秋山　そうですね。人はもう少し日常の中の、目立たない、何気ないものの中で生き死にしていて、運命もそこにあると。

中野　いま司馬さんの話が出たけれど、最近、司馬さん、池波正太郎さん、あるいは隆慶一郎さんと、時代小説の名手がみな亡くなってしまった感が深いね。これらの人たちに比べると、その中で藤沢さんは非常に地味な印象がある。

秋山　そう、地味ですね。

中野　司馬さんには独特の歴史観があって、歴史に新しい光を当てるという新境地を開いた。隆慶一郎さんは、いままでになかったような力強い時代小説を書いた。

秋山　彼は中世の世界の新しい研究とか、そういったところに踏み入っていって、迫力のある波瀾重畳の物語をつくってくれましたね。歴史をずいぶん面白く語ってくれた。

中野　それから池波さん。あの人の作品は芝居の影響が強いと思う。『鬼平犯科帳』の面白さは、型の決まった芝居のようなところがあります。それに比べると、藤沢周平という人は、英雄豪傑は描かない。取り上げるのは何十石取りというような貧しい武士や浪人で、藩という組織の中で地味に暮らしていて、そういう人間が鍛練や修行で強くなっていくところを描く。等身大の人間ばかり書いていた作家ですね。

秋山　そう。池波さんなんかは映画やテレビになりやすい一方で、藤沢さんのはなかなかなりそうにない。そこがいいんです。

中野　『用心棒日月抄』も『三屋清左衛門残日録』も、テレビになったものを見ると、特に女性の描き方がよくない。テレビ人間には藤沢周平の描く女のよさがわからないのだな。抑えた慎みの美しさのようなものが殺されてしまっている。『三屋清左衛門残日録』の「涌井」のおかみの描き方などひどいもんだった。清左衛門の日録を盗み見て、べっとり口紅をつけていくなんて、最低だよ。

秋山　さっき言った、品格ですね。

中野　ええ。あの品格をカメラで描ける人がいるとしたら、小津安二郎ぐらいでしょうね。だから結局のところ、藤沢周平作品は読むに限るのです。あの世界というのは、その文章のよろしさで成り立っているんだとテレビを見てあらためて思い知らされたね。時代小説作家にもいろいろあるでしょう、単行本で読んだ方が面白い人、文庫の方が似合う人とか。そういう線でいけば、藤沢周平は全集が似合う作家。

秋山　似合うね（笑）。

中野　それはつまり、藤沢作品は文章を通じたときにもっとも映えるということで、そういったものこそが、真に「文学」というべきものでしょう。

秋山　あの端正な文体。

中野　そう。凛として張っていて。あれだけの文章を書ける人は、いま、時代小説と言わず純文学と言わず、ほかにいるかな。

秋山　あれだけきりりとした文章はないですね。

中野　剣の立合いでも、他の時代小説作家とは全然ちがう。きっちり描写をして、読者を納得させるでしょう。あれはたいへんなことで、中でもひときわすぐれている例が、「三月の鮠《はや》」（文春文庫『玄鳥』収録）の立合いの描写だと思う。

日は西に傾きつつあったが、広場を照らしているのは白日の光だった。信次郎と岩上勝之進が歩み寄ると、地面に濃い影が動いた。二人は竹刀を合わせ、鳥飼のはじめの声でするすると後にさがった。

（略）不意に勝之進の五体が鳥のように膨らんだ。と思う間もなく、勝之進は足音も立てずに走って来た。竹刀は高く右肩に上がり、腰はぴたりと据わって、それでいて風のように速い見事な走りだった。

信次郎は目を大きく瞠《みは》って待った。そして殺到して来た勝之進の竹刀を、一歩だけ強く踏みこんで迎え撃った。

からからと竹刀が鳴った。

（「三月の鮠」）

中野　それまでの決闘の場面というのは総じて張り扇調でしたが、これはちがう。人間の行為として描かれています。「隠し剣」連作（文春文庫『隠し剣孤影抄』『隠し剣秋風抄』）なんかは特に、ひとつひとつ工夫をこらした剣の描写がある。『蟬しぐれ』にも「天与の一撃」という発明があるし、どこか本当の剣の機微に触れているという感じがしますね。

秋山　そうですね。剣の描写にかぎらず、明治・大正の大作家の残した小説作法や教訓が、藤沢さんの小説にはきれいに当てはまると思います。つまり、昔の文豪たちが小説を書くときに感じた苦労のようなもの、そのエッセンスが、この人の作品には生きている。

中野　だから読んで快い。それでいて、書きとばしたものは一作もないんですね。

秋山　藤沢さんの年譜を見て気がついたんですが、すごい数の小説を書いているんですね。あれだけ書いていて、ことばがざらつくことがない。私が以前、時代小説の代表格として挙げた五味康祐や柴田錬三郎にしても、ときおり荒れた部分があって、そういうところには目をつぶったんですが（笑）、藤沢さんの場合はちがいますね。

中野　昔の日本の職人なんですよ。どんなものをつくっても、自分のできないものはつくらないというような。そういう基準がきちんとあるんでしょう。

　奥富は、上意とひと言告げると、片膝を立てて抜き打ちに庄蔵に斬りかかった。坐ったまま、庄蔵は捩《よじ》るように上体をかたむけて、奥富の迅い剣をかわした。そしてかわされて前に傾いた奥富の胸を、眼にもとまらぬ小刀の動きで刺していた。蟇は死んで動かない虫は食さないという。（略）庄蔵の剣は、さながら鈍重な蟇が一閃の舌先で翔ぶ虫を捕えたのに似ていた。
　奥富の身体が音立てて前にのめった。

（「偏屈剣蟇ノ舌」『隠し剣秋風抄』所収）

秋山　『蟬しぐれ』を読んだときに思ったのは、藤沢周平さんの作品は、本質的に新しい時代小説ではないかということなんです。昔の基準でいったら、時代小説ではないとすら言えるんじゃないかと。

自分を守り通す勁さ

中野　そうですね。それまでの時代小説というのは、『鬼平犯科帳』もそうですが、決まったシチュエーションがあって、それを読者に植えつけた上で、同じものをつづけるというマンネリズムがいい、というところがあった。けれど、藤沢さんという人はそれをやらなかった。近いものだと、『用心棒日月抄』連作くらい（新潮文庫『孤剣』『刺客』『凶刃』）。あれにしても、当初は赤穂浪士をひねって一回こっきりのつもりだったわけでしょう。

秋山　『隠し剣』も連作でしたが、あれも非常に工夫がある。

中野　そうそう、出てくる主人公がみんな、強いけれどどこかおかしな人でね。べつの作品でも『たそがれ清兵衛』（新潮文庫）とか「臍曲がり新左」（新潮文庫『冤罪』所収）とか、奇人変人を書くのもうまい人だった（笑）。『隠し剣』なんか、あんなふうに毎回変わった剣を発明するのはたいへんだよ。

秋山　あれは年四回の掲載だったらしい。毎月は書けないでしょう。

中野　でしょうね。でもそこがあの人のえらいところだと思う。流行に乗らず、人気が出ても踊らず、派手なこともせずに自分を守って、デビューの頃から自分の世界というものがわかっていたんですね。

秋山　いったいに時代小説というのは、波瀾重畳のもの、ドラマ的なものが求められるから、そういう中で藤沢周平的世界を堅持していくのは骨だったでしょう。

中野　取り上げる人物も、みんな下級武士とか浪人とか、そこらの裏店《うらだな》の住人でしょう。みんな、言ってみれば情けない境遇に暮らしているわけでね。それなのに、彼らが輝いて見える。

秋山　章だてのうまさというのがあるんじゃないですか。話それ自体はあまりドラマティックじゃないのに、パッパッと読み手の目をひきつけていく展開がうまい。

中野　そうですね。例えばおしまいのほうで、いきなりパッと話を終えて、まったくべつの話を二十行くらいやったりする。これが非常に効果的です。こういう手法はわりと多くて、その傑作がやっぱり『蟬しぐれ』の、「二十年余の歳月が過ぎた」という、あれでしょう。

　二十年余の歳月が過ぎた。
　若いころの通称を文四郎と言った郡奉行牧助左衛門は、大浦郡矢尻村にある代官屋敷の庭に入ると、馬を降りた。

かがやく真夏の日が領内をくまなく照らし、風もないので肺に入る空気まで熱くふくらんで感じられる日だった。助左衛門は馬を牽いて、生け垣の内にある李の木陰に入れてやった。

するど、馬の足音に気づいたらしい下男の徳助が家の中から出て来た。

「おもどりなされませ」

（『蟬しぐれ』）

秋山　細かく言えば冒頭もうまい。短編小説のつくりかたとしては、冒頭があざやかに、すっと入ってくる。

中野　地味ではあるけれど、非常に巧みな作品だから、藤沢作品が好きだという人はとても長続きする。そういう時代小説作家というのは、めずらしいよね。

秋山　そういう藤沢ファンが集まると、『用心棒日月抄』のほうがいい、『よろずや平四郎活人剣』のほうがいいと、長い話し合いになりそうですね。

中野　そうそう。一作だけ、となれば『蟬しぐれ』になるんだろうけど。私は『三月の鮠』での、ああいう女の書き方も好きです。男と女が最後に抱き合ったりするんじゃなく、ただ立ったままぼうっと涙が出てくるという。ああいうふうに人間を書けるというのはたいへんな才能ですよ。

秋山　そういう、藤沢さんの人の見方には、彼が孤独な人だったことが関係してるんじゃないですか。

中野　孤独を、孤独の雰囲気というものをよく知っている人だったんでしょう。

秋山　そうですね。「孤独」というものがいろいろな場面で、人物にも、作品にも、その根底に流れている。

中野　たいへん強い人だったんですよ。あれだけ自分を守れるというのは。

秋山　そうした孤独とか強さというあたりから、作中の女性の思いやりとか、優しさが出てくるわけですね。

中野　ええ。友情への憧れとかも、そこから出てくるんですよ。よほど、孤独を深く知ったんでしょうね。

秋山　そうでないと、物語が甘ったるくなったり弛んだりするものですが、決してそんなことはないですから。

中野　自分を守る勁《つよ》さがあったからですよ。作中人物にしても、文体にしても、それに作者本人についても、「勁」という字のふさわしい人だったんです。

女の描写に女もため息

皆川博子
杉本章子
宮部みゆき

女性へのまなざし

皆川 自分に引きつけた話から始めるのもなんですけれど、私の母親がもう老齢なんですが、ずっと前から藤沢先生のご本が好きでよく読んでいまして、いつか藤沢先生のサインをいただいて、と頼まれていたんですけれど、先生もパーティーなどにあまりお出かけになるほうではなかったようですし、お目にかかる折もないまま……。

杉本 どういうところがお好きなんでしょう?

皆川 はっきりたずねたことはないんですけど、市井人情ものに非常に共感を持ったんじゃないかと思います。明治末期のうまれですから結婚してからも苦労しましたし、いまの女の人だったら、自分を出すということができますけれど、母の時代では、自分を抑えて抑えて、でしょう。それでも自分の言いたいことはあるんだよという、そういうところで藤沢先生のお作に共感をおぼえたんじゃないかと。

宮部　ご本にサインもらって差し上げたかったですね。

杉本　私もほしかった（笑）。一度パーティーの席で、電話かけてもいいよって言っていただいていたのに、お忙しいだろうし、ご迷惑をかけては……と遠慮しているうちに……。一回でも思い切ってお電話すればよかったと心残りです。ちょっと自慢になりますが（笑）、私は最初の『涙い海』から先生の小説は全部読んでまして、ほんとに大ファンなんです。

宮部　藤沢先生のファンの方というと中年以上の男性が多いと聞きますが、私の周りでもやっぱり会社の上司が読んでましたね。一時、法律事務所に勤めていた時も弁護士の先生がいろいろ読んでらして。私はそれとは別に、あれは『用心棒日月抄』だったかな、ドラマ化されたのを観てそれから本格的に読みはじめたんです。

杉本　宮部さん、ドラマをご覧になっていかがでした？

宮部　なにしろ最初の最初ですからね、ぼーっと観てて、こんなに面白いんだから原作はもっと面白いに違いないと思って。それで本を買って読んだら、イメージが違ってたというのはありました（笑）。

杉本　原作読んでからテレビを観ると、なんとなくムッとくるものがあって……。家族から「自分のでもないのに、バカね」って言われるんです（笑）。でも、映像になると夢が壊れちゃうみたいなところがありますでしょう？

宮部 それはやっぱり読む側があこがれも含めて自分なりのイメージを膨らませてるからですよね。このあいだも『三屋清左衛門残日録』の再放送をやっていて、仲代達矢さんもドラマの完成度も素晴らしいんですけれど、でも私のイメージとはちょっと違うなと思いつつ（笑）。

杉本 宮部さんのイメージと私のイメージもきっと違うんだろうし、結局、みんな気に入らないにちがいないのよね。

宮部 とくに藤沢先生の作品だと、こちらの思い入れがあまりに深いから、役者さんには気の毒なんですけど、誰がやっても、違う違うっていう。

皆川 映像化されることで、イメージが固定されるのがいやなのね、きっと。

杉本 ええ。それに、藤沢先生の作品のように文章で次第に香り立ってくる情景というのは、映像になってしまうとどうも違和感がありますね。

宮部 藤沢先生の作品は、ひとつの作品を時間をおいて読むとまた違ったものが見えてきますね。「冬の足音」でしたっけ、好きだった職人さんにもらったかんざしを付けて、何年かぶりに再会する話がありました。

杉本 娘は男を内心待っていたのに相手にはもう子供がいて、自分が娘にあげたかんざしにも気づかないのね。

宮部 ええ。それで最後に、もう十九の私には似合わないかんざしだって、川にぽーんと投げ捨てるでしょう。二十になる女にはこんなものは若すぎるって、そういう女性の微妙な心情をどうして見抜いてしまわれるんだろうと不思議に思いました。

皆川　女の子から女になっていく、その瞬間の描き方がいいのね。

杉本　大人になりつつある女のもつ、ちょっと突き抜けた強さです。

宮部　じつは最初に読んだ時は自分も二十歳前で読み流してたところだったんです。その凄さがあの頃はわからなかった。でも自分が三十越えた頃にちょっと近い経験をしまして（笑）。かんざしではなくてアクセサリーでしたけど。それでああ、藤沢先生が書いてらしたのはこれだったのかとはじめて思い当たって。

杉本　ほんとだったら嫁《い》き遅れの私たちが書かなきゃならない心情なのに（笑）。男性の藤沢先生のほうがよっぽど女性の気持ちの裏も表も見えていらっしゃる。

宮部　見抜かれて恥ずかしいんだけれども、イヤな部分を暴かれたとか、そういう悪い感じがしないのはなぜでしょうね。

杉本　それは小説の中で、女性が刺身のツマみたいにあつかわれてないからじゃないかしら。都合のいい登場人物なんかじゃなくて、ひとつの人格をもった人間として書かれているから。

皆川　そうね。若い女にかぎらず、結婚した女の、夫にはつねづね不満なんだけれども、もっとひどいよそのだんなを見て、自分は幸せなんだと納得する話だとか。あれは女の意地悪さ、あさましさですよ。それをなんていやな女なんだ、じゃなくて、そういう浅はかなところがちょっと可愛いなという感じでお書きになるのね。

宮部　あら、見てらしたんですね、って感じ（笑）。

杉本　見たくないから気づかないふりをしていることを、ぱっと明るい場所に出されるんですね。でも、それでこそ深い女性像といえるんじゃないかなと思っています。

皆川　面白いのは、これが男を主人公にされるときは、女をわりときれいなものと見立ててお書きになっていること。三屋清左衛門の息子のお嫁さんの里江さんにしても、涌井の女将さんにしてもね。

杉本　男性の理想に近い女のひとですものね。

皆川　女のいやなところを承知しながら、これだけ心根《こころね》のきれいな女もまた書けるのかと思うぐらい。読む側の変化、ということで言うと、私の場合は『日暮れ竹河岸』の中の「夜の雪」で、婚期が遅れた娘が寝付いた母親の世話をしながら二人で暮らしてるのがあるでしょ？

杉本　おしづさんですね。お父さんが死んだ後、店がつぶれちゃってて、元番頭かなんかが子連れの男との縁談を持ってくる。

皆川　そうそう。最初に読んだときはすごい暗いと思ったの。藤沢先生の作品にはいつもなにかしら救いが用意されているのにどこにもない、って。ちょうど母親が骨折で入院して足腰たたなかった頃だったからでしょうね、母親の身になるよりも、娘のほうがたまらないだろうとそっちにばかり目がいってたの。ところが読み返してみたら、出ていった奉公人の男を娘は待つともなく待っていて、自分が四十になってから迎えにくるかもしれないけど、べつに来なくても構わないのだという陰影のある心情がまるで月の光でもあたってるみたいにフワッと描かれていることに気づきましてね。

杉本　心の中で彼女はまだ一縷《いちる》の望みを捨ててない。いや、じつはもう捨てちゃってるのかもしれないけれど。

皆川　もう、突き抜けちゃってるのね。

宮部　残念ながら私は先生にお目にかかるチャンスはなかったんですが、ここまで複雑な女性の心のひだをわかってらっしゃるというのは、作家であると同時にひとりの男性としてもきっとすごく素敵な方だったんだろうなあと思うんです。

杉本　男とか女とかを超えたやさしさがおありだったのでしょう。先生ご自身が大病なさったり、いっぱい苦労をなさって、人を見るまなざしが実に澄んでいますよね。やさしさといってもべたべたしたたぐいのものじゃなくて、ちゃんと車間距離がある大人のやさしさ。それが先生の小説を読んだ後の「癒された」という感じにつながるんでしょうね。

皆川　自伝エッセイの『半生の記』で書かれてますが、先生のお兄さんのことね、借金で家族に迷惑をかけたお兄さんがある日、辛夷《こぶし》の木を斧で切っているのを弟である先生が見つけて思わず止めるとお兄さんは素直に聞き入れた。しかし、いまになって振り返ってみれば、山から薪を取ってくるには村の中心部を通らなきゃならない。それが耐えがたいから、庭の木を切って燃料にしていたんだろう。そういう形で家長としての役目を兄は果たしていたんだと思う、と。これはすごい洞察力ね。

杉本　そのエピソードが「闇の梯子」という小説に入ってますよね。私もエッセイを先に読んでいたので、はっとしました。たしか兄が江戸で闇の世界に入っていて、ふるさとでの兄弟のやりとりとして出てくるんですが、生の記憶のままでなくてちゃんと小説にとけこむ形で使われてました。小説の方法がどうだとかいう前に、きっと先生ご自身が、折に触れ繰り返し思い出してらして、それを昇華できてから小説にされたんでしょうね。藤沢先生らしくて清々しい思いがします。

生活感のあるヒーロー達

宮部　杉本さんは登場人物の名前とか細部までよく覚えていらっしゃるんですね。さっきから、スゴイなあってほれぼれしちゃってます。

杉本　それは熱烈なファンだもの（笑）。

宮部　じゃあ、ちょっとシビアな質問を。男性のキャラクターでは誰が一番お好きですか？

杉本　うーん。

宮部　よりどりみどり、なんて（笑）。

杉本　『風の果て』の桑山（又左衛門）さん、かなあ。桑山さんなんて言ったら、どこかのおじさんみたいだけど（笑）。

皆川　ライバルが野瀬市之丞でしたっけ、若いときから描かれてますから、好きになりやすいかもね。
杉本　皆川さんはお嫁に行くなら誰にします？
皆川　あのね、そういうことはまだまだこれから可能性があるから考えられるのよ。私はもう決まってるから（笑）。
宮部　では可能性のあるワタクシは（笑）お嫁に行くなら『よろずや平四郎活人剣』の平四郎さん！
杉本　なるほど（笑）、でも監物《けんもつ》という、平四郎さんのお兄さんもいいですね。堅物なんだけどどっか抜けてて憎めない。話はかわりますけど、先生の作品ではたとえ登場人物が忍者であっても、ちゃんと生活してるところがいいですよね。たとえば『密謀』という作品では、ひまな時は畑耕してたりして、ただ強くて手裏剣投げてるだけじゃないもの。
宮部　生活感があるヒーローなんですよね。当然といえば当然なんですけれど、意外と見落とされている部分かもしれない。それと藤沢先生の描く男の人って、社会の枠組みとか組織の中で生きて行かなければならない哀しみをもってますよね。権力を摑むにせよ、反骨を貫くにせよ、ただ一生こころを偽って頭だけ垂れていくにせよ。
杉本　男の人って今も昔もたいへんなんだなあとつくづく感じますものね。
宮部　ええ。だから企業の管理職の方が読むのはわかる気がする。すごく慰められるんでしょうね。

皆川　男性の読者は、お家騒動みたいな政治的な絡まりにおいて、自分だったらどちらの派に付くだろうかとか、そういった政治的な興味が私たちよりあるんでしょうね。でも、現代では上役に反対したからって殺されはしないけれど、江戸時代だったら命がかかってた。

杉本　そうですよね。そういう点から言うと、私は『蟬しぐれ』よりも、『風の果て』の、出世をするにつれて変わっていく人間の姿に魅力を感じます。

皆川　ふつうは主人公って清廉なまんまでいくほうが多いわね。

杉本　権力とはこれか、と得心するあたりの描写なんかすさまじいですよ。

皆川　権力というのは、それをふりかざさなくても、持ってるだけで違う、というのでしょ。

宮部　それでいて権力を追い求めたり、権力に日和《ひよ》った人間を、藤沢先生は絶対突き放さない。仕方のない人間の運命というか、人間にはそういうところがあるんだよというふうに下からすくい取るような感じで描いておられますよね。

杉本　先生ご自身が権力というものに背を向けていらしたればこそ、そういうテーマにずっと興味を持ってらっしゃったのかもしれませんね。

皆川　権力をもった人間を冷静にご覧になれるのね、きっと。

杉本　なにかのインタビューで小沢一郎に興味があるとおっしゃってました。

宮部　ああ、それすごくわかります。それと、『風の果て』でも、『蝉しぐれ』、『三屋清左衛門残日録』でも、かつての幼なじみや同胞が何かのターニングポイントで進む道がわかれて、後に政敵として渡り合わざるをえなくなる、というテーマを繰り返しお書きですね。

杉本　『十四人目の男』っていう、幕末の荘内藩とおぼしい藩が奥羽列藩同盟に入るか入らないか、つまり旧幕側か官軍側のどちらに与《くみ》するかをテーマにした政争ものがあるんですけれど、これもひねりにひねった構成で忘れられない作品です。先生の市井ものはもちろん素晴らしいんですが、こういう男のどろどろした世界もすごいなと思います。

皆川　そのどろどろを、いわゆるどろどろじゃなく読ませてくださるから。

杉本　だからこそ、どろどろに関係ない者が読んでいても、さもありなん、と思えるんでしょう。

浮世絵とミステリー

皆川　先生の作品を最初はファンとして夢中で読む。次にじっくり読み直すと、こんどは書き手の目で勉強しているってこと、ありませんか。たとえば『橋ものがたり』に、いろんな橋が出てきますね。普通に眺めれば、ただ川が流れていて橋がある。それを嵐の日の橋や川面に日が射しているとき、それから時間がたつにつれて静かにその光の位置が移っていく。橋の描写をすることで時間の流れも見えてくる。情景描写がただ上っ面を書くんじゃなくて、心象風景というか、その景色を眺めている登場人物の心理を確実に摑む描写になっているところがすごい。

杉本　その通りです。物書きになる前は、いいないいなと思って読んでいただけでしたけど、いまは、この風景に主人公を立たせるんであれば絶対夕暮れしかありえないわ（笑）、とか考えながら読んでますね。

皆川　小道具ひとつにしても、その物語にはこれでなくては、という必然性のある使い方なのね。

宮部　私、『橋ものがたり』の中の「小さな橋で」が大好きなんです。ちっちゃな男の子が橋の上で女の子と手をつないでて、最後にわかるんです、あ、おれ、およしとできたんだ、って。男の子の成長過程のうちですごくセクシャルな時期があると思うんですが、この男の子のひと言がまさにそれなんですよ。うーむ、すごい、すごい、すごいと、ただもうそれだけで。

杉本　そうね。そういえば、女の子の初恋もあったじゃない？『日暮れ竹河岸』の中の「大はし夕立少女」がそうでしょう。奉公に出てる女の子が夕立にあって、様子のいい職人さんかなにかの傘に入れてもらうお話。

皆川　職人さんに、名前を聞かれて「さよでございます」って答えるあれね。そうすると男が「さよでござんすか」って（笑）。

杉本　そのだじゃれだけで、その男の性格がわかるじゃないですか。そして雨があがって、小さくなる後ろ姿に向かって「ありがとうございました」とさよが言うと、振り向かずに傘だけをちょっと上げる。なんてカッコイイ！

皆川　ほんとに二、三行のことなのに、その人物の背景が自然に見えてくる。不思議ですね。

杉本　まさに、絵になる風景ですよね。そういえば、先生は広重の画風にご自分の筆致を重ね合わせてらっしゃるのかもしれないと思うんですよ。先生は『溟い海』と『旅への誘い』の二回、広重をお書きになっていて、たしか後者は広重が主役だったと思いますが、「人生の底を見た人じゃなきゃあんな絵は描けない」と版元さんが言う場面があるんです。先生もインタビューに答えて、「私も人生の底を見ましたから」とおっしゃってらしたのを読んだときに、ああ、やっぱり先生は広重の絵をそういう目でご覧になって、小説の広重像をつくっていかれたんだとすごく印象に残ってます。もともと浮世絵がお好きでいらしたようですしね。

皆川　『日暮れ竹河岸』も、〃広重「名所江戸百景」より〃となっていて浮世絵から想を得てお作りになったのね。この絵のどこからあんなお話を思いつかれたのか。それでは日本的なものだけにご興味があったのかというとそうでもなくて、ミステリーもお好きだったでしょう。

宮部　わあ、それはうれしい（笑）。たとえば『闇の歯車』を読むと、コレはきっと、ものすごくシャープな海外ミステリーがお好きなんじゃないかと思ったりしてたんですけど。

皆川　さすが名推理じゃない（笑）。あの作品はストーリーだけ取り出すと全くミステリーよね。最後のところでクルッと話をひっくり返す、あれはミステリーの手法だもの。

宮部　それと一幕もののお芝居のような作品が多いですよね。たしか『驟り雨』だと思うんですが、雨やどりしてて人さらいの計画を聞いてる、と話が始まる。

杉本　『驟り雨』ですね。ひとつの場面の中に、いろんな人物が立ち現れては、去っていく。そこに、さまざまな人生模様が見える。主人公の嘉吉という男は、昼は研ぎ屋で、夜は盗っ人でしょ？　悪い道に入ったきっかけが、自分が不遇な時に道を通ってたら、ある家のなかから幸せそうな笑い声が聞こえてきて、「なにをうれしそうに笑ってやがる」と世間を恨んだというね。

宮部　いろんな人生が交差するんですけど、読んでいてずっと雨の降ってる音がするんです。

皆川　『獄医立花登手控え』もミステリーじゃないかしら。

杉本　牢屋という設定がすごいですよね。人間の吹き溜まり、悪の吹き溜まり。

宮部　そこへ医者として入っていく。これはハードボイルドでもあります（笑）。あのお話では、行状の乱れたおきゃんないとこがいて、だんだん物語が進むにつれてよくなってきて、最後に主人公と結ばれる。あのあたりが藤沢先生は女にやさしいなあと（笑）。

杉本　おちえさんね。立花登が上方に行くことになって、彼女はついていかないんだけれど、前の晩に「わたしたち、なにか約束をしなくていいの」と、二人だけの祝言をあげる。あれもすばらしいラストでした。

宮部　たしかNHKのドラマになったんですよね。中井貴一さんが立花登の役で。

杉本　さん、と付けるところをみると、宮部さんはお好きなのかしら（笑）。イメージと違いませんでした？

宮部　うーん、ぴったりじゃないけどまあいいかなって。

皆川　杉本さんの話しぶりを聞いてると、あなたのこころのすぐ隣に藤沢作品の登場人物がいらっしゃるようねえ（笑）。

杉本　そう。心惹かれる登場人物がいっぱい住んでるから、もう自分では書く気にならない、なあんて言いながらさぼる口実にしてます（笑）。

宮部　私もおんなじ。現代物と両方書いてるので、時代物の原稿を書こうという時には、まず気分からつくらなきゃと先生の小説を読むんです。で、「ああ、この世界、この世界なのよ」と高揚しながら結局原稿は書けない。読むほうに没頭しちゃうから（笑）。

藤沢作品と「癒し」

杉本　「荒れ野」という作品のことで皆川さんにお伺いしたいことがあるんですけど。

皆川　「黒塚」のヴァリエイションね、ちょっと怖い。あれは藤沢先生の中でもとくに私は好きな作品です。

杉本　やっぱり……（笑）。旅の若いお坊さんがある家に泊めてもらい、その家の女房に溺れてしまう。そのうち女の正体は鬼で、食事に出される肉はどうも人間のものらしいことがわかる。

皆川　それを食べるとあさましいほど女の身体がほしくなる。

杉本　慌てて逃げ出したお坊さんを恐ろしい形相の鬼が追ってくる。通りかかった武士に助けを求めると、あれはただの百姓女ではないかと。そう言われて見ると、うなだれてとぼとぼと立ち去る女の背が見えたという。あれは鬼なのに最後は女に見えるでしょう？　正体は、どうなんでしょうか。

皆川　やっぱり女なのかもしれない。私だってわからないですよ、藤沢先生に伺わないかぎり（笑）。でも、たぶん両方なんでしょう。結局、女の中に鬼の部分もある、また女の部分もある。光の当て方によって鬼に見えたり女が見えたりするということじゃないかしら。「黒塚」を素材にすると、正体が鬼だとわかるところで物語は終わるのがふつうだけれど。

杉本　それがもう一度、じつは女かもしれない、とくる。

皆川　そうね。この作品は本当に好きだわ。

杉本　「馬五郎焼身」ってお読みになりました？　女房がおしゃべりしてる間に娘が水死してしまって、それがもとで酒乱になって女房と別れるわ、莫連女《ばくれん》を連れ込むわのひどい男なんですけれど、見ず知らずの家が燃えてるのを見て、女の子を助けるために飛び込んで自分は焼け死ぬの。顔の皮もむけちゃうほど火傷して。でも、その骸《むくろ》は、ひどい仕事を終えて眠っているようだったって、結ばれるんです。

宮部　あれはすごく凄惨なシーンなんだけど、馬五郎さんは救われたんですよね。

杉本　自分の子供のかわりに見ず知らずの子を助けてね。

宮部　魂が浄化されて、きっと本人は幸せなんだと。名前は馬五郎さんでしたっけ？

杉本　馬五郎さんなのよ（笑）。この馬五郎さん、醜男だし、粗暴だし。どうしようもないと思ってたけど、ほんとはやさしい人なんだわと最後の最後に死に顔でわかる。

宮部　あと、あとね、平四郎さんのシリーズの『盗む子供』に出てくるおじいさんと子供の話も好きだなあ。隠居したおじいさんに平四郎が養子を斡旋するんですが、これが万引きぐせのあるような子でね。それをご隠居さんが、盗みをしないような人間に自分が仕込んでやるって張り切るお話。

杉本　引退して、忘れかけてた高揚感みたいなものが頭をもたげるのよね。

宮部　むくむくと、ね（笑）。

杉本　あのおじいさんも、最初は菊の花なんか愛《め》でてるだけの、いかにも余生を送っているという風情のただのお年寄りよ。

宮部　それが、子供の持つエネルギーと共鳴して、自分もエネルギーをもう一度摑む。あのおじいさんもまた救われたんですよね。

杉本　今日は釣り銭をごまかさなかったな、えらいぞってほめると、じゃあ明日、一文おくれ、とか言って、あの子供もじつに可愛らしい。

宮部　そうやってちゃんと愛情をかけてやれば、だんだんと真人間になっていくんだ、という暖かい眼が感じられて大好きですね。

省略の美しさ

杉本　ほんとうに藤沢先生は、どんな登場人物でもその人の来し方や行く末が見えるような描き方をしてらっしゃいますね。

皆川　その人の過去にどういうことがあったか、はっきり説明がなくても佇《たたず》まいやひと言のせりふから見えてくる。それを短い枚数の中でやるのは、これは至難のわざよね。

杉本　「明烏」でしたか、花魁《おいらん》のところに雪駄屋の旦那が遊びに来て、もうここへは来られないよ、と言う。お店が潰れて奥さんも逃げちゃってるんですよね。

皆川　ああ、男がすっと夜逃げかなにかしていなくなる。

杉本　花魁に分不相応な金をつぎ込んで遊んだために身代を持ち崩す。でも、間夫《まぶ》というわけでもなくてただの客なんです。花魁のほうは、自分はひと頃は一枚刷りの錦絵になるような女で、男のことだったら手のひらを読むように知り尽くしていると思っていたけれど、こんなふうにおのれの人生を賭けてくれた男はいなかったと気づく。

皆川　翌日男の家を見に行くでしょう。そうしたらもう屋敷も壊された後で、花魁の眼の前で最後の梁が崩れ落ちる、という。

杉本　実に淡々と書いてある。私だったら男は善人だったとかくどくどと書き立ててしまう気がするけれど、男のほうも、いい目を見させてもらったとか言うだけで、淡々と別れていくんです。なかなかああは書けません。

皆川　省略の美しさ。

宮部　あの花魁も人気に翳りがさしていて、情景に重なってきて。

ところで、ものすごい悪女を藤沢先生はお書きになってらっしゃるでしょうか。男を次から次へと手玉に取る女とか、子供をいじめぬく母親とか。

皆川　悪い女郎がいなかった？　自分に貢いでた男にお金がなくなったのであっさり袖にして。

杉本　あ、「梅雨の傘」。今度は朋輩の客を傘もって追っかけてって、入れてあげる。もう、これで手に入ったも同然だなんていう女ね。

皆川　でも、あれもいやな女というのとは違うわね。罪悪感のない女。あんた、やるね、とこちらも憎めなくて（笑）。

杉本　平四郎さんシリーズに『浮草の女』ってあったでしょう。

宮部　ありましたね。夫と娘を捨てて男と逃げたお母さんが、老年にさしかかっても男相手の商売をしているのを、元の旦那に見つかるんですよね。あの女の一生は、書き方によってはただの自業自得ですけど、妙に哀れなんですよ。そうなってしまったのもわかるような気がするよと言ってあげたくなる。

杉本　宮部さんが小説に書いていらした、自分のやったことは自分の身に返る、の見本みたいな人で、たしかに愚かなんだけれども、可哀想。さらに元の旦那も娘もそれぞれ可哀想なのが伝わるように書いてあります。『時雨みち』みたいに、欲のために女を捨ててしまう男の話もわりとあると思うんですが、人生の深刻な面を描きながらもこころ配りが行き届いたぐっとくるものばかりで、いやだと感じることはないですね。

宮部　人間って哀しいんだけれど、現実は思い通りにいかないことのほうがずっと多いんだけど、それを人は受け入れて生きていくものなんだと、お説教ではなく教えられるというか。藤沢先生が愛読されたという周五郎のものとはまた違うような気がします。

皆川　藤沢先生の場合は、お説教抜きでひとつの情景としてお考えが立ち現れてきますから。

杉本　とにかく書きすぎないところがすごいです。

「江戸」を書き継ぐ者として

宮部　先生がお亡くなりになってからあらためて作品を読み返していると、ずっとずっと後ろから歩いていく後輩として、不安になったりもするんです。先生の短篇にはお腹を抱えて笑うようなものもありますよね、それでいてしらずしらず最後には泣いてしまうような。そういうものを書けるようになるには、どういうふうに自分が歳をとったらいいのだろうと思うんです。

皆川　さっきの辛夷の話で触れましたけど、先生はお若いときに結核をされたり、お家でいろんなことがあったり、ご苦労されたから、胸のうちの諸々を小説を書くという中で浄化されていたんでしょうね。

宮部　もう、これは人間の差なんだと思うんですよ。藤沢先生や『半七捕物帳』を読むにつけ。

杉本　でも「半七」は江戸を知っている人が書いてるわけですから、私たちとギャップがあってもしようがないんじゃないでしょうか。

皆川　それに、いま求められている時代小説って、べつに江戸そのものを描けばいいのでもなくて、やはりいまの人に重ねていくものでしょうからね。

杉本　ただ、江戸を舞台にしている以上、いくらかでも江戸の昔に迫りたいと思います。たとえば私も「半七」で、ぬかるみにアサリをまいていたとか読んだりすると、これはいただこうと思うし、江戸の雰囲気はそうやって身につけていくしかないでしょう。ぬかるみが歩きにくいからアサリの殻をまいてたなんて、アスファルトで育った者にはわかりませんから……。

皆川　確かに細かいところのリアリティーはどんどんわからなくなってきてるわね。

宮部　そして、それは差になっていっちゃうんですよねえ。いい時代小説を読むたびに、正直言ってかなりメゲる時もあります。

皆川　だからこそ藤沢先生にはもっと生きて、書いていただきたかった。『三屋清左衛門残日録』と『蟬しぐれ』でひとつの境地を確立なさって、これからの先生ご自身の心境の変化とか、深まっていく想いの中で、書き続けていかれていたとしたら、いったいどういう境地にまで先生がいらしたかと。最後のほうにいくに従い、作品に透明感がどんどん増しておられましたから。
杉本　そうですね。私たちはすごく幸せで、初期の頃の暗い色合いのものから、ユーモラスな作品、老境を描いたものまで、バラエティに富んだ先生の小説を楽しめますけれど、このの ち新刊が出ないというのは大変な痛手です。作品を通して、藤沢先生にはどこか「日本のお父さん」というような感じがあったから、心の支えにしていた読者の方がたくさんいらしたと思います。
宮部　そういう大きな柱をなくしたいま、自分の書いている時代物のことを考えると、遠い道のりだなあとどんどん気持ちがペショーッと小さくなっていって。
杉本　そんなことおっしゃると、宮部さんのファンの方ががっかりなさいますよ。ところで、今日は皆川さんにぜひ申し上げようと思って来たんですが、『暗殺剣虎ノ眼』ってあるでしょう、お父さんを殺した人のところにお嫁にいって、暗殺者の子供を産んでしまうという作品が。あれ、お芝居の脚本を書かれたらいかがでしょう？
皆川　それは……書きたいですねえ。
杉本・宮部　（拍手）観にいきます。

杉本　私たちふたりも何かチョイ役で出していただいたりして……。

皆川　杉本さんは、きっとまた怒り狂うわよ（笑）。

宮部　原作とイメージが違うって（笑）。

杉本　いえいえ。私、藤沢作品のすべてを愛してますから（笑）。

原作者の折紙つきだった仲代清左衛門

仲代達矢（俳優）
竹山洋（脚本家）
菅野高至（NHKドラマ番組部チーフ・プロデューサー）

菅野　「清左衛門残日録」というドラマはプロデューサーの僕にとって、本当に忘れがたい作品なんです。第一回放送が平成五年四月二日で、四年も経っているわけですが、こうやって主演の仲代さんや、脚本の竹山さんのお顔を見ると、当時のことがありありと甦ってきますね。「金曜時代劇」の枠で、連続十四回、五カ月足らずの放送でしたが、準備も含めると約十カ月。藤沢さんという当代きっての名手の小説のドラマ化ですから、やってもやっても宿題が片づかない。

竹山　そう……、まるで受験生の日々。

菅野　僕もスタッフも必死で、仲代さんや、竹山さんにはずいぶんご苦労をかけたと思っています。おかげさまで、芸術祭をはじめ沢山の賞もいただいて、いままでの自分のドラマ作りの中でも、ほんとうに幸せで実り豊かな作品で、一生忘れられないと思います。

竹山　僕にとっても「清左衛門」は忘れられない作品です。実は菅野さんも僕も、時代劇はあれが初めてだったんですよね。しかもその初めてが、藤沢さんという最高の作家の手になる『三屋清左衛門残日録』でしょう。菅野さんから、これしかないと言われて、僕は最初「この人、本気で言ってるんだろうか」と思ったくらいです。

藤沢さんの作品の中でも「清左衛門」は完成されつくした小説ですよね。原作の味わいを損なわずに果して脚本《ほん》を書けるだろうか、と自分でも半信半疑のまま引き受けたんです。案の定、苦労は一通りではなかった。だけど、その苦労のおかげで、僕は昨年の大河ドラマ「秀吉」が書けたんだと思っている。自分の脚本家としての道筋の中で「清左衛門」は、間違いなく大きな節目だったという気がしています。

仲代　藤沢さんの小説は、初期の作品から、僕の密かな愛読書だったんです。だから、原作は読んではいましたが、菅野さんから「三屋清左衛門をお願いしたい」と言われて、僕もおどろいた。まさか自分に回ってくるとは想像もしてませんでしたからね。役者の立場から言うと、こういう名作だとかベストセラーの主人公というのはやりにくいものなんです。すでに多くの読者の中でイメージが固まっているわけだから、どう演じてみても賛否半ばがいいところという面がある。ただ、この清左衛門に関しては、原作に触れた時から共感のようなものがありました。菅野さんの話を聞いたときから、もしかしたら上手く行くんじゃないかという直感のようなものはあった。

家督を長男の又四郎に譲り、藩主から贈られた隠居部屋で新生活に入る、というところから物語が始まりますよね。僕自身がまさにそういう年齢だから、まずその設定自体に共感できた。だから、「清左衛門」に限っては、何の企みもなく演じたんです。役者というのは、どんな役でも何か企むものなんです。それを僕はやらなかった。ただ画面に映っているという、まあ企まぬ企みというのか、そういう演技を心がけましたね。そんな境地で演じられる作品というのは滅多にありません。僕にとっても「清左衛門」はとても面白かったですね。

菅野　今だから話せるＮＨＫのドラマ事情を話しますとね、現代もの時代ものを問わず、ドラマ枠と本数が少なくなる時期があったんです。十年くらい前です。で、気がついてみると、連続の時代劇も危うくなっていた。何とか、大衆娯楽時代劇を蘇らせたいというドラマ部全員の想いがあって、選ばれたのが藤沢さんの『用心棒日月抄』だったんです。「腕におぼえあり」（平成四年四月放送。連続十二回）というタイトルで、村上弘明さんに主人公の青江又八郎を演じていただきました。これが視聴率を取って、時代劇の枠が蘇ったんです。好評につきパート2、パート3を作って、ほぼ一年三十五回放送したんです。で、二年目どうしようという話になって、好評につき再び藤沢さんの原作だったら、企画が通るだろう……。申し訳ないけど、不純な動機です。

竹山　僕もそうだけど、テレビドラマの作り手たちは、どこか考えているようで深くは考えていないところがある。テレビドラマというのは、時代を映す鏡で、いわゆるナマモノだから。菅野さんも根は走りながら考える人間《タイプ》なんです。

菅野　そう。で、僕の弱点をカバーする、一人だけ深く考える男がいた。

竹山　川合淳志さん。時代劇をこよなく愛し、小説は山本周五郎さん、池波さん、藤沢さん、すべてを読んでいるという逸材。

菅野　『用心棒日月抄』の言い出しっぺも番組デスクの川合で、彼が好評につきなら『蟬しぐれ』があるけど、スタジオ収録だと『三屋清左衛門残日録』かなって呟いたんです。

竹山　僕も菅野さんも素直だから、時代劇のプロの言うことを聞いてしまった。

菅野　そう、素直に……。でも「清左衛門」は読めばとても面白いけれど、ドラマ化するとなると大変だろうなとは漠然と考えていました。「用心棒」の娯楽性が「清左衛門」にはほとんどないですからね。ただ、高齢化社会の中でビビッドな物語だから、まあ、何とかなると考えた。が、実際企画が通ってみると、真っ青にはなりましたけどね。仲代さんにお願いにあがった時も、のっけから「菅野ちゃん、こんな地味なのほんとにやるの」って言われてしまいましたしね。

仲代　いや、それは、いまのテレビ界の常識の中で、こんなにすごい作品をやれるのかってことだったんです。やれたら素晴らしいけど、できるのかい？　って。ありきたりの脚本が案外多いのが、この世界の現実ですからね。

竹山　正直なところ、原作の中には読んでがっかりするのも割りとあるんです。ただ、われわれ脚本家からするとそっちの方が書きやすい。その分、原作を離れて自由に作れるから。しかし藤沢さんの作品となるとそうはいかないですね。引き受けたあとで『蝉しぐれ』だとか『又蔵の火』、『玄鳥』といった作品を改めて読み直したけれど、やっぱり素晴らしいんです。人間を描くにしても不思議な透明感がある。風景描写の陰影のつけ方にしても玄妙でしょう。読むほどにこれは手ごわいと思い知らされる感じでしたね。

仲代　僕が何も企まなかったというのも、姑息なテクニックでは清左衛門には歯が立たないという気がしたからなんです。僕自身の年齢もあるんだろうけど、何もしない技術というもので演じなくてはどうしようもない、という感覚でした。生々しい人物や激しい人物というのはずいぶん演じてきましたが、清左衛門のような透き通った人物をやるのは初めてだった。これは果してできるかなあ、とほんとに思いましたね。

菅野　透明だけど枯れてはいないんですね。たゆたっている感じなんです。

仲代　そう、たゆたっている。料理屋「涌井」の女将みさとの関係にしてもそうですが、まだ色気だってないわけじゃない。

藤沢さんのアドバイス

竹山　あの小説に出てくる町奉行の佐伯熊太にしても若い頃の朋輩の大塚平八にしても、今の時代にはおよそいない人間たちでしょう。悩み多くはあるけれど純粋な部分があって、背筋がしゃんとした趣がある。そういう人間たちをドラマの中で活かしていくのは容易じゃない作業なんです。

菅野　藤沢さんご自身も、最初は映像化はむずかしいと感じていたと思います。承諾のお返事は手紙だったんですが、何となく信用してもらってないかなという印象でした。その分、懇切丁寧にアドバイスをいただきました。たとえば、清左衛門の屋敷の見取り図などもわざわざ描いて送っていただきました（三三七ページ参照）。それを見て、ああ、藤沢さんも図面を前にして書いているんだなと思いました。若かりし頃、井上ひさしさんの『國語元年』を演出したんですが、井上さんも脚本を書くにあたって自分で描かれた屋敷の見取り図があったんです。ちょっと脇道にそれますが、四年ぶりにこの図面を見ていて、字の形から描き方、井上さんとよく似ていることに気づいたんです。東北人の緻密さというか、お二人にはやはり共通するものがあったんですね。

アドバイスに話を戻すと、小説の中では長男の又四郎という人物がいまひとつはっきりと書かれていないんですね。しかしドラマに起こすとなると姿形からキャラクターまで、かなり克明に摑んでおく必要がある。

竹山　父と子の関係が小説を読んでも見えてこない。現代的に解釈すれば、又四郎はデキる父親を持って、父を超えられないのでひがんでいる。ひがむ又四郎では素敵でないなって。

菅野　それで、一度、お電話で訊ねたことがあるんです。すると、さっきの見取り図と一緒に詳細な解説を書いて送って下さった。一部を紹介するとこんな風です。

〈三屋又四郎の輪郭について、電話でざっとお話ししましたが、あれでは少し不親切だったような気もしますので、もうちょっとくわしく、私の頭にあった又四郎像についてご説明しましょう。

①長男的性格の持ち主

長男には、もともと次、三男とは異なるひと風格があるように私は思うんですが、武家の長男はその上に、家の後継ぎとして親戚とのつき合いから着る物、喰べ物にいたるまで、次、三男とはまったく違う扱い、優遇をうけて育ちます。

それで、家を継ぐころには、後継者としての責任感とプライドが出来上がって、若くとも一種の貫禄が身につくようになるのですが、又四郎もこのタイプ。この性格を具体的に言えば、つぎのようになるでしょうか。

㋑言語、動作に軽々しいところがない

㋺礼儀、作法に手落ちがない

㋩親、兄弟に関しては責任を持つ家父長的な態度が目立つ〉

このあとにも、②として「考え方、進退の基準は、家の保持にある」とあって「ことさらに隠居の父親を慰めたり、機嫌をとったりすることは必要のないことです。下城の挨拶のときに、二、三世間話をしたり城中のことを話したりすることはあるでしょうが、こまかなことは妻女まかせでいいわけで、ここに嫁の里江が活躍する余地が生まれます」と説明されています。

又四郎の嫁の里江——南果歩さんが心に残る好演をしてくださったんですが——につ

いてもこんな性格づけを教えていただきました。
〈里江について一言しますと、小説では少々でしゃばりと思われるほど、あれこれ清左衛門に口出ししますが、武家の嫁としては、同じような口出しをしても態度はもうちょっと控え目である方がいいように思います。封建時代の武家の嫁の立場というものは、弱いものと思われていますから。
私自身としては、封建時代でも、市井の女はもちろん、武家の女性もけっこう強かったと認識しているのですが。〉
この手紙をいただいた時は、スタッフ一同うーんと唸ってしまいましたね。それでいて、末尾にはこれはあくまでも原作者の考えで映像となると別ものだから、こうした考え方にこだわる必要はまったくないし、参考意見として聞いてもらえればそれでいい、と書いて下さっている。僕はこの手紙一通で、藤沢さんの人柄に触れた心地がしたものです。

竹山　推敲に推敲を重ねるんだ。

菅野　推敲どころか、字の形から気をつかう。弘法も筆を選んで、万年筆をとっかえひっかえ……だけど、その分こちらから出す手紙には気をつかいましたよ。何しろ相手は小説家でしょう。時間かけて、書き損じを繰り返してるうちに、五、六枚の手紙なのに、NHKの二百字詰めの原稿用紙が一冊まるまるなくなってしまう。あれ一冊で五十枚もあるんですけどね。

っかえ……。

竹山　僕も万年筆で書くからよく分かる。菅野さん、テクニックではないの、心で書くのよ……。と、分かってはいるんだけど、藤沢さんの持っている気高さをドラマで表現するというのは大変でした。われわれはピュアじゃないですから。日々、野心、欲望渦巻く世界に生きていますから。

菅野　『三屋清左衛門残日録』は精緻な短編小説の積み重ねだから、読みやすくはあるけれど中身は純文学なんです。だから企画が通った後、周りの人間たちに、金曜夜八時にこんな純文学をやれるのかとしきりに言われた。それでだんだんこっちも不安になってくるわけです。

ただ、視聴率に関しては最初から開き直ってたようなところはありました。地味と言えば地味な話ですから、率より質で勝負しようって繰り返し言って、それで自分を励ましてましたね。とにかくストイックを通そうよ、と竹山さんとも何度も話したんです。

竹山　奇を衒《てら》うことだけはやめようってね。

菅野　藤沢さん自身が小説家としてストイックな方でしたから。それが如実に出ている原作だから、仲代さんや竹山さんは大変だったと思いますね。最近のドラマは最初の三分、五分でぐいっと客を引きつける作劇法が主流なんですが、この「清左衛門」に関してはそういうことはまったくやらなかった。冒頭から堂々とタイトルを出して、俳優さん、スタッフの名前を出して、そしておもむろに本編に入る。いまどきこういう作り方

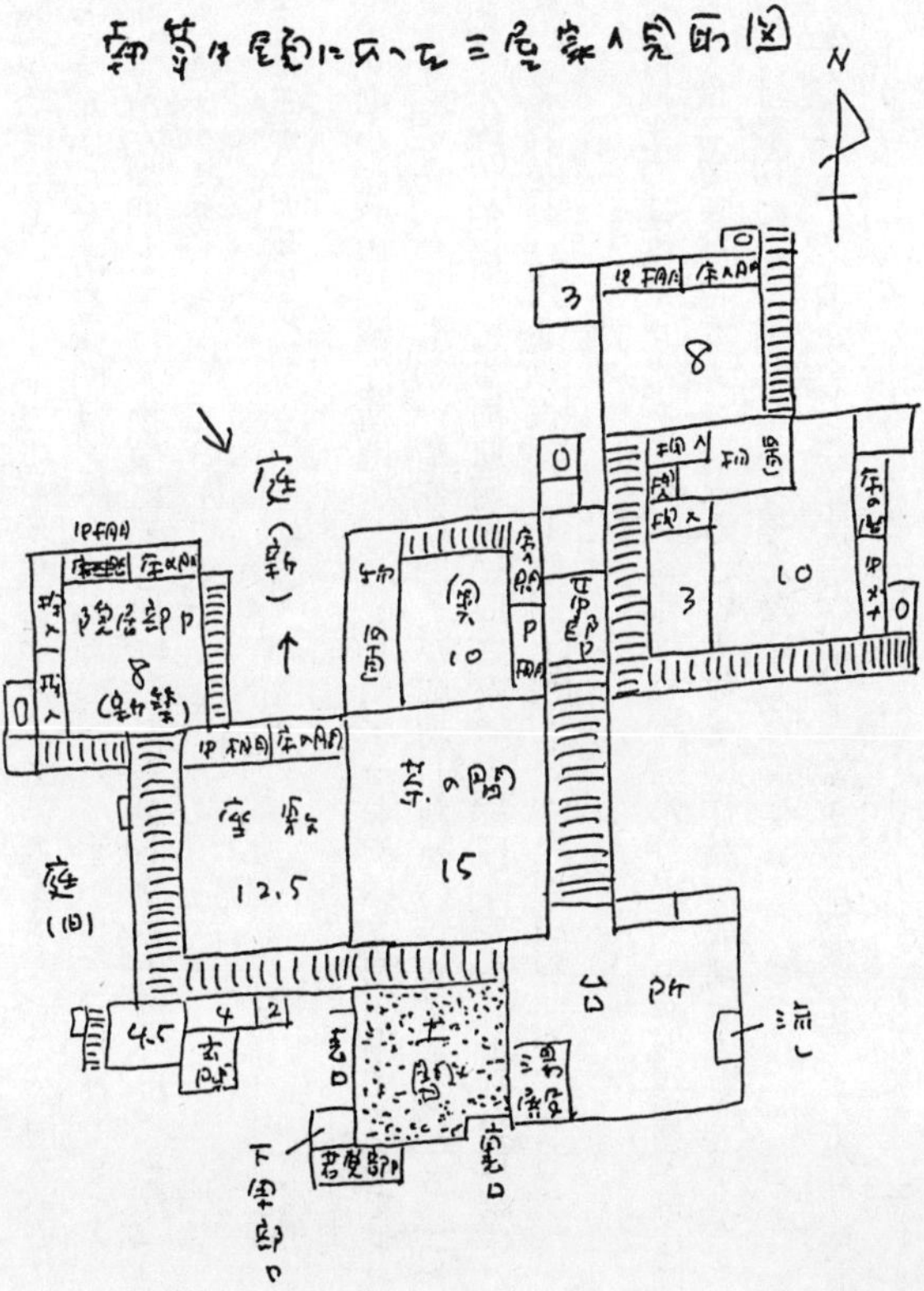
N
庭（新）
隠居部屋
8
（新築）
座敷
12.5
茶の間
15
奥
10
3
8
3
10
4.5
4
2
台所
流し
土間
玄関
庭（旧）

は金曜夜八時では絶対にしないですね。

仲代　僕はいま「リチャード三世」を舞台でやっているんですが、公演で地方に出るたびにみなさんから、清左衛門はどうなっちゃったんですかって言われてしまう。リチャード三世と清左衛門とでは人物像に天と地ほどの差がありますからね。それだけ清左衛門の仲代達矢が浸透しちゃってるんです。

「主役は正解、大あたり」

竹山　しかし小説の中の清左衛門は、テレビにするとやはり地味過ぎるんです。仲代清左衛門だからこそ、僕たちの「清左衛門」が成功したという面もあると感じています。財津一郎さんの佐伯にしても河原崎長一郎さんの大塚にしても、それから南さんの里江にしても、それぞれにはまり役で、そこが上手くいった理由の一つでもあったと思いますね。

仲代　俳優同士の連携プレーが実にスムーズにいった作品でした。現場で俳優同士が名前ではなく役名で呼び合うようになると、大体その作品は成功するんですが、「清左衛門」の場合は最初のリハーサルからそんな感じだった。

菅野　「あの仲代さん」とテレビで十四回も競演できる。俳優の皆さんが仲代清左衛門を核に、心が一つになった。そんな第一回目のリハーサルだったんです。それから二カ月後、第一回が完成してビデオをお送りしたんですが、それを見て、藤沢さんも安心されたようでした。しばらくしてお葉書をいただきました。これもちょっと読ませてもらいます。

〈冠省　いそがしい締切り仕事があって、頂戴した「清左衛門残日録」第一回を本日やっと拝見しました。上々の作品と思いました。原作『残日録』の軽みを随所に生かし、また心配した武家の作法ということも大筋できっちりととのい、しかも型にはまらず大変けっこうでした。配役では財津一郎が水を得た魚のような好演、また南果歩のキャラクターがとてもよく生きて、これは配役の妙ではないでしょうか。仲代達矢はさすがに存在感があり、このひとの主役は正解、大あたりという気がしました。固い一方ではなくこちらもちょっと軽みがあるのですが、財津の八方やぶれの軽みとは違い、少し不器用なところがいいと思いました。スタッフの健闘を祈りながら、先をたのしみにしましょう。　　　匆々〉

このお葉書をいただいて僕はほっとしました。

竹山　思えば、僕自身、まだあの頃は老いに対して夢のようなものがあった気がしますね。わずか四年前ですけど、今だったらもっと殺伐とした清左衛門になっていたかもしれない。最近、体力的にも急に落ちた感じがあるし、当時はもう少し自分も艶っぽかった。だから、女将のみさにしても原作より少し艶を出して、それがテレビとしては効果的でした。

仲代　僕もあの頃ちょうど還暦を過ぎたくらいで、脚本の艶っぽさが一種の魅力でした。

原作の印象だと清左衛門はもっと枯れているんですね。実年齢は近いんだけど、実際の自分は原作の清左衛門よりもう少し役者としての色気とか、人間として生きる色気があるように思っていましたから、これは、そうした自分の中にある色気を殺さないといけないな、と考えていたんです。ところが、竹山さんの脚本が出来上がってくるとそういう艶っぽさがかなりあった。

竹山　やっぱり僕自身の老いに対する夢というか、抵抗というものもあったし、また菅野さんが地味に地味にと言うから、それに抵抗してやろうという気持ちもあって、ああいう清左衛門にしたんです。菅野さんとはその部分でずいぶん議論しましたね。

菅野　竹山さんの狙いがあの時、僕には分からなかった。申し訳ない……。それと、竹山さんと議論というか、一番やりあったことは、ドラマをゆっくりと立ち上げようよ、ということです。僕は「ドラマ人間模様」で向田邦子さんや早坂暁さんの仕事ぶりを見ながら育った人間なんです。だから、十四本の中で、四、五本は「ドラマ人間模様」のような作品にしたいと思っていた。ということは、極めて丁寧に紡ぐ如く脚本を練り上げるということなんですよ。そこで竹山さんとやりあうわけです。

仲代　二人の間でそんな闘いがあるとは知らなかった……。藤沢さんがお葉書の中で、僕の演技の中の不器用な軽みがいい、とおっしゃっていますが、さきほど、何もしない技術と言いましたけど、そういうユーモラスなところを出そうと僕自身心がけたんです。藤沢さんの作品は、初期のものからニヒリズムというか、何か底暗いものがずっと表現されていますよね。だけど『三屋清左衛門残日録』の頃になると、そのニヒリズムがとても明るくなってくるんです。その明るいニヒリズムを演技の中で出せないかとはいつも思ってました。

竹山　藤沢さんの作品は、暗いといえば暗いんです。だけど、その暗さが突き詰められて光っているところがある。

仲代　そうですね。『三屋清左衛門残日録』にしても本当のハッピーエンドではないですね。

竹山　夜の闇でもようく目をこらすと暗くないでしょう。そういう、高級な暗さというものがあります。やはり若い時に大病をされ死と向き合ったことのある方ですから、ある種の諦念みたいなものが作品を貫いているんですね。

だから、涌井の女将にしても普通だったらもっと書き込むだろうところが、さっと数行でおさめてある。あらゆる場面が、ある意味で隠されているんです。そういう奥行きを持っていますから、これを映像化するとなると悩みは尽きないんですね。たとえば第一話でおうめという藩主お手つきの女が出てくる。藩主が死んで彼女は実家に戻るんですが、誰に嫁ぐこともできず死んだような日々を送っているんですね。そのおうめが若い男と密通して子を孕んでしまう。一体誰が相手か、ということを清左衛門が調べるわけですが、その相手の男が出てくる場面というのは小説では書かれていないんです。しかしドラマでは、清左衛門と男が会うシーンを作らなくてはならない。そこがむずかしいんです。藤沢さんが隠すことによって表現しているものが、そういうシーンを作ることで失われてしまうかもしれない。

菅野　そのかねあいですね、問題は。さっき仲代さんもおっしゃったけど原作の清左衛門は、枯れているというか、きっちりしすぎているところもたしかにあるんです。テレビドラマにする以上、ある程度、そうした原作の清左衛門からはみ出さなくちゃならない。だけど、そのことで藤沢さんの作品を台無しにしてしまったら大変ですね。そのはみ出し方がむずかしいんです。仲代清左衛門も最初はすくっとした清左衛門だった。それがはみ出すきっかけは、清左衛門がしたたかに酔うシーンでした。そのシーンを撮るとき演出の村上祐二が、仲代さんに「ご存分に酔っぱらって、グジュグジュになって下さい」とお願いした。

竹山　第四回「川の音」。農婦おみよの白く健康な太腿《ふともも》に、清左衛門がクラクラッとする。

菅野　で、出来た嫁の里江も何となく分かって、清左衛門に嫉妬する。清左衛門も里江のそんな気持ちが分かって、涌井のみさにグチをこぼして夜遅くまで飲んで、酔っぱらって帰る。

竹山　里江にとって清左衛門はいわば理想の男《ひと》。その理想が、目の前でグジュグジュの駄目な男になってしまう。

菅野　この回で仲代清左衛門がついに完成する。

竹山　それ以降、仲代さんの清左衛門が次第に艶っぽく立ち上がってくるんです。そのために、涌井も原作より多く使っています。みさ役のかたせ梨乃さんも、原作のみさよりかなり色っぽい。

仲代　鬢も原作のイメージよりは若いですね。鬢に一筋ふた筋白いものが混じるのも回数が後半に入ってからで、僕は最初、この鬢はちょっと違うんじゃないかと思った。もっと清左衛門は渋いはずだと。しかし結果的にはそれが良かったんですね。

竹山　清左衛門が持っているエネルギーのようなものがうまく滲み出た気はします。「隠居といえども男でござる」といった、逞しさを見せることができた。原作の清左衛門も、随所でそういう男らしさを発揮していますから。

「夢」の逃避行

仲代　その意味では第十回の「夢」は演じていて面白かったですね。大雪の夜、訪ねた家を辞して帰路につくんですが、雪に降りこめられて危うく凍えそうになる。そこをみさに救われて、清左衛門は涌井で一泊するんですね。すると夢うつつの中でみさの身体が布団にすべりこんでくる。果して清左衛門とみさはわりない仲になったのか、ならなかったのか。実に興味をそそるんですが分からない。

竹山　あの「夢」は僕にとっても一番思い出深い作品です。というのも、あのとき、僕はもう書けないと思って、失踪しちゃったんです。生まれて初めて逃げだした。とても菅野さんの期待に応えられそうになかったし、どうしたって筆が動かない。逃げるしかないと山口県まで行ってしまった。

菅野　僕の方からすると状況は全然逆だったんですね。それまでで「ドラマ人間模様」のような面白くて深い作品を作りたいという僕たちの目標はほぼ達成されていたので、あの「夢」の回は竹山さんの好きなように書いてもらえばいいと思っていました。それまでの回でずいぶん竹山さんとはやり取りがあって、僕に一番欠けているお客さんをつかむ竹山さんのケレン、作品の艶っぽさを今度は竹山さんの思いのままに書いていただこうと考えた。今だから明かすと、竹山さんへの贖罪と、正直僕も疲れきっていた。それで、構成の打合せで「夢」は一晩くらいの話という設定で作りたい、と竹山さんが言われた。僕も一幕ものの作りは大好きですから、じゃあ、そうして下さい、思う通りで結構ですよって言ってたんです。

竹山　そもそも「清左衛門」は第一回から苦しんで苦しんで書いてたんです。もちろん僕だって脚本家ですから、普通に書こうと思えば簡単に書けはする。だけど、「清左衛門」だけはそうはいかない。毎回、普通の何倍も苦しんで書いてました。そして「夢」の回になって、ついに書けなくなったんです。ああ来たかって感じで、熱を出して、気づいたら新幹線に乗ってましたね。

山口の好きな女の人の家に行って、「もう俺は駄目だ、仕事やめようかと思う」って泣きつきました。そしたら彼女が「やり通しなさい。やり通したらあなたの運命が変わります」って言うんです。そのとき、この人と自分との関係というのは、涌井のみさと清左衛門の関係と同じなんじゃないか、と突然思った。すると、すーっと没我の状態になって一晩で書けてしまった。

山口から菅野さんに原稿をファクシミリで送ったら電話が来て、菅野さんが珍しく褒めてくれるんです。長い脚本家人生の中でも、あの菅野さんの声だけは妙に記憶に残っていますね。

仲代　あの脚本は最高。清水一彦君の演出も良かった。あれで、芸術祭を受賞した。僕も竹山さんほどではないけれど、清左衛門はしんどかった。やっぱり原作がしっかりしすぎていますからね。

竹山　そうなんです。完成された作品だし、一行の良さといったものが追求されていますからね。だから、「清左衛門」については放送後も賛否両論真っ二つだったと思いますよ。菅野さんは僕らには決して言わないけれど。藤沢さんの本当のファンは、これは小説の清左衛門とは違うと思ったかもしれないし。

仲代　だから僕も、清左衛門を演じているときは一度も原作を見直さなかった。昔、「人間の条件」をやったときは、五味川さんの原作本と首っぴきで演じたりしたんですけどね。それだけ僕も歳を取ったということかもしれないし、それだけ清左衛門に対しては素直に共感する部分が大きかったのかもしれない。

竹山　清左衛門は枯れたようでいて、実はそうじゃないところがたくさんある人物ですね。後半では藩の派閥争いに積極的に首を突っ込んでいくし。

仲代　ほんとうはきっと隠居したくなかったんじゃないかな。のっけから親友の佐伯に「隠居は急がぬ方がいいぞ」と言ってるくらいですからね。

菅野　働いている男の本音はいつでもそうなんでしょうね。退職後も会社から頼りにされたい。清左衛門はリタイアした男たちの理想の人物像なのです。それに、清左衛門が家に戻ると嫁の里江が必ず三つ指ついて「お戻りなさいませ」と迎えるでしょう。あれも、男の夢なんですね。番組の感想を書いたお手紙を沢山もらいましたが、その中に、自分もああいう風に迎えてほしいと書いてある。僕なんか、そういうのを読んで、なるほどと唸ってしまうわけです。それにしても「清左衛門」にはほんとによくお手紙が来ました。葉書じゃないんです、ちゃんとした封書で、しかもみんなご高齢の方々だから達筆なんです。達筆すぎて読めなかったりで。

清左衛門の面白味は

竹山　最初、「清左衛門をやろう」と菅野さんから言われたときは、誰か替わってくれないかと思いましたからね。これで、もう僕は大河ドラマの脚本は一生書けないだろうなって。とても当たるとは想像できませんでした。なにしろ、全十四回で清左衛門が刀を抜いたのはたったの一回ですよ。僕らテレビの世界で長く生きているから、チャンバラのない時代劇なんて当たるはずがないと思っていた。

ちゃんと仕事をすれば、ちゃんと当たるんだということを僕はこの「清左衛門」で痛感した気がします。脚本家として勇気を与えられた作品でしたね。

仲代　でも、これは当たるぞって思って、本当に当たることも少ないですよ。この程度やっておけばお客さんは喜ぶ、と高を括っていると大怪我してしまう。そこが僕たちにとっては逆に救いなんですね。

竹山　そうですね。本気でなければ駄目なんです。「清左衛門」にしても下手な手練手管で、たとえば清左衛門と里江との関係を嫁と舅の構図で脚色したりすれば、視聴者はパッと引いてしまったでしょうね。

菅野　竹山さんもそうでしょうが、僕は具体的に一人の人に向けてドラマを作るんです。「清左衛門」のときは、球を投げる相手は僕の義理の母でした。ちょうどその頃、義母と同居を始めて、彼女が「清左衛門」を面白がってくれるかどうかが僕の個人的なモニターだったんです。第十回の「夢」については、彼女には分からないだろうと予想したんです。あの「夢」は多重の回想で構成されていて、時制《テンス》が五つくらい出てくる。普通だったら、ああした手法は芸術祭に参加する単発ドラマでしか用いません。映像化して大丈夫かどうか、僕自身半信半疑だった。で、放送があった晩、家に帰って、義母に直接聞くのは恥ずかしいから連れあいに「おかあさん、分かったって言ってた？」と訊ねた。そしたら連れあいが「うん」って頷くんです。「面白かったって言ってたよ」って。その言葉を聞いて、僕は連続ドラマの強みを知った気がしました。たとえ込み入った手法を使っても、それまでに登場人物の性格とか感情のゆれに馴染んでいて、お客さんは相当な理解力を身につけてしまうものだ、と分かったんです。連続ドラマの積み重ねの強さを実感しましたね。

仲代 清左衛門くらいの年齢になると、若い頃のように善悪の二元論では世の中は括れないということが肌身で分かってくる。そういう役どころを演じるというのは、役者として冥利につきる気がします。「清左衛門」十四回の中で、「夢」が一番その要素が強く出た回でした。もちろん勧善懲悪の時代劇があってもいいんです。だけど、そうではなくて自分の中にも保身の心だとか、人を押し退けたい心だとかがあって、そういう自らの悪に戸惑いながら事に対処していく、そういう人物像は面白いですね。清左衛門の面白さはそこにあるんです。

竹山 芝居はやっぱりただの善人ではつまらないですよ。

仲代 そうそう。状況によって現実の人間はどうにでも変わり得るんです。ですから、僕らが役を演じるときも、そのことを忘れてはいけないんです。ところが、中には、一つこの役はこういう人間だと決めたら、そうじゃない行動にはクレームをつける役者もいます。

竹山 新劇系の人なんかに案外多いかもしれないな。人は状況によって良くも悪くもなるという要素は、清左衛門の中にもありますよね。枯れきっていなくて、権力志向も少しは残っていて、色気も捨てきれたわけではない。ただ、それが心地よい節度を保っている。

そこが肝心要なんですね。

菅野　「清左衛門」は本当に贅沢させていただいたドラマでした。仲代さんをはじめ素敵な役者さんに恵まれ、優秀なスタッフに支えられて、そして何よりも藤沢さんのおかげで、竹山さんも、僕もドラマの作り方、人間の捉え方を初心に返って学ばせていただきました。

藤沢周平さん、ありがとうございました。

ご冥福を心よりお祈り申し上げます。

*
**

7　藤沢さんの頁

インタビュー
なぜ時代小説を書くのか

このインタビューは、「オール讀物」平成四年十月号〈特集・藤沢周平の世界〉の一部として掲載されたものです。藤沢ファンを自任される第一線の作家・評論家十三人――川本三郎、常盤新平、ねじめ正一、池澤夏樹、来生えつこ、関川夏央、宮部みゆき、海老沢泰久、小嵐九八郎、落合恵子、安部龍太郎、皆川博子、高橋義夫の各氏にアンケートをお願いし、そこへ寄せられた藤沢さんへの質問をもとにして行われました。各氏には同時に、「好きな一冊」も挙げていただきました。

――藤沢さんの小説にでてくる風景描写はどれもとても印象的です。しみじみとした日本の風景が描かれている、という感じです。郷里の山形県鶴岡というと、何を思い出しますか。

藤沢 うーん、やっぱり風景だろうなあ。学校はあまり好きじゃなくて、遊んでばかりいたから。川で泳いだり、山に入ったり、自然がとても好きだったんです。向こうに鳥海山があって、こっちに月山がある、たったそれだけの風景なんだけれどね。月山というのは非常に複雑な山でね。一年中、どれがほんとの月山かと思うくらい、いろんなふうに変わる山なんです。七月頃まで雪があって、登山できるのは夏のほんの少しの間だけなんです。秋の末になると天気が悪くなって、雲に包まれる。冬は滅多に顔を見せない。でも、雪におおわれた山の姿は実に神秘的な感じです。そういう土地に住んでいることが、とても嬉しかったですね。わたしはよくよく田舎の子だと思うんです(笑)。だから、そういう風景がいちばん印象に残ってます。

――月山を中心にした庄内の風景が、藤沢さんの原風景といってもいいようですね。

藤沢 まあ、そうですね。小説ですからそのまんまということではありませんけれどもね。基本はそこにありますね。

――先生の思い出はどうですか。

藤沢　小学校の一、二年生を担任してくれた女の先生はとてもいい人でしたね。今考えると、自分の娘よりもうちょっと年下だろうと思うぐらいなんだけれど、ほんとにお母さんみたいでした。それからエッセイにたびたび書いた、五、六年生の頃の宮崎先生はおっかない先生でした。癇癪を起こすと「お前たちなんか、もう教えたくない」と、サッと教室から出てってしまう。わたしは副級長でしたが、級長の五十嵐久雄君と二人でお詫びに職員室へ行くわけです。二人とも叱りなんで、言葉がスッと出てこない。先生のそばに立っても、先生はこっちを見てくれない（笑）。「せ、先生……」と言ったまま、久雄君がポロポロッと泣く。わたしもまた待ってたように、一緒に泣くわけですよ（笑）。それでやっと「じゃ、分かったんだな」と先生が教室に帰ってきてくれる。でも、この宮崎先生がいろんな外国の小説を読んでくれて、文学に対する興味を引っ張り出してくれたんです。綴り方も朱筆でていねいに添削してくれて、必ず最後に、いい、悪い、そしてどこがどんなふうにいいかをちゃんと書いてくれる先生でした。いまだに、いい齢した同級生なんか集まると、そういうなつかしい先生の話をしますね。

――藤沢さんご自身も昭和二十四年から二年間、郷里の近くの湯田川中学で先生をされた経験があるんですね。その頃の教え子ともよく会われているようですね。

藤沢　何しろ新米だから、試行錯誤の連続みたいなもので、生徒にはかえって迷惑をかけたんじゃないかと思うようなこともあるんです。とても優秀な先生だったとは思えない（笑）。それでも何かこう慕ってくれるんだねぇ。

――やっぱり魅力があったんですね。

藤沢　最近の学校と違って、とにかく子供たちとよく遊んだですよ。山に行って芋煮会なんかしたりね。田舎の子供だから、そういうのはよく知っている。「どこそこで芋煮会をやる、先生、来ないか」とさそわれて、こっちも結構面白がって遊んだなあ。そんなことが印象に残っているのかもしれない。今でも教え子が田舎からメロンを送ってきてくれたりします。女の子、といってももう五十半ばですが、これがまたうるさくて、「味が変わるから、一週間以内に食べろ」とか（笑）、子が年取った親の世話をやくように言ってきますね。

――先生というのは教え方の上手下手よりも、いっしょにもみくちゃになってやっている、という感じが大切なように思います。

藤沢　先生のほうで何かこうたくらむというか、そういう気持があるとダメですね。生徒と裸でつきあわないとね。「女の子をいじめちゃダメだ」と、男の子の頭をゴツンと殴りつけたりしたこともあります。いまだと体罰ということでしょう（笑）。その子なんか、わたしが小説家になって田舎へ帰ったら、いちばん喜んで飛んで来てくれましたね。頭のよし悪し、成績のことが学校では問題になるんだけど、社会に出てしまうと、殆ど関係ないですね。上の学校に進んだ子がちゃんとやってるかというと、必ずしもそうじゃなくて、高校にも行けなかった子供が、電気工事の技術を覚えて、小さいながら会社をつくって頑張っていたりする。そういう子の方が、落ち着きがあるというか、人生で頑張ったという貫禄みたいのが、ちょっと見えるんですね、四十代ぐらいになるとね。学校の成績だけじゃ、人生、決められるもんじゃないな、とつくづく思います。

──教え子との集まりは郷里でやるんですか。

藤沢　田舎にはなかなか帰れないので、毎年一回、東京の池袋で集まるんです。必ず近況報告することになっていて、子供がどうしたとか、孫が生まれた人はいないかとか（笑）、そんな話をするわけです。それに対して、わたしが一言ずつ、こうしたらいいんじゃないかなんて言ってやる。それが嬉しいらしいんです。わたしも、腰痛がだいぶよくなったなどと近況を報告します（笑）。初めて東京で同窓会をやったとき、一人の女の子が出てきて、結婚、家庭、みんなあまり具合よくなくてすごく苦労したのがいました。そういうことをわたしに聞いてもらいたくて出てくるんですね。「先生に会いたくて来た」とポロポロ泣かれると、こっちも「〇〇ちゃん、苦労したねえ、でもよくがんばった」と手を取り合って一緒に泣いたりして（笑）。ほんとに不愍《ふびん》でねえ。先生と生徒の関係は実に不思議なものですね。

──地元の人やあまり近い人には喋れない。遠くの先生なら安心して話せるんでしょうね。

藤沢　そうなんだねえ。二人で泣いているのをほかの子が見て「何やってんだ先生は、いつまでも……」と、焼きもち焼くんです（笑）。ほんとに妙なもんですよ。

——藤沢さんの作品の中で『春秋山伏記』には、かなり濃厚な庄内方言がでてきますが、小説を書く場合、方言はかなり意識されますか。

藤沢 『春秋山伏記』は意図的に、庄内の言葉を残したいと思って書いたんですよ。でも意識してもほんとうのところは書けませんね。喋り言葉は非常に細かいニュアンスがあって文字では表現しきれません。それをやろうと思ったら、井上ひさしさんが『吉里吉里人』でやったように、標準語をふりがな風にそばにつけないと無理ですね。そうやっても、文字にしてしまうと、ウソになる部分があるんですね。むずかしいです。

——自分が育った土地の方言を残しておきたい、あるいは方言がもつ独特の気分を書いてみたい、ということはあるのでしょうね。

藤沢 ありますね。その土地の出身であるというのを、小説の中に何かの形で書いておきたいという気持はですね。全部方言で書くのは無理だから、一部の方言を場面、場面でパッと入れてみるというやり方は、これからもやってみたいと思います。感心したのは森敦さんの『鳥海山』という短篇集です。この中に、いわゆる庄内のあば——魚の行商をしたりする中年女たちの言葉を書いたのがあって、あれには脱帽しました。実にうまくニュアンスをつかまえてるんです。土地の者だって、なかなかそういうのは分からない。

——外から入った人だから、かえって印象深く、方言が耳に残るのかもしれませんね。

藤沢　そうですね。何か喋っていて「コォー」って言うんです。「コォー、たまげた」とか「コォー、呆れた」とか、感嘆詞というのかな、そういうふうに使う言葉です。感心したり、ときには相手を蔑《さげす》んだりする場合も「コォー、よくそんなこと言えるもんだ」という場合にも「コォーッ」って一言で強く言ったりする。そういう使い方を森敦さんは非常にうまく使っています。庄内のあばたちの誰かが、景気のいいホラ話をすると「コォー」って一言だけで、あとはみんなドッと笑った、という描写なんか、すばらしかったですよ。

タイトルや人名の付け方

――今回、編集部で十三人の作家、評論家の方々から藤沢さんに対する質問をあらかじめ出してもらっていますが、その中の一つに、藤沢さんの登場人物の名前の付け方が上手なので、どうやってつけるのか知りたい、というのがありました。

藤沢　いろいろ考えますけど、うまくできるときと、どうやってもダメなときとあります。大体、登場人物の名前をうまく思いついたときは、小説もうまく書けますね。それがどうも気に入らない、堅苦しいような名前しか浮かんでこないときは、筋の方もうまくいきませんね。わたしは名前を付けるのはうまい方ではないと思いますよ。うまいのは池波正太郎さんでしょう。『鬼平犯科帳』の盗賊の名前なんかすごいですよ。

――名前がすんなり付くということは、人物のイメージが非常にはっきりしてくることなんでしょうか。

藤沢 そうですね。

――何か武鑑のようなものを使うのですか。

藤沢 武鑑は見ませんが、荘内藩の分限帳みたいなものはよく見ます。でも小説に使いたいような名前は限られていますね。殆どが何々左衛門、何々右衛門、何兵衛ですからね。『蟬しぐれ』の牧文四郎なんか、うまくいった方でしょう。これは江口文四郎さんという田舎の友人がいまして、それからもらったものです、小説にはそれらしい名前が必要なんですね。

――女性の名前はどうですか。

藤沢 女性は一応、自分で拾い集めたり考えたりしたのがアイウエオ順でそろえてあるんですけど、もう大概使ってしまいました。結局また、同じものを使うしかないですね。武家の女性の名前でも、市井物の女の人の名前にしろ、小説にして映えるような名前は限られていて、いくらもないんですよ。

――小説のタイトルはどうですか。

藤沢 これもあまりうまくないですね。

――タイトルをつけるのは小説を書き始める前ですか。書いたあとに付けるんですか。

藤沢 最初ですね。それがうまく付いたときは、すごく勢いがいいですよ。反対になかなか考えつかなくて、締切りがせまるのでともかく書きはじめ、途中でやっと付ける、ということもよくあるんですけど、そういうときは何かずっと気がかりがある感じで、あんまり出来はよくないですね。最初にパッとできたのは、いいです。『ただ一撃』なんていうのは、もうそのタイトルだけで小説ができたようなものでした（笑）。

——人名やタイトルがパイロットみたいに創造力をかきたて、ぐんぐんストーリーを引っ張っていくのかもしれませんね。

藤沢　そう、そう。名前だってそれらしい名前を付けてやると、物語をどんどん引っ張るんですよ。だからちゃんとした名前を付けてやらないと、何か人物がぶんむくれてあまり働いてくれないようです（笑）。

「山びこ学校」と作文教育

——藤沢さんの文章はすばらしくいいので、とても読む楽しさがあります。文章は単に何か意味を入れる器というだけのものではなくてもっと別のものがあるように思います。

藤沢　文章自体で、ある雰囲気、エモーションといったものを醸し出すことができたり、あるいはもっと深い意味を、二重に暗示することもできます。文章はそういう非常に底深いものだと思います。もっとも、そういうものはなかなか書けないんですけどね。そして、もう二十年ほども書いてきますと、文章というのは、なるべく普通の、気取らない文章の方が、いま言ったような深いものを表現できるように思います。あまりむずかしく文章に凝ってしまうと、そういうものを取り逃してしまうことがあるんじゃないか、そんな気がしています。だから、つとめて分かりやすい文章で書こうと思ってるんです。

——エッセイの中で、文学的なスタートとなった『溟い海』の文章と、いまの文章は変ってきた、とお書きになっていますね。

藤沢 若い頃は、といっても、そう若くもなかったけど、書き始めは文章自体に文学的な香気みたいなものを求める気持が強かったんです。ところが、実際は逆なんですね。そういうものにはこだわらない方がいいんです。

——若い頃、丸山薫の詩がお好きだったと聞きましたが、そういう嗜好と『溟い海』の文章とが、どこかで相通じているようなことがあったのでしょうか。

藤沢 ええ、多少は接点があるはずです。詩みたいなものを自分の小説の文章の中に持ち込もうとしたわけですが、そういうことは今考えると非常に無駄なことですね。むしろ散文に徹するところに、ポッと詩が生まれる。それを狙ってはダメですね。

——関川夏央さんの質問でこんなのが来ています。藤沢さんが山形師範にいらしたとき、キャンパスの中で、後の「山びこ学校」の無着成恭さんに会ったことはありますか。

藤沢 記憶はありますよ。わたしの一年上でしたからね。あのひとは、もう既に有名人でした（笑）。何か自治会みたいなところで挨拶をしたり、どこか飄々と歩いていました。こっちは雑魚《ざこ》ですから（笑）、全然話したことはありません。無着さんは、学生にしてもう既に頭角を現わしていましたね。

――「山びこ学校」と戦後の作文教育は深いつながりがあるようですが、無着さんと「山びこ学校」には関心をお持ちでしたか。

藤沢　同じ山形でも庄内の方では、内陸にくらべると綴り方・作文教育の伝統がないんです。庄内とちがって村山は、言葉も外向的というか、どんどん自分を表現することに長《た》けているというか、思ったことをあまり隠すということがない。どんどん前に出していく。そういうのが村山風ですが、この地方では昔から綴り方教育でも国分一太郎さんなどが非常に熱心にやられて、そういう伝統が花開いたのが、無着さんですね。庄内というところはわりとのんびりしていて、そういう激しいところがないんですね。江戸時代も、土地柄としては米がたくさんとれたところなので、同じく貧しいといってもその感触がちょっとちがう感じです。むかしの有名な旅行記にもそう書いてあります。だから子供に綴り方を書かせても、ああいう感動的なものは出てこないような土地柄でした。山形師範の生徒でも、鶴岡など庄内から来たのは、みんなのっそりして、大した発言もしないんです（笑）。村山弁の談論風発に気圧《けお》されちゃうんです（笑）。おっとりしているというのか、単に愚図だったのか、そんなところがありました。そういう風土の違いが、教育にも多少なりとも反映したように思います。

ただ、わたし自身は十数年前、「山びこ学校」はどういう学校なんだろうと、『密謀』という小説の取材で近くの上山《かみのやま》に行ったとき、一人で学校を見に行ったことを覚えています。

——私も五、六年前に「山びこ学校」の卒業生・佐藤藤三郎さんを訪ねたことがあります。小学校は鉄筋のすばらしい校舎になっていて、ただ児童はうんと減っていました。

藤沢　「やまがた散歩」というミニコミ誌に、藤三郎さんが連載で書いています。それを読むと、いまの山村の状況が実によく分かります。農村というのは、今、滅びつつあるんですね。さっき、わたしの郷里は月山、鳥海山の眺めがいいと言いましたけど、今度、わたしの村の前を高速道路が走ることになった。今まで通り月山や鳥海山は見えるんでしょうかね。大問題だと思うんですが、そんな風景のことなんかに構っちゃいられないほど、村は変わってきているわけです。農水省が十ヘクタール以上の中核農家をつくるなんて、また言いはじめているでしょう。それをやったら、農村は完全に壊滅すると言う人がいますね。小さな零細農家はみんな田んぼを手放して都会へ出ていくしかない。誰が村の行事を守るんだ、誰が村そのもの、山とか川とか道路とか神社とかを守るんだ、ということです。大がかりな機械でやれば、庄内平野だって大したことないですよ。わずかな農家でやっていける。で、ただそれだけの、経済性だけの農業になってしまうんです。わたしはそれが心配でしようがないんだけれども、そんなことをわたしが心配したって、どうしようもないことなんでね。米の自由化の前にそういうピンチがあるんです。わたしは農家出身だから言うわけじゃないんだけれど、機械化で楽になったと喜んだのは、正味のところ十年前後、たったそんなものでしょ。あとはもう高度成長で押し潰されてしまった。やっぱり農家をやってよかったという思いを、全然させないで潰すというのは、ほんとに気の毒だと思うのです。

療養所時代と業界紙時代

――藤沢さんが小説に目を向けたというのは、もともと文学青年ということもあったのでしょうが、病気になって東京の療養所に入られたということも、大きな転機だったのですね。

藤沢　はい。あの頃、なかなか中身の濃い勉強をしたような気がします。俳句は学生の頃ちょっと友だちの真似をして、パッと作ったことがあったけれど、どこかに発表するようなものでもなく、すぐやめています。本格的に俳句を作ったのは、療養所に入ってからですね。それから詩の会にも入りました。これは発起人で「波紋の会」というんです。さらに患者自治会があって「ともしび」という機関誌を出していました。これにも何やかや書きましたね。病人にしては随分いろいろやったように思います（笑）。文化祭もあって、歌舞伎の「玄冶店《げんやだな》」なんかを演《や》ったり、わたしは出演はしなかったけれど、芝居のシナリオを書いたり、結構、馬鹿馬鹿しいこともやりました（笑）。そして、寄付集めに西武池袋線に乗って、東京へ出かけて行くわけです。講談社なんかに行きました。大きい会社は結核患者が出たら療養所へすぐ送り込めるように、ふだんからベッドを確保してあるんです。そういう会社へ行って、療養所から回復退院した幹部なんかに会って、寄付をもらうんです（笑）。あのとき、方々を歩いて東京は大きいなあ、とつくづく思いました。

――病気に対する不安はなかったですか。

藤沢　もちろんありました。ただ、田舎でひとりで病気を抱えていた頃にくらべると、まわりは同じような病人ばかりでしょう。気心が知れるということもあるし、見ていると若い人はだいたい治って社会へ復帰していくんです。手術が成功するかどうかという直接的な不安はたしかに片方にありましたが、若かったし、そんなに心配はしなかったな。

――昭和二十八年、二十六歳のときに療養所へ入ったわけですね。

藤沢　その辺ですね。いま考えてみると、その頃、小説家になろうなんて、そこまで考えたことはありませんが、何となく俳句をやったり、詩を作ったり、そういうことで師範時代の文学青年の気持をずっとつないでいけたとは言えますね。もっと言えば、病気が治って勤めた先が業界紙だったのもよかった。最低限の物を書く職業でしたから。イヤな仕事どころか、とても嬉しかったですね。

――業界紙時代は取材でよく下町あたりを歩かれたようですね。

藤沢　初め、勤めた業界紙というのが、中小企業の多い土地にあったんですよ。ごみごみした工場地帯でした。でも、何か気安くて、働きやすい、住みやすい場所でした。このあたりは都電、バス、時には自転車で毎日、取材に走り回りました。だから地理は詳しいですよ（笑）。そしてたまに「都心に集金に行ってこい」と言われて、地図を持って出かけて、有楽町あたりで迷ったりしました。でも、東京の地理を覚えていくのは楽しみでしたね。

――小説の舞台になる下町の地理感覚は、その時代の経験が生きているのでしょうね。

藤沢　地図を持ってほんとに方々へ集金に出かけましたから。あとで勤めた会社は新橋の烏森口にありました。椎名誠さんも同じ頃、あの辺にいたようだから、あるいはどこかで顔を合わせていたかもしれない（笑）。

――とくに好きな町はありますか。

藤沢　両国のあたりですかね。あの辺り、緑町一丁目の工場で新聞を作ったことがあるんです。喫茶店で徹夜したり、ゲラが出るまでピンク映画を見に行ったり、吉良上野介の屋敷跡なんかを見に行ったり。三十年も前のことだから、何だかのんびりしてたなあ。

楽天的な性格で筆一本に

――昭和四十六年に『溟い海』がオール讀物新人賞になって、このときはもう、作家になるぞ、という意気込みでしたか。

藤沢　そう、その意気込みだったですよ。やっぱり小説を書くなんていうのは、何かなきゃ、そういう決心はつきません。私の場合は家庭的な不幸がありました。そういうことから逃れるためには、自分が別人になるしかないんですよ。何かそういう不幸、不仕合せみたいな動機がなければ、作家なんていう正道を外れた職業には、いかないんじゃないでしょうか（笑）。ほかの人はよく分かりませんけどね。ちゃんと働いて、それに対して月給をもらって、というのが普通の人間の姿なんですね。起きたいときに起きて、夜中でも物を書いてるなんていうのは、とても正業とは思えません（笑）。

——今でもそういう意識はありますか。

藤沢　ありますね（笑）。そういう道に行ってしまうのは、ほかの人にも大なり小なり何か動機がありそうな気がしますね。ほんとに幸せな人は、小説なんか書かなくたっていいんじゃないかと思いますよ（笑）。

——その二年後、『暗殺の年輪』で直木賞受賞となり、その翌年には会社を辞めて、筆一本の生活に入られた。四十六歳のときです。遅い文学的出発ということでは、最近亡くなられた松本清張さんと似ています。清張さんは朝日新聞社を辞めて作家生活に入るまで、随分迷いがあったと聞きました。筆一本で生活できるだろうか、と。

藤沢　まあ、わたしの性格に楽天的なところがあったということもあるでしょうが

（笑）、勤め先が小さな会社ですから、仕事の責任が重いわけですよ。だから両立がなかなかむずかしかった。辞めても何とかなるんじゃないかと思えるぐらいには、書かせてもらえたということでしょうね。それでも辞めて二、三日経ったとき、ものすごい不安に襲われました。まず、定期券がなくなる。保険証も会社のは使えなくなって、国民保険に切り換えなきゃならない。かなり会社に保護されていたんだと初めて分かりました。

――奥様は反対されなかったですか。

藤沢　反対しなかったですね。信頼していたのか、騙されたのか知りませんけど（笑）、よく反対しなかったと思います。いちばんびっくりしたのは、ある編集者に「大丈夫ですか、食えますか」とストレートに言われたときです（笑）。やめる前に言ってもらいたかった（笑）。言われてみれば、作家というのはなるほど不安定な職業だと、そのとき思いました。ただ、わたしは家庭生活にどん底を見ていますから、何とか食っていければいいという気持でした。注文さえあれば書いていくことはできるだろう、と思っていました。

――小説のネタも十分仕込んであったんでしょうね。

藤沢　いえ、いえ、そういう具体的なものじゃないんです。ただ書くということが自分に向いているという気持は前からあったんですよ。さっきも言ったように、業界紙に入ったのも文章を書くことが途切れずにつながったような気がしていたし、作家になるのかどうかは別として、書く仕事が自分に向いているという気持はずっとあった。だけどそれは気持だけのことで、保証は何もない。わたしは楽天家だったんでしょう。あんまり深刻には考えずに、書く仕事で何とか頑張ってみようという気持になりましたからね。

駄作を恐れてはいけない

——書くときはノートとか下書きとか……。

藤沢　いきなり原稿用紙に書きますね。初めは遅くて、二、三日は一日五、六枚のスピードです。十五枚ぐらいまでいくと、あとはどんどん速くなります。初めは何かとっかかりの情景が見えているだけで、全体が見えてくるのは、十枚ぐらいまでいってからですね。だから、とっかかり、それから面白そうなところが書ければ、大体成功しますね。

——ストーリーが行き詰ったりするとどうなりますか。

藤沢　書き直したというのは一、二回しか記憶にないですね。何とかかんとか話をつないでいく。

——池波正太郎さんが、小説の途中でこれではうまくいかないんじゃないかと捨ててしまうと、それがついクセになってしまいそうで、とにかく強引にでも作っていく、とおっしゃったことがあります。

藤沢　駄作を恐れてはいけないんじゃないでしょうか（笑）。とにかく決められた枚数は書く、期日に間に合わせるということです。名作を書こうなんて考えたら、小説は書けませんね。

――『おふく』という短篇は、たまたま地下鉄に乗ったら目の前に少女が乗ってきたのがきっかけになって、すーっと書けた、と書いていらっしゃいましたね。

藤沢　そんなものですからねぇ。あのときは一晩で十枚ぐらい書けました。だから何がきっかけになるか、分からないですね。何もなくて暗たんとして机に向かうこともあります（笑）。いまは、あんまりやりませんが、たとえば寝ようとして電気を消した途端にアイデアが閃いて、暗い中でごそごそ書きとめたメモを溜めていたことがあります。あとで見て役に立つのは、ほんの一、二割というところですね。殆ど小説にならない。でもそういう努力をしないと、その一、二割も生まれないですからね（笑）。

――どんなメモがあるんですか。

藤沢　たとえば「『むかし、お吉という女がいたんだ』そう言ったとき、その年老いた無頼な男がポロポロ涙をこぼした」。ただそれだけのメモです。まだ小説にしてないんだけどね。昔、一緒に暮らした女かなんか、早く死なれたか、別れたかで、自分は無頼で流れ者みたいになっている男が、昔をふと思い出して……というような話にしようと思ったんじゃないかな。

年齢で書き方も変わる

——昭和五十一、二年頃、用心棒シリーズのあたりから、藤沢さんの小説がグンと明るくなってユーモラスな感じもでてくるんですね。意識してご自分をそのように向けていったわけですか。

藤沢 自然の流れ、ですね。結局、作品が暗いというのは、ストーリーが暗いわけじゃないんです。書いている本人が暗いんですよ。何か世の中の全体を、善も悪も全部受け入れようというふうにならなくて、非常にかたくなな世界に住んでいるから暗いんですね。暗いといっても、時代小説というのは物語だから、物語自体は面白いものなんです。元来がそういうものなんだから、気持さえ明るくなれば、物語は明るくなるんです。その頃には世の中の全体像、つまり現実を容認出来るように、気持が広がってきたんだろうと思いますね。

——そうすると、実際に作家の年齢も大切ということになりますね。

藤沢 大事だと思いますね。年齢で随分書き方も変わるという経験をしたように思います。

——昭和五十年頃、短篇を一年に三十本以上書かれています。想像以上に多作です。

藤沢 そんなに書いてますかね。自分ではそうは思わなかったんだけど。でも、そういう時期というのは、あるような気がします。いくら書いても書けるというのは。

それが必ずしもマイナスにならないというような、そんな時期はあると思います。だから、わりに余計なことも書いてるね（笑）。要するに、机に向かっているのが好きなんですね。

――一日に何時間ぐらい、机に向かっていらっしゃるんですか。

藤沢　いまだって、相当長時間坐ってますよ。坐るだけならね（笑）。朝、散歩を終えて、十時半頃から机に坐る。昼食のあと、少し休んでから六時まで坐ります。夕食のあと九時過ぎまで二時間坐る。合計八時間は二階の仕事部屋に坐っていることになります。

――かなり長い方ですね。

藤沢　昔はひたすら小説ばかり書いていたけど、いまはそこで新聞を読んだり、テレビを見たり、手紙を書いたり、日記をつけたり、そういう方がむしろ多いですね（笑）。日記といったって、肝臓が悪くなってから、その必要があってつけてるだけで、大した中身のものじゃないんです。この中でどれが一番中身が濃くて長い時間かというと、テレビで野球や相撲、バルセロナ五輪をみているとき（笑）。

――藤沢さんの小説の中に、静かな深い闇がよくでてきて、そこに浸るのが好きだ、あれは深夜、書かれているのだろうか、という質問がありましたが、むしろ、ずっと朝型なんですね。

藤沢　締切りに間に合わなくて徹夜したこともありますが、そんなに沢山はなかったです、大体は遅くとも十一時には切り上げて寝る。朝は七時に起きる。これはサラリーマンと変わらない。

――藤沢さんには『早春』という現代小説がありますが、これは珍しいことで、大半は時代小説です。時代小説を志した特別な理由は何でしょうか。

藤沢 小説を書こうとは思ったのですが、あんまりそれに精力を吸い取られるのが怖くてね。一つは手術しているという肉体的なハンディキャップがあるから、精神的に根を詰めたような仕事はしたくない、という気持がありました。書くものとの間に少し距離を置いて、自分も楽しめるようなものというと、時代物がちょうどいいような感じがしたんですね。しかし実際に書いてみると、時代物だってそんなに距離がとれるものではありません。

――時代物となると、いろんな時代の基礎的な知識も必要で、相当勉強が必要だったでしょうね。

藤沢 わたしはそれほどやっていないんですよ。ただ、子供の頃から、時代物はよく読んでいましたから、初歩的な〝てにをは〟みたいなものは分かっていたような気がするんです。その程度で書き出したので、初めの頃はかなりいかがわしいものもありますよ（笑）。卓袱台《ちゃぶ》なんて出てきたりしてね。昔はそんなものはありゃしない。お膳ですよね。全集では、若書きのあやまちということで、あえてそれを直さないで出してるんですけどね（笑）。

——時代小説で特に好きな作家は……。

藤沢　大佛次郎さん、山本周五郎さん。子供の頃は高垣眸《ひとみ》さんに夢中でした。『快傑黒頭巾』、『まぼろし城』は、いまでも不磨の聖典という感じ。吉川英治さんは子供の頃よく読んだんだけど、『宮本武蔵』ぐらいまでですね。それ以後はあまり読んでない。大佛さんの『鞍馬天狗』はよく読みましたね。

——海外の小説も随分お好きなようですね。

藤沢　推理小説はアメリカ、イギリスですね。普通の小説ではとくにどこっていうこともない。ロシアのチェーホフとか、そう、フランスの小説なんかも案外よく読みましたね。バルザック、アナトール・フランス、フローベール、モーパッサン……。

——市井物にしろ、武家物にしろ、江戸時代に舞台を設定することの利点は何でしょうか、という質問もある作家から来ております。

藤沢　時代物で今の人情を書くには、あの時代がいちばんいいんじゃないでしょうか。そんなにかけはなれた大昔じゃないですからね。その前の時代になると、人間の考え方も行動もちょっと変わってきます。さっきも言いましたが、自分も楽しめるように、楽なスタンスで書きたい、という意識があって、少し書いてみると意外にこのやり方でいろんなものが書けるなという気持でした。たとえば私小説みたいに自分を小説の中に入れたりするには、時代小説は格好の器だなあ、というふうに思いましたね。現代小説ではちょっと照れくさくて書けないようなことが、時代小説だと可能なんです。そういう意味では、あっちこっちに本音みたいなものも入ってますよ（笑）。

――藤沢さんの好きなタイプの女性を訊いている作家もありました。

藤沢　現実では言いにくい（笑）。小説の中だと、ただ可愛いだけじゃなくて、何か悪女の純情みたいのが好きなんです。したたかな女が見せる一瞬の純情みたいなね。そういうものが好きで、書きたくなります。わたしは男より女の方が強いと思うんですよ。男なんか太刀打ちできないものを持ってるんじゃないかと思う。べつに経験から言うわけじゃないですけどね（笑）。そういう女性観をもってます。でも、強い女なんだけれども、やっぱりどこか抜けてたり、可愛いところがある、そういうのがほんとの女性の姿じゃないかと思いますね。

――いまの日本は江戸時代に似ていて、それぞれの会社が藩と考えてもいい。トヨタ藩、日立藩……いまは一種の藩社会だといわれていますが、どうお考えですか。

藤沢　同じじゃないけれども、似てるところは多々ありますね。でも今の時代、あんまり好きとは言えないなあ。企業はもっと管理をゆるめるべきだと思う。江戸時代も領民をしぼる藩は、よくなかったですよ。ゆるめたらなかなか成績も上がらないのかもしれませんけどね。締めてなんぼのものかという気持がわたしにはあります。締めて高度成長をとげて、いい月給を出して、社員は中流になった。しかしそれでみんな幸せになったかというと、これは別問題ですね。過労死なんてことを言う。わたしは非人間的なとも思える研修を社員に押しつけて伸びているような会社は好きじゃない。素人考えですけれども、低成長の堅実経営ではだめなんですか。営業成績重視の時代は終ったような気がするんだけどね。

——いまより江戸時代のほうがよかった、という点はどんなところでしょう。

藤沢　われわれが考えたよりも自由な時代だったんじゃないかと思います。江戸の町人なんかかなり自由を謳歌してますね。武家の方も締めつけのきびしいところもありますが、抜け道も沢山ありました。吉原なんかもずいぶん武家の行ったところですよ。

小説のもつ娯楽性を大事に

——小説という表現スタイルの可能性はまだまだあるとお考えですか。

藤沢　とてもむずかしい時代に入っていると思いますね。推理小説、ＳＦ、時代小説などのジャンルの小説はまだ書ける余地があると思うんだけどね。ふつうの現代小説というのは書きにくいと思う。小説をよせつけないようなもの、たとえばエイズにしたって、それを小説にするのはとてもむずかしいでしょうね。もっとも時代小説だから絵空事を書いていればいいかというと、そうではなくて、どこかで現代とつながっていないと古臭くなります。活字のむこうに何かまだある、と思わせるようなものが出ているうちは、望みはあると思いますけどね。

小説の面白さというものを確保するのは非常にむずかしいですよ。わたしの書くものはわりとシリアスな『市塵』のような小説もありますけど、基本的には娯楽小説だと思うんです。『快傑黒頭巾』以来の、チャンチャンバラバラを書きたい気持はずっとある(笑)。そういう小説のもつ娯楽性というものを大事にしたいですね。そういうのがなくなると、小説はつまらなくなると思うんです。

——以前、「別冊文藝春秋」に『白き瓶』を連載していただいたとき、丸谷才一さんが、あまりシリアスな方ばかりに行って欲しくない。チャンチャンバラバラの面白さも忘れて欲しくないという伝言がありましたね。

藤沢　そう言ってくれる人は、確かに時代小説を知る人、ですよ。まあ『白き瓶』のようなものを書きたい気持もわたしの中にあるんで、しようがないんだけどもね。だけど大きな意味で娯楽性がまったくなくなると、小説はつまらなくなりますよ。最近の純文学の味気なさというのも、そういうことにつながっていると思います。安易に娯楽性と妥協なんかしてもらいたくないけれども、読んで引きつけられる面白さがほしいですね。もちろん面白さの中身というのは多様であっていいんだけども。ストーリーが面白いのもあれば、文章が面白いのもあっていい。また哲学的な思索で世間を把握してみせるのもいい。そういういろんな面白さを、昔の純文学は持っていたんだけどもね。最近のは何だかカサカサしてる感じでねぇ。要するに小説が書きにくい状況になっているんだろうと思います。純文学にかぎらず、中間小説、娯楽小説の現代物も、書きにくくなってるのではないでしょうか。

——純文学系の評論家、——桶谷秀昭さん、川本三郎さん、秋山駿さん、作家でも中野孝次さん、池澤夏樹さん、大岡玲さん、亡くなられた篠田一士さんも藤沢さんの小説がお好きでしたね。純文学の方がつまらないから、やっぱり面白いものに惹《ひ》かれるんでしょうね。今回のアンケートでも、面白いのは、この作品を推したい、という作品が殆どダブっていないことです。

藤沢　へえ、面白いですね。

——皆川博子さんは『荒れ野』という小説を推されています。

藤沢　この小説は声優の鎌田弥恵《みつえ》さんが一人語りをして、去年、文部大臣賞を受けたんです。わたしも一ぺん聴きに行ったことがあるんですが、いや、すごいものでした。最後に、ふっくらしたきれいな農家の女と思っていたのが鬼女で、逃げる坊さんを追っかけてくる場面、書いた本人も、あれを聴いたら怖くなったですね（笑）。その鎌田さんが天保時代の鳥居甲斐守の子孫の方なんです。甲斐守は水野忠邦が失脚すると、罷免されて四国に流されるんですが、わたしは『よろずや平四郎活人剣』でこの鳥居甲斐守をかなり悪者に書いたものだから、とても具合が悪かった（笑）。

——来年は上杉鷹山を書かれると聞いております。楽しみにしております。

狼

近ごろはすっかりご無沙汰しているが、まだ子供が小さかった十二、三年前は、よく子供を連れて上野の動物園に行った。

テレビに出て来る動物園風景をみると、親子連れはなんとなく親が酷使されている感じで、はしゃいでいる子供のそばで、若い父親がウワーッとあくびして映ったりするが、しかしその父親も動物園がきらいなのではあるまい。ただくたびれているだけだろう。

私も動物園が好きで、子供をダシにして動物園に行くようなところがあった。好きな動物は狼、虎、豹、アザラシなどで、当時の上野動物園には、シベリヤ狼など数種類の狼がいたように記憶している。

あるとき、狼の檻《おり》の前にさしかかると、その中の一頭が急に吠えはじめた。するとそれにつられて、十頭あまりの狼が、鼻づらを空にさしのべていっせいに吠え出したのである。いわゆる遠吠えというやつで、陰陰滅滅として腹にこたえる声だった。私は気持がしびれたようになって、はじめて聞く狼の吠え声の前に立ちつくした。

いまはどうかわからないが、世の中がもっと険しかったむかしは、群の中の一匹の羊であるより、孤独な狼でありたいとひそかに思ったりする男たちが、あちこちやたらにいたような気がする。だが狼は、交尾しているところを目撃されると、見た人間を追尾して、人に話すと報復するようなまがまがしい獣でもある。だから胸の中に狼を一匹隠して生きている男たちも、そのことを人に話したりはしなかったはずである。

私も狼が吠えるのを聞いて感動したとは、誰にも言わなかった。ただしばらくして、もう一度その声を聞きたいと思って動物園に行ったのだが、どうしたことだろう、そのときはもう、どこをさがしても狼はいなかった。

私の足が動物園から遠のいたのは、狼がいなくなってからのように思う。パンダを見てもしようがない。

（文春文庫『小説の周辺』所収）

日本海の魚

編集者と話しているとき、わが尊敬する結城昌治さんが、朝は野菜の葉っぱ二、三枚とあとは何かの飲みもので食事をすまされるらしいと聞いて笑ったことがある。結城さんの少食を軽んじて笑ったわけではない。多分に誇張されているだろうその話を聞いて、一瞬うらやましい気持が動いたのがおかしかったのである。

私も少食で、口腹の欲は少ない。しかし私には、それと裏腹に、つねに飢えに対する恐怖感があって、葉っぱ二、三枚というわけにはいかない。少食なりに、腹が満たされていないと安心出来ない。

だから、たとえば夫婦喧嘩でおたがい口もきかないという状況になったりすると、私の次の関心はもっぱら、テキが食事の支度をするかどうかという一点に集中する。時どきペンを休めて階下の様子を窺う。そして階下がまだまだやる気十分で、ご飯どきになっても動く気配がないとわかると、やがていても立ってもいられなくなる。

書きかけの原稿も何もおっぽり出して台所に降り、朝ご飯の残りとか、即席ラーメンとか、とりあえずの食料を確保するために、うろうろと台所を探しまわることになる。

飢えに対するこういう過敏さは、あきらかに戦後の一時期に身についたものだろう。

私の家は農家なので、戦争中も喰うに困るというようなことはなかった。ところが私は、敗戦の翌年から三年間、つまりいちばん食糧事情が悪かったころに家を離れて暮らすことになったので、その土地でかなり深刻な飢えを経験している。

ほとんど毎日、慢性的な飢餓感に悩まされていた。その飢餓の実感は、ひと口に言えば他人の喰い物を盗んでも、自分の口に入れたいというようなものだった。こういう状況の中では、味を吟味したり、うまいものを探したりという、いわばノーマルな食志向は育ちにくいだろう。

腹いっぱい喰べられるかどうかだけが問題だった。空腹は不幸で、腹が満たされれば、幸福はおどろくほどたやすくやってきた。そのころのこうした体験が、私のたべもの観のいわば原点をなしている。

つまり食とは、要するに飢えさえしなければいいのだ、というつまらない考えが身にしみつき、その考えは、戦後が終っても、さらに経済の高度成長下で豊かな生活が謳歌《おうか》されても、しぶとく生き残って今日に至ったようなのである。

こんなふうに書いて来ると、誰しも、そういう人間なら飢えない程度に何かあてがっておけばいいだろうと思うに違いないが、それがそういうものでもなく、味のよし悪しはちゃんとわかるのである。

私は自分ではうまいものを探すことも出来ず、また料理らしいものも何ひとつつくれない。その気が起きない。もっぱらたべさせてもらうだけで、つまりはたべものに対する姿勢が上野のパンダのように怠惰、かつ受身なのだが、それだから物の味もどうでもいいというわけではない。うまいものはうまいし、まずいものは、やはりまずい。

そしてひと口に言うと、どんなにおいしく味つけされていても、ごてごてと飾った料理は嫌いで、物本来の味がはっきりわかるような料理が好きなのは、前にのべたような単純きわまるたべもの観と関係があるかも知れない。

その意味で、今年は二度の旅行でたっぷりおいしいものをいただいて来たという気がしている。

旅行といっても、二度とも山形県、つまり郷里への帰郷である。最初は六月に駒田信二、中山あい子、岡田久子の諸氏と一緒に山形市に行った。郷里に対する我ままから、事前に山菜をたべたいなどと言っておいたので、先方ではどっさり山菜料理を用意しておいてくれた。簡単にゆでたり、煮たりし、味つけも醬油、味噌でさっと味をととのえたというものなので、山の風味が生きていた。

こういうものを喰べていたら、さぞ長生き出来るだろうなと、ふと思った。種類はわらび、月山筍、こごみ、しおでといったものでぜんまいはなかったように思う。

わらび、ぜんまいというが、ぜんまいは即席のものよりも一たん日に干したものの方がうまいのである。

また十月には鶴岡市に行って来た。鶴岡は日本海の海岸地方にある町なので、魚がうまい。ここへ帰るときは、うまい魚がたべられると思って、怠惰な気持もいささかふるい立つのである。

はたはたが出ていた。はたはたは、私が子供のころは初冬の魚で、あられやみぞれが降るころの海から上がる魚だった。いまは漁法が変って、むしろ夏から秋にかけてとれるらしい。

はたはたは、焼くか、さっとゆでるかして醬油をつけ、気取らずに沢山たべる魚で、伊藤珍太郎氏の名著『庄内の味』には、太宰治が焼いたはたはたを手づかみでむしり喰らい、たちまち皿一杯に骨を残すところを書いた檀一雄の一文がのっている。

本来はそうしてたべる魚だろうが、私がたべたのは焼いて味噌をのせたいささか上品な品だった。それでもうまかった。ほかにはちょうど時期の小鯛と、菊なます、小粒の秋茄子《なす》の漬け物をうまいと思って帰って来た。

郷里のたべものについて何か書くとき、私はお国自慢になるのを極度に警戒する。しかしつい先日、あるひとと帝国ホテル地下のなだ万で食事したとき、天ぷらを揚げて三十数年という店のひとが、日本海の魚はうまいと言った。ご本人は東京生まれだそうだから、日本海の魚については何か書いてもいいのだろう。

だからといって、またたべに行こうとか、取り寄せてたべようとかいう気は起きない。相変らず無気力に、あれはうまかったなとぼんやり回想しているだけである。


（中公文庫『周平独言』所収）

わが青春の映画館

戦争中はあまり映画を見る機会がなかった。もっとも原保美主演「愛機南へ飛ぶ」、藤田進の「加藤隼戦闘隊」などの戦争映画、それにどういうわけだったか、「帰郷」という題名に思われるドイツ映画を見たし、小杉勇主演の「土」などというのも見たように思うから、まったく映画と無縁だったというわけではない。

また「巴里の屋根の下」、コリンヌ・リュシエールの「美しき争い」もそのころに見たような気がするが、これはあるいは戦後だったかも知れない。

私は「格子なき牢獄」はみる機会がなく、近年になってテレビでみただけだが、コリンヌ・リュシエールという女優を知るには、「美しき争い」一作で十分だった。こんな美しいひとがまたとあろうかと思い、コリンヌは長い間、私の中でクレオパトラをしのぐ美女の位置にランクされていたのである。

本格的にというとちょっと変だが、来る日も来る日も映画をみたのは戦後である。そのころ私は、生まれた土地から汽車で四時間ほどはなれている山形市に下宿していた。そこの映画街には邦画が三館ほど、外国映画の上映館がひとつあって、そこから少しはなれた町角にも大映があった。

私は学校の授業が終わると、この映画街に直行した。一日に一館ずつみて、週の終わりには最初の映画をもう一度見直すというふうだったので、映画中毒のようなものだった。外国映画の専門館は霞城館と言い、私はなぜか天井桟敷のような暗くせまくるしい三階席で、もうもうとタバコをふかしながら、はるか下にある画面をのぞきこんだことを思い出す。いまも記憶にのこるのは、多くはここでみた外国映画である。

もっとも私は記憶が悪くて、ここでどういう映画をみたか正確には題名を挙げられないのだが、大ざっぱに言って戦後の昭和二十一年から二十四年ごろまで輸入された外国映画は、大体みたというようなものだったろう。

「ガス燈」、「心の旅路」、「赤い靴」、「旅路の果て」、そして数数の西部劇、また「アニーよ銃をとれ」、「オクラホマ！」、「ショウボート」、「イースター・パレード」などのミュージカル映画もこの時期に見たに違いない。「イースター・パレード」のフレッド・アステアとアン・ミラー、アステアとジュディ・ガーランドの組みあわせのダンスは最高に思われた。

ジュディ・ガーランドは、アルコール中毒から最後は少し精神に錯乱を来して死んだように記憶するが、娘のライザ・ミネリの才能に嫉妬したという話は傷ましい。ひいき目かも知れないが、私にはジュディ・ガーランドの芸はライザを上回っていたとしか思えない。嫉妬することなどなかった。

いまはカラー映画があたりまえのことになったが、カラー映画がはじめて登場したのも戦後のその時期だった。最初にみたのは、多分「スポーツ・パレード」というソ連映画である。記録映画のようなもので、行進する赤旗の波で画面がやたらに赤かったが、カラー映画というだけで十分満足した。つぎにみたのは「ヘンリー五世」だったか、やはりソ連映画の「石の花」が先だったか。コクトーの「美女と野獣」もこのころにみた気がするが、はっきりしない。このころのカラー映画で忘れ得ないのはソ連映画「シベリヤ物語」の美しい画面である。このあたりでカラーに対する素朴な感動は終わって、あとは色彩映画があたりまえのようになる。私の意識の中ではそうなっている。

また「ペペ・ル・モコ(望郷)」、「女だけの都」などのリバイバルをみたのもこの時期だったろう。感動が意外にうすかったのは、ジュリアン・デュヴィヴィエ、ジャック・フェーデ、ルネ・クレールといった、いわゆる〝巨匠たちの偉大な傑作〟について、すでに耳にタコが出来ていたせいかも知れない。

たしかにこれらの巨匠、また彼らの作品が一時代を画したことは間違いのないことだろうが、それは戦後に出て来たいろいろな作品、たとえばビットリオ・デ・シーカ、ロベルト・ロッセリーニ、フェデリコ・フェリーニの、あるいはその後のヌーベルバーグの作品と一線にならべたら、評価はどんなものだろうか。

同じことは、私の感想にもあてはまることのように思う。私があの映画がよかった、この映画がよかったといっても、そこにはもう三十年ほどの歳月のヴェールがかかっている。いま見直したら、感想はまた別のものとなるに違いない。映画との出合いも、やはり時との出合いなのだという気がする。

しかしそういう中で、何度みても新たな感興を呼びさまされる作品というものはあるもので、私の場合、それは「逢びき」であるらしい。監督はデヴィッド・リーンだったろうかと、監督の名前もあやふやなのに、主演の二人、トレバー・ハワードとシリア・ジョンスンだけはすぐに眼にうかんで来る。最後の別れの場面で、ローラ（シリア・ジョンスン）は、知り合いのおしゃべり女につかまり、去って行くトレバー・ハワードと別れの言葉をかわすことも出来ない。食堂を出て行くハワードのうしろ姿にかぶせて、ローラのナレーションが「肩に手をおいて彼は去って行った──わたくしの人生から永遠に」というところまでおぼえているのは、まるで文学青年だが、ここは一人の女性が、まさに人生の底をのぞいてしまう哀切きわまりない場面なのだ。

私は戦後の西部劇の名作は、大半を見ている気がするのだが、時代物で剣客小説などを書いていると、よくシチュエーションが西部劇に似ているなと思うことがある。その感じを逆手にとって、あからさまにクーパーの「真昼の決闘」をもじったものまで書いたが、これはうまくいかなかった。意識してはうまくいかないものらしい。

（文春文庫『小説の周辺』所収）

心に残る人びと

昭和二十八年というと、ずいぶん昔の話になるが、その年私は、いまの東村山市にある保生園という病院で外科手術をうけた。肺の一部を切り取り、さらに肋膜を切除してその上から押さえるという大手術だった。

そのころ私は、山形県の田舎で学校の教師をしていて、学校の集団検診で発見された肺結核をなおすために、東村山から少し離れた久米川にある、篠田病院に療養に来ていた。

篠田病院はうつくしい雑木林と麦畑にかこまれた療養所だったが、手術の設備を持たなかったので、手術を必要とする患者は保生園に送り、手術を済ませた患者が動けるようになると、また引き取って予後の治療をし、退院させるというシステムをとっていた。そういう患者の一人として、私も篠田病院から保生園に移り、手術をうけたのである。

近年でこそ結核という病気はさほどこわい病気でもなくなったが、当時はまだま だ、かかれば命にかかわる病気だった。治療に有効な新薬がつぎつぎと出てきてはいたが、やはり外科手術によるしか治癒の途がない患者も沢山いた。

しかし手術も絶対ではなかった。成形手術のあとに出て来たブロンベ充塡《じゅうてん》手術の失敗が言われていたころであり、私がうけた肺葉切除の手術は、ようやく定着しかけたばかりの新しい技術だったので、やはり死に対する不安をまぬがれることは出来なかった。

しかし手術が成功すれば、そのあとの回復はすみやかだった。篠田病院から保生園に移る患者は、一様に治癒に対する希望と、それと等量の手術に対する不安を抱きかかえて移って行ったのである。西武新宿線の電車を東村山駅で降り、横に長い町を横断するとひろい田圃に出て、前方に丘が見えて来る。保生園はその丘の中腹にあった。

私がその病院に移ったのは、昭和二十八年の五月末か、六月はじめだったと思う。梅雨の季節に入っていた。二十数年前の保生園の印象は、病棟のまわりに鬱鬱としげる青葉に、来る日も来る日も雨が降っていた病院として、私の記憶に残っている。最初に入った病室は私一人だった。天井が高く広い病室に、私は昼もスタンドの灯をともして雨の音を聞きながら、手術を待った。

丘の中腹に建つ病院は、のぼり坂になる廊下が麓から上にのび、その廊下からちょうど幹から枝がわかれるように、幾つかの病棟がわかれていた。隅田寮、相模寮、長良寮と川の名をとった病棟、高尾寮、筑波寮、秩父寮など、山の名を命名した病棟などである。私ははじめ相模寮に入り、手術前の検査を済ませてからひとつ上にある長良寮に移ったように記憶している。

そして手術がはじまったのであるが、私がいまも忘れがたい人びとに会ったのは、この病棟でのことである。

手術の間、私には川端さんという付きそいの女の方がついてくれたので、田舎から人を呼ぶこともなかったのだが、手術と聞いて心配した母がやって来て、私のそばにいることになった。しかし母はただおろおろ見守るだけで、手術後の食事の世話から下の世話まですべて川端さんがやってくれたのである。

私の手術は、最初に書いたように、一回では済まず、計三回にわたる大手術になった。三回目が終わったとき、私はまるでノックダウン寸前のボクサーのように、疲労困憊してしまったが、じっさいには、そこでようやく執念深い病気を振り切ることが出来たのだった。

だがこの三回にわたる手術の間、私がたびたび死神のすぐそばの椅子に坐ったことも間違いないことだったろう。今度こそだめかと思った、と後で母が言ったから、私の状態はかなりひどいものだったに違いない。

しかし当人はそのことに気づかなかったのである。気づかずに済んだのは、多分当時の長良寮に勤務していた看護婦さんたちのおかげだと思う。熟練した看護技術を身につけ、きびきびと働く一群の看護婦さんたちがいた。明るくてよく冗談を言ったりするが、確実な技術を持っていた。この人たちの確信にあふれた動きを見ていると、私は自分の身体はこの人たちにまかせておけばいいのだと思うしかなかったのである。

熟練の技術というのは、たとえば静脈注射といったことばかりではない。いまでも私は、ある驚きをもって回想することがあるのだが手術が終わり、手術台から担送車に移されるとき、下平さんという主任看護婦さんが、さあつかまって、と言って私を自分の首につかまらせた。私がそうすると、このひとはひょいと私を抱き上げて、少し離れた場所にある担送車まで運んだ。下平さんは小柄な人で、格別力持ちとも思えなかったが、こういうことをするのである。

前に書いたように、保生園という病院は、丘の中腹にちらばる建物を廊下でつなぐ形で出来ている。廊下は坂道である。診療棟は丘の下にあったので、手術や診察のたびに、看護婦さんと付きそいの川端さんは、担送車に乗せた私を下まで運びおろし、また上の長良寮まで運び上げなければならない。一気に走らないとのぼり切れない場所もあった。息を切らして、私を運んで坂道の廊下を走った人たちを忘れることが出来ない。

下平さん、土井さん、後藤さん、佐野さん、中川さん、磯村さん、そして川端さんと、私はときどきその人びとを数えあげ、思いうかべることがある。忘れ得ない人びとであるから、面影はいつも鮮明である。

私の母はそのとき六十歳だった。私のそばにいる間に、いつの間にか看護婦さんの人気者になり、私の病状に心配がなくなると、狭山湖に連れて行ってもらって遊んで来たりした。そしてついにその中の一人を息子の嫁にと思い込んだりしたのだが、これは余談になる。

（文春文庫『小説の周辺』所収）

出発点だった受賞

思い返すと懐かしい光景に思われるが、私が勤めていた会社は一番人数が多かったころでも社員十数名という小さな会社だったので、特集新聞や真新しい年鑑などが刷り上がって来ると、社員総出でスポンサーへの発送作業をした。

たとえば新聞なら、新聞を折り帯封をかけ、地域別に分類して紐でくくる。そういう手作業になるわけだが、いまはもうそんなことはやらないだろう。昭和四十年前後のことである。

さて、その単純労働が意外に楽しかったのである。会社は小人数なだけに、時としてとても家庭的な雰囲気になることがあるのだが、営業も編集も事務もそろって同じ手作業をする発送の仕事の間にもその雰囲気が現われた。私たちは手を動かしながら、ふだんの仕事の中には出てこないような話題に熱中したり、隣の作業台のグループと冗談を投げ合ったりした。そんなにみんなが顔を合わせることは稀なので、よけいに和気アイアイの雰囲気になったようである。

あるときの発送作業のとき、私がいるグループの作業台ではもっぱら小説とか、文学賞とかが話題にのぼっていた。そしてその雑談の中で、私はある小説新人賞の名前をあげ、小説に興味を持つからには、その新人賞ぐらいはもらいたいものだと言ったのである。

むろん口にしたのははかない願望である。私は会社には内緒で一年に一度、時には二年に一度その賞に応募していたが、ただ一度最終予選に残ったことがあるだけで、あとは一次予選にも名前が載らないような状態がつづいていたのである。

私がそう言うと、ふだん無口なS君が「ボクは太宰賞をもらいたい」とぽつりと言った。S君は重厚な人柄でかつ敏腕の記者、風采も私よりはるかに文学青年ふうな人だったから、その思いがけない告白には迫力があった。私は、自分の新人賞よりはS君の太宰賞の方がよほど実現の可能性があるんじゃないかな、と少し気圧《けお》される感じを受けたものである。

ところで、新人賞の名前をあげて受賞の願望を口にしたとき、私の頭の中に直木賞という言葉はかけらも存在していなかった。新人賞そのものが高嶺の花だった。いわんや直木賞においてをやという感じだったのである。

私はそのころ四十前後だったろう。もはや小説にうつつを抜かす年齢ではなかった。しかし一方で私は、小説にでもすがらなければ立つ瀬がないような現実も抱えていた。せめて新人賞に夢を託すようなことが必要だったのである。だからその新人賞を受賞したとき、私はこれで大願成就したと感じた。あとは文壇の片隅においてもらって、年に一作か二作雑誌に小説を発表出来れば十分だと思った。むろん、会社勤めをやめるつもりはまったくなかった。

ところが、そのときの新人賞受賞作がその期の直木賞候補に入ったのである。直木賞というものがそのときはじめて目に入って来たのだが、私はそのノミネートを光栄には感じたものの、自分が受賞の有資格者であるとは到底思えなかった。つぎの作品が候補になったときも同様で、関心はうすかった。ほとんど他人ごとのようだった。

ところが三回目の候補に入った小説は、やや自分が思うような表現が出来たかと思われるような作品だった。そのときはじめて私は直木賞を意識し、欲が出たと思う。候補も三回目になれば、もう他人ごとでは済まなくなる。しかしその小説もあえなく落選し、やがて四回目の候補作が選考の場に回ることになった。

それは『暗殺の年輪』という題名で、私がはじめて書いた武家物の短篇だった。しかし担当編集者のN氏からその連絡を受けたとき、私はあまり気持が弾まなかった。『暗殺の年輪』は受賞するには少し力不足のように思えたのである。私はそのころ、自分では『暗殺の年輪』より少しマシと思われる『又蔵の火』という小説を書いていて、候補にしてもらうならこちらの方がいいのではないかという気がしたのであった。

私はその気持を正直にN氏に言った。一回抜いてもらう方がいいのではないかと言うと、N氏はきびしい口調でそれは了見違いだと言った。候補にあがるのは得がたいチャンスなのだと言われて、私はいつの間にか自分が傲慢な人間になっているのを思い知った。私は恥ずかしかった。

そして予想に反して、そのときの『暗殺の年輪』が長部日出雄さんの『津軽世去れ節』『津軽じょんから節』と一緒にその期の直木賞を受賞したのである。しかし私は、『暗殺の年輪』という自信作ではない小説で受賞したことで、心の中にかすかな負い目が生じたのを感じた。

そして結果的にはそれが幸いしたと思う。私は誰の目もみとめる名作で受賞したのではなかった。そのために、気持の上で受賞後に努力しなければならなかった。受賞は到達点ではなく出発点になったのである。

（新潮文庫『ふるさとへ廻る六部は』所収）

ハタ迷惑なジンクス

何かが候補に残りそうな話は、かなり前から聞いていたので『暗殺の年輪』が直木賞候補に挙げられたときもさほどの驚きはなかった。四回目ということもあったが、前評判が前回の『黒い縄』ほどでなかったせいもある。

私自身の感じから言っても『黒い縄』はかなり力を入れた感じだったが、『暗殺』の方は割合気楽に書いたという気持があった。期待で胸が固くなるというものではなかった。緊張ということからすれば、前回の方が固くなっていたと思う。『黒い縄』のときは、人から言われたせいもあってあるいはという気持があった。

そうは言っても、私の中には、直木賞は難しい賞だという気持が固定観念のように巣喰っていたし、そう簡単にもらえる筈がないという覚悟もあった。『黒い縄』のときも、あるいはと思っても、それは自信に結びつくことはなかった。

選考日の朝、私は定時に家を出た。出るときに、家内に「あまり期待しない方がいいな」と言った。彼女は変な顔をして笑った。見込みは薄いと前に話してある。坂道を降りながら、私はふと、選考について昨夜は家の中で何の話も出なかったことに気づいた。教育が行きとどき過ぎたかな、と思った。

そんなふうだったが、あっけらかんと平気だったわけではない。期待出来ないな、と思いながら、気分的には前回よりも少し重苦しい面があった。ありていに言えば、今度駄目なら、次は狙わなきゃならないなという気持である。大体がボルテージの高まりが遅い方だが、そういうやや追いつめられてきた感じが気持の隅にあった。

幸いなことに、新聞で特集記事を組んでいて、その方の仕事がいそがしく、日中は大方選考日であることを忘れて過した。

夕方、文春のA氏が勤め先に来てくれて、六時半頃二人で銀座通りの喫茶店に入った。会社を出るとき、私は社の者に何も言わないで出た。その日選考があることを、社内の一部では知っていたが、全く知らない者もいた。もう少し自信があれば披露していたかも知れない。大体がそういう気分の会社である。私が小説を書いていることに偏見も持っていないし、余計な詮索もしない。仕事は仕事、小説は小説と割り切ってくれている。それでいて、小説書き藤沢周平を、社を挙げてバックアップしてくれるようなところがある。

今日直木賞の選考があるなどといえば、何か一パイやる口実はないかと、朝から首をひねっている連中が、早速前祝いと称して一パイやりかねない。それはそれで結構だが、落選したらせっかく意気ごんでくれるひとたちに気の毒である。

喫茶店で待っている時間は、いやな感じのものだった。私は落ちつかなくて、途中トイレに立ったりしたが、A氏もどことなく落ちつかないふうだった。A氏とは、前回のときも一緒で、やはり銀座の樽平でチビリチビリやり、受賞作なしの電話を聞いたのだった。時間が経つに従って、次第に気分は絶望的に傾いて行く。

やはりA氏の附き添いを断るべきだったかと思ったりする。どうも自信が持てなく、断りの電話を入れようかと思ったことがあったのである。いやな時間が、また少し動いた。その間に、ただこういうことは考えていた。

過去三回候補に挙げられ、三回落ちたが、私が出たときに限って、直木賞は受賞作が出なかった。第一回の『溟い海』が四十六年上期、第二回が『囮』で四十六年下期、第三回の『黒い繩』が四十七年下期で、この三回とも受賞作なしだった。私が抜けた四十七年上期には、井上ひさし氏、綱淵謙錠氏が受賞している。

私はもともと迷信とか運とかいうことに無関心であるが、こうなるといくら呑気でも、ジンクスのようなものを考えないわけにはいかない。あいつが出ると受賞作が出ないということになるとハタ迷惑であろう。ほかの方方に相済まないという気分になる。一度なんぞは芥川賞まで巻き込んで、両賞がなかったのは何年ぶりとかで話題になった。

今度はどうだろうか。また受賞作が出ないということになれば、ジンクスは本物で、ほかの方方に合わす顔がなくなるだろう。『津軽世去れ節』が下馬評で圧倒的だったから、長部氏単独という場合はあり得る。私が上るとすれば、単独ということはあり得ず、二人受賞という形しかない。そんな気がした。

喫茶店に、選考が意外に早く進んで、三人が残り、その中に私がいるという電話が入った。そのとき不意に、長部氏と二人受賞の可能性が出てきた、と感じた。この感じは、前回のときは全くなかったものである。私はトイレに立った。全くトイレにでも行くしかない心境だった。

結果は予感のようになった。後で選考内容をうかがうと、かなりきわどいことだったらしいのだが、それで直木賞の重味に変りがあるわけでなく、有難いことだと感謝するだけである。

そのあとはひどいことになった。第一ホテルの記者会見で、ふだん質問する商売が質問される側に回り、しどろもどろに理路少しもはっきりとしない答えをまき散らし、そのあと銀座に戻ったが、顔は笑っても胸に直木賞がつまっていて酒もろくに飲めず、それでも家へ帰ったのが午前二時だった。家へ帰るとまだ電話が鳴っていた。

新聞の増頁特集にかかっているので、休むわけにいかず、眠い眼をこすりながら会社に出た。みると黒板に「祝藤沢周平氏直木賞受賞」と書いてあり、机の上には真紅のグラジオラスが活けてある。入社以来の晴れがましさだったが、その時になっても、私にはまだ受賞の実感がぴったり来なかったのである。

(中公文庫『周平独言』所収)

転機の作物

私が小説を書きはじめたのは、いまから十年ほど前のことだが、そのころは暗い色合いの小説ばかりを書いていた。ひとにもそう言われたし、私自身当時の小説を読み返すと、少少苦痛を感じるほどに、暗い仕上がりのものが多い。男女の愛は別離で終わるし、武士は死んで物語が終わるというふうだった。ハッピーエンドが書けなかった。

そういう小説になったのはむろん理由があって、その以前から私は、ある、ひとには言えない鬱屈した気持をかかえて暮らしていた。ひとに軽軽しく言うべきものでないために、心の中の鬱屈は、いつになっても解けることがなく、生活の中に入りこんでいた。

ふつうそういう場合に、ひとは酒を飲むか、スポーツに打ちこむか、気持をほかに転じる何かの方法を見出して、精神の平衡を回復することにつとめるだろう。

しかし私は酒もさほど飲めず、釣りにもゴルフにも興味がなかった。ギャンブルには多少興味があったが、生来の臆病からギャンブルに手を出すことも出来かねた。容易に解消出来ない鬱屈をかかえてはいたが、私は会社に勤めて給料で暮らしている平均的な社会人で、また一家の主だった。妻子がいて、老母がいた。その平凡な、平凡さのゆえに私の平衡を辛うじて支えている世間感覚を失いたくはなかった。何かに狂うことは出来なかった。

しかし、狂っても、妻子にも世間にも迷惑をかけずに済むものがひとつだけあって、それが私の場合小説だったということになる。そういう心情の持主が小説を書き出したのだから、出来上がったものが、暗い色彩を帯びるのは当然のことである。物語という革ぶくろの中に、私は鬱屈した気分をせっせと流しこんだ。そうすることで少しずつ救済されて行ったのだから、私の初期の小説は、時代小説という物語の形を借りた私小説といったものだったろう。

書くことだけを考えていた私が、書いたものが読まれること、つまり読者の存在に気づいたのはいつごろだったのか、正確なことはわからない。だが読まれることが視野に入って来ると、私の小説が、大衆小説のおもしろさの中の大切な要件である明るさと救いを欠いていることは自明のことだった。かなり他人迷惑な産物でもある。そしてそのことに気づいたというのは、気持の中にあった鬱屈がまったく解消されたわけではないにしろ、書くことによってある程度は癒され、解放されたということでもあった。

そういう全体を意識してしまえば、いつまでも同じ歌をうたうわけにいかないことは、これまた自明のことである。そのまま小説を書きつづけるとしたら、鬱屈だけをうたうのではなく、救済された自分もうたうべきだった。それが自分と読者に対して正直であり得る唯一の方法だった。私は結局その方法をえらんだのだが、それは当然、職業作家として物語にむかう決心をつけたということでもあった。

と言っても、そういう内部の変化が、小説の表現とどうむすびつくのかは皆目わからず、そのころの私はかなり危険な橋をわたっていたのである。しかし表現の改変などというものが、意識してそう容易に出来るわけはなく、それはある時期から、ごく自然に私の小説の中に入りこんで来たのだった。かなり鈍重な感じのものにしろ、それはユーモアの要素だった。そのことを方法として自覚したのが、「小説新潮」に連載した『用心棒日月抄』あたりからだということは、かなりはっきりしている。以下、『孤剣　用心棒日月抄』そして、今度の『刺客　用心棒日月抄』と続くこの連作は、つまり転機の作物である。

突然のようだが、私はかねがね北国の人間が口が重いというのは偏見だと思っている。あれは外部の、自分たちよりなめらかに口が回る人種の前でいっとき口が重くなるだけのことで、内輪同士ではそんなことはない。

子どものころ、私は村の集会所あたりで無駄話にふけっている青年たちの話をよく聞いたものだが、彼らがやりとりする会話のおもしろさは絶妙だったという記憶がある。弾の打ち合いのように、間髪をいれず応酬される言葉のひとつひとつにウイットがあり、そのたびに爆笑が起きた。村の出来事、人物評、女性の話など、どれもこれもおもしろかった。私たち子どももおもしろがって笑っていたら、突然に怒られて追い立てられたのは、野の若者たちの雑談の成り行きの自然で、話が少し下がかって来たからだったろう。

内部の抑圧がややうすれた時期になって、私の中にも、集会所の若者たちほどあざやかではないにしろ、北国風のユーモアが目ざめたということだったかも知れない。

いまこういうことを書くのは、たしかではないが自分の小説がまた少し変わりかけているのを感じるからである。それは主として年齢が関係していることだが、と言ってもそういう変化が基本的に作者をはなれるものではなく、どう書こうと小説は作者自身の自己表白を含む運命からまぬがれないものだろう。

（文春文庫『小説の周辺』所収）

再会

若いころ、肺結核で数年療養生活を送ったと言うと、聞くひとは大てい気の毒そうな顔をする。それは当然で、病気などしないに越したことはない。

しかし麦畑と雑木林に囲まれた東京郊外の療養所で過ごした月日は、いま思い返してみても、歳月のヴェールを透かしてみる美化作用が働いているにしろ、手術の一時期をのぞけば、全体としては不愉快なものではなかった。当時、親兄弟がどんなに私の病気を心配していたかを考えれば、療養生活が面白かったとは口が裂けても言えないのだが、白状するとかなり面白かったのである。

療養所には何でもあった。図書の貸出し制度がきちんと運営されていたし、俳句会もギター愛好会もあった。囲碁、将棋もさかんで、年に二回ほどトーナメント方式の大会をやったし、文化祭まであって、ギター演奏会はむろん、素人ばなれした漫談や、歌舞伎好きの連中の玄冶店《げんやだな》の舞台まであって、それがまた、じつに達者な演技だったのである。

私はそこで本を読むほかに、俳句をおぼえ、ギターと囲碁をおぼえ、そのうえ花札までおぼえて、連日コイコイにはげむ始末だった。

私は療養所に来るまで、田舎の中学校で教師をしていた。世間知らずの堅物で、落語などは下品きわまりないものだと思っていた。その落語も、療養所にいる間に好きになった。

療養所というところは、社会的な肩書はほとんど無意味な場所だった。同じ病気を抱えているという点で、みな平等だった。差があるといえば、わずかに病気が重いか軽いかということぐらいである。そういう肩書抜きのつき合いというものは気持のいいもので、元来が田舎者で人みしりする私も、そこではいろいろな人とつき合った。

療養所は、私にとって一種の大学だったと思う。世間知らずもそこで少少社会学をおさめて、どうにか一人前の大人になれたというようなものだった。悪いこともずいぶんおぼえたが、それも知らないよりずっとましだったことは言うまでもない。

しかし、大学に卒業があるように、療養所にも退院がある。私は回復して退院した。そして当然のことながら、まっすぐ郷里に帰った。東京で就職するつもりはなし、またそういうコネもなかった。郷里に帰り、出来れば教職に復帰する、それが無理なら、何でもいいから働く場所を見つけるというつもりだった。

だが、その再就職はうまくいかなかった。ずっとあとで気づいたのだが、私はそのときかなりつめたい扱いをうけたのだった。

私自身はすっかり回復したつもりで、体力にも自信があったのだが、世間の眼からみれば、私はただの病み上がりにすぎない。はたして使いものになるのかどうかと怪しんだのは当然である。ただそのとき就職を頼んで回った先が、いずれも親切で態度もいんぎんだったので、私はすぐには、拒否されていることに気づかなかった。療養所大学での勉強が不足していたというわけだろう。

　しかし、あとで気づいたときも、私はべつにそのときの人びとをうらんだりはしなかった。相手の困惑もわかり、立場が逆だったら、私も困ったろうと思ったからである。

　ちょうどそのころ、東京から一枚のハガキが来た。それは病院とは無関係の、Oさんという東京に住む知人からのハガキで、Oさんはその中に、小さな業界紙の仕事がひとつあるが働いてみないかと書いていた。私は東京にもどって、その業界紙に勤めた。私はそのころ、働いて金をもらえるなら、日雇い仕事もいとわないという気持になっていた。私はそのとき三十歳だった。三十になって職もなければ金もない、むろん住む場所も結婚する相手もいない、社会的には一人の無能力者にすぎなかったのである。

　業界紙というものがどういうものか、皆目見当もつかなかったが、私は物を書く仕事だということに気持を惹かれた。日雇いよりは多少知的な感じがしたし、また書くことが嫌いでなかったからである。その小さな業界紙で、私は記事を書くだけでなく、あとでは広告取りもやらされたのだが、その仕事は予想以上に快適だった。新聞記事を書いているとき、私は少し大げさに言うと、自分を水を得た魚のように感じることがあった。

仕事は面白かったが、小さな業界紙なので、経営的には問題があった。そういうことでは時どき不愉快な経験をした。その不愉快さのために、私はOさんから来た一枚のハガキに対する感謝の気持も、だんだんうすれる気がしたのだが、そのときのハガキは、いまになって、徐徐に重味を増して来るようである。Oさんからあのハガキが来なかったら、私ははたしていま小説を書いているだろうか、と思うことがあるのだ。

というのは、私はそのあと二つほど会社を変え、結局十数年も業界紙に勤めるのだが、その仕事は依然として快適だったからである。取材し、記事を書く仕事は、私の性に合っていた。私が小説を書くようになったのは、半ばは偶然だが、来る日も来る日も記事を書いていたことが、小説を書く現在の暮らしとどこかでつながっていることは、まず間違いのないことである。

私が十四年間勤めた業界紙は、多いときで社員十数名という小さな会社だったが、雰囲気のいい会社だった。いわゆる業界紙といった余分な色彩はまったくなく、社長以下ごく円満な常識人の集まりだった。私はそこで記事を書いてひとなみの給料をもらい、やがて結婚して子供も得た。とりたてて不満はなく、その生活に小さく自足していた。退院したとき無一物だったことを考えれば、この上何をのぞむことがあろう、と思うこともあった。喰って生きて行ければ十分だと思った。

そういう私が小説を書くようになったのは、さきにも書いたとおり、半ば偶然のことにすぎない。人はその人生において、思わぬ方向に押し流されることがあるものだが、私にもそういう思わぬ変化がめぐって来ただけのことである。

故郷に錦を飾るという古めかしい言葉がある。私はその言葉がはっきり言えば嫌いだが、ある文学賞をもらったあと、故郷の町に講演に呼ばれたときは、その言葉を思い出さないわけにいかなかった。面はゆくて閉口した。しかし故郷は、ボロを着てはなかなか帰りにくい場所でもある。やむを得ず帰郷して、あちこちと講演して回った。

私は、二十数年前に教師をしていた中学校にも行った。そこで私は、いきなり胸がつまるような光景に出くわした。私がそこに勤めたのはわずか二年である。たった二年で病気休職となり、それっきり私は教職を去ったのである。

会場の聴衆の前列にそのときの教え子たちがいた。男の子も女の子も、もう四十近い齢になっていた。それでいて、まぎれもない教え子の顔を持っていた。

私が話し出すと女の子たちは手で顔を覆って涙をかくし、私も壇上で絶句した。おそらく彼女たちはそのとき、帰って来た私をなつかしむだけでなく、私の姿を見、私の声を聞くうちに二十年前の私や自分たちのいる光景をありありと思い出したのではなかったろうか。

講演が終わると、私は教え子たちにどっと取り囲まれた。あからさまに「先生、いままでどこにいたのよ」と私をなじる子もいて、〝父帰る〟という光景になった。教師冥利に尽きるというべきである。

どこにいたかという教え子の言葉は、私の胸に痛かった。私は教え子たちを忘れていたわけではなかった。一人一人の顔と声は、いつも鮮明に私の胸の中にあった。しかし業界紙につとめ、間借りして小さな世界に自足していたころ、声高く自分のいる場所を知らせる気持がなかったことも事実である。そういう私は、教え子たちにとっては行方不明の先生だったのだろう。

業界紙の記者と小説家と、どちらが幸福かは、いまここで簡単には言えないことだが、そのときだけは、私は小説家になったしあわせを感じたのであった。

（文春文庫『小説の周辺』所収）

流行嫌い

三Cなどと言い、近ごろの家庭はカラーテレビ、カー（車）、クーラーをそなえることが常識化しつつあるらしい。現に私の家の両隣はクーラーをそなえつけているし、前の家二軒は車を使っている。カラーテレビをつけていない家などない。

こういうことは、珍しくも何ともないわけで、鶴岡に行っても山形に行っても、事情は同じであろう。クーラーの普及率は知らないが、車の普及率は多分東京を上回るだろうし、いまどきカラーテレビがない家などあるまいと思われる。

ところで私の家には、この間まで何もなかった。私はそのことをひそかに自慢にしていたのだが、つい先だってカラーテレビを買った。これもカラーテレビが欲しかったわけではなく、使っていた白黒テレビにガタがきて、画面に出てくる人の顔が、みなクシャおじさんのようになったからである。

このテレビは、そろそろ寿命がきている品物である。それを修繕して、なおも白黒でがんばるというほど、私もヘソ曲りではないので、ガタを機会にカラーに切り換えたわけである。しかしこれまで、白黒でべつに不自由したという記憶はなかった。色わけしたパネルを説明するアナウンサーが「この赤い部分は……」などと言ったりする無礼を気にしなければ、それでこと足りるのである。

カラーテレビは買ったが、私はいまのところ車を買う気も、クーラーを入れる気もない。東京の人混みの中を車を乗り回しても仕方がないし、車に乗らなくとも、バスもあり電車もあって不自由しないのである。車は交通不便な地方にこそ最適で、便利な乗物である。

クーラーなども、人が大勢集まるオフィスや喫茶店といったところはともかく、四、五人しか人がいない一般の家庭で必要だとは思えない。

人間もある程度自然のもので、暑ければ裸になって風を入れればいいし、寒ければ厚着して炬燵にでも入っているのがいいのである。むかし読んだ先哲叢談のなかに、夏《か》葛《かっ》冬《とう》裘《きゅう》、それが養生というものだといった言葉があったのを思い出す。夏は涼しいかたびらを着、寒くなれば皮ごろもを着る。自然にさからわないやり方が、身体に一番いいという意味である。

と、一応の屁理屈は持っているものの、正直なことを言うと、私は流行が嫌いなのである。だから次の三種の神器は三Cなどと言われると、聞いただけでそっぽをむきたくなる。

むかしフラ・フープという奇体なものがはやり、路上やビルの屋上で、いい大人があのプラスチック製の輪を、腰のまわりに浮かせることに熱中していた。私もやった一人だ。

ダッコちゃんという人形がはやって、子供ばかりでなく、街頭を行く若い女の子が、腕にとまらせて歩いたりした。ダッコちゃんは作っても作っても売れ、やがて品切れ状態になって、有名百貨店にも一日何個と決まった数しか入らなくなった。それをもとめる人が、早朝から西武百貨店の前に行列をつくっているのを目撃したことがある。

こういう正体不明の一過性の流行もある。いま、当時ダッコちゃんを腕にとまらせて歩いた女の人に、当時の気持を聞いても、なぜそうしたかはわからないだろうと思う。流行が終ってしまえば、なんだと思うようなものだが、人びとが熱中したのは間違いないことであり、そこに流行というものの無気味な一面がある。あるいはそれを受け入れる人間の気味悪さがある。

これとは別に、メーカー主導型、マスコミ主導型、政府主導型といったように、割合正体がはっきりしている流行もある。車やカラーテレビが一ぺんに普及したり、女性のスカートがミニになったりロングになったり、あるいは万国博に何百万もの人が集まったりするのがそうした例である。国鉄主導のディスカバー・ジャパンとか、航空会社が開発した海外旅行ブームというのもある。

そして戦争にも、軍部主導型の一種の流行の要素があったかも知れないといえば、あるいは異論が出るかも知れない。しかし昭和十三年十月に漢口が陥落したとき、それで中国との和平の機会が遠のいたことを知っていた陸軍参謀本部は沈みきっていたが、参謀本部の建物の前を、昼は旗行列が、夜は提灯行列が続き、万歳の声は終日やまなかった。その勢いは、火つけ役の軍部も、もはやとめ得ないものだったのである。国民は、実際は部分的、局地的なものに過ぎなかった勝利を、本物の勝利と受け取っていた。勝利に酔い、戦争による犠牲に対しては、いずれ中国がたっぷり代償を支払うだろうと思っていた。

昭和十六年十月、近衛首相は、まったく行きづまった日中戦争を収拾し、和平にみちびくために、中国大陸からの撤兵を考えたが、東条陸相は強く反対し、やがて近衛は辞職して、日本は太平洋戦争に突入して行く。そのとき近衛に反対した東条の意見の中には、前にのべたような国民感情を顧慮した言葉があったという。

また、外地にいた軍関係の民間人の中には、本職の軍人よりも軍人くさい人間がいたことは、山本七平氏が『私の中の日本軍』のなかで、繰りかえしのべていることである。悲しむべきことだが、戦争の過程にも流行の心理があらわれ、人を熱狂させるのである。

私には、流行というものが持つそういう一種の熱狂がこわいものに思える。人を押し流すその力の正体が不明だからである。それがダッコちゃんにも結びつくが、戦争にも結びつく性質を持っているからだろう。

筋道をつければこういうことで、以上は流行というものについての私の基本的な考え方ということになるが、それでは私がいつもその筋道に照らして、流行を白い眼でみているのかというと、そうでもない。なんというか、ほかにもっと理屈抜きの流行嫌いの気持がある。

たとえば、いまでも幅の広いネクタイを嫌い、また子供を塾にやろうとしない。こういうことは、理屈より先にはやりだからいやだと気持が先立つ。こういう気持の動きが、決して上等のものでないことが、自分でもわかっている。やはり一種のヘソ曲りで、偏屈でいやらしいところがある。これは何だと、自問自答することがあった。

話は変るが、秋に鶴岡に帰ったとき、私は同じ村の本間岩治さんに一冊の本を頂いた。工藤恒治さんが書かれた『農民歌人上野甚作』という本である。四十頁ほどの薄い本だが、中味は、鋭い鑿《のみ》でしかも骨太に彫りあげた上野甚作論だった。私は工藤さんのお名前は存じ上げているが、書かれたものは初めて拝見したので、鶴岡にこういう文芸評論をなさる方がいるのかと、眼がさめる気がした。

この甚作論の中に、上野甚作にはカタムチョ（意固地）な一面があったと書かれているのをみて、私はハタと自分の性癖に思いあたった気がした。私の流行嫌いも、恐らく庄内農民のカタムチョ（私の母はカタメチョと言っていたようだ）からきている。そして多分、慣れない都会に住んで、そこで流されず自分を見失わないためには、私はカタムチョであるしかなかったのである。ここまで書いて私は家のものにカタムチョを説明し、「俺にはそういうところがあるな」と言ったら、家内は即座に「ある、ある。片ムチョどころか、両ムチョですよ」と言った。（中公文庫『周平独言』所収）

涙の披露宴

娘が結婚したのは六年前のことだが、私はかねてから男親が娘を嫁にやるのをいやがったり、披露宴で泣いたりするなどということを、聞くにたえないアホらしい話だと思っていた。

ウチは一人娘だから、かわいくないわけがない。いくつになろうとかわいくて気がかりで仕方がない。しかし、だから箱に入れてしまっておこうとは全然思わず、こんなにかわいくていつまでも娘のことを心配しているのはごめんだと思っていた。だからふつつかな娘でいいといってくれる結婚相手が現れて、娘にかかわる気遣いのたぐいを肩代わりしてくれるなら、こんなありがたくてうれしいことはないと思っていた。あとは関係ないで済まされなくとも、親の責任はとたんに一〇パーセントぐらいまで減るだろう。泣くどころか高笑いで娘を送り出したいほどである。

それに男が泣くとは何事か、男の沽券《こけん》にかかわる話だとも思っていた。で、めでたい式の当日、つづく披露宴はなごやかにすすんで、私は末席から今日の主役である娘を見ながら、隣の席の妻に「あの子は少しにこにこし過ぎないか」などと文句を言ったりしていた。すこぶる余裕があった。ところがである。祝辞とスピーチがわりの歌がつぎつぎと登場して、やがてSさん夫妻の歌になった。奥さんの由美さんは中学、高校が娘と一緒で、よく家に遊びにきていたひとである。当日は彼女がギターを弾き、ご主人と一緒に歌う趣向で、歌は長渕剛の「乾杯」。ところが歌の途中で感きわまった由美さんが泣き出した。そして何としたことだ、私もまた目の中が涙でいっぱいになって顔を上げられなくなったのである。由美さんの涙と歌詞に刺戟され、自分の人生を歩きはじめようとしている娘のけなげさが胸にこみ上げてきたという塩梅《あんばい》だった。これだからあまり大きな事は言えない。

もうひとつその席で、私がめでたいと思ったことがあった。姪が「愛の讃歌」を歌った。この姪は兄の長女で、中学を出るころに家が破産したので辛酸をなめた。もちろん学歴は中学卒である。その後東京に出てきておにぎり屋で働いたりしていたが、幸いにいい配偶者にめぐまれ、その日も夫婦で出席していた。

その姪が歌う「愛の讃歌」。これが、身内をほめるようで気がひけるが声量といい情感といい、一時会場がしんとなったほどに堂堂たる歌声だったのである。歌いおわって女性の司会者に「本格的に勉強されたんですか」と聞かれ大テレにテレている姪を見ながら、私は姪の来しかたを思いやって、またしても目がみるみる涙でくもるのを感じたのだった。

（新潮文庫『ふるさとへ廻る六部は』所収）

明治の母

私の母たきゑは、明治二十七年に山形県の片田舎に生まれ、昭和四十九年に東京の私の家で亡くなった。八十歳だった。若いころはあまり身体が丈夫でなかった人だったから、案外に長生きしたと言えるかも知れない。

さて、母の学歴は尋常小学校四年卒業である。そのことと母が五十いくつかのころにたった一人で北海道まで旅行したという、さほど脈絡もないような二つの事実のあたりから、母の話をはじめたいと思う。

母が小学校四年卒業だということを聞いたのは、母自身の口からだったと思うが、それがいつごろだったのかははっきりしない。ただ聞いたときなんとなく滑稽な感じを受けた記憶があるので、少なくとも私はそのとき小学校六年は卒業したあとだったろう。いずれにしろ、私は母のその話をさほど身を入れて聞いたわけではなかった。

母が遠い北海道に旅行したのは、その話よりずっとあとで、私が病気治療のために東京に出た昭和二十八年ごろのことだったように思う。母の単独旅行は私をびっくりさせたが、しかしそれも聞いたとき限りのびっくり仰天で、私は母の北海道旅行の始終を思いやったわけではなかった。

要するに、多分男のつねとして、ある時期から私の関心はもっぱら外の世界にむかい、母の方にむかうことはめったになかったということだろう。母の学歴だとか北海道旅行だとかいうことが、少しずつ気になり出したのは母の死後、それもごく近年のことである。

そしてその学歴のことだが、小学校四年卒業というのはべつに笑うべきことでも何でもなくて、当時の学制では小学校は四年制だった。小学校が六年制になるのは明治四十年からである。また母が入学したころの女子の就学率はそう高いものではなかったようだから、四年間学校に通って、いわゆる読み書きソロバンの教育を身につけることが出来た母は、明治のころの村の娘としてはむしろ恵まれた方だったのかも知れない。

ところで母が北海道に行ったのは東室蘭にいた母の兄が病死し、その葬儀に出るためだったのだが、私がなぜおどろいたかといえば、おそらくそれが母にとってははじめての汽車旅行のはずだったからである。冒頭に記したように、どちらかといえば母は病弱で汽車なんかには乗ったことがない人だった。

しかしいま私がおどろきを新たにするのは、初の汽車旅行が北海道行きだったということもさることながら、六十近い山形の田舎のおばさんが、よくも迷子にもならずに、たった一人で鶴岡から青森に出、そこから連絡船で函館に渡り、さらに東室蘭へとたどりつけたものだということである。

もうひとつ、母の旅行にはべつの困難がつきまとっていたはずである。母が話す言葉は当然ながら庄内弁という言語不明、意味不明の難解な方言である。たとえば乗換えの駅で汽車の行先をたずねるにしても、たずねる方もたずねられる方も大いに困惑したのではなかろうか。

そういうことを考えていたとき、ふっと頭にうかんで来たのが尋常小学校四年卒業という母の学歴だった。母はその旅で、むかし習いおぼえた読み書きソロバンの能力をフルに活用したに違いない。そして困難はあっても首尾よく東室蘭にたどりついたのであろう。

おもしろいことに、その大旅行のあとでどうやら母は汽車にすっかり自信を持ったらしかった。私と弟が東京で所帯を持つようになると、母は気軽に田舎と東京を往復するようになった。汽車の椅子の上に行儀よく膝を折って坐り、上野に着いた。おふくろは汽車が好きなんだと、私と弟は笑ったことがある。

しかしふり返ってみると母は、私が病気だとか、私の家族が病気だとか、大ていはその種のよんどころない用事を抱えて上京して来たことにも思いあたる。背をまるめ、座席の上に膝を折って汽車に揺られながら、そのころの母が何を考えていたかを、ついに私は知ることが出来ないのである。

（新潮文庫『ふるさとへ廻る六部は』所収）

母たきゑ
母はいろり端で歌まじりのむかし話をしてくれた。藤沢さんは三男三女の次男。

小菅留治全俳句

風出でて雨后の若葉の照りに照る
大氷柱崩るゝ音す星明り
陽炎や胸部の痛み測りゐる
聖書借り来し畑道や春の虹
蝶生れし青畑朝の日が射せり

夕雲や桐の花房咲きにほひ
桐の花葬りの楽の遠かりけり
桐の花踏み葬列が通るなり
葬列に桐の花の香かむさりぬ
病葉に蜘蛛の網揺れし真昼かな
蟻螻や子等手毬歌唄ひ過ぐ
蟻螻や小さき町が灯を点す
桐の花咲く邑に病みロマ書読む
病葉が青天高きより落ち来
病者の句閲し寒夜に去られしと
冬の夜の軒を獣巡るらし
落葉松の木の芽を雨后の月照らす

軒を出て狗寒月に照らされる
春水のほとりいつまで泣く子かも
更衣して痩せしこと言はれけり
桐咲くや田を売る話多き村
花いちご姪の誕生日と思ふ
麦秋やトロも鉄路も錆流す
メーデーは過ぎて貧しきもの貧し
虹明るし山椒魚を掬ふ子ら
夜濯ぎの独り暮らしの歌果てず
青蛙雷雨去りける月に鳴く
藪じらみ払孤りの試歩終る
書見器に昼も秋の灯ともしけり

製材音聞え来秋の野末より

夏草や焚火の跡も隠ろひぬ

夏草に化粧の墭を捨てにけり

水争ふ兄を残して帰りけり

蜩や高熱の額暮るゝなり

真夜も熱に覚むれば梅雨の音すなり

百合の香に嘔吐す熱のゆゑならめ

龍膽や人体模型かしぎ立つ

薄曇りゆく野の秋の薊濃し

天の藍流して秋の川鳴れり

黎のぶ野をひはの群わたりけり

冬雨を聴きをり静臥位を解かず

肌瘦せて死火山立てり暮れの秋

死火山の朱の山肌冬日照る

寒鴉啼きやめば四方の雪の音

汝を帰す胸に木枯鳴りとよむ

冬木立縫ふ新らしき消防車

飛行雲つるうめもどき仰ぐ瞳に

冬月に花房かゝげ八ッ手侍す

十薬や病者ら聖書持ち集ふ

桐咲くや掌触るゝのみの病者の愛

厚き雲割れ紫陽花に夕日射す

梅雨寒の旅路はるばる母来ませり

藤沢周平さんと「海坂」

勝又富美子

まだ瀧仙杖さんが御存命の頃のことだから、昭和五十何年頃であったろう。

土曜の朝の新聞の俳句欄を見ていて驚いた。直木賞作家の藤沢周平の、題は忘れたが小文がのっていて、何気なく読むと、ふいに私達の「海坂」の名があらわれた。町角で正面衝突した位吃驚した。昭和二十七、八年頃病気療養中に「海坂」という俳句雑誌に投句していたことがあって、その縁故で自分の作品の中に架空の東北の小藩の名を「海坂藩」として使用していて、それは心情的になつかしさが介在しているからだという意味の文章だった。「海坂藩」とは又ほほえましい。

私達の「海坂」は、相生垣瓜人、百合山羽公という立派な蛇笏賞作家をお二人も師と仰ぎながら、宣伝もせず、東北の小藩ではないが、東海の一地方俳誌として地味な存在である。それが小文とは言え急に新聞紙上に登場して来たのだから私は大いに驚いて、瀧編集長に電話すると、瀧さんも驚き早速藤沢さんに連絡をとられたようであった。

昭和五十七年の「別冊文藝春秋」に藤沢さんは改めて「『海坂』、節のことなど」で、その間のことをもう少しくわしく書いておられる。

藤沢さんは山形県の出身、若くして中学教員になられたが、翌る年の集団検診で肺結核が発見され、東京・東村山の病院で療養生活に入られた。そこで鈴木良典というひとにすすめられて、療養仲間たちと俳句をはじめたのだという。歳時記というものの存在さえしらず、季語というものが必要なのだというので、慌てて虚子編の『季寄せ』を買いに走ったのだという。二十五、六歳の頃のことらしい。私が「海坂」に入ったのは昭和三十二年で、初投句の五月号は今も手許に残っている。極くうすい本である。藤沢さんの「昭和二十八年といえばまだ物も不足がちだったころである。紙質がわるく、薄い俳句雑誌というものもそういう時代を反映している」という言葉がよく分る。その薄い俳誌にしかし藤沢さんは目を輝かし、先輩の句に瞠目した。

猟銃音部落あきらかに点在す　岡本昌三
放送塔きらめくは霜解けそめし　瀧　仙杖
木場の朝霜の丸太を切りはじむ　益永小嵐

ことにこの三句には衝撃を受けた。そこを入口として藤沢さんは芭蕉や一茶を再読し、現代俳句の作品を読むようになられたという。

幸い、七、八年続いた療養生活も三十歳の頃には社会復帰するまでに到った。以後業界紙の編集などにたずさわられたあと、四十歳をすぎて作家として立たれたのである。年譜によればオール讀物新人賞の『溟い海』を発表後、その翌々年の昭和四十八年には、早くも『暗殺の年輪』で直木賞を受賞、以後二十年、立てつづけというか、精力的に作品を書かれている。

私はその膨大な作品の中のほんの一部を読んだ。盲人が象をさわった位のものである。尻っぽの先かも知れない。しかし惹かれるものを感じた。宮本武蔵の奥に藤沢さんの善意の目を感じた。あたたかく、多少の気の弱さも感じた。藤沢さんは最も若く、しかしはたからみれば最も失意の時に俳句にふれ、健康になられるにつれ、形を変えて小説に打ちこまれたのである。簡潔な筆のはこびは俳句をやった方だなと思う。それだけの情が窺われる。

若い時の俳句というのは、そのまま若き日の自画像である。小菅留次という名で「海坂」に投句された句は、御本人は覚えておいでかどうか分らないが、「海坂」の好事家はまとめている。

大氷柱崩るゝ音す星明り

同じ二十八年には、

夕雲や桐の花房咲きにほひ

で巻頭になっており、

桐の花咲く邑に病みロマ書読む
百合の香に嘔吐す熱のゆゑならめ
龍膽や人体模型かしぎ立つ

と、「歳時記」を買いに走った初歩のひととも思われないたしかな足取りである。翌二十九年、

寒鴉啼きやめば四方の雪の音
軒を出て狗寒月に照らされる
麦秋やトロも鉄路も錆流す
メーデーは過ぎて貧しきもの貧し

今の「海坂」の諸作品より、見るものは見ている立派な把握である。

桐咲くや掌触るゝのみの病者の愛

失意の時といっても若く、やわらかい。句作にも燃えるものがあったであろう。

俳句作家「小菅留次」の時期は僅かだったが、若い血を燃やした場所として、真剣に俳句というものに取りくんだ場所として「海坂」は藤沢さんのかけがえのない青春の一頁にちがいない。「海坂藩」、文中の架空の藩の名にそう使って、藤沢さんは作家としてより市井のひとの心情、つつましい心情も吐露していられるのだ。その純粋さがうれしい。

近々文藝春秋より『藤沢周平全集』が出る

という。まだ六十代の半ば、これからも藤沢さんの健筆が続かれることだろう。

藤沢さんの目はいまも「海坂」にそそがれている。

（「海坂」平成四年六月号より再録）

*
**

8　藤沢さんへの手紙

冬の足音

出久根達郎

藤沢さんには遂にお目にかかる折はなかったが、昔から、お名前だけは存じあげていた。

藤沢周平という筆名でなく、小菅留治という本名のほうである。

もっとも小菅さんが藤沢さんとわかったのは、ごく最近のことで、当時は知るよしもない。

私が十八歳の時だから、昭和三十七年である。当時、読売新聞が毎月、短編小説コンクールを行なっていた。

私の友人、北林昭三がこれに応募し、佳作になった。確か入選が一人で、佳作は三名であった。賞金は入選五万円である。佳作は作品名と作者名が、紙上に発表されるだけであった。

しかしそれにしても大したことで、友人と私は発奮した。互いに小説を書き始めたころである。せっせと応募して、入選をねらった。ある月の発表で、佳作に小菅留治という名前を見た。私と友人は、すごい筆名だと感嘆した。

私は、この人は太宰治ファンに違いない、と推測した。太宰が高校時代だったかに用いた筆名に、小菅銀吉というのがある。それを真似たもの、とにらんだのである。私自身が太宰にかぶれていたから、ピン、ときたのだった。

小菅銀吉もすごいが、こちらも大胆な筆名だ、と私たちは話しあった。ちなみに二人とも、本名で応募していた。

そんなことがあったので、小菅留治という名は、頭の片隅に焼きついていたのである。藤沢周平氏が小菅留治その人だ、と知った時は、だから、大いに驚いたが、一方で、なつかしい気もしたのである。私は藤沢氏のひそかな愛読者だったから、よけい氏を身近に感じた。友人の場合は、私以上に感慨ひとしおだったようである。彼は現在、夢屋という飲み屋を開いている。

飲み屋といえば、あれは二十年ほど前の冬、隣の見知らぬ酔客と、藤沢さんの小説でやりあったことがある。互いにひどく回っていた。『冬の足音』という短編小説だった。

年頃なのに嫁に行かない娘がいる。娘の家で働いていた職人を、娘は忘れられなかった。その職人に簪《かんざし》をもらったことがある。娘は勧められて見合いをする。その返事をしなくてはならぬ。忘れられぬ職人に一度会ってから、決断しよう、と娘はたずねていく。

隣の酔客は、この小説の題は「簪」であるべきだ、と主張した。私は娘の心象を表わす、この原題がしっくりする、と譲らなかった。どんな風に話がもつれたのか、取っ組みあいになった。飲み屋の主人に仲裁され、じきに治まったが、「あんたたちは、あんまり惚れすぎるから喧嘩になるんだよ」と言われた。その言葉は妙に生々しく耳に残っている。

『冬の足音』を読み返してみた。末尾の数行は、屈指の名文であると改めて感じた。同時に自分の十代から二十代後半の、鬱々とした日々を思いだした。今になって気がついたが、藤沢文学は私には青春文学であったのだ。

逃亡者への共感

水木 楊

冬の庄内に行こうと思い立ったのは雪が三通りの降り方があると聞いたからでした。天から落ちる、真横からなぐりかかる、下から吹き上げるの三つです。その日は暴風雪大波警報が出ており午前中の飛行機は欠航、私の乗った便も引き返すことありうべしと言われていたのですが、上空で分厚い雪雲がうっすらと開き、その隙を縫って飛行機はするりと着陸していました。

海岸沿いの湯野浜温泉で夜見た雪の凄まじさ。十メートルもある白波が放つ弾幕のように雪は窓にひっきりなしに襲いかかり、風は一晩中ひょうひょうと鳴り続けていました。翌日、湯殿山麓の注連寺に行ったのですが、雪に標識が埋もれ迷った挙げ句、深い渓谷を見下ろしたときに吹き上げてきたのもまた不機嫌な荒々しい雪片たちでした。

あなたの生まれ育った鶴岡市の高坂にも行ってみました。うらさびしい村だと言ったらあなたは気分を害されますか。近くにある湯田川温泉にも立ち寄ってみました。晴れていたら月山や羽黒山が見えるのかどうか。その日は薄墨色の空気が立ちはだかり、いかにもこれ以上逃げるところのない、どんづまりといった風情の温泉で、その軒の低い温泉街の横丁を入った、そのまたどんづまりにあなたが常宿にしていた九兵衛旅館がありました。雪は小さな霰のようになり、路地にまでころころと転がり込んできます。中年の女性がショールを羽織り背中を丸くして急ぎ足で歩いていきます。

あなたの作品、特に初期の作品にみられるひんやりと暗い質感は一体どこからやってくるのか長い間の謎でしたが、なんとなく分かったような気がしたものです。あれは、苛酷な季節の去るのをひたすらじっと待つ大地の質感ではないでしょうか。

あなたのエッセイ集をぱらぱら開いていて、おやと思ったことがあります。「グレアム・グリーン」と題する短文で、「この数年の間読んだ夥しいその種の小説の中で記憶に残るものといえば『ヒューマン・ファクター』一冊にとどめをさす」と書いておられる。グレアム・グリーンは私の好きな小説家のひとりで、しかもその中の傑作と問われれば『ヒューマン・ファクター』か『情事の終わり』ではないかとかねて思っていたのです。

あなたの小説には、追われて逃げている男たちが多く登場します。直木賞の『暗殺の年輪』の葛西馨之介もそうですし、テレビ・ドラマ化された『用心棒日月抄』の青江又八郎も脱藩者です。『ヒューマン・ファクター』のモデルと言われる英国の大物スパイ、キム・フィルビーもまた英国諜報機関に追われてソ連（当時）に逃れていった男でした。なぜ『ヒューマン・ファクター』が「気になる」のか、逃亡者の陰寒とした心理に興味を持たれるのか、生きておられたら、その理由をとっくりとお聞きしたかったものです。

文章のカメラワーク

鴨下信一（演出家）

藤沢周平さんの作品をテレビや舞台に移したとき、いつも不思議に思うことがあった。演出したのは『橋ものがたり』の中の「約束」や「思い違い」、短篇集『驟《はし》り雨』に収められている「ちきしょう！」といった江戸市井の話だけれども、その装置《セット》のことである。

原作の小説からドラマ化するとなれば、まず人物、そして背景、つまりセットのことを考えることになる。藤沢作品中の人物は、主役はもちろん脇役、ほんの少ししか登場しない端役《はやく》にいたるまで、くっきりとイメージが浮んでくる人々ばかりだが、さて背景はとなると、これが困ったことにいっこうにイメージが湧《わ》いてこない。

正確にいえば、いつも考えつくのは〈黒バック〉ばかりだった。

〈黒バック〉の黒は、あの舞台の奥に吊る黒幕のことである。ふつうならばそこに江戸の屋並みとか、河岸ならば対岸の景色、色里ならば妓楼の建物、神社仏閣の遠景、さらには遠く富士筑波の山などが描かれる。遠見ともいう。テレビでも同じことだ。

そうした背景を描かないで、ただ黒幕だけを吊っておくことがある。もちろんその前に若干の道具が置かれることもあって、例えば橋、それも欄干《らんかん》だけをかざる、河岸に積まれた材木やころがっている石だけを置く、柳の木を一本置いてもいい、これで橋なり河岸なりを表現する。もともと夜の闇を表現した黒幕が、こうすると〈空白にもどされた空間〉になる。これが黒幕前の芝居である。

藤沢さんの作品から浮ぶ背景のイメージはいつでもこうした黒幕前のイメージだった。原作の小説でも、近景はしごくはっきり描かれているのに遠景となると茫漠《ぼうばく》としている。そこにあるはずの遠くの景色は、夜の黒々とした闇に呑みこまれていたり、朝だったら藍色の、夕方だったら紅色の靄《もや》の中に消えてしまっていたり、これは藤沢作品の独特な、印象的な風景だけれど、降りしきる雨のしぶきの向うにかすんで見えない。

藤沢さんの物語の〈場〉の設定が巧いのには定評がある。場の設定は小説家、とくに時代小説の作家にとっては最大の芸の一つともいうべきもので、山本周五郎にしても池波正太郎にしても〈劇的な場〉の設定にはきわめて長《た》けている。橋ものがたりといった〈場〉の設定そのものをメイン・テーマにした作品があるくらいだから、藤沢さんのそれはまさに読者を魅了する芸だった。

その〈場〉が〈黒バック〉のように見えるというのは、どういうことなのだろう。場所の情景を書きこんでないわけではない。じつに丹念に書いてあるのだが、実は他の作家とは書き方がたいへん違う。藤沢作品では景色はすべて登場人物の〈見た目〉で描かれている。

〈見た目〉というのも映像の世界の用語だが、作中の人物の目で見たこと、あるいはもっと拡げて、耳でとらえたこと、皮膚で感じたことで周辺の情景を描いてゆく、客観描写ではなく主観描写のことだ。

例としてちょっと「約束」の中のある部分を見てみよう。

幸助は大川と小名木川が作っている河岸の角に建つ、稲荷社《いなりやしろ》の境内に入った。狭い境内に梅の老樹と、まだ丈の低い桜の木が二本あった。梅はもう葉をつけ、葉の間に小指の先のような実のふくらみを隠していたが、桜はまだ散り残った花片《はなびら》を、点点と残している。境内にも、少し澱んだような、暖かい空気と日の光が溢れていた。

幸助は境内の端まで歩き、大川の川水がきらきらと日を弾《はじ》いているのを眺め、その上を滑るように動いて行く、舟の影を見送った。そこに石があったので腰をおろした。石は日に暖まっていて、腰をおろすと尻が暖かくなった。

物語の背景となる風物の描写は、主人公の五感に触れるものに厳密に限られているのがよくわかる。通常の小説のように、客観的に描写された風景の中に人物がはめこまれるのではなくて、ちょうどカメラが移動しながら主人公の目に映り、身体に感じるものを次々に写しとってゆくように風景は描写されてゆく。

こうした藤沢作品の文章のカメラワークでは風景は常に動いている。固定した背景の装置《セット》は不必要で、むしろ黒バックという自由な空間の中に風景の部分部分が次から次へと出現してくる、この手法の方がよほどに藤沢さんの作品の舞台化・映像化には適している。

おそらく映像の関係者が争ってドラマにしたがったのは、従来の時代小説になかった藤沢さんのこの映像感覚に触発されたからだろう。

そればかりではない。藤沢さんの作品の持つ、あの現実感、切実感といってもいいほどのリアリティは、この〈見た目〉でものごとを描ききるという、独自のスタイルによるところがとても大きいと思うのだ。

『蝉しぐれ』のショック

渡部昇一
（上智大学教授）

藤沢さんと私はあの戦争のある時期に同じ旧制中学にいたらしい。しかし私は普通の中学生で藤沢さんは夜間中学生（今の言い方では二部とでもなるだろうか）だったとのことである。

昼の中学生と夜の中学生は一緒になる機会は全くなかった。そこから藤沢さんは師範学校に行かれる。田舎に帰って教育界の人々と会った時、「師範では藤沢さんと同級生だったよ」という古手の教員の何人かに会ったことがある。丸谷才一さんは私と入れ違いに同じ旧制中学を卒業して旧制高等学校に進まれた先輩である。陸軍士官学校や海軍兵学校や旧制高校に進学した人たちは、当時の中学生にとってはみんな仰ぎ見るヒーローであるから顔は見たことがなくてもその名前は知っていた。

しかし夜間中学生のことは昼間の中学生にとっては意識の外にあった。たった一人思い浮ぶのは、印刷屋の徒弟をしていた足の悪い少年（私より二つ三つ年上か）であるが、彼は大きな眼鏡をして道路に面した窓の側でハンコを彫っていたからである。「あの人、夜間中学生だってさ」と同級生と話し合っていたが、それだけが夜間中学生の記憶である。

藤沢さんはおそらく自転車通学だったのだろう。藤沢さんの出身の村は、今は鶴岡市に編入されていると思うが、当時は「郡部」である。歩いて通学するにはちょっと遠すぎる。下宿できるぐらい余裕のある家の出身なら昼間の中学に入る。

そんなせいもあってか、藤沢さんの活躍が鶴岡中学出身の同窓生の話題となることもなかったから、同郷の出身であることもずい分後になるまで知らなかった。しかも藤沢文学に触れたのは、二年前卒寿のあとでなくなった義母を通じてである。義母はアララギの歌人で、朗詠もよくやっていた。長い間病床にあったが、いつもよく本を読んでいた。ある時、「今、何を読んでいるのですか」ときいたら、「藤沢周平。藤沢周平はいいですよ」と答えた。

八十歳を超えた老女が愛読してやまない作家とはどんな人かと思って、私も人間ドックに入った時に藤沢周平を読み出した。偶然それは『蟬しぐれ』であった。それは一種のショックだった。「こんなすぐれた作家を今まで知らなかったとは」という驚きである。『蟬しぐれ』は読んでいるうちに感動が盛り上って来て、しばらく読むのをやめて気息を調《ととの》えなければならなかった。こんなことはカズオ・イシグロの作品以来のことである。日本文学ではここ二十年近くない体験だった。かくて私も熱烈な藤沢ファンになり、比較的短い間にほとんどの作品を読んでしまった。

作品の中に出てくる「五間川」とか、「鴨の曲り」は、庄内のあの辺のイメージなのかな、などと郷里の記憶と重ねて読むという楽しみもある。そして文化的刺戟の極めて乏しかった郡部の少年の頭の中で、どうして文学の種が発芽して行ったのか、と思いをめぐらしているうちに、それは私の知人の誰かれのイメージと重なり、また少年の頃の私自身の記憶とも重なったりしてくるのである。

いのいちばんに

黒土三男
（映画監督）

無念である。無念としか言いようがない。藤沢さんに、映画を観て貰うことが出来なかった。強引に、我儘ばかり言って、『蟬しぐれ』を映画にするお許しを頂きながら、とうとうそれを果たすことが出来なかった。それどころか、製作資金がまるで集まらず、今日に至るまで、蟬たちは鳴くことすら出来ない。

七年前、『蟬しぐれ』を読んだ。大声出して、わめきたい程に感動した。そして、何としてでも映画にしたいと思った。

それまでに、二本の映画を作った。口惜しさと反省ばかりが残った。もっともっと、時間と資金をかけて作りたい。もっともっと、本当の映画を作りたい。どこの国の誰にも負けない、映画と呼べる映画を作りたい。そうでなければ、三本目の映画など、作る必要もない、そう思い続けていた。

三本目の映画は『蟬しぐれ』しかない。強く決めた。『蟬しぐれ』は時代劇である。時代劇の映画は、莫大な金がかかる。そんなことはわかっていた。腰を据えてじっくり作るには、時間もかかる。そんなこともわかっていた。そんなことは、まるで怖くなかった。とにかく『蟬しぐれ』という本にめぐり逢えたのだ。それこそが、何よりの勇気だった。

『蟬しぐれ』には、主人公文四郎と幼なじみのおふくとの悲恋が描かれている。それはあまりに純で、あまりに美しくて、あまりに残酷な恋であり、藤沢さんにしか書けない恋だと、私は思う。

汚れ果てたこの国に、こんな恋は存在しないだろう。観客が、時代遅れと笑うかもしれない。そんなことは構わない。私は、この恋を映画にしたい。いや、それ以上に私が三十五ミリのフィルムに焼きつけたいのは、文四郎と、その養父助左衛門との、父と息子の物語の方かもしれない。

海坂藩のお家騒動に巻き込まれ、切腹を命じられる助左衛門。処刑の日を間近にして、文四郎がほんの束の間、父に会い僅かばかりの言葉を交すシーン。わんわんと、外で蟬たちが鳴き続ける中、寡黙な父が息子に言う。

「文四郎はわしを恥じてはならん」

父の遺した言葉の重さと深さに、文四郎は帰り道泣いてしまう。

「もっとほかに言うことがあったんだ」と文四郎は泣きながら言う。「おやじを尊敬していると言えばよかったんだ」

私は、この父と子の一語一語を、じっくりかみしめたい。これ程の言葉を、文章ではなく台詞として、俳優の肉体を通して表現してみたい。

更には、文四郎が大八車に父の屍を乗せてわが家へ向かう、あのシーンだ。ここここそ映画『蝉しぐれ』のクライマックスとも言っていいと思っている。何の台詞も不要だ。衆人環視の中を、文四郎が黙々と歯を喰いしばって、大八車を引くのだ。そこに何の説明がいるだろうか。藤沢さんという作家が凄いのは、ここでおふくを登場させたことだ。車を引く文四郎の最後の力が尽きた時、振り返るとそこにおふくが居て、黙って車を引くではないか。映画はエンターテインメントであり、このシーンこそ最高のエンターテインメントだと、私は確信している。

そうした私の一方的な思いとは裏腹に、大きな問題があった。藤沢さんは『蝉しぐれ』の映画化を、どうしても許してくれなかった。作家は書くだけである。映像化する為に書くものではない。出来れば、映像化などしたくない。そっとしておいて欲しい。それが藤沢さんの変らぬ返事だった。

あきらめきれなかった。藤沢さんの承諾は得られなくとも、とにかく前に進んだ。東北、山陰、広島、京都と、ロケハンを続けた。発見があった。『蝉しぐれ』の舞台としてふさわしいロケ地が、数少いが、まだ残存していた。

「シナリオを書こう」

そう決心した。シナリオを書いて、それを藤沢さんに読んで頂く。強引なことはわかっている。何としても読んで頂く。それで駄目だと言われたら、今度こそあきらめるかどうか考えてみればいい。

書き始めた。長い長い時間が無駄に過ぎるばかりだった。書けなかった。書いても書いても、原作に負けていた。尚も書いた。

やっと書き上げた。シナリオを印刷して、藤沢さんに届けた。それからが本当に長かった。来る日も来る日も、藤沢さんからの返事はなかった。

「根負けした」

それが藤沢さんの承諾の返事だった。私ではなく藤沢さんの方が、あきらめて下さった。その日から、映画の資金集めに走り回った。世の中、どんどん不景気になって行く、今の日本映画如きに金を出すような、酔狂な人はどこにも居ない。

日本が駄目ならと、アメリカへも行った。シナリオを英訳して、ハリウッドを駆け回った。

「素晴らしい映画になる」

ハリウッドの映画人たちはシナリオを読んで感動した。しかし資金は一円たりとも出さない。字幕スーパーの日本映画は儲からない、それがハリウッドの冷静な答だった。

焦った。焦りまくった。何故なら、映画を一日も早く完成させて、いのいちばんに藤沢さんに観て貰いたいからだ。その藤沢さんの身体が、普通の健康人ではないことくらい、私も感じ取っていた。はっきり言えば、時間がないことを、感じ取っていた。

藤沢さんが逝った。

無念である。だが、と思う。だが、と自分に言い聞かせようと思う。この先何年かかろうと構うものか。『蟬しぐれ』の映画は完成させるのだ。そしてやっぱりいのいちばんに、藤沢さんに観て貰うのだ。

初めてわかった父の苦悩

辻　仁成

はじめまして、私は小説家の辻仁成と申します。まだまだ駆け出しの物書きです。NHKドラマ「清左衛門残日録」の中で仲代達矢さん扮する三屋清左衛門の息子の嫁役をした、女優南果歩の夫と申し上げた方が早くお分かり頂けるかと思います。その節は本当に妻がお世話になりました。

私が藤沢作品にはじめて触れることになるのも、妻が台本と一緒に沢山の藤沢さんの本を抱えて帰ってきたことがきっかけでした。妻が台本を読んでいる傍らで、私はそれらを読破してしまいました。最初は何気なく捲《めく》っていたのですが、止められなくなってしまったのです。私の父は、若い頃猛烈サラリーマンでして、私はそんな社会の歯車として生きる父の姿に、若さのせいもあって大変反発しておりました。そのせいで私は一度も会社員を経験したことがないのです。物書きになる前は歌など歌って暮らしておりました。だからサラリーマン社会の中に潜む様々な人間関係の葛藤のようなものは全く知らずに生きてきてしまったわけです。

私が藤沢さんの小説を通してもっとも興味を引かれたのもその組織の中に生きる人々の日常でした。小説を読み、初めて父の苦悩のようなものを理解することが出来たのです。ドラマがはじまると、私の父は果歩が出ていることもあり、恐れ多いことに、毎回清左衛門と自分とをダブらせておりました。電話がかかってきては、今回も泣いたよ、とすっかりその気なのが可笑しくてしかたありませんでした。

エリートコースを歩んでいた父は、ある時、頼っていた社長の死で失脚し、世間で言う窓際族になってしまったのです。だからこそ、父にとっては何より深い共感があったのでしょう。あの小説は、大嫌いだった父を理解する上でもまた、大きな役目を担ってくれました。

ドラマが放映されてすぐに、藤沢さんから妻宛に一通の葉書が届きました。そこには優しい文字で、嫁役が私の思い描いていたとおりで嬉しくおもいます、と果歩の演技を気に入って下さったことが記されており、わが家は暫くその話題でもちきりでした。妻にとってはどんな人に褒められるよりも、勇気づけられた言葉だったに違いありません。

実際滅多に妻の仕事を褒めない私も、あのドラマの完成度には敬服し、当然原作の深度があってこそと納得した次第です。物語作家の鋭く奥の深い人間観察力に物書きの端くれとして多くのことを学ばせて頂き、また心地よい嫉妬も持つことができました。

いつだったか妻と二人で公園を散歩していると、年配の御夫婦が近づいてきて、あなた仲代さんところのお嫁さんよね、と挨拶をされてしまいました。交わしあった微笑みの中で、藤沢文学が庶民に響かせる希望と人情の深さに私は改めて胸が仄かに熱くなるおもいを感じたものです。

藤沢さんの優しい眼差しと魂が作品の中で生きながらえ、今日もどこかで多くの日本人の心を励まし続けていることを、私は心より嬉しく思います。

幸運な巡り合わせ

佐藤雅美

六、七年前になろうか。歴史経済をテーマにした小説を書いていて、正直なところ行き詰まった。といって将来はともかく、すぐに歴史小説をという気にはなれなかった。ならば時代小説ということになったのだが、経験のないことだからどうとり組んでいいのかが分からない。

本屋にでかけて、たまたま藤沢先生の本を手にとった。白状すると、それまで藤沢先生の本は読んだことがなかった。

結果は……、面白いからつぎからつぎへと買って読むのだが、読めば読むほど絶望感に襲われた。

世には、他人が真似ることのできない、努力をしてもおっつかない才能がある。スポーツの世界を見れば一目瞭然。イチローにしろ、松井にしろ、持って生まれた才能があっての活躍で、逆立ちしても藤沢先生が書かれるような時代小説は書けない。そう思えた。

ただ一つだけ、参考になることがないでもなかった。なにげなく描写されていて抵抗なく読めるからつい見逃してしまうのだが、その時代について相当調べておられる、資料を読み込んでおられるということだった（このことは最近、藤沢先生の書斎をグラビアで拝見して確認できた）。

これなら真似もできる。努力もできる。

そう思って手探りで資料を読みはじめ、いつしか歴史司法、学問的なジャンルでいうなら法制史の本に目を通すようになり、まず最初に岡っ引の生態を題材に『影帳』という時代小説を書いた。

発売後間もなくだった。版元の編集者から、「藤沢さんが読んでみたいとおっしゃっておられる。お届けしておいた」と連絡があった。感想はどうなのだろう。気にはなったがお聞きできなかった。

つぎに公事宿《くじやど》を舞台にした『恵比寿屋喜兵衛手控え』という時代小説を書いた。発売が十一月。滑り込みセーフのような格好で、直木賞の候補にあげてもらった。幸い賞をいただくことができたのだが、あとで漏れ聞くところによると、藤沢先生の推挙があってのこと、ということだった。

賞などというものはよかれあしかれ偶然が左右する。どんなにいい作品でも、誰かの強い推挙がなければ、見落とされたり見逃されたりということだってないではない。

それが、藤沢先生の本を読むことによって時代小説を学び、まがりなりにも書き上げることができたもので、当の先生の推挙で受賞することができた。

これまでの人生で、運、不運というか、巡り合わせとか、そのようなものを感じたことはまるでなかった。このときばかりはそれを強く感じた。

残念なのはそのころすでにおからだを悪くしておられ、生前に一度も謦咳に接することができなかったことだ。いまとなるとそれが悔やまれてならない。　合掌。

詩の言葉への理解

ねじめ正一

十年ほど前、先輩詩人である阿部岩夫さんと喋っていて、藤沢周平氏の名前が出たことがある。

「俺が詩集を送るたびに、藤沢さんはいつもすごく丁寧なハガキをくれるんだよ」

阿部さんはうれしそうであった。自分の詩が的確に理解されているというられしさが、声の調子に現れていた。

阿部岩夫という詩人は、現代詩で「暗い」といったら阿部岩夫というくらい暗い詩を書く人である。難病を患って、いつも死を思いながら詩を書いている人である。藤沢氏も病を持っておられた。藤沢氏も阿部さんと同じ山形の生まれであった。そういう共通点はあるが、しかし藤沢氏がそれだけで阿部さんの詩に共感し、理解していたとは思えない。

阿部さんの詩は、言葉に身体が貼りついている。身体の細胞のひとつひとつが壊れたり増殖したりする、その音に耳を澄ませながら言葉が出てきている。だから暗いのだ。身体の中が暗いように、詩が暗いのだ。暗い中に音がある。さわさわ、さわさわと、壊れたり増殖したりしている。

その音が阿部さんの詩の言葉なのである。藤沢氏は、その音を聞き分けることのできた方だった。小説家でありながら阿部さんの重くて深い詩の言葉を理解できた藤沢さんをますます信用してもいいと思った。

現代詩人の中で難解な詩人のひとりである阿部さんの詩に共感できる藤沢さんは詩的な心を持った人だと思った。

そしてまた藤沢氏の小説も、言葉に身体が貼りついていた。私はそこがたまらなく好きだった。

それから何年かして、私は直木賞を戴いた。そのときの選考委員に藤沢周平氏がおられて、選評で「小太刀の冴えもいいが、これからは大だんびらを振り回して虚構の世界に切り込むこともして欲しい」という批評を頂戴した。藤沢氏なら、と納得できる批評であった。大だんびらを小太刀のようにうつくしく遣うことのできる小説家が藤沢氏だったからだ。

藤沢周平の小説のすばらしさは描写であり、弱者への視線であると言われる。たしかにその通りである。だが私が圧倒されるのは、氏の言葉に対する潔癖さだ。藤沢氏の小説の言葉には大股なところがまったくない。言葉に身体が貼りついてしまっているから、大股になれないのだ。

そういうとき小説家は、言葉に貼りついた身体を無理やりにでも引き剝がしたくなるものだが、氏はそれをしなかった。

大だんびらを大だんびらとしてしか遣わず、ぐんぐん前へ進む小説、それが大股な小説である。藤沢さんの小説は多くの読者を獲得したが、多すぎはしなかった。それは藤沢さんの小説が、大だんびらを大だんびらとして遣って読者を薙ぎ浚《さら》う小説ではなかったからだ。私はそれをとてもうつくしいことだと思う。

車中にて

落合恵子

Uさん。松本に向かう車中で書いています。窓の外、土手の斜面に菜の花がいり卵のような花を散らしています。春特有のどこか甘さを含んだ青空を背に、木蓮が葉のない枝にぽっかりと白い花をほどいています。

とてもいい旅になりそうな予感がします。バッグに忍ばせた四冊の藤沢周平さんの短編集のせいかもしれません。

Uさん。好きなものを、好きだと言えるしあわせと、好きなものを、好きだと言葉にはしないしあわせと……。どちらがいいということではなく、藤沢作品に関しては、後者のしあわせを選んでいるようです。

『意気地なし』の長屋の娘、しっかりもののおてつ。許婚を捨てた彼女から、「おかみさんに、するって言って」と選択を迫られる乳飲み子を抱えた内気な蒔絵師伊作。

『鱗雲』の青年武士新三郎を巡る三人の女。母の理久。峠で行き倒れになっているところを助けた「男の子のように凜々しい眉をした」雪江。彼の許婚であり、雪江とはまた違った魅力のある利穂。……病癒えた雪江と彼と母とが縁側で瓜を食べる場面は心にしみてきます。

しあわせの実感とは、こんな風に一瞬のものなのかもしれません。そして現在のわたしにとってしあわせとは、穏やかさや静かさ、個独の時とほぼ同義語になっています。「獄医立花登シリーズ」の最後に登場するあのフレーズ。「若さにまかせて過ぎて来た日日は終わって、ひとそれぞれの、もはや交わることも少ない道を歩む季節」に、わたしも一歩踏み出したところだからかもしれません。

それは淋しいことでしょうか？　いいえ、わたしにはとても豊かなことに思えます。饒舌で上滑りな日々は、降り積もる疲れと虚しさしか残してくれませんでしたから。

それにしても、女の描きかたについてはちょっとばかりうるさいわたしたちフェミニストの中にも、藤沢ファンは多いのですね。一見、古風に思える江戸の女たちを反転させると、ラジカルな九〇年代の女の姿勢と重なる……。興味深いことです。たぶん、自分とのひそやかな約束を守る、という意味において共通するものがあるからかもしれません。

同時にわたしは、藤沢作品の底に流れる「明るく仄かな絶望のようなもの」……と、勝手に名づけていますが……に強く心惹かれます。意識的であろうと偶然であろうと、諸々の欲望の巣をすっと抜けでた人間が到達する清冽で気品ある諦観のようなもの……。それは、部屋住みのまま一生を終えようとしている『果し合い』の大叔父、作之助が墓石の前で呟く言葉、「わしもいずれ、この下に入る。なに、死んでしまえば同じことさ」

に通じることかもしれません。

Uさん。いつか一緒に、藤沢さんの本を持って旅をしましょう。豊かな無口の時空を、共有するために。

間もなく松本です。では。

ゲーリー・クーパーを重ねて

小林陽太郎
（富士ゼロックス会長）

私は残念ながら、一度も藤沢さんにお会いする機会はなかった。しかし、作品を読んで勝手に、俳優の宇野重吉さんが作家になったような方ではないかと想像していた。何となく、宇野さんの醸しだしていた優しげなイメージに藤沢作品と通じるものを感じたのである。

藤沢作品の主人公たちも、どこか人間的な優しさ、弱さというものを抱えている。例えば、「用心棒シリーズ」などにでてくる剣客たちは、恐ろしく強い剣の遣い手にはちがいないのだけれど、やはり内に弱さを持っている。

私は、「真昼の決闘（ハイ・ヌーン）」という西部劇が好きなのだが、その主人公の保安官と、藤沢作品の主人公たちがとても重なって見えるのだ。ゲーリー・クーパーが演じる、この保安官は、四人の無法者に狙われ、自分だけでは勝ち目がないと思い、町の人間に助けを求める。しかし、誰も助けてくれず、仕方なく一人で決闘に臨むのである。それまでの西部劇が描く保安官がみなスーパーマン的だったのに比べ、誰かに助けを求めるという設定がとても印象的であった。

藤沢作品の主人公も一人としてスーパーマンはいない。誰もが、徹底的に人間臭いのである。これは、昨年お亡くなりになった司馬遼太郎さんの作品と比較するとよくわかる。司馬さんの小説の主人公は、坂本龍馬、高杉晋作など国の行く末を左右したような英雄が多い。一方、藤沢さんは英雄より市井の人々を主人公にした作品を描き続けた。もちろん、司馬さんの作品にも、人間臭く弱い人物が出てくるが、やはりギラギラした野望のようなものを持っているように思えるのだ。

これには、藤沢さんの小説に対しての考え方も関係しているのかもしれない。藤沢さんは、ある対談の席で自らの小説について「自分は多くの人に読んでもらいたいとか、たくさん本を売りたいとか思ったことはない。読みたいと思った人が、読んでくれればそれで満足である」と語っていた。これは、万人が好むような、ギラギラした英雄物語より、藤沢さんが興味を持った、名もなき人々を描きたいといっているようにも思える。

そして、藤沢さんの描く名もなき人々には、圧倒的なリアリティーがある。主人公たちは、いかにもどこにでもいそうな人間ばかりで、時代小説の登場人物でありながら、読者もどこか自分と重ね合わせて読んでしまうような境遇にあるのである。

例えば、『三屋清左衛門残日録』の家督を譲り隠居する主人公の清左衛門などは、その典型といえる。この作品の中で、隠居をした清左衛門を、大きな事件が襲うわけではない。寂寥感にさいなまれながらも、暮らしていく日々が淡々と描かれているだけなのである。これまでには、このような人物を主人公にした時代小説を書く作家は、ほとんどいなかった。しかし、読者はこの作品を読みながら、清左衛門の人生に、もしかしたら自分にも同じような状況が訪れるかもしれない、と感じるのである。

また、藤沢作品の世界に入っていきやすいのは、藤沢さんがつくり出す架空の世界が、読者に、どこかで見たような懐かしい情景を思い起こさせるからではないだろうか。藤沢作品にはお馴染みの海坂藩、清流と木立に囲まれたこの城下町についての描写を読むとき、読者はその風景が目の前に広がっているように感じているのだ。

他にも、その簡潔だが心地よい美しい文章、作品が醸しだすペーソス、登場人物に注がれるどこか覚めながらも優しい視線など、藤沢作品に読者が、なぜこれほど魅了されるのかを書き綴っていけばきりがない。

藤沢作品を味わう楽しさは格別であった。しかし、もうその楽しみをこれ以上味わえないかと思うととても残念である。本当に惜しい方が亡くなったとしか言いようがない。

戦中派

小林桂樹

仕事がらいつも台本を読んでいることが多いので、プライベートでまで本を読むということは少なかったのですが、藤沢さんの作品は大好きで、次々と貪るように読みました。

私は、もともとサラリーマン役を演じることが多かったのですが、その役柄と藤沢さんの作品に登場してくる人物たちに、共通する部分がとても多いように感じられたのです。

藤沢さんの作品には、下級武士や市井の庶民が数多く主人公として登場してきます。舞台はちょうど江戸時代。社会構造は安定していて、がっちり固まった管理社会でもありました。

出世を争い、転勤に驚き、派閥に悩む下級武士の姿は、現代のサラリーマンの姿と、ダブって見えたのです。

隠居後の男の日々を描いた『三屋清左衛門残日録』も、停年後の生き方という、現代に通じるテーマを描いた作品と言えるでしょう。

山本周五郎さんの小説も似ていますが、時代劇のなかの現代劇とでもいうべき楽しみがありました。

また、私が強く感じたのが、藤沢さんの時代を見る目への、深い共感でした。藤沢さんと私は、ほぼ同じ世代にあたります。戦中派というのでしょうか、同じ時代を生き抜いてきたもの同士です。

そんな藤沢さんの時代や人間を見つめる視線に、我が意を得たりと思うことが少なくありませんでした。

藤沢さんの作品には、人間のもっとも美しい姿が表現されていました。特に、藤沢さんのお書きになる女性は、なんと魅力的な存在だったことか。

本当にこんな女がいるのかと、思ってしまいました。『用心棒日月抄』の佐知のように、きりっと表情が引き締まっていて、身ごなしがシャープで、なおかつ女らしさを感じさせる、そんな清潔で色っぽい女性像に、大いに心動かされたものでした。

藤沢さんの作品は、読んでいて楽しく、読み終わって暖かい気持ちになれます。懸命に生きる人々の生活感や人情の温かみに触れ、江戸時代に生まれたかったとまで思うほどでした。

藤沢さんはまた、風景や天候の描写が大変お上手でした。活字を読んでいるうちに、その風景が眼前にありありと浮かんできます。またお上手なだけではなく、長々とお書きになることも少なくなかったのですが、それが邪魔にならずに、作品の中で見事に生きていました。

　私たちが少年時代を送った昭和初期は、まだ電気も普及しておらず、江戸時代からの日本人の暮らしが残っていました。まるで眼前にその情景を見ているように描けたのは、まだ江戸時代がそれほど昔ではなかったからかもしれません。

　最近は藤沢さんのお人柄に触れたくて、エッセイやインタビューを読む機会が増えていました。特に生活ぶりについて「一日一日を全うする気持ちです」というお言葉に強く惹かれました。老いというものを意識しつつ、なんと清々しい態度でしょうか。

　何度かお話を頂いたことはあるのですが、これまで藤沢さんの作品を演じる機会には恵まれませんでした。こう申してはなんですが、読んでいてこれはやれそうだと思う登場人物に出会ったことも一再ならずあります。出来ればぜひ演じてみたいとおもっています。

　生前ついに藤沢さんとお会いする機会を得ることができなかったことが、悔やまれてなりません。

⁂

著作65冊全リスト
あとがき、エッセイで辿る作家の軌跡

〈文末に出典表記のないものはすべて「あとがき」〉

その①長篇小説

檻車墨河を渡る
小説・雲井龍雄
（文藝春秋・昭50・文春文庫『雲奔る』と改題）

私の郷里から、明治維新と呼ばれる激動期に、志士として積極的にかかわり合った人が二人いる。一人は清川八郎であり、一人が雲井龍雄である。子供の頃私は、雲井龍雄の名を、「棄児行」の詩と一緒に、尊皇の志士として記憶した。しかしその後、維新史の中に龍雄の姿はひそと隠れているようで、表面に出ることがないのを異様に感じた時期がある。事実龍雄処刑のあと、郷里米沢では、龍雄の名を口にすることを久しくタブーにしたという。龍雄に対する、長い間の一種の気がかりのようなもの、それがこの小説を書かせたことになろうか。

義民が駆ける
（中央公論社・昭51・中公文庫）

ここには、たとえば義民佐倉宗五郎の明快さと直截さはない。醒めている者もおり、酔

っている者もいた。中味は複雑で、奇怪でさえある。このように一面的でない複雑さの総和が、むしろ歴史の真実であることを、このむかしの〝義民〟の群れが示しているように思われる。あるいは誤解されかねない義民という言葉を題名に入れた所以である。

闇の歯車 （講談社・昭52・講談社文庫）

喜多川歌麿女絵草紙 （青樹社・昭52・文春文庫）

浮世絵師歌麿といえば、ただちに好色の絵師といった図式には賛成しかねる気分が、この小説の下地になっているかも知れない。歌麿は若いころはかなり遊んだ形跡があるが、おりよという妻を得てからは、なかなかの愛妻家でもあった。さきの図式も、ひとつの歌麿の読み方には違いないが、数ある浮世絵師の中で、歌麿ひとり好色漢の代名詞のように言われるのは、どんなものだろうか。

なるほど歌麿は、生涯美人絵を描き、また「歌まくら」、「ねがひの糸口」、「絵本小町引」といった枕絵《まくらえ》の名作を残している。だが美人絵の凄味ということなら英泉のような絵師もいるし、また枕絵は歌麿に限らず、当時の絵師がみんな描いたわけである。北斎の「浪千鳥」以下の秘画が、歌麿の作品に匹敵することはよく知られている。枕絵は、様式でなく生身の人間を描こうとした絵師たちにとって、必然の産物だったのであろう。

この小説は、そういうわけで歌麿に貼られているレッテルをはがしてみるという、やや天邪鬼《あまのじやく》な気分から生まれたものだが、おことわりしたように、これもひとつの歌麿の読み方ということである。

春秋山伏記（家の光協会・昭53・新潮文庫）

山伏に対する子供のころの畏怖は、まだ私の中に残っているようだ。彼らは普通人と同じように、村の中で暮らすことも出来たが、修験によって体得した特殊な精神世界を所有することで、彼らは一点やはり普通の村びとと違っていただろうと考える。そこは、ただの人間である私には、のぞき見ることが出来ない世界である。畏怖はそこからくる。

そういうわけで、この小説は山伏が主人公のようでありながら、じつは江戸後期の村びとの誰かれが主人公である物語になっている。

一茶（文藝春秋・昭53・文春文庫）

われわれは、芭蕉の句や蕪村の句も記憶に残す。それは句がすぐれているからである。一茶にもすぐれた句はあるが、一茶の句の残り方は、そういう意味とは少し異なって、親近感のようなもので残る。

それはなぜかといえば、一茶はわれわれにもごくわかりやすい言葉で、句を作っているからだろうと思う。芭蕉や蕪村どころか、誤解をまねく言い方かも知れないが、現代俳句よりもわかりやすい言葉で、一茶は句をつくっている。形も平明で、中味も平明である。ちょうど啄木の短歌がわかりやすいように、一茶の句はわかりやすい。

そしてそれは一茶が、当時流行の平談俗語を意識したというだけでは片づかない、もっと本質的な、生まれるべくして生まれた平明さのように思われる。

用心棒日月抄（新潮社・昭53・新潮文庫）

私が小説を書きはじめた動機は、暗いものだった。書くものは、したがって暗い色どりのものになった。ハッピーエンドの小説などは書きたくなかった。はじめのころの私の小説には、そういう毒があったと思う。時代小説を選んだ理由のひとつはそこにあって、私は小説にカタルシス以外のものをもとめたわけではなかった。私はそれでいいとして、読者はきっと迷惑だったに違いない。

しかし最近私は、あまり意識しないで、結末の明るい小説を書くことがあるようになった。書きはじめてから七、八年たち、さすがの毒も幾分薄められた気配である。（中略）

最初から読者を想定して小説を書きはじめる作者はいないだろうが、七、八年も書いている間に、心の通う読者も出来てくる。そういう読者に、長年辛気くさい小説におつき合いいただいた罪ほろぼしに、読んで面白い小説をお目にかけたいという気持もある。（中略）

『用心棒日月抄』という小説には、以上にのべたような私の変化が、多少出ているかも知れない。ただそれが面白いかどうかは、読者に決めてもらうしかない。

（「一枚の写真から」より）

消えた女
彫師伊之助捕物覚え

（立風書房・昭54・新潮文庫）

回天の門

（文藝春秋・昭54・文春文庫）

八郎は策を弄したと非難される。だが維新期の志士たちは、争って奇策をもとめ、それによって現状の打開突破をはかったのである。策をもって人を動かすのが山師的だとするなら、当時の志士の半分は、その譏《そし》りを免れないのではなかろうか。（中略）

ひとり清河八郎は、いまなお山師と呼ばれ、策士と蔑称される。その呼び方の中に、昭和も半世紀をすぎた今日もなお、草莽《そうもう》を使い捨てにした、当時の体制側の人間の口吻が匂うかのようだといえば言い過ぎだろうか。八郎は草莽の志士だった。草莽なるがゆえに、その行跡は屈折し、多くの誤解を残しながら、維新前期を流星のように走り抜けて去ったように思われる。

出合茶屋
神谷玄次郎捕物控
（双葉社・昭55・文春文庫『霧の果て』と改題）

春秋の檻
獄医立花登手控え
（講談社・昭55・講談社文庫）

孤剣
用心棒日月抄
（新潮社・昭55・新潮文庫）

闇の傀儡師
（文藝春秋・昭55・文春文庫）

最初の濫読時代というものを挙げるとすれば、それは小学校の五、六年のころだったろうと思う。（中略）

譚海という、雑誌で読んだ時代小説が、どういう筋でどんな題名だったかはもう思い出すことが出来ない。たとえばそのひとつが、神道無念流戸ヶ崎熊太郎の門人が主人公だったことと、その小説が無類におもしろかったことをおぼえているだけである。そのおもしろさが、立川文庫のおもしろさとは中身が違うことに、子供なりに私は気づいていたと思う。その遠い記憶が、この『闇の傀儡師』にもつながっている。

風雪の檻
獄医立花登手控え
（講談社・昭56・講談社文庫）

密　謀（上下）
（毎日新聞社・昭57・新潮文庫）

米沢藩上杉について、なかでも私の最大の疑問は、関ヶ原の戦における上杉の進退ということだった。この戦で上杉は会津百二十万石から米沢三十万石におとされる。

その封土削減は、むろん関ヶ原で敗戦組に回ったせいだが、精強をほこる上杉軍団が、あの天下分け目の戦で、戦らしい戦をしていないことが、私には納得がいかなかったのである。人がいなかったわけではない。謙信のあとをついだ景勝は沈着勇猛な武将だったし、執政には、当時屈指の器量人と呼ばれた知勇兼備の直江兼続《かねつぐ》がいた。麾下《きか》の将士は謙信以来の軍法をわきまえ、伝統の精強さを失ってはいなかった。

その強国上杉が、あの重大な時期に戦らしい戦をせず、最後には会津から米沢に移されて食邑《しょくゆう》四分の一の処遇に甘んじたのはなぜだろうか。毎日新聞に連載した『密謀』は、およそはそうした長年の疑問、興味に、私なりの答えを出してみたい気持に駆られて書いたものである。

漆黒の霧の中で
彫師伊之助捕物覚え
（新潮社・昭57・新潮文庫）

愛憎の檻
獄医立花登手控え
(講談社・昭57・講談社文庫)

よろずや平四郎活人剣
(上中下)
(文藝春秋・昭58・文春文庫)

人間の檻
獄医立花登手控え
(講談社・昭58・講談社文庫)

刺　客
用心棒日月抄
(新潮社・昭58・新潮文庫)

私はかねがね北国の人間が口が重いというのは偏見だと思っている。あれは外部の、自分たちよりなめらかに口が回る人種の前でいっとき口が重くなるだけのことで、内輪同士ではそんなことはない。

子どものころ、私は村の集会所あたりで無駄話にふけっている青年たちの話をよく聞いたものだが、彼らがやりとりする会話のおもしろさは絶妙だったという記憶がある。弾の打ち合いのように、間髪をいれず応酬される言葉のひとつひとつにウイットがあり、そのたびに爆笑が起きた。村の出来事、人物評、女性の話など、どれもこれもおもしろかった。私たち子どももおもしろがって笑っていたら、突然に怒られて追い立てられたのは、野の若者たちの雑談の成り行きの自然で、話が少し下がかって来たからだったろう。

内部の抑圧がやゃうすれた時期になって、私の中にも、集会所の若者たちほどあざやかではないにしろ、北国風のユーモアが目ざめたということだったかも知れない。

（「転機の作物」より）

海鳴り（上下）

（文藝春秋・昭59・文春文庫）

私はかねて一篇ぐらいは市井ものの長篇小説を書きたいと考えていたのだが、案外にその機会がなかった。私は『海鳴り』で、精神的にも肉体的にも動揺しがちな中年という世代から、一組の男女をひろい上げてその運命を追ってみたのではあるけれど、チャンバラの楽しさがあるわけでもなく、匕首《あいくち》一本光るわけでもないただのひとの物語は、強い刺戟が好まれる現代では、いささか発表をためらわれるのである。（中略）

打明けると、私は『海鳴り』を書きはじめた当初、物語の主人公である新兵衛とおこうを、結末では心中させるつもりでいた。だが、長い間つき合っているうちに二人に情が移ったというか、殺すにはしのびなくなって、少し無理をして江戸からにがしたのである。小説だからこういうこともあるわけだが、そうしたのはあるいは私の年齢のせいかも知れない。むごいことは書きたくなかった。せっかくにがしたのだから、作者としては読者とども、二人が首尾よく水戸城下までのがれ、そこで、持って行った金でひっそりと帳屋（いまの文房具店）でもひらいて暮らしていると思いたい。

（「『海鳴り』の執筆を終えて」より）

風の果て（上下）

（朝日新聞社・昭60・文春文庫）

ささやく河
彫師伊之助捕物覚え

（新潮社・昭60・新潮文庫）

白き瓶

小説・長塚節（文藝春秋・昭60・文春文庫）

発端は、平輪光三著『長塚節・生活と作品』という本だった。昭和十八年一月に、東京・神田の六芸社から発行された初版四千部のこの本の一冊が、そのころ山形県鶴岡市の郊外にある農村に住む私の手に入ったのである。それは本が出たその年か翌年の十九年のことで、私は十六か十七だったことになる。

その年齢の私をその本にひきつけたものが何だったのかは、いま正確には思い出すことが出来ないのだが、ひとつはやはり、中に引用されている「初秋の歌」、「乗鞍岳を憶ふ」などの短歌作品だったろう。それはいかにも文学好きの農村青年だった私に訴えかけるリリシズムと、理解しやすい親近感をそなえた歌だったのである。それと短歌ほどには明快に理解出来なかったものの、黒田てる子との悲恋が醸し出すロマンチックな雰囲気とか、独身のまま三十七歳の生涯を閉じた歌人の悲劇性といったもの、そしてつけ加えればそれらの事実を記述する著者の、抑制のきいたしかしながらどこか情熱を感じさせる文章などが、私の気持をその本にひきよせた要素ではなかったかと思う。

ともかくそんなことから、その一冊の本は私の愛読書となり、その後私の長い療養生活とか、生家の破産とかがあって、若いころの私の蔵書があらかた四散してしまった中で、不思議にいまも手もとに残る一冊となったのである。

（「小説『白き瓶』の周囲」より）

本所しぐれ町物語

（新潮社・昭62・新潮文庫）

蟬しぐれ　（文藝春秋・昭63・文春文庫）

『蟬しぐれ』は、一人の武家の少年が青年に成長して行く過程を、新聞小説らしく剣と友情、それに主人公の淡い恋愛感情をからめて書いてみたものだが、じつを言うとこれが苦痛で苦痛で仕方がなかった。何が苦痛かというと、書けども書けども小説がおもしろくならないのである。会心の一回分などというものがまったくない。

こういうときは無理な工夫なんかしても仕方ないので、私はつとめて主人公の動きにしたがい、丹念ということだけをこころがけて書きつづけた。早く終ってほっとしたいと念じているのに、こういうときに限って小説はなかなか終らず、予定をかなりオーバーしてようやく完結したのだった。

作者が退屈するほどだから、読者もさぞ退屈したことだろうと私は思った。連載中、もちろん一通のファン・レターも来なかった。

ところが、である。一冊の本になってみると『蟬しぐれ』は人がそう言い、私自身もそう思うような少しは読みごたえのある小説になっていたのである。これは大変意外なことだった。ばかばかしい手前味噌《てまえみそ》めいた言い方までしてあえてそう言うのは、新聞小説には書き終えてみなければわからないといった性格があることを言いたいためである。

（「新聞小説と私」より）

市塵　（講談社・平1・講談社文庫）

時代小説というのは内ふところが深いから、この小説の場合は白石という評伝でもあり人間を通した歴史小説でもあるような小説が出来上がりましたね。で、ついでに言うと往々にして歴史小説は時代小説より少し上にあるように言われたりするんだけども、私はそうじゃないと思う。しいてわければ時代小説は虚構を主とし、歴史小説は事実を主として書くわけですけれども、虚構が事実に劣るなどというのは何かの偏見でしょうね。書く方から言えば、虚構の物語をつくる方がむずかしい。

（「インポケット」91年11月号、常盤新平氏との対談より）

三屋清左衛門残日録（文藝春秋・平1・文春文庫）

三屋清左衛門は五十三ぐらいかな、今の還暦ぐらいと見てもいいでしょうね。今までの生活から一切身を引くというのは、みんなやっていることだけれども、用人まで務めた人だけに、いかに武家といえども、内心はかなり寂しい気持ちもあったろうと思います。

第一回目を書き始めてすぐ、これは変なものを書いてしまったと思ったんです。だから、少しずつ藩の動きのほうへ入っていくようにしたわけです。はじめは、ただ隠居をめぐる事件簿みたいにしようと思ったわけ。ところが、やっぱり今までの現実社会とつないでおいたほうが、人間というのは生きがいがあるんだという考え方に変わりましたね。それで、ああいう藩の抗争の後始末をやったりという物語になったんです。

（「ノーサイド」92年9月号より）

凶刃　用心棒日月抄（新潮社・平3・新潮文庫）

小説は終っても作中人物に対する親しみは残っていて、ある日ふと、この小説には後日談があるかも知れない、などという妄想がうかんで来たりする。後日談であるその小説は、陰の組の解体をタテ糸にし、中年になった青江又八郎と佐知の再会と真の別離をヨコ糸にする長い物語になるだろうと、多分書かれはしないだろうその小説のことをぼんやりと考えたりするのも、独立した短篇とは違って、この種のシリーズでは、作者も作中人物の歴史をともに歩むことになるので、その行方が気にかかるのだと思う。

(『刺客』あとがきより)

天保悪党伝

(角川書店・平4・角川文庫)

秘太刀馬の骨

(文藝春秋・平4・文春文庫)

漆の実のみのる国(上下)

(文藝春秋・平9・文春文庫)

米沢に来てこういうことを言うのは非常に怖いことなんですが、鷹山公は名君なりやということ。名君であるというのは天下知らぬ人はいないわけです。ところが小説に書くときは、それを前提にはしません。書いていくうちに分かるだろうと、まあそういうことで書いていくわけですね。そんなこと言うと、むっとなさる方もあるかもしれません。私だって鶴岡の荘内藩の酒井忠徳公という人は、名君でないかもしれないなんて言われたらむっとしますからね。名君というのは土地の誇りなんです。悪い殿さまにおさめられたというのにくらべると、気持ちが晴れ晴れとするところがある。それでお気持ちはよく分かりますが、まあ作家というものはそういう立場でもって書かないと、色眼鏡がかかって変な小説になります。やはり事実に教えられて、名君なりやということを追求していかなきゃならない。(「米沢と私の歴史小説」より)

その②短篇小説

暗殺の年輪

（文藝春秋・昭48・文春文庫）

〔収録作品〕**黒い縄／暗殺の年輪／ただ一撃／溟《くら》い海／囮**

あるとき私は「オール讀物」に武家物の小説を書き、タイトルを「手」として提出した。「手」は、例によって汗だくの論理的格闘を演じたあとの、苦心のタイトルだった。だが間もなく担当のN氏から電話がきて、「手」はよくないと言う。言われてみると、まったくそのとおりである。N氏はタイトルをつけ直すのに若干の時間をくれた。

私は家を出て所沢に行き、駅に近い喫茶店でお茶を飲みながら、（中略）四つか五つの題名を考え出し、N氏に電話した。

間もなくN氏から、その中の『暗殺の年輪』というのを、タイトルに採用したと知らせがあったが、むろんその時点で、その小説が直木賞をもらうようになるとは夢にも思わなかったことである。

（「汗だくの格闘」より）

又蔵の火

（文藝春秋・昭49・文春文庫）

〔収録作品〕**又蔵の火／帰郷／賽子無宿／割れた月／恐喝**

どの作品にも否定し切れない暗さがあって、一種の基調となって底を流れている。主人公たちは、いずれも暗い宿命のようなものに背中を押されて生き、あるいは死ぬ。

これは私の中に、書くことでしか表現できない暗い情念があって、作品は形こそ違え、いずれもその暗い情念が生み落したものだからであろう。読む人に勇気や生きる知恵をあたえたり、快活で明るい世界をひらいてみせる小説が正のロマンだとすれば、ここに集めた小説は負のロマンというしかない。この頑固な暗さのために、私はある時期、賞には縁がないものと諦めたことがある。今年直木賞を頂けたのは幸運としか思えない。

だがこの暗い色調を、私自身好ましいものとは思わないし、固執するつもりは毛頭ない。まして殊更深刻ぶった気分のものを書こうなどという気持は全くないのである。ただ、作品の中の主人公たちのように、背を押されてそういう色調のものを書いてきたわけだが、その暗い部分を書き切ったら、別の明るい絵も書けるのではないかという気がしている。

闇の梯子

（文藝春秋・昭49・文春文庫）

〔収録作品〕父《ちゃん》と呼べ／闇の梯子／入墨／相模守は無害／紅の記憶

冤　罪

（青樹社・昭51・新潮文庫）

〔収録作品〕証拠人／唆《そそのか》す／潮田伝五郎置文／密夫の顔／夜の城／臍曲がり新左／一顆《いっか》の瓜／十四人目の男／冤罪

暁のひかり

（光風出版・昭51・文春文庫）

〔収録作品〕暁のひかり／馬五郎焼身／おふく／穴熊／しぶとい連中／冬の潮

逆軍の旗

（青樹社・昭51・文春文庫）

〔収録作品〕逆軍の旗／上意改まる／二人の失踪人／幻にあらず

逆軍の旗は、戦国武将の中で、とりあえず

もっとも興味を惹かれる明智光秀を書いたものだが、書き終わって、かえって光秀という人物の謎が深まった気がした。こういうところが、私を小説のテーマとしての歴史にむかわせる理由のひとつである。歴史には、先人の考究によって明らかにされた貴重な部分もあるが、それでもまだ解明されていない、あるいは解明不可能と思われる膨大な未知の領域があるだろう。そういう歴史の全貌といったものに、私は畏怖を感じないでいられない。そうではあるが、この畏怖は、必ずしも小説を書くことを妨げるものではない。むしろ小説だから書ける面もあると思われる。

竹光始末　（立風書房・昭51・新潮文庫）

〔収録作品〕竹光始末／恐妻の剣／石を抱く／冬の終りに／乱心／遠方より来る

近年来、時代小説の面白味のかなりの部分が、劇画の分野に喰われているという指摘を聞く。確かにそういう現象があるだろう。時代ものを書く者として、また時代ものの一読者として、なんとなく心細い気がしないでもないが、時代小説の面白味の中に、劇画という表現手段に適した部分がある以上、当然の現象だとうなずける。

そういう変化はどうあろうと、小説を書く者としては、当然ながら文章による表現にすべてを託さざるを得ないわけで、そしてこの一点で劇画とは異る小説の面白さを構築して行くしかないだろうと思う。

もっとも、以上はあくまで意識の底の方においてあることを述べただけで、そうだから私が、ふだんそういうことを念頭において、気張った小説を書いているということではない。時にはごくダルな気分に流されて書いてしまうこともあり、また気張ったから必ずいい小説が出来上がるわけでもない。ただ、面白い時代小説を書きたいと願っていることを言ったまでである。

時雨のあと　（立風書房・昭51・新潮文庫）

〔収録作品〕雪明かり／闇の顔／時雨のあと／意気地なし／秘密／果し合い／鱗雲

古い時代には、その時代に特有のもの、現在とははっきり異る因習、ものの考え方などがあるだろう。その反面たとえば親子、男女の間の愛情のような現在と共通する、人間に不変なものも存在するだろう。この二面をつかまえないと、正確に古い時代を把握《はあく》したことにはならないと思うのだが、江戸期になると現在と共通する部分が多く出てくる気がする。その前の戦国期とは異る相が出てくる。人間も、その暮らしぶりも、いまの生活感覚から言って、そうわかりにくいものではない。江戸期の人間の行動、心理といったものには、手探り可能な感触がある。それは近近百年ほど先で、現代と繋《つな》がっている時代であれば、当然のことかも知れない。この少し先の時代に生きた人人に対する親近感のようなものが、時代ものを書くとき、多く筆を江戸期にむかわせる理由かも知れないと思う。

闇の穴　（立風書房・昭52・新潮文庫）

〔収録作品〕木綿触れ／小川の辺／闇の穴／閉ざされた口／狂気／荒れ野／夜が軋む

日本が日中戦争に突入したのは、私が小学校五年のときである。その後戦争が拡大すると、風景は少し荒れた。そして戦後は、なにか別のものが風景の中に入りこみ、風景は変質し、ある場所では破壊された。私の心の中に残る風景は、そういう意味で私の古きよき時代を兼ねるかのようにもみえる。

だが実際には、そういう懐古趣味とはべつに、その風景はある重さを持って、私の中に生き続けている気がする。多分それは、私がはじめて認識した世界であるからだろう。それは後年出会うような風景のイミテーションでもなく、反覆でもない、ま新しい風景だったのである。その風景が、現在小説を書いていることと、どこかで固く結びついている気がするのは、当然のことかも知れない。

この短篇集のあちこちに、この私の風景が点在している。時代もののなかに書いて、べつにそれほど不自然な気がしないのは、むかしは近年のようでなく時がゆっくり流れていたからであろう。私の風景のなかには、あきらかに明治の痕跡《こんせき》が残っていたが、考えてみれば明治はたかだか二十年ぐらい前のことで、それは何の不思議もないことだった。

長門守の陰謀　（立風書房・昭53・文春文庫）

〔収録作品〕夢ぞ見し／春の雪／夕べの光／遠い少女／長門守の陰謀

神隠し　（青樹社・昭54・新潮文庫）

〔収録作品〕拐《かどわか》し／昔の仲間／疫病神／告白／三年目／鬼／桃の木の下で／小鶴／暗い渦／夜の雷雨／神隠し

驟り雨　（青樹社・昭55・新潮文庫）

〔収録作品〕贈り物／うしろ姿／ちきしょう！／驟り雨／人殺し／朝焼け／遅いしあわせ／運の尽き／捨てた女／泣かない女

橋ものがたり　（実業之日本社・昭55・新潮文庫）

〔収録作品〕約束／小ぬか雨／思い違い／赤

い夕日／小さな橋で／氷雨降る／殺すな／まぼろしの橋／吹く風は秋／川霧

橋というものを連作のテーマに据《す》えるという考えは、あらかじめ頭の中で練ったというわけではなく、Nさんと話しているその場でうかんで来た即興の思いつきだった。人と人が出会う橋、反対に人と人が別れる橋といったようなものが漠然《ばくぜん》と頭にうかんで来て、そういうゆるやかなテーマで何篇かの話をつくることなら出来そうに思えたのである。

こうして出来あがったのが、『橋ものがたり』という連作短篇集に収録されている十篇の物語である。私は本格的に小説を書きはじめてからまだ三年ほどにしかならず、それまで書いた小説の多くは武家ものと捕物帳だった。いわゆる市井《しせい》ものと呼ばれる小説も書きはしたけれども、それはせいぜい四、五篇にすぎなかったように思う。

それが『橋ものがたり』の連作を引きうけたことで、はじめて集中的に市井小説を書く結果になり、書きおわったときには、どうにか自分のスタイルの市井小説を確立出来た感じがしたのであった。そういう意味では、十篇の小説は、出来、不出来を越えて、いずれも愛着のある作品になったと言っていいかと思う。

（劇団文化座公演「橋ものがたり」パンフレットより）

隠し剣孤影抄

（文藝春秋・昭56・文春文庫）

〔収録作品〕邪剣竜尾返し／臆病剣松風／暗殺剣虎ノ眼／必死剣鳥刺し／隠し剣鬼ノ爪／女人剣さざ波／悲運剣芦刈り／宿命剣鬼走り

この隠し剣シリーズは、三カ月に一篇という悠長《ゆうちょう》なペースで、昭和五十五年五月発行の「オール讀物」七月号まで書きつがれた。

丸四年近くかかって書いたシリーズは、「別冊文藝春秋」掲載の一篇を加えても十七篇に過ぎず、私が決して器用な作家でないことを証明している。ひとつひとつの秘剣の型を考えるのは、概して言えばたのしい作業だったが、締切り近くなっても何の工夫もうかばないときは、地獄のくるしみを味わった。毎月連載だったら、とてもつづかなかったろう。最後の一篇は「盲目剣谺《こだま》返し」だった。

　いま読み返してみると、赤面するような考証の間違いがあったりして、多分に幼稚なところもある短篇集だが、ここには私のこのあとの武家小説に共通する微禄の藩士、秘剣、お家騒動といった要素がすべて顔を出し、私の剣客小説の原型をなしているという意味で、愛着が深い短篇集になっている。

（「自作再見――隠し剣シリーズ」より）

隠し剣秋風抄　（文藝春秋・昭56・文春文庫）

〔収録作品〕酒乱剣石割り／汚名剣双燕／女難剣雷切り／陽狂剣かげろう／偏屈剣蟇ノ舌／好色剣流水／暗黒剣千鳥／孤立剣残月／盲目剣谺返し

夜の橋　（中央公論社・昭56・中公文庫）

〔収録作品〕鬼気／夜の橋／裏切り／一夢の敗北／冬の足音／梅薫る／孫十の逆襲／泣くな、けい／暗い鏡

　書きはじめた時点では結末までわかっていないことが多い。したがって、出来てみるととんでもない駄作に仕上がって、読者をあきれ返らせたりすることもあるわけだが、書き手が無責任なことを言うと、短篇小説の楽しみは、書いていて何が生まれるのかはっきりしない、そのへんにあるような気もする。

　しかしこういうやり方の仕事は、思えば綱渡りのようなもので、かつてどなたかが言ったように、神の助けを必要とする。神の力を必要とする仕事といえば、即座に思い出されるのは牧師だが、一方で賭博師も神の助けを必要としているだろう。罪深い小説書きである私が牧師に似ることはあるまいから、ひとまず賭博師に似たとして、この短篇集の中に、はたして神の加護によってうまいカードを引きあてたものがあるかどうかは、お読みになる方に判断していただきたい。

時雨みち　（青樹社・昭56・新潮文庫）

〔収録作品〕帰還せず／飛べ、佐五郎／山桜／盗み喰い／滴る汗／幼い声／夜の道／おばさん／亭主の仲間／おさんが呼ぶ／時雨みち

霜の朝　（青樹社・昭56・新潮文庫）

〔収録作品〕報復／泣く母／嚔《くしやみ》／密告／おとくの神／虹の空／禍福／追われる男／怠け者／歳月／霜の朝

龍を見た男　（青樹社・昭58・新潮文庫）

〔収録作品〕帰って来た女／おつぎ／龍を見た男／逃走／弾む声／女下駄／遠い別れ／失踪／切腹

決闘の辻　（講談社・昭60・講談社文庫）

〔収録作品〕二天の窟《あなぐら》―宮本武蔵／死闘―神子上典膳／夜明けの月影―柳生但馬守宗矩／師弟剣―諸岡一羽斎と弟子たち／飛ぶ猿―愛洲移香斎

花のあと　（青樹社・昭60・文春文庫）

〔収録作品〕鬼ごっこ／雪間草／寒い灯／疑惑／旅の誘い／冬の日／悪癖／花のあと

たそがれ清兵衛　（新潮社・昭63・新潮文庫）

〔収録作品〕たそがれ清兵衛／うらなり与右衛門／ごますり甚内／ど忘れ万六／だんまり弥助／かが泣き半平／日和見与次郎／祝《ほ》い人《と》助八

麦屋町昼下がり　（文藝春秋・平1・文春文庫）

〔収録作品〕麦屋町昼下がり／三ノ丸広場下城どき／山姥橋夜五ツ／榎屋敷宵の春月

玄鳥　（文藝春秋・平3・文春文庫）

〔収録作品〕玄鳥／三月の鮠《はや》／闇討ち／鷦《みそさ》鷯《ざい》／浦島

夜消える　（文春文庫・平6）

〔収録作品〕夜消える／にがい再会／永代橋／踊る手／消息／初つばめ／遠ざかる声

日暮れ竹河岸　（文藝春秋・平8・文春文庫）

〔収録作品〕江戸おんな絵姿十二景（夜の雪／うぐいす／おぼろ月／つばめ／梅雨の傘／朝顔／晩夏の光／十三夜／明烏／枯野／年の市／三日の暮色）

広重「名所江戸百景」より〔日暮れ竹河岸／飛鳥山／雪の比丘尼橋／大はし夕立ち少女／猿若町月あかり／桐畑に雨のふる日／品川洲崎の男〕

「江戸おんな絵姿十二景」は、かなり前に「文藝春秋」本誌に一年間連載したもので、一枚の絵から主題を得て、ごく短い一話をつくり上げるといった趣向の企画だった。一話が大体原稿用紙十二、三枚といった分量ではなかったかと思う。

どんな種類の絵にするかは、その当時浮世絵に凝っていたのですぐにこれと決まったが、ただ漫然と自分の好みの浮世絵にお話をつけるだけでは、おもしろくも何ともない。そこで一月から十二月まで季節に対応した話を、ごく簡単なあらすじだけつくって、担当編集者の佐野佳苗さんにわたし、それに対応するような絵をさがしてもらうことにした。

その上で、小説に仕上げるときは微調整を行なうことにした。絵を編集者の選択にゆだねることで、創作のときのハードルを高くしたわけである。だから「江戸おんな絵姿十二景」には、若干の遊びごころと、小説家としてこの小さな器にどのような中味を盛ることが出来るか、力倆を試されるような軽い緊張感が同居している。

静かな木

（新潮社・平10・新潮文庫）

〔収録作品〕岡安家の犬／静かな木／偉丈夫

早春その他

（文藝春秋・平10）

〔収録作品〕深い霧／野菊守り／早春／エッセイ四篇

その③エッセイ、自伝

周平独言（中央公論社・昭56・中公文庫）

私は他人のエッセー集を読むのは大好きで、またよく読むのだが、自分のエッセーを本にまとめるということになると、ちょっと二の足を踏むような気分になる。気はずかしさが先立つのである。

大体小説を書いている以上は、さほどの中身もない私の人間というものは、いやおうなしにそのまま小説に出て来る。そのことは小説で暮らしの糧を得ているからには仕方ないことだと思う。だがエッセーとなると、その内容浅薄な私なるものを、さらに楽屋裏まで披露するようなものではあるまいか。気取ったところで仕方なかろうとは思うものの、恥の上塗りという気がしないでもない。

小説の周辺（潮出版社・昭61・文春文庫）

校正のために通読してみると、私はこのエッセー集でも、五年前に出したエッセー集と同様に、しきりに郷里について書いていることに気づいた。しかし考えてみれば私は郷里にいくつかの大切なもの、たとえば風景、人情、教え子、友人知己などを残して、その日暮らしに似た都会生活を送っているわけで、こうした私自身の存在理由にかかわるような事柄については、どうしても繰り返し書くことになるのだと思う。

半生の記（文藝春秋・平6・文春文庫）

他人の自伝を読むのは好きだが、自分で自

伝を書こうとは思わないと、以前なにかに書いた記憶がある。その気持はいまも変らず、自伝とか自分史とかを書きたいとは思わない。私は小説を書くことを職業としているので、好むと好まざるとにかかわらず、私という人間は作品に出ている。それだけでも鬱陶《うっとう》しいのに、その上に自伝めいたことなどを書きたくはないというのが正直な気持である。

また振りかえってみる自分の過去が、書きのこすに値いするほどのものかといえば、とてもそんなふうには思えない。悔い多き半生だったという感触も動かない。さいわいなことに人生にはいずれ終りがあり、数数の悔恨の記憶もやがては空無に帰するだろう。せっかくそういうありがたい救済にめぐまれているというのに、わざわざ悔い多き生涯を書きのこすのは愚かである。

といったように自伝めいたものを書くことについて、私の気持は大方否定的にしか働かないのであるが、ただひとつ、あれだけはどうも歩いてきた道をひととおり振りかえってみないことにはわからないかも知れない、と思う事柄がある。あれとは私が小説を書くようになった経緯、もっと端的に言えば、どのような筋道があって私は小説家になったのだろうかということである。

（『半生の記』本文より）

ふるさとへ廻る六部は

（新潮文庫・平7）

私のエッセイ集には、書いた本人も気がひけるほどに生まれそだった田舎《いなか》の話がひんぱんに出てくる。今度の『ふるさとへ廻《まわ》る六部は』も例外ではなく、やはり田舎のことやら子供のころのことやらが出てくるが、同じく回想をのべても、以前のエッセイ集の場合とは少しニュアンスが違ったものになったのではないかと私は思っている。（中略）

また、やはりこの中の文章を書いている間

に、私の老いは深まり徐々に深刻化してきた。老いるということは人間の自然で、歓迎するようなことではないにしても拒否すべきものでもあるまいと思うけれども、そのような老いの様相というものも少しは書きとめておきたいと思った。

『ふるさとへ廻る六部は』は、およそそんな中身を持つエッセイ集である。

藤沢周平句集

（文藝春秋・平11）

完全年譜　六十九年の生涯

昭和二年（一九二七）

十二月二十六日、大雪の夜、山形県東田川郡黄金村大字高坂《たかさか》字楯ノ下一〇三（現鶴岡市大字高坂字楯ノ下一〇三）に、父小菅繁蔵（農業三十八歳）、母たきゑ（三十三歳）の次男として生まれる。本名、小菅留治。長姉繁美（十一歳）、次姉このゑ（十歳）、長兄久治（七歳）あり。

「私が生まれた十二月二十六日は、降りつづく雪が隣の家との行き来もままならない大雪になったという。そういう夜に母が産気づいたので、父はかなりあわてたのではないかと思うけれども、さいわいなことに隣家の石川嘉太夫のおばあさんが村の産婆さんだった。

そうはいっても、いったん門口から家の前の通りに出て隣家の門口まで歩き、さらに隣家の入口まで行くには大変だったろうと思うのだが、父は深い雪をわけて隣に行き、帰りはおばあさんを背負ってきた。それで無事に私が生まれたと、母から聞いたことがある。このとき父繁蔵は三十八歳、母たきゑは三十三歳だった。」（『半生の記』より）

昭和五年（一九三〇）　三歳

三月、妹てつ子生まれる。

昭和八年（一九三三）　六歳

六月、弟繁治生まれる。

昭和九年（一九三四）　七歳

四月、青龍寺《しょうりゅうじ》尋常高等小学校（昭和十六年、黄金村国民学校と改称、現黄金小学校）に入学。担任は大久保イチ先生（二年生まで）。

「大久保先生は、私たちを担任し終って間もなく、通勤バスの火災事故で亡くなられた。その知らせを聞いたときの悲しみは、六十の半ばを迎えようとしている私の胸に、いまもかすかな痕跡をとどめていて消えることがない。」（『半生の記』より）

昭和十一年（一九三六）　九歳

三年生となる。担任は難波主税先生。

昭和十二年（一九三七）　十歳

四年生。担任は保科傳吉先生。

「あるとき私が一人で留守番をしているとき、もち竿を持った鳥刺しが一人入ってきて、水を飲ませてくれと言った。面長で、黒い顔をし、眼の光が鋭かったのが印象に残っている。三十前の若い人のように見えた。

その人は私がさし出した水を飲んだあと、土間に立ったままじっと私の顔を見ていたが、やがて『大きくなったら人にものを教える先生か、物を書く人間になるといいな』という意味のことを言った。」（「村に来た人たち」）

昭和十三年（一九三八）　十一歳

五年生。担任は宮崎東龍先生。このころ吃《きつ》音《おん》に悩む。

昭和十四年（一九三九）　十二歳

六年生。担任はひきつづき宮崎先生だったが、夏休みの終りに召集され、以後卒業まで上野元三郎校長が代理担任となる。

「この頃、私は学習帳に一篇の小説を書いた。それは童話でも綴り方でもなく、やはり稚い小説と呼ぶしかないようなものだった。ある忍者団が主役で、上杉謙信の車懸りの陣という戦法を使ったりする忍者の集団が、悪逆非道な城主を倒すといったようなものだった。滑稽なことにその時代ものは挿絵入りで、名前は忘れたが、眉目秀麗で忍びの術に長けた忍者団の青年首領の覆面姿がたびたび登場した。その覆面の恰好は、かの有名な『快傑黒頭巾』にそっくりだった。」（「時代小説と私」）

昭和十五年（一九四〇）　十三歳

三月、青龍寺尋常高等小学校（尋常科）卒業。郡賞をいただく。

「上野校長が意外そうな顔をしていたのは、担任兼任で、私が教室では声を出せない、ごく目立たない生徒だと知っていたからだろう。上野校長は黄金村の農家の生まれで、山形師範にすすんだ人だった。そして『小説、稗史《はいし》を読むべからず』とした戦前の師範でひそかに小説を書き、原級留置の処分をうけた文学青年でもあった人である。しかしそのとき上野校長は、目の前に坐っている生徒がのちに自分のあとを襲って師範に行き、その上小説まで書くようになるとは夢にも思わなかったろう。」（『半生の記』より）

四月、同校高等科に進む。担任真柄文治先生。

昭和十六年（一九四一）　十四歳

四月、高等科二年、担任は佐藤喜治郎先生。

秋、兄久治、教育召集で山形市霞ヶ城址に

ある陸軍歩兵三十二聯隊に入隊。翌年春、帰宅。

昭和十七年（一九四二）　十五歳

三月、黄金村国民学校高等科卒業。

「何しろ喜治郎先生は一日中生徒をどなりつけて気合をいれている。昭和十六年、いよいよ軍国主義たけなわといってもそんな先生が来たのは初めてなんです。私たちははずかしかった。ほかのクラスの生徒も先生方も、みんなぶつぶつ言ってましたからね。だけど面とむかっては誰も何も言えない。喜治郎先生がおそろしいから。小学校の同級会があると、今でもその先生のことはみんなロクなこと言わないですよ。もっとも私たちの悪口には身内意識があるんです。むかしの先生と生徒のつながりは深いですからね。

ところがその軍国主義の喜治郎先生が、卒業のときに『このまま百姓になるのはもったいない。自分が手続きするから夜間部に行け』と言うんですよ。私は全然そういう意欲がなかったわけ、そのころは。すると、先生はさっさと手続きして、それでご自分は転任で学校を去り、じきに出征して戦死された。」（「ノーサイド」平成四年九月号）

四月、山形県立鶴岡中学校（現山形県立鶴岡南高校）夜間部入学。校長・真木勝。昼は鶴岡印刷株式会社で、のち黄金村村役場の税務課書記補として働く。

また、この頃経書の講義を受けたり農事を勉強する集まりである「松柏会」に参加する。

昭和十八年（一九四三）　十六歳

九月、兄久治、再召集で北支へ。

昭和二十年（一九四五）　十八歳

八月十五日、終戦。

「八月十五日の終戦のラジオ放送を、私は

役場の控え室で聞いた。放送が終ると五十嵐藤太郎村長が『負けたようだの』と言った。私たちは無言で事務室に帰り、目の前の仕事に手をもどした。喜びもかなしみもなく、私はだだっぴろい空虚感に包まれていた。しばらくして、これからどうなるのだろうと思ったが、それに答えるひとは誰もいないこともわかっていた。」（『半生の記』より）

昭和二十一年（一九四六）　十九歳

三月、鶴岡中学校夜間部卒業（十八年に学制が三年にかわったため卒業証書は「三年修了」）。

五月、兄久治、中国より復員。

山形師範学校入学、一級上に無着成恭氏がいた。

北辰寮北寮二階に入寮。六人部屋（十六畳）で同室者は三年（室長）一人、二年二人、一年二人、予科生一人。

同人雑誌「碎氷船」に参加、同人＝蒲生芳郎、小松康祐、土田茂範、那須五郎、丹波秀和、松坂俊夫、小菅留治の七人。

最初は自筆原稿の回覧、ポーの評伝を発表。

「二十代のはじめごろ、しきりにポーを読んだことがある。といっても気持をひかれたのは『大鴉』とか『アナベル・リイ』とかの詩人としてのポーで、その悲劇的な生涯に感動してついには覚書ふうの評伝まで書き、同人雑誌に出したほどだから相当の熱中ぶりだった。しかし詩人ポーが先入観になって、小説の方とはかなりおざなりなつき合いで今日まで来たことが考えられるのである。」（「ポーのこと」）

夏、帰省した伯母に同行して千葉の伯母の家に行き滞在。その間、従姉に連れられて初めて上京、浅草見物。

「その日はじめて、私は東京の街を歩いたことになるのだが、そのとき多分浅草寺の境内や花やしき通り、六区の映画街（いまはさびれてしまった）などを歩きながら、私はあるひとつの想念に気持を奪われていた。それは東京の町のにぎわいとか、人間の多さといったようなことではなく、ここが東京なら、この人ごみの中を石川達三や川端康成が歩いているかも知れないという考えだった。

ここに川端康成が出て来たのは、以前に川端の短篇集で『浅草紅団』を読んでいたせいだろうか。ともかくその考えは私を興奮させた。」（「わが思い出の山形」）

昭和二十二年（一九四七）　二十歳

四月、二年に進級、南寮に移転。

「一年のときは勉強もしたし成績もよかった。それが、二年になるとすっかり怠け者になりました。どうも性格があきっぽいのかな。やり始めたときはものすごく熱中するわけね。それでかなりの成績を上げるんだけど、続かないんです。

二年、三年のときは小説を読むほかは、毎日のように映画を見てました。六つしか映画館がないのに、六つ全部見て、七日目にまた最初のを見にいくんだから、ひどいもんですよ。よくお金が続いたもんだと思うけど、料金も安かったんでしょうね。それに、師範というのはあまり金かかりませんから。寮にいれば、月に百円あれば大丈夫だったかな。」（「ノーサイド」平成四年九月号）

第二寮歌募集に応募、当選する。

秋、寮を出て、三年の芦野好信さん、二年の小野寺茂三君と真宗大谷派善龍寺に下宿。

昭和二十三年（一九四八）　二十一歳

四月、三年に進級、小野寺君と善龍寺を出て、薬師町の須貝氏方に下宿（自炊）。

暮、単身須貝氏方を出て、宮町の長谷川氏方に下宿。十二月十五日（奥付）同人誌「砕氷船」刊行。「女」ほか二篇の詩を寄稿。

昭和二十四年（一九四九）　二十二歳

三月、山形師範学校卒業。

四月、山形県西田川郡湯田川村立湯田川中学校へ赴任。二年B組（生徒数二十五人）を担任、同時に二年A組も教える。担当科目は国語と社会。

九月、教員異動にともない、一年生（五十五人）の担任を命ぜられる。副担任は大井晴教諭。

昭和二十五年（一九五〇）　二十三歳

一月、父繁蔵、脳溢血で死去（六十一歳）。
「私の父は、生きている間は営営と働き、死ぬときには何ひとつ書き残さなかった。父の人生はそれできちんと完結している。余分な夾雑物のようなものは何もなかった。男の生き方としては、その方がいさぎよいのではないかと思うことがある。
にもかかわらず私は、物を書きすぎるほどに書かざるを得ない仕事を選んでしまった。不肖の息子と言わざるを得ない。もっとも私には小説を書き出す動機があったので、そうなったことを後悔はしていないが、父のような生き方にくらべると、その動機というものにしても、女女しいといえば多分に女女しいことだったかも知れない。」（中公文庫『周平独言』あとがき）
四月、一年生を持ち上がり担任、二組に分かれたうちの二年A組を担任。

昭和二十六年（一九五一）　二十四歳

二月、同人誌「プレリュウド」を発行。同人は小松康祐、東海林勇太郎、土田茂範、那須五郎、小菅留治の五人。山形師範時代の「砕氷船」をひきつぐものだった。詩「みちしるべ」を発表。

三月、学校の集団検診で肺結核が発見され、新学期から休職、鶴岡市三日町（現昭和町）の中目《なかのめ》医院へ入院。半年後、退院して自宅で通院療養をつづける。

昭和二十八年（一九五三）　二十六歳

二月、中目医師の奨めで兄久治につき添われて上京。

「兄は戦争中に二度も北支に出征して、私よりはいくらかひろい世間を見ていた。敗戦の翌年の春、兄は痩せこけた姿で復員して来た。背中に毛布を背負った異様な姿の兄が土間に入って来て、生まじめに敬礼し、大声で『ただいま帰りました』と言ったとき、私ははずかしいほど泣いてしまったことをいまもおぼえている。

　七つ齢上のその兄がそばにいるので、旅の途中は何の不安もなかった。体力もまだ残っていて、長時間汽車に揺られて来たにもかかわらず、さほどに疲れてもいなかった。ただこれから行く病院に、私はそれほど希望を持っているわけでもなかった。結核療養所という名前には陰鬱なイメージしかなかったし、その上私は自分を、要するに結核がなおらなくて田舎に居場所がなくなったので、東京の病院にやって来た人間だと思っていた。行手には相変らずちらつく死の影を見ていた。」（「青春の一冊」）

東京都北多摩郡東村山町の篠田病院・林間荘に入院。

六月、東村山町保生園病院で手術を受ける。右肺上葉切除のあと、さらに二回の補足成形手術を行ない、肋骨五本を切除。篠田病院は療養所で手術設備がなく、保生園と契約して手術が必要な患者は保生園で手術を受けさせた。

　十月、篠田病院に帰る。

篠田病院に入院早々に療養仲間の鈴木良典氏の提唱で俳句同好会が作られ参加する。

「会員は十人ぐらい集まったと思う。私のような患者、看護婦さん、事務所のひとなどがメンバーだった。病院は、松平伊豆守信綱が作らせたという野火止川《のびどめがわ》、といっても幅一間ほどの細い流れだったが、その川のそばにあったので、会の名前をのびどめ句会と決め、私たちは希望にもえて出発した。

とはいえ、きちんとした作句の経験者は、主唱者であるSさん一人だった。ほとんどのひとが、実作ははじめてだった。私もはじめてだった。私たちは、Sさんを先生格にして、俳句には季語というものが必要で、その季語は歳時記という本に書いてある、というようなことから、作句の手習いをはじめたのである。

私はSさんに教えられて、虚子の『季寄せ』(三省堂版)を買った。そして句会にも吟行にも、その小さな『季寄せ』を離さずに持って参加した。」(「小説『一茶』の背景」)

三カ月後、鈴木氏より氏が提稿していた静岡の俳誌「海坂《うなさか》」への投句を奨められ、投句。「海坂」は百合山羽公、相生垣瓜人《あいおいがきかじん》両氏が共宰する俳誌で、羽公選の「海坂集」、瓜人選の「帆抄」の二つの選句欄があった。

二十八年六月号に四句採られたのを最初に、以後三十年八月号まで四十四句が入選した。俳号は最初小菅留次、のち北邨と名のる。

「軒を出て狗《いぬ》寒月に照らされる」(「海坂」二十九年六月号)

「ある新聞の俳句欄に書いた小文が機縁になって、私のところに静岡の俳誌『海坂』から、最近号が送られて来た。

そう書くと、私の小説を読んだひとなら、海坂とは聞いたことがあるような名前だと思うかも知れない。そのとおりで、海坂は私が小説の中でよく使う架空の藩の名前である。だが実在の『海坂』は、静岡にある馬酔木《あしび》系の俳誌で、種をあかせば、およそ三十年も前に、その俳誌に投句していたことがある私が、小説を書くにあたって、『海坂』の名前を無断借用したのである。

海辺に立って一望の海を眺めると、水平

線はゆるやかな弧を描く。そのあるかなきかのゆるやかな傾斜弧を海坂と呼ぶと聞いた記憶がある。うつくしい言葉である。

私が俳誌『海坂』に投句した時期は、昭和二十八年、二十九年の二年ほどのことにすぎないが、馬酔木同人でもある百合山羽公、相生垣瓜人両先生を擁する『海坂』は、過去にただ一度だけ、私が真剣に句作した場所であり、その結社の親密な空気とともに、忘れ得ない俳誌となった。『海坂』借用の裏には、言葉のうつくしさを借りただけでなく、そういう心情的な懐かしさも介在している。」（「『海坂』、節のことなど」）

昭和二十九年（一九五四）　二十七歳

手術の予後がわるく、二人部屋の生活が長くつづく。

昭和三十年（一九五五）　二十八歳

三月、病院内に詩の会「波紋」が旗揚げ、結成同人に加わる。このころに安静度四度の大部屋に移り、病院外へ散歩を許可される。

昭和三十一年（一九五六）　二十九歳

五月、「波紋」選集第一号を発行、当時の会員は在院者三十三名、退院者十六名計四十九名だった。またこの時期に、患者自治会の文化祭に戯曲「失われた首飾り」を書き、自治会文化部の文芸サークル誌「ともしび」にも寄稿する。

昭和三十二年（一九五七）　三十歳

病院敷地内の外気舎（独立作業病舎）に移り、退院準備に入る。七月、自治会の機関新聞「黄塵」の編集責任者になる。八月、この月一カ月間、病院内の新聞配達のアルバイトをやる。報酬月千二、三百円なり。この年、時どき帰郷して就職先をさがす。十月、友人の紹介で、業界新聞K新聞社に就職が決まる。

十一月、篠田病院・林間荘を退院し、東京

都練馬区貫井町に間借りして、弟繁治と同居、就職先のＫ新聞社に通勤をはじめる。

その後、なお一、二の業界新聞社を転々、生活不安定に悩む。

「病気がなおると、私は小さな業界新聞に勤めた。社長以下七人ぐらいで、広告が多いときは週一回、少ないときは月三回、四頁建ての新聞を発行している会社だった。私の姉は、業界紙といえばすべて赤新聞と思うらしく、私がそこに勤めたのを心配して手紙をよこしたが、私は仕事が面白くて仕方なかった。せっせと取材して回り、十五字詰の原稿用紙に記事を書いた。」（「一杯のコーヒー」）

昭和三十四年（一九五九）　三十二歳

八月、山形県鶴岡市大字藤沢、三浦巖、ハマ三女悦子と婚姻、東京都練馬区貫井町四丁目、のち三丁目佐藤アパートに住む。

昭和三十五年（一九六〇）　三十三歳

㈱日本食品経済社（港区芝愛宕町、小林隆太郎社長）に入社。研修期間を経て「日本加工食品新聞」の編集に携わる。生活ようやく安定する。

昭和三十八年（一九六三）　三十六歳

読売新聞が毎月募集していた短篇小説賞に本名で応募。一月（第五十七回）、「赤い夕日」が選外佳作となる。選者は吉田健一氏。

二月、長女展子《のぶこ》生まれる。同二十二日、北多摩郡清瀬町上清戸五九一中家繁造方に間借り、移転。

同月、日本食品経済社の株主総会で臼倉政治氏が代表取締役に選任され社長に就任。

十月、妻悦子、品川区旗の台の昭和医大病院で死亡、二十八歳。

昭和三十九年（一九六四）　三十七歳

「オール讀物」新人賞に投稿をはじめる。この年、北多摩郡清瀬町（現清瀬市中里）都営中里団地に移転。

昭和四十年（一九六五）　三十八歳

「オール讀物」新人賞に応募。

第二十六回に「北斎戯画」が最終候補作となるが、受賞には至らず。第二十七回に「蒿里曲」が第二次予選を通過するが、最終候補作とはならず。

昭和四十一年（一九六六）　三十九歳

日本食品経済社が東銀座八丁目に移転。

「オール讀物」新人賞第二十九回に「赤い月」が第三次予選まで通過。

昭和四十四年（一九六九）　四十二歳

一月、江戸川区小岩、高澤庄太郎、ヱイ次女和子と再婚。

昭和四十五年（一九七〇）　四十三歳

一月、北多摩郡久留米町（現東久留米市金山町）二—一〇—二に移転。

二月、妹てつ子死去、四十歳。

昭和四十六年（一九七一）　四十四歳

三月、「溟《くら》い海」が第三十八回「オール讀物」新人賞最終候補に残る。他の候補作に、のちに同新人賞、直木賞を受賞する難波利三氏の「菊日和」など四篇があった。

四月五日、選考会で、「オール讀物」新人賞を受賞。発表は六月号。選考委員は遠藤周作、駒田信二、曾野綾子、立原正秋、南條範夫の五氏。

「今度の応募は、多少追いつめられた気持があった。その気持の反動分だけ、喜びも深いものとなった。

ものを書く作業は孤独だが、そのうえ、どの程度のものを書いているか、自分で測

り難いとき、孤独感はとりわけ深い。」（「受賞のことば」より）

六月、「涙い海」が第六十五回直木賞候補となる（他の候補は阿部牧郎「われらの異郷」、広瀬正「ツィス」、藤本義一「生きいそぎの記」、笹沢左保「雪に花散る奥州路」「中山峠に地獄を見た」、黒部亨「谷間のロビンソン」の五人六作）。

七月、第六十五回直木賞は受賞作ナシと決定。

九月、新人賞受賞第一作として「囮」を「オール讀物」十一月号に発表。

十二月、「囮」が第六十六回直木賞候補となる（他の候補作は石井博「老人と猫」、田中小実昌「自動巻時計の一日」、宮地佐一郎「菊酒」、岡本好古「空母プロメテウス」、福岡徹「華燭」、木野工「襤褸」、広瀬正「エロス」の七作）。

昭和四十七年（一九七二）　　四十五歳

一月、第六十六回直木賞は受賞作ナシと決定。「オール讀物」六月号に「賽子無宿」を、「オール讀物」十二月号に「帰郷」を、「別冊文藝春秋」一二二号に「黒い縄」を発表。

十二月、「黒い縄」が第六十八回直木賞候補となる（他の候補作は滝口康彦「仲秋十五日」、堀勇蔵「去年国道3号線で」、難波利三「雑魚の棲む路地」、武田八洲満「信虎」、小久保均「折れた八月」、太田俊夫「暗雲」の六作）。

昭和四十八年（一九七三）　　四十六歳

一月、第六十八回直木賞は受賞作ナシと決定。

「過去三回候補に挙げられ、三回落ちたが、私が出たときに限って、直木賞は受賞作が出なかった。第一回の『涙い海』が四十六年上期、第二回が『囮』で四十六年下期、第三回の『黒い縄』が四十七年下期で、この三回とも受賞作なしだった。私が抜けた四十七年上期には、井上ひさし氏、綱淵謙錠氏が受賞している。

私はもともと迷信とか運とかいうことに無関心であるが、こうなるといくら呑気でもいかない。ジンクスのようなものを考えないわけにはいかない。あいつが出ると受賞作が出ないということになるとハタ迷惑であろう。ほかの方方に相済まないという気分になる。一度なんぞは芥川賞まで捲きこんで（注・第六十五回）、両賞がなかったのは何年ぶりとかで話題になった。」（「ハタ迷惑なジンクス」）

三月、「オール讀物」三月号に「暗殺の年輪」を発表。

七月、「暗殺の年輪」が第六十九回直木賞候補となる（他の候補作は加藤善也「木煉瓦」、仲谷和也「妬刃」、長部日出雄「津軽世去れ節」「津軽じょんから節」、半村良「黄金伝説」、武田八洲満「炎の旅路」、赤江瀑「罪喰い」の六人七作）。

「担当編集者のN氏からその連絡を受けたとき、私はあまり気持が弾まなかった。『暗殺の年輪』は受賞するには少し力不足のように思えたのである。私はそのころ、自分では『暗殺の年輪』より少しマシと思われる『又蔵の火』という小説を書いていて、候補にしてもらうならこちらの方がいいのではないかという気がしたのであった。

私はその気持を正直にN氏に言った。一回抜いてもらう方がいいのではないかと言うと、N氏はきびしい口調でそれは了見違いだと言った。候補にあがるのは得がたいチャンスなのだと言われて、私はいつの間にか自分が傲慢な人間になっているのを思い知った。私は恥ずかしかった。」（「出発点だった受賞」）

七月十七日、第六十九回直木賞選考会で長部日出雄氏と同時受賞と決定。

選考委員は石坂洋次郎、川口松太郎、源氏鶏太、今日出海、司馬遼太郎、柴田錬三郎、松本清張、水上勉、村上元三の九氏。

「文章といい、その構成といい、藤沢氏は、もはや充分にプロフェショナルであった。直木賞受賞を契機として、飛躍できる人と、私は、みた。」（柴田錬三郎氏「選評」より）

「あるとき私は『オール讀物』に武家物の小説を書き、タイトルを『手』として提出した。『手』は、例によって汗だくの論理的格闘を演じたあとの、苦心のタイトルだった。だが間もなく担当のN氏から電話がきて、『手』はよくないと言う。言われてみると、まったくそのとおりである。N氏はタイトルをつけ直すのに若干の時間をくれた。

私は家を出て所沢に行き、駅に近い喫茶店でお茶を飲みながら、『手』にかわるタイトルを考えた。（中略）私はその喫茶店にいる間に、四つか五つの題名を考え出し、N氏に電話した。

間もなくN氏から、その中の『暗殺の年輪』というのを、タイトルに採用したと知らせがあったが、むろんその時点で、その小説が直木賞をもらうようになるとは夢にも思わなかったことである。」（「汗だくの格闘」）

九月、最初の作品集『暗殺の年輪』を文藝春秋より刊行（定価六百八十円）。

十月、鶴岡市へ帰郷、湯田川中学などで講演。

「私は、二十数年前に教師をしていた中学校にも行った。そこで私は、いきなり胸がつまるような光景に出くわした。私がそこに勤めたのはわずか二年である。たった二年で病気休職となり、それっきり私は教職を去ったのである。

会場の聴衆の前列にそのときの教え子たちがいた。男の子も女の子も、もう四十近い齢になっていた。それでいて、まぎれもない教え子の顔を持っていた。

私が話し出すと女の子たちは手で顔を覆って涙をかくし、私も壇上で絶句した。おそらく彼女たちはそのとき、帰って来た私をなつかしむだけでなく、私の姿を見、私の声を聞くうちに二十年前の私や自分たちのいる光景をありありと思い出したのではなかったろうか。

　講演が終わると、私は教え子たちにどっと取り囲まれた。あからさまに、『先生、いままでどこにいたのよ』と私をなじる子もいて、〝父帰る〟という光景になった。教師冥利に尽きるというべきである。

　どこにいたかという教え子の言葉は、私の胸に痛かった。私は教え子たちを忘れていたわけではなかった。一人一人の顔と声は、いつも鮮明に私の胸の中にあった。しかし業界紙につとめ、間借りして小さな世界に自足していたころ、声高く自分のいる場所を知らせる気持がなかったことも事実である。そういう私は、教え子たちにとっては行方不明の先生だったのだろう。

　業界紙の記者と小説家と、どちらが幸福かは、いまここで簡単には言えないことだが、そのときだけは、私は小説家になったしあわせを感じたのであった。」（「再会」）

〈執筆〉

「暗殺の年輪」（「オール讀物」三月号）
「恐喝」（「別冊小説現代」早春号）
「ただ一撃」（「オール讀物」六月号）
「夜が軋む」（「小説推理」九月号）
「割れた月」（「問題小説」十月号）
「又蔵の火」（「別册文藝春秋」一二五号）
「逆軍の旗」（「別冊小説新潮」秋季号）

〈刊行〉

『暗殺の年輪』（九月、文藝春秋）

昭和四十九年（一九七四）　四十七歳

八月、母たきゑ死去、八十歳。

「母が遠い北海道に旅行したのは、私が病気治療のために東京に出た昭和二十八年ご

ろのことだったように思う。（中略）
おもしろいことに、その大旅行のあとでどうやら母は汽車にすっかり自信を持ったらしかった。私と弟が東京で所帯を持つようになると、母は気軽に田舎と東京を往復するようになった。汽車の椅子の上に行儀よく膝を折って坐り、上野に着いた。おふくろは汽車が好きなんだと、私と弟は笑ったことがある。

しかしふり返ってみると母は、私が病気だとか、私の家族が病気だとか、大ていはその種のよんどころない用事を抱えて上京して来たことにも思いあたる。背をまるめ、座席の上に膝を折って汽車に揺られながら、そのころの母が何を考えていたかを、ついに私は知ることが出来ないのである。」
（「明治の母」）
五月、米沢へ取材旅行。
同月、日本食品経済社が新橋へ移転。
十一月、日本食品経済社を退社。同月九日、丸谷才一、田辺聖子両氏と鶴岡市主催の講演会で講演。
〈執筆〉
「相模守は無害」（「オール讀物」一月号）
「父と呼べ《ちゃん》」（「小説新潮」一月号）
「闇の梯子」（「別冊文藝春秋」一二六号）
「紅の記憶」（「オール讀物」三月号）
「疑惑」（「週刊小説」三月二十九日号）
「入墨」（「小説現代」四月号）
「馬五郎焼身」（「問題小説」四月号）
「旅の誘い」（「太陽」四月号）
「証拠人」（「小説新潮」六月号）
「鬼」（「週刊小説」七月二十六日号）
「唆《そそのか》す」（「オール讀物」八月号）
「おふく」（「小説新潮」八月号）
「恐妻の剣」（「小説宝石」八月号）
「密告」（「小説推理」八月号）
「潮田伝五郎置文」（「小説現代」十月号）
「霜の朝」（「太陽」十一月号）
「密夫の顔」（「問題小説」十一月号）

「雲奔る」（「別冊文藝春秋」一二九号）
「二人の失踪人」（「歴史と人物」十二月号）
「嚔《くしやみ》」（「週刊小説」十二月十日号）
〈刊行〉
『又蔵の火』（一月、文藝春秋）
『闇の梯子』（六月、文藝春秋）

昭和五十年（一九七五）　四十八歳

八月、母の一周忌のため二週間鶴岡へ帰郷。
十二月、講演のため山形県東置賜郡川西町へ。
〈執筆〉
「檻車墨河を渡る」（「別冊文藝春秋」一三〇号）
「十四人目の男」（「別冊小説新潮」冬季号）
「時雨のあと」（「週刊小説」二月七日号）
「穴熊」（「小説現代」三月号）
「桃の木の下で」（「週刊小説」三月二十八日号）
「臍曲がり新左」（「オール讀物」四月号）
「夜の城」（「問題小説」四月号）
「冬の終りに」（「小説宝石」四月号）
「冤罪」（「小説現代」六月号）
「冬の潮」（「小説新潮」六月号）
「意気地なし」（「週刊小説」六月二十日号）
「しぶとい連中」（「小説宝石」七月号）
「上意改まる」（「小説歴史」創刊号）
「一顆《いっか》の瓜」（「別冊小説新潮」夏季号）
「秘密」（「別冊文藝春秋」一三二号）
「鱗雲」（「週刊小説」九月五日号）
「石を抱く」（「問題小説」十月号）
「暁のひかり」（「小説現代」十月号）
「龍を見た男」（「山形新聞」十月五日より十月十六日まで）
「鬼気」（「小説宝石」十月号）
「竹光始末」（「小説新潮」十一月号）
「果し合い」（「週刊小説」十一月二十一日号）
〈連載〉
「歌麿おんな絵暦」（「オール讀物」六月号

より五十一年四月号まで隔月連載。単行本化にあたって『喜多川歌麿女絵草紙』と改題)
「神谷玄次郎捕物控」(「小説推理」六月号より五十五年五月号まで断続連載。単行本化にさいし『出合茶屋』と改題)
「義民が駆ける」(「歴史と人物」八月号より五十一年六月号まで)
「庄内地方は徳川初期から幕末まで一藩支配だったんですが、藩主の酒井侯は比較的穏やかな善政をしいていました。ですから天保期に藩主転封の幕命が出たとき、それを撤回させようと、農民たちが大挙して江戸に出て駕籠訴をやったんです。そのとき山形県内の道は、幕府の咎めをおそれた藩が押えてしまったので、一部は仕方なく陸羽東線の道を経由して仙台領に回ったんですね。」(「オール讀物」平成五年八月号、城山三郎氏との対談より)
〈刊行〉
『檻車墨河を渡る』(五月、文藝春秋)

昭和五十一年(一九七六)　四十九歳

一月、「一茶」取材のため長野県柏原へ旅行。

五月、「一茶」取材のため「別冊文藝春秋」編集部・内藤厚と再び柏原へ。

九月、「春秋山伏記」取材のため野口昂明氏、「家の光」編集部・高村守利氏と鶴岡へ。湯田川温泉泊。

十一月、東京都練馬区大泉学園町に移転。同月、鶴岡へ帰り、吹浦、由良の二会場で行なわれた小中学校校長会で講演。

十二月、オール讀物新人賞選考委員となる。他の委員の顔ぶれは井上ひさし、城山三郎、古山高麗雄、山田風太郎の四氏。十二月号発表の第四十九回から六十一年七月号発表の第六十六回まで九年半、十八期の在任となる。

〈執筆〉

「遠方より来る」(「小説現代」一月号)

「乱心」(「小説宝石」一月号)

「幻にあらず」(「別冊小説新潮」冬季号)
「夜の橋」(「週刊小説」一月三十日号)
「拐《かどわか》し」(「問題小説」四月号)
「雪明かり」(「小説現代」四月号)
「闇の顔」(「小説歴史」四号)
「小川の辺」(「小説新潮」五月号)
「神隠し」(「別冊小説新潮」春季号)
「閉ざされた口」(「小説宝石」五月号)
「木綿触れ」(「問題小説」七月号)
「闇の穴」(「別冊文藝春秋」一三六号)
「三年目」(「グラフ山形」八月号)
「狂気」(「問題小説」九月号)
「荒れ野」(「小説宝石」九月号)
「狐はたそがれに踊る」(「別冊小説現代」新秋号。単行本化にあたって「闇の歯車」と改題)
「長門守の陰謀」(「歴史読本」十二月号)
〈連載〉
「橋ものがたり」(「週刊小説」三月十九日号より五十二年十二月二日号まで断続連載)

「ポーやチェスタトンのそれに匹敵するようなトリックが仕掛けてあり、あッといわせられます。そして結末がまた泣けるのです。まことにすがすがしい甘さ。読み終えてしばらくは、人を信じてみようという気持になります。」(井上ひさし氏、新潮文庫版解説より)
「用心棒日月抄」(「小説新潮」九月号より五十三年六月号まで断続連載)
「私が小説を書きはじめた動機は、暗いものだった。書くものは、したがって暗い色どりのものになった。ハッピーエンドの小説などは書きたくなかった。はじめのころの私の小説には、そういう毒があったと思う。時代小説を選んだ理由のひとつはそこにあって、私は小説にカタルシス以外のものをもとめたわけではなかった。私はそれでいいとして、読者はきっと迷惑だったに違いない。
しかし最近私は、あまり意識しないで、

結末の明るい小説を書くことがあるようになった。書きはじめてから七、八年たち、さすがの毒も幾分薄められた気配である。

（中略）

『用心棒日月抄』という小説には、以上にのべたような私の変化が、多少出ているかも知れない。ただそれが面白いかどうかは、読者に決めてもらうしかない。」（「一枚の写真から」）

「隠し剣シリーズ」（「オール讀物」十月号より五十五年七月号まで断続連載。単行本化にあたっては『隠し剣孤影抄』『隠し剣秋風抄』とする）

「少し前の週刊朝日の読書欄で、私の新刊を取り上げてくれた向井敏さんが、私には過分と思える懇切な解説をほどこされた文章の中で、そういう日常的な制約に縛られる私の小説の主人公に、『生活者型』という命名をされていた。ではその主人公たちが、『生活者型』のスタイルを身につけるのはいつごろからかというと、それはどうも隠し剣シリーズと呼ばれる連載短篇を書いた時分かららしい。」（「自作再見」）

〈刊行〉

『冤罪』（一月、青樹社）
『暁のひかり』（三月、光風出版）
『逆軍の旗』（六月、青樹社）
『竹光始末』（七月、立風書房）
『時雨のあと』（八月、立風書房）
『義民が駆ける』（九月、中央公論社）

昭和五十二年（一九七七）　五十歳

五月、仙台市へ講演旅行。その帰途、初めて陸羽東線に乗って鶴岡へ出る。

「翌日、私は仙台から小牛田《こごた》にむかった。陸羽東線は東北本線の小牛田から西にむかって奥羽山脈を横断し、山形県の新庄まで行く線で、私は新庄からさらに陸羽西線を乗りついで郷里の鶴岡まで行くのである。

講演が終わったあとに、このコースで郷

里にむかう計画を思いついたとき、私は少し胸がさわいだ。私は学生のころに三年間山形市に住んだので、陸羽西線は通いなれた道だった。しかし山形に行くときは新庄から上りの奥羽本線に乗り換えてしまうので、接続する陸羽東線に乗る機会は一度もなく、新庄から東にのびるその鉄道は、私にとってはつねに未知のかなたに消えゆく線路だったのである。

小牛田で陸羽東線に乗り換えて、およそ四、五十分。もと伊達家の城があった岩出山にかかったころから、汽車は山に入って行った。奥羽山脈の脊梁を越えるのである。季節は五月の半ばで、山は全山柔毛を光らせる色とりどりの新緑に覆われていた。

（中略）

堺田からおよそ一時間で、汽車は山峡を抜けて見なれた新庄盆地に出た。私の陸羽東線の汽車旅はそこで終わったのだが、その途中で見たかがやく新緑の山山は、いまもなお眼の底に残っているのである。」

（「山峡の道」）

〈執筆〉

「春の雪」（「小説宝石」二月号）

「遠い少女」（「小説現代」三月号）

「昔の仲間」（「小説新潮」四月号）

「疫病神」（「問題小説」五月号）

「裏切り」（「小説現代」六月号）

「夕べの光」（「小説宝石」七月号）

「夢ぞ見し」（「小説現代」九月号）

「一夢の敗北」（「小説新潮」十月号）

「小鶴」（「小説現代」十二月号）

「冬の足音」（「別冊小説宝石」冬季号）

〈連載〉

「春秋山伏記」（「家の光」一月号より十二月号まで）

「回天の門」（「高知新聞」ほか数紙に二月十二日より十一月二十四日まで）

「一茶」（「別冊文藝春秋」一三九号より一四二号まで）

「一茶は、必ずしも私の好みではなかった。私はどちらかといえば蕪村の端正な句柄に、より多く惹かれていた。だがあるとき、一茶の句ではなく、生活にふれて二、三の事柄を記した文章を読んだあと、一茶は私の内部に、どことなく気になる人物として残った。」（「小説『一茶』の背景」）

〈刊行〉

『闇の歯車』（一月、講談社）

『闇の穴』（二月、立風書房）

『喜多川歌麿女絵草紙』（五月、青樹社）

昭和五十三年（一九七八）　五十一歳

六月、駒田信二氏、中山あい子氏と山形へ。十月、鶴岡市へ。母校黄金小学校で講演。十一月、「週刊文春」に連載中の「闇の傀儡師」取材のため、「週刊文春」編集部・井上進一郎と山梨県甲府市、韮崎市へ取材旅行。実相寺、万休院、海岸寺などを見る。

〈執筆〉

「うしろ姿」（「小説宝石」二月号）

「暗い渦」（「小説現代」三月号）

「梅薫る」（「問題小説」四月号）

「振子の城」（「歴史読本」四月号）

「告白」（「別冊小説新潮」春季号）

「孫十の逆襲」（「小説現代」五月号）

「捨てた女」（「小説宝石」七月号）

「泣くな、けい」（「小説現代」八月号）

「夜の雷雨」（「別冊小説新潮」夏季号）

「暗い鏡」（「小説現代」十一月号）

「人殺し」（「問題小説」十一月号）

「朝焼け」（「別冊小説宝石」初冬号）

〈連載〉

「呼びかける女」（「赤旗日曜版」一月一日号より十月十五日号まで。単行本化にあたっては『消えた女』と改題）

「闇の傀儡師」（「週刊文春」八月十七日号より五十四年八月十六日号まで）

「孤剣」（「別冊小説新潮」秋季号より「小説新潮」五十五年三月号まで断続連載）

〈刊行〉
『長門守の陰謀』（一月、立風書房）
『春秋山伏記』（二月、家の光協会）
『一茶』（六月、文藝春秋）
『用心棒日月抄』（八月、新潮社）

『暗殺の年輪』（二月、文春文庫）

昭和五十四年（一九七九）　五十二歳

三月、首都圏に住む教え子との懇談会、第一回泉話会を東京・池袋の割烹料理「はりまや」で開く。泉話会は郷里の湯田川温泉の話でもしようという趣旨で藤沢が命名。以後年一回開催。
十月、山形師範卒業三十周年の祝賀行事に出席。直木賞受賞とその後の文筆活動により表彰される。
〈執筆〉
「驟り雨」（「小説宝石」二月号）
「遅いしあわせ」（「週刊小説」二月二日号）
「泣かない女」（「問題小説」三月号）
「贈り物」（「別冊宝石」薫風号）
「頬をつたう涙」（「週刊小説」四月二十七日号。単行本収録にさいし、「泣く母」と改題）
「歳月」（「太陽」五月号）
「ちきしょう！」（「問題小説」六月号）
「虹の空」（「週刊小説」七月二十日号）
「運の尽き」（「問題小説」九月号）
「おばさん」（「週刊小説」十月十二日号）
「亭主の仲間」（「小説宝石」十一月号）
「飛べ、佐五郎」（「問題小説」十二月号）
〈連載〉
「獄医立花登手控え・春秋の檻」（「小説現代」一月号より五十五年一月号まで隔月連載）
〈刊行〉
『神隠し』（一月、青樹社）
『消えた女』（七月、立風書房）
『回天の門』（十一月、文藝春秋）

昭和五十五年（一九八〇）　五十三歳

四月、「密謀」取材のため新潟県を縦断旅行。

六月、「密謀」取材のため福島県白河に旅行。

八月、「密謀」取材のため鶴岡、上山《かみのやま》へ旅行。

〈執筆〉

「時雨みち」（「別冊文藝春秋」一五〇号）

「山桜」（「小説宝石」二月号）

「幼い声」（「問題小説」四月号）

「夜の道」（「週刊小説」四月四日号）

「怠け者」（「小説宝石」七月号）

「盗み喰い」（「問題小説」十月号）

「滴る汗」（「小説宝石」十月号）

「追われる男」（「小説新潮」十月号）

「おさんが呼ぶ」（「週刊小説」十一月二十八日号）

〈連載〉

「獄医立花登手控え・風雪の檻」（「小説現代」四月号より十二月号まで断続連載）

「よろずや平四郎活人剣」（「オール讀物」十月号より五十七年十一月号まで）

「密謀」（「毎日新聞」夕刊九月十六日より五十六年十月三日まで）

「強国上杉が、あの重大な時期に戦らしい戦をせず、最後には会津から米沢に移されて食邑四分の一の処遇に甘んじたのはなぜだろうか。『密謀』は、そうした長年の疑問、興味に、私なりの答えを出してみたい気持に駆られて書いたものである。」（「『密謀』を終えて」）

〈刊行〉

『驟り雨』（二月、青樹社）

『橋ものがたり』（四月、実業之日本社）

『出合茶屋』（五月、双葉社）

『春秋の檻』（六月、講談社）

『闇の傀儡師』（七月、文藝春秋）

『孤剣』（七月、新潮社）

『義民が駆ける』（三月、中公文庫）

昭和五十六年（一九八一）　五十四歳

四月、「密謀」執筆のため、京都、彦根、関ヶ原などへ単独で約一週間の取材旅行。

〈執筆〉

「帰還せず」（「小説宝石」二月号）

「報復」（「小説新潮」四月号）

「二天の窟《あなぐら》」（「小説現代」四月号）

「禍福」（「別冊文藝春秋」一五六号）

「おとくの神」（「小説宝石」九月号）

「失踪」（「問題小説」十二月号）

〈連載〉

「江戸おんな絵姿十二景」（「文藝春秋」三月号より五十七年二月号まで）

「漆黒の霧の中で」（「小説新潮スペシャル」冬号より五十七年秋号まで）

「獄医立花登手控え・愛憎の檻」（「小説現代」一月号より五十七年一月号まで断続連載）

「刺客」（「小説新潮」十一月号より五十八年三月号まで断続連載）

〈刊行〉

『隠し剣孤影抄』（一月、文藝春秋）

『隠し剣秋風抄』（二月、文藝春秋）

『夜の橋』（二月、中央公論社）

『時雨みち』（四月、青樹社）

『風雪の檻』（四月、講談社）

『周平独言』（八月、中央公論社）

『霜の朝』（九月、青樹社）

『藤沢周平短篇傑作選一、臍曲がり新左』（九月、文藝春秋）

『同二、父《ちゃん》と呼べ』（十月、文藝春秋）

『同三、冬の潮』（十一月、文藝春秋）

『同四、又蔵の火』（十二月、文藝春秋）

『用心棒日月抄』（三月、新潮文庫）

『竹光始末』（十一月、新潮文庫）

『闇の歯車』（十二月、講談社文庫）

『一茶』（十二月、文春文庫）

昭和五十七年（一九八二）　五十五歳

三月、「白き瓶」執筆のため茨城県石下《いしげ》町国生《こっしょう》の長塚節生家、光照寺、鬼怒川などを訪れる。

「わずかなひまが出来た昭和五十七年三月のある日、私は電車を乗りついで節の故郷国生に出かけた。石下の駅前旅館に一泊して、節の生家の周辺と鬼怒川、ほかには下妻の光照寺の菩提樹を見ただけの、取材とも言えない一人きりの小旅行のあとで、私の気持がやっと決まったようだった。薄倖の歌人の、短い生涯にもかかわらず残されたもののたしかさ、胸打つ深さに何はともあれ賛辞をのべようということである。そして私に出来るのは多分その程度のことだろうと思うと、ずいぶん気が楽になったことも事実だった。」（「小説『白き瓶』の周囲」）

五月、「海鳴り」取材のため、埼玉県小川町へ紙漉きの工場を見に行く。このころから自律神経失調症に悩み、妻和子が取材に同行する。

八月、鶴岡へ一週間の帰郷。湯田川中学の教え子たちの卒業三十周年の会に出席。

十一月、「白き瓶」取材のため、再度石下町に行く。

〈執筆〉

「帰って来た女」（「小説宝石」一月号）

「弾む声」（「週刊小説」二月二十六日号）

「おつぎ」（「問題小説」六月号）

「逃走」（「問題小説」十二月号）

〈連載〉

「獄医立花登手控え・人間の檻」（「小説現代」四月号より五十八年二月号まで断続連載）

「海鳴り」（「信濃毎日新聞」夕刊ほか数紙に七月二十七日より五十八年七月十八日まで）

「私はかねて一篇ぐらいは市井ものの長篇小説を書きたいと考えていたのだが、案外にその機会がなかった。私は『海鳴り』で、精神的にも肉体的にも動揺しがちな中年という世代から、一組の男女をひろい上げてその運命を追ってみたのではあるけれど、チャンバラの楽しさがあるわけでもなく、匕首《あいくち》一本光るわけでもないただのひとの物語は、強い刺戟が好まれる現代では、いささか発表をためらわれるのである。（中略）

打明けると、私は『海鳴り』を書きはじめた当初、物語の主人公である新兵衛とおこうを、結末では心中させるつもりでいた。だが、長い間つき合っているうちに二人に情が移ったというか、殺すにはしのびなくなって、少し無理をして江戸からにがしたのである。小説だからこういうこともあるわけだが、そうしたのはあるいは私の年齢のせいかも知れない。むごいことは書きたくなかった。せっかくにがしたのだから、作者としては読者ともども、二人が首尾よく水戸城下までのがれ、そこで、持って行った金でひっそりと帳屋（いまの文房具店）でもひらいて暮らしていると思いたい。」（「『海鳴り』の執筆を終えて」）

〈刊行〉
『密謀』上下（一月、毎日新聞社）
『漆黒の霧の中で』（二月、新潮社）
『愛憎の檻』（三月、講談社）

『春秋の檻』（五月、講談社文庫）
『時雨のあと』（六月、新潮文庫）
『喜多川歌麿女絵草紙』（七月、文春文庫）
『冤罪』（九月、新潮文庫）
『雲奔る』（十一月、文春文庫。『檻車墨河を渡る』を改題）

昭和五十八年（一九八三）　五十六歳

四月、「白き瓶」執筆のため「別冊文藝春秋」編集部・鈴木文彦と福岡、宮崎・青島などを訪れる。

「いくら取材が必要と言っても、大旅行家だった節の旅の足跡をのこらずたどることは不可能だと私は思っていた。

そのことはあきらめるとして、しかし一カ所だけはどうしても行かなければならないだろうとも私は考えていた。その場所は九州の青島である。青島を中心にした日向彷徨が節の寿命を決定的にちぢめたことは疑い得ない事実で、なぜそんな無理な旅行をしたのかという謎については、すでに何人かのひとが解明を試みている。私はそれらの文章を読み、また自分なりにある仮説も持っていたが、しかしそこのところは現場を見なければ一行も書けないだろうという気がしたのである。節の最後の旅日向旅行は、私にとってやはりこの歌人の最大の謎の部分だった。その旅には大旅行家である節、歌人である節、病人である節が集約的にあらわれていた。

昭和五十八年の四月、私は編集者のS君に同行してもらって青島にむかったのだが、私が飛行機が苦手で新幹線で行った上に、途中観世音寺ほかを取材して寄り道したので、青島海岸をたずねたのは東京を出発してから三日目の朝になった。」（「小説『白き瓶』の周囲」）

〈執筆〉

「女下駄」（「小説宝石」一月号）

「夜消える」（「週刊小説」一月十四日号）

「切腹」（「オール讀物」二月号）

「遠い別れ」（「月刊カドカワ」六月号）

「花のあと」（「オール讀物」八月号）

「たそがれ清兵衛」（「小説新潮」九月号）

「死闘」（「小説現代」十一月号）

「鬼ごっこ」（「問題小説」十二月号）

〈連載〉

「白き瓶」（「別冊文藝春秋」一六二号より一六九号まで）

「発端は、平輪光三著『長塚節・生活と作

品』という本だった。昭和十八年一月に、東京・神田の六芸社から発行された初版四千部のこの本の一冊が、そのころ山形県鶴岡市の郊外にある農村に住む私の手に入ったのである。それは本が出たその年か翌年の十九年のことで、私は十六か十七だったことになる。」（「小説『白き瓶』の周囲」）

「風の果て」（「週刊朝日」十月十四日号より五十九年八月十日号まで）

〈刊行〉

『よろずや平四郎活人剣　上・盗む子供』（二月、文藝春秋）

『同　中・離縁のぞみ』（三月、文藝春秋）

『同　下・浮草の女』（三月、文藝春秋）

『人間の檻』（四月、講談社）

『刺客』（六月、新潮社）

『龍を見た男』（八月、青樹社）

『橋ものがたり』（四月、新潮文庫）

『消えた女』（九月、新潮文庫）

『長門守の陰謀』（九月、文春文庫）

『神隠し』（九月、新潮文庫）

『風雪の檻』（十一月、講談社文庫）

『隠し剣孤影抄』（十一月、文春文庫）

昭和五十九年（一九八四）　五十七歳

十月、慢性肝炎が発症して、港区赤坂、永沢クリニックに通院がはじまる。

同月、「師弟剣」執筆のため茨城県鹿島町、江戸崎町へ取材旅行。

〈執筆〉

「冬の日」（「小説宝石」二月号）

「夜明けの月影」（「小説現代」十月号）

「うらなり与右衛門」（「小説新潮」十二月号）

〈連載〉

「ささやく河」（「東京新聞」ほか数紙に八月一日より六十年三月三十日まで）

〈刊行〉

『海鳴り』（四月、文藝春秋）

『春秋山伏記』（二月、新潮文庫）
『夜の橋』（二月、中公文庫）
『隠し剣秋風抄』（五月、文春文庫）
『時雨みち』（五月、新潮文庫）
『闇の傀儡師』上下（七月、文春文庫）
『周平独言』（八月、中公文庫）
『孤剣』（九月、新潮文庫）
『愛憎の檻』（十一月、講談社文庫）
『文蔵の火』（十一月、文春文庫）

昭和六十年（一九八五）　五十八歳

二月七日、「海坂」の主宰者・相生垣瓜人氏死去。
「瓜人先生ははじめ〈裏富士を傾き出でて炭車〉〈大津絵の蕭条として寝釈迦かな〉といった骨格尋常な佳句から出発して、やがて私が『海坂』で拝見したような、技巧にこだわらず対象の本質をずばりとつかみ出すような句境に至ったという。
とすると、あるいは私が『海坂』とつき合ったその時代に、瓜人先生はひとつの到達期を迎えていたのかも知れず、そうだとすれば私は予期せぬしあわせに遭遇していたことになろう。そしてその遭遇が、私のいまにつづく俳句への関心の出発点となったことを考えると、瓜人先生との縁はうすいながらかりそめのものではなかったということにもなろうか。瓜人先生、さようなら。」（「稀有の俳句世界」）
十一月、刊行された『白き瓶』を携えて、茨城県石下町国生の長塚節の生家を訪問（同行、文藝春秋・阿部達児、萬玉邦夫）。
十二月、直木三十五賞選考委員に就任。
〈執筆〉
「師弟剣」（「小説現代」一月号）
「雪間草」（「オール讀物」三月号）
「冬の灯」（「週刊小説」二月二十二日号、単行本収録にあたり「寒い灯」と改題）
「飛ぶ猿」（「小説現代」五月号）

「蚊喰鳥」（「月刊カドカワ」六月号）
「ごますり甚内」（「小説新潮」七月号）
「悪癖」（「オール讀物」十一月号）
「闇のつぶて」（「月刊カドカワ」十一月号）
〈連載〉
「本所しぐれ町物語」（「波」一月号より六十一年十二月号まで）
「三屋清左衛門残日録」（「別冊文藝春秋」一七二号より一八六号まで）
「あれ、実は城山さんの新聞連載小説『毎日が日曜日』が遠いヒントになっているんですよ。あの小説は定年後のことを考える先駆的な小説だったと思います。連載を面白く読みながら、さて自分が毎日が日曜日になったら困るだろうな、と漠然と考えていたんですね。」（「オール讀物」平成五年八月号・城山三郎氏との対談より）
〈刊行〉
『風の果て』（一月、朝日新聞社）
『決闘の辻』（七月、講談社）
『ささやく河』（十月、新潮社）
『白き瓶』（十一月、文藝春秋）
『花のあと』（十一月、青樹社）

『驟り雨』（二月、新潮文庫）
『逆軍の旗』（三月、文春文庫）
『霧の果て』（『出合茶屋』を改題、六月、文春文庫）
『闇の穴』（九月、新潮文庫）
『密謀』上下（九月、新潮文庫）
『人間の檻』（十一月、講談社文庫）
『よろずや平四郎活人剣』上下（十二月、文春文庫）

昭和六十一年（一九八六）　五十九歳

一月十六日、直木賞選考委員として初の選考会（第九十四回、新喜楽）に臨む。受賞者は森田誠吾（「魚河岸ものがたり」）、林真理子（「最終便に間に合えば」、「京都まで」）。

四月、『白き瓶』により第二十回吉川英治

文学賞を受賞。

「長塚節を知る上には是非読まなければならぬ佳品であろうかと思います」(選考委員・井上靖氏)

「大層な名誉であると同時に、茫茫とした年月をかえりみる特別の感慨をはこんで来るように思われます」(「受賞のことば」より)

六月、九年半つとめたオール讀物新人賞選考委員を辞任。

七月十七日、第九十五回直木賞選考会に出席。受賞者は皆川博子(「恋紅」)。

十月八日、丸谷才一氏と鶴岡市主催の講演会で講演。十二日、青森旅行に出発。五能線(能代〜五所川原)に乗り青森県金木町の斜陽館(太宰治生家)に泊まる。翌日は中世・安東氏の繁栄した十三湊跡といわれる十三湖を見物して帰京(同行、文藝春秋・阿部達児、萬玉邦夫)。

「少し前から、私はいつかひまをみて東北に行って来たいと、漠然と思うようになっていた。その東北は、まだ見たことのない津軽の十三湖であり、青森のねぶた祭であり、弘前城のさくらであり、さらに岩手の渋民村であり、奥州平泉であり毛越寺の枝垂れざくらであった。

私はもう、行かなくとも東北はわかるなどという幻想を持っていなかった。私の心の中に、いつからか行かねばわからない東北が、ジリジリと領域をひろげていた。それは多分、私がもはや完全な東北人ではなく、半分ぐらいは東京人になってしまったために見えて来た風景だったのだろう。

(中略)

さあ、うかうかしてはいられないぞと私は思った。うかうかしていると東北を見ないで終ってしまうぞ。そう思いながら、しかし私は依然として机からはなれられないでいたのだが、あるとき編集者のA氏にその話をすると、A氏は、東北生まれのくせに青森も岩手も知らない私をあわれんで、旅行に連れて行くと言ってくれた。（中略）つまり世の中をぐるっと迂回して、興味がまた東北にもどって来たということで、本人は東北を認識し、あわせて東北人である自分を再認識するための旅と思っているのだが、ひょっとするとこれが、むかしの人が言った『ふるさとへ廻る六部は気の弱り』というものかも知れないのである。」

（「ふるさとへ廻る六部は」）

〈執筆〉

「ど忘れ万六」（「小説新潮」二月号）

「にがい再会」（「週刊小説」一月十日号）

「玄鳥」（「文學界」八月号）

〈連載〉

「市塵」（「小説現代」九月号より六十三年八月号まで）

「蟬しぐれ」（「山形新聞」夕刊七月九日より六十二年四月十三日まで）

「夜、枕頭に置いて読み出したら、いつの間にか朝になっていた。……私は文芸批評を始めてほぼ三十年に達する。本を読むことにかけては、すれっからしである。この『蟬しぐれ』は、そんなすれっからしを、少年の心に還してくれた。」（秋山駿氏、文春文庫版解説より）

〈刊行〉

『小説の周辺』（十二月、潮出版社）

『暁のひかり』（三月、文春文庫）

『漆黒の霧の中で』（九月、新潮文庫）

『回天の門』（十月、文春文庫）

昭和六十二年（一九八七）　六十歳

一月十六日、第九十六回直木賞選考会に出席。受賞者は逢坂剛（「カディスの赤い星」）、常盤新平（「遠いアメリカ」）。

三月、第四十回日本推理作家協会賞の選考会に出席。受賞者は長篇部門・逢坂剛（「カディスの赤い星」）、高橋克彦（「北斎殺人事件」)、短篇部門該当作なし、評論その他の部門・伊藤秀雄(「明治の探偵小説」)。当日の選考委員は青木雨彦、佐野洋、夏堀正元、山村正夫、藤沢周平、ほかに中島河太郎理事長が出席。

七月十六日、第九十七回直木賞選考会に出席。受賞者は白石一郎(「海狼伝」)、山田詠美(「ソウル・ミュージック・ラバーズ・オンリー」)。

十月、岩手旅行。二十二日、盛岡から石川啄木の生家・常光寺などを見る。二十三日、原敬記念館、宮澤賢治記念館、羅須地人協会などを見て花巻温泉泊。二十四日、高村光太郎山荘を見て平泉へ。中尊寺、毛越寺を見て夜帰京(同行、文藝春秋・阿部達児、鈴木文彦、萬玉邦夫)。

十二月、家族と還暦を祝う。

〈執筆〉

「早春」(「文學界」一月号)

「永代橋」(「週刊小説」二月二十日号)

「麦屋町昼下がり」(「オール讀物」六月号)

「だんまり弥助」(「小説新潮」七月号)

「かが泣き半平」(「小説新潮」九月号)

「三ノ丸広場下城どき」(「オール讀物」十一月号)

〈刊行〉

『本所しぐれ町物語』(三月、新潮社)

『霜の朝』(二月、新潮文庫)

『刺客』(二月、新潮文庫)

『闇の梯子』(二月、文春文庫)

『龍を見た男』(九月、新潮文庫)

『海鳴り』上下(十月、文春文庫)

昭和六十三年(一九八八)　六十一歳

一月十三日、第九十八回直木賞選考会に出席。受賞者は阿部牧郎(「それぞれの終楽章」)。

二月、長女展子、遠藤正と結婚。

四月、山本周五郎賞選考委員に就任。

五月二十日、第一回山本賞選考会に出席。受賞者は山田太一（「異人たちとの夏」）。

七月十三日、第九十九回直木賞選考会に出席。受賞者は西木正明（「凍れる瞳」「端島の女」）、景山民夫（「遠い海から来たCOO」）。

〈執筆〉

「日和見与次郎」（「小説新潮」一月号臨時増刊）

「踊る手」（「週刊小説」二月十九日号）

「祝《ほ》い人《と》助八」（「小説新潮」六月号）

「山姥橋夜五ッ」（「オール讀物」七月号）

〈刊行〉

『蟬しぐれ』（五月、文藝春秋）

『たそがれ清兵衛』（九月、新潮社）

『日本歴史文学館　第十五巻』（十月、講談社。「密謀」「市塵」を収録）

『風の果て』上下（一月、文春文庫）

『ささやく河』（九月、新潮文庫）

『決闘の辻』（十一月、講談社文庫）

『白き瓶』（十二月、文春文庫）

昭和六十四年、平成元年（一九八九）　六十二歳

一月十二日、第百回直木賞選考会に出席。受賞者は杉本章子（「東京新大橋雨中図」）、藤堂志津子（「熟れてゆく夏」）。

四月、篠田病院の療養仲間六十人が東村山市に集まる。

五月十八日、第二回山本賞選考会に出席。受賞者は吉本ばなな（「TUGUMI　つぐみ」）。

七月十三日、第百一回直木賞選考会に出席。受賞者は笹倉明（「遠い国からの殺人者」）、ねじめ正一（「高円寺純情商店街」）。

十月、「月刊 Asahi」主催の朝日新人文学賞選考委員に就任。

十一月、「江戸市井に生きる人々の想いを透徹な筆で描いて現代の読者の心を摑み、時代小説に新しい境地を拓いた」功績により第

三十七回菊池寛賞を受賞。

「人間を見る目のあたたかさ。

そして一閃する仄かなユーモア。

読んでいて、全く、嬉しくなってしまう。思わず、にやっとして会心の微笑というヤツ。

――これあるがゆえに、藤沢さんの本は、人々に愛されているのだと思う。芝居でいう、『ジワがくる』とはこのことであろうか。ヒタヒタとファンの寄せる心が、藤沢さんの文学を支えているようだ。

そんな藤沢周平さんが、大衆に愛された菊池寛の名を冠した菊池寛賞を受けられるのはまことにふさわしいし、嬉しいことに思う。藤沢さん、加餐《かさん》されてまたすてきなお作品でわれわれを楽しませて下さい。」

（田辺聖子「しみわたる滋味」「文藝春秋」平成二年一月号）

同月、第一回朝日新人文学賞選考会に出席。受賞者は魚住陽子（「奇術師の家」）。他の選考委員は井上ひさし、田辺聖子、丸谷才一、吉行淳之介の四氏。

〈執筆〉

「榎屋敷宵の春月」（「オール讀物」一月号）

「赤い狐」（「野性時代」一月号）

「消息」（「週刊小説」二月十七日号）

「三月の鮠《はや》」（「オール讀物」六月号）

「闇討ち」（「オール讀物」十二月号）

〈連載〉

「凶刃」（「小説新潮」三月号より平成三年五月号まで断続連載）

〈刊行〉

『麦屋町昼下がり』（三月、文藝春秋）

『市塵』（五月、講談社）

『三屋清左衛門残日録』（九月、文藝春秋）

『花のあと』（三月、文春文庫）

平成二年（一九九〇）　六十三歳

一月十六日、第百二回直木賞選考会に出席。

受賞者は星川清司（「小伝抄」）、原尞（「私が殺した少女」）。

同月、小説「市塵」により芸術選奨文部大臣賞受賞。

五月十七日、第三回山本賞選考会に出席。受賞者は佐々木譲（「エトロフ発緊急電」）。

七月十六日、第百三回直木賞選考会に出席。受賞者は泡坂妻夫（「蔭桔梗」）。

九月、第二回朝日新人文学賞選考会に出席。受賞者は竜口亘・鹿島春光（「ぼくと相棒」）。選考委員は吉行淳之介氏が辞任して四名となる。

〈執筆〉

「浦島」（「文藝春秋」三月号）

「初つばめ」（「週刊小説」三月三十日号）

「鷦鷯《みそさざい》」（「オール讀物」六月号）

「遠ざかる声」（「小説宝石」十月号）

「泣き虫小僧」（「野性時代」十月号）

〈連載〉

「わが思い出の山形」（「やまがた散歩」四月号より平成四年四月号まで）

「秘太刀馬の骨」（「オール讀物」十二月号より平成四年十月号まで断続連載）

〈刊行〉

『小説の周辺』（一月、文春文庫）

『本所しぐれ町物語』（九月、新潮文庫）

平成三年（一九九一）　六十四歳

一月十六日、第百四回直木賞選考会に出席。受賞者は古川薫（「漂泊者のアリア」）。

五月十六日、第四回山本賞選考会に出席。受賞者は稲見一良（「ダック・コール」）。山本賞はこの回で任期を満了、選考委員を退任する。

七月十五日、第百五回直木賞選考会に出席。受賞者は宮城谷昌光（「夏姫春秋」）、芦原すなお（「青春デンデケデケデケ」）。

八月、第三回朝日新人文学賞選考会に出席。受賞者は甲斐英輔（「ゆれる風景」）。

十月十二日、「海坂」主宰者・百合山羽公

氏死去。
〈執筆〉
「日暮れ竹河岸」(「別冊文藝春秋」一九四号)
「三千歳たそがれ」(「野性時代」五月号)
「飛鳥山」(「別冊文藝春秋」一九五号)
「雪の比丘尼橋」(「別冊文藝春秋」一九六号)
「大はし夕立ち少女」(「別冊文藝春秋」一九七号)
〈刊行〉
『玄鳥』(三月、文藝春秋)
『凶刃』(八月、新潮社)
『文藝春秋短篇小説館』(九月、文藝春秋。「浦島」を収録)

『蟬しぐれ』(七月、文春文庫)
『市塵』上下(十一月、講談社文庫)

平成四年(一九九二)　六十五歳

一月十六日、第百六回直木賞選考会に出席。受賞者は髙橋克彦(「緋い記憶」)、高橋義夫(「狼奉行」)。

六月、文藝春秋より『藤沢周平全集』全二十三巻の刊行始まる。

七月十五日、第百七回直木賞選考会に出席。受賞者は伊集院静(「受け月」)。

八月、第四回朝日新人文学賞選考会に出席。選考委員に三浦哲郎氏が加わる。受賞者はなし。この回をもって朝日新人文学賞選考委員を辞任。

九月、次姉このゑ死去(七十五歳)。帰郷して葬儀に出席する。

「いよいよ寝る時間になったとき、上の姉がさあ、誰と一緒に寝るかと言った。すると下の姉がふざけて、こっちで寝ろと私の手をひっぱった。上の姉は丸顔で身体のふっくらとした人である。色も白かった。下の姉は勝気な男の子のような顔立ちの人で、筋肉質の浅黒い身体をしている。私は両方からひっぱられてしばらく迷ったあげく、『こっち』と言って上の姉の布団にとびこみ、懐に抱かれて寝た。

しかし下の姉を拒んだそのときの光景は、消えずに私の記憶に残った。かすかな罪悪感とともに。いま次姉は七十四歳で、もともとは丈夫な人なのに今年になってから体調を崩している。その姉を気づかいながら、私は今夜もふと仕事の手を休めて、なじみ深い例の罪悪感とじっと向かいあっている。」(『半生の記』より)

〈執筆〉

「猿若町月あかり」(「別冊文藝春秋」一九八号)

「悪党の秋」(「野性時代」一月号)

〈連載〉

『藤沢周平全集』月報に自伝的エッセイを執筆。

「他人の自伝を読むのは好きだが、自分で自伝を書こうとは思わないと、以前なにかに書いた記憶がある。その気持はいまも変らず、自伝とか自分史とかを書きたいとは思わない。私は小説を書くことを職業としているので、好むと好まざるとにかかわらず、私という人間は作品に出ている。それだけでも鬱陶しいのに、その上に自伝めいたことなどを書きたくはないというのが正直な気持である。(中略)

といったように自伝めいたものを書くことについて、私の気持は大方否定的にしか働かないのであるが、ただひとつ、あれだけはどうも歩いてきた道をひととおり振りかえってみないことにはわからないかも知れない、と思う事柄がある。あれとは私が小説を書くようになった経緯、もっと端的に言えば、どのような筋道があって私は小説家になったのだろうかということである。」(『半生の記』より)

〈刊行〉

『天保悪党伝』(三月、角川書店)

『秘太刀馬の骨』（十二月、文藝春秋）
『麦屋町昼下がり』（三月、文春文庫）
『たそがれ清兵衛』（九月、新潮文庫）
『三屋清左衛門残日録』（九月、文春文庫）

平成五年（一九九三）　六十六歳

一月十三日、第百八回直木賞選考会に出席。受賞者は出久根達郎（「佃島ふたり書房」）。

五月、松本清張賞選考委員に就任。他の選考委員は阿刀田高、井上ひさし、佐野洋、津本陽の四氏。

七月十五日、第百九回直木賞選考会に出席。受賞者は髙村薫（「マークスの山」）、北原亞以子（「恋忘れ草」）。

十月十六日、鶴岡へ帰省。墓参ののち十七日、「漆の実のみのる国」の取材のため米沢へ。十八日、白子神社、春日神社、「籍田《せきでん》の碑」、漆の木などを見て白布《しらぶ》高湯温泉泊（同行、文藝春秋・阿部達児、新野良平、鈴木文彦）。

十一月四日、初孫浩平誕生。

〈執筆〉
「岡安家の犬」（「週刊新潮」七月二十二日号）
「深い霧」（「オール讀物」十二月号）

〈連載〉
「漆の実のみのる国」（「文藝春秋」一月号より）

「私はいま上杉鷹山を書いているんですが、世に言う鷹山名君説はどうも少し違うんじゃないかと思っているんですよ。かなり美化されている。で、そういうものをいっぺん取りはらって、出来る限りありのままの鷹山公を書いてみたいと思っているんです。結果として名君だったとなるかも知れませんが。」（「オール讀物」平成五年八月号・城山三郎氏との対談より）

〈刊行〉
『天保悪党伝』（十一月、角川文庫）

平成六年（一九九四）　　六十七歳

一月十三日、第百十回直木賞選考会に出席。受賞者は大沢在昌（「新宿鮫　無間人形」）、佐藤雅美（「恵比寿屋喜兵衛手控え」）。

一月二十六日、九三年度朝日賞を受賞。受賞理由は「藤沢周平全集をはじめとする時代小説の完成」。同日銀婚式を祝う。

二月二十五日、第十回東京都文化賞を受賞。「四十年以上、東京に住んでいながら顔はいつも山形のほうを向いています。そんな私がこういう賞をいただくのは、いささか面映ゆい気がします」（受賞のスピーチから）

四月、『藤沢周平全集』二十三巻（文藝春秋）完結。

五月十六日、第一回松本清張賞選考会（ホテルオークラ）に出席。受賞者は葉治英哉（「狖《また》物見隊顚末」）。

六月三日、東京宝塚劇場で宝塚星組公演「若き日の唄は忘れじ」を妻和子と観劇（原作「蟬しぐれ」）。

七月十三日、第百十一回直木賞選考会に出席。受賞者は中村彰彦（「二つの山河」）、海老沢泰久（「帰郷」）。

十月三日、墓参のため妻和子、長女展子夫妻と鶴岡へ。六日帰京。

〈執筆〉

「静かな木」（「小説新潮」五月号）

「桐畑に雨のふる日」（「別冊文藝春秋」二〇八号）

「野菊守り」（「オール讀物」十二月号）

〈刊行〉

『半生の記』（九月、文藝春秋）

『玄鳥』（三月、文春文庫）

『夜消える』（三月、文春文庫）

『凶刃』（九月、新潮文庫）

平成七年（一九九五）　　六十八歳

一月十二日、第百十二回直木賞選考会に出席、受賞作ナシ。直木賞選考会出席はこれが最後となる。

五月十八日、第二回松本清張賞選考会は体調不良のため欠席。この回で任期を終え、選考委員を辞任する。

七月十八日、第百十三回直木賞選考会欠席。

十一月三日、紫綬褒章受章。

十一月十七日、如水会館の授章式に出席。

〈刊行〉

『夜消える』（六月、文藝春秋）

『ふるさとへ廻る六部は』（五月、新潮文庫）

『秘太刀馬の骨』（十一月、文春文庫）

平成八年（一九九六）　六十九歳
一月十一日、第百十四回直木賞選考会を欠席。

三月、二十期十一年つとめた直木賞選考委員を辞任。

三月十五日、肺炎のため保谷厚生病院に入院。

三月十八日、国立国際医療センター（新宿区戸山）に転院、肝炎の治療につとめる。

この間、司馬遼太郎氏追悼エッセイ「遠くて近い人」、「日暮れ竹河岸」あとがきを執筆する。

七月二日、退院、自宅へ戻る。

「文藝春秋」連載「漆の実のみのる国」（五月号より連載中断）の結末部分六枚を執筆、文藝春秋萬玉邦夫に渡す。

鶴岡市に建てられる藤沢周平文学碑の碑文として、「半生の記」の一節と自作俳句を墨書。

九月十五日、鶴岡市にて記念碑除幕式行なわれる。

「私は旅館のロビーで二人を前にならべ、(中略) 文学碑はだめだと強い口調で言い聞かせた。二人は黙然と聞いていたが、やがて萬年君が顔を上げた。

『先生が派手なことを嫌うことはよくわかっているけれども、文学碑は先生だけのものでなく、私たちのものでもあると思う。碑を見て、ああのころはこんなに身体がちっちゃくて、先生から勉強を習ったなと懐しく思い出したり、そこに碑があることで何かのときには力づけられる、そういうもんではねえだろか。もし、先生と私たちをむすぶ絆を形にしたものが何もなかったら、さびしい』

　今度は私が黙って聞く番だった。」（「碑が建つ話」「オール讀物」平成八年二月号）

九月二十三日、国立国際医療センターに再入院。

十二月二十六日、病室に家族五人集まって六十九回目の誕生日を祝う。

〈執筆〉

「偉丈夫」（「小説新潮」一月号）

〈刊行〉

『日暮れ竹河岸』（十一月、文藝春秋）

平成九年（一九九七）

一月二十四日、病状悪化。肝機能、腎機能低下し、血圧も四〇台に下がる。
一月二十六日、午後十時十二分死去。
一月二十七日、鶴岡市の菩提寺・洞春院より戒名届けられる。
『藤澤《とうたく》院周徳留信居士』
一月二十九日、信濃町千日谷会堂にて通夜。
一月三十日、同所にて葬儀・告別式。
弔辞は、
丸谷才一
井上ひさし
富塚陽一（鶴岡市長）
蒲生芳郎（山形師範同級生）
萬年慶一（湯田川中学教え子）
の五氏。
「藤沢周平の文体が出色だったのは、あなたの天賦の才と並々ならぬ研鑽によるものでせう。あなたの言葉のつかひ方は、作中人物である剣豪たちの剣のつかひ方のやうに、小気味がよくてしやれてゐた。粋でしかも着実だつた。わたしに言はせれば、明治大正昭和三代の時代小説を通じて、並ぶ者のない文章の名手は藤沢周平でした。」（丸谷才一氏・弔辞より）

午後二時半、代々幡斎場にて荼毘にふす。

三月八日、山形県県民栄誉賞を受賞。

三月九日、都営八王子霊園に納骨。

〈刊行〉

『漆の実のみのる国』上下（五月、文藝春秋）

『半生の記』（六月、文春文庫）

平成十年（一九九八）

〈刊行〉

「静かな木」（一月、新潮社）

「ふるさとへ廻る六部は」（一月、新潮社）

「早春その他」（一月、文藝春秋）

平成十一年（一九九九）

〈刊行〉

「藤沢周平句集」（三月、文藝春秋）

平成十二年（二〇〇〇）

〈刊行〉

「漆の実のみのる国」上下（二月、文春文庫）

「静かな木」（九月、新潮文庫）

「日暮れ竹河岸」（九月、文春文庫）

（製作・阿部達児）

昭和四十八年夏　東久留米自宅　写真・丸山洋平

本書は「文藝春秋臨時増刊『藤沢周平のすべて』」(一九九七年四月)を中心に他誌掲載の文章を加え最終編集版としたものです。

単行本　一九九七年十月　文藝春秋刊

文春文庫

藤沢周平《ふじさわしゅうへい》のすべて

定価はカバーに表示してあります

2001年2月10日　第1刷
2018年8月1日　第8刷

編　者　文藝春秋
発行者　花田朋子
発行所　株式会社 文藝春秋

東京都千代田区紀尾井町 3-23　〒102-8008
TEL 03・3265・1211㈹
文藝春秋ホームページ　http://www.bunshun.co.jp

落丁、乱丁本は、お手数ですが小社製作部宛お送り下さい。送料小社負担でお取替致します。

印刷・凸版印刷　製本・加藤製本

Printed in Japan
ISBN978-4-16-721775-4

（　）内は解説者。品切の節はご容赦下さい。

藤沢周平
花のあと
娘盛りを剣の道に生きたお以登にも、ひそかに想う相手がいた。手合せしてあえなく打ち負かされた孫四郎という部屋住みの剣士である。表題作のほか時代小説の佳品を精選。（桶谷秀昭）
ふ-1-23

藤沢周平
小説の周辺
小説の第一人者である著者が、取材のこぼれ話から自作の背景、転機となった作品について吐露した滋味溢れる随筆集。郷里の風景や人情、教え子との交流などを端正につづる。
ふ-1-24

藤沢周平
麦屋町昼下がり
藩中一、二を競い合う剣の遣い手同士が、奇しき運命の縁に結ばれて対峙する。男の闘いを緊密な構成と乾いた抒情で描きだす表題作など全四篇。この作家、円熟期えりぬきの秀作集。
ふ-1-26

藤沢周平
三屋清左衛門残日録
家督をゆずり隠居の身となった清左衛門の日記「残日録」。悔いと寂寥感にさいなまれつつ、なお命をいとおしみ、力尽くす男の残された日々の輝きを描き共感をよぶ連作長篇。（丸元淑生）
ふ-1-27

藤沢周平
玄鳥
武家の妻の淡い恋心をかえらぬ燕に託してえがく「玄鳥」をはじめ、円熟期の最上の果実と称賛された名品集である。他に「浦島」「三月の鮠《はや》」「闇討ち」「鷦鷯《みそさざい》」を収める。（中野孝次）
ふ-1-28

藤沢周平
夜消える
酒びたりの父をかかえる娘と母、市井のどこにでもある小さな不幸と厄介ごと。表題作の他「にがい再会」「永代橋」「踊る手」「消息」「初つばめ」「遠ざかる声」など市井短篇小説集。（駒田信二）
ふ-1-29

（　）内は解説者。品切の節はご容赦下さい。

藤沢周平
秘太刀馬の骨
北国の藩、筆頭家老暗殺につかわれた幻の剣「馬の骨」。下手人不明のまま六年過ぎ、密命をおびた藩士と剣士は連れだって謎の秘剣をさがし歩く。オムニバスによる異色作。（出久根達郎）
ふ-1-30

藤沢周平
半生の記
自身を語ること稀だった含羞の作家が、初めて筆をとった来しかたの記。郷里山形、生家と家族、学校と恩師、戦中戦後、そして闘病。詳細な年譜も付した藤沢文学の源泉を語る一冊。
ふ-1-31

藤沢周平
漆《うるし》の実のみのる国（上下）
貧窮のどん底にあえぐ米沢藩。鷹山は自ら一汁一菜をもちい、藩政改革に心血をそそぐ。無私に殉じた人々の類なくうつくしいこの物語は、作者が最後の命をもやした名篇。（関川夏央）
ふ-1-32

藤沢周平
日暮れ竹河岸
作者秘愛の浮世絵から発想を得てつむぎだされた短篇名品集。市井のひとびとの、陰翳ゆたかな人生絵図を掌の小品に仕上げた極上品、全十九篇を収録。生前最後の作品集。（杉本章子）
ふ-1-34

藤沢周平
早春　その他
初老の勤め人の孤独と寂寥を描いた唯一の現代小説「早春」。加えて時代小説の名品二篇に、随想・エッセイを四篇収める。作家晩年の心境をうつしだす静謐にして透明な文章！（桶谷秀昭）
ふ-1-35

藤沢周平
よろずや平四郎活人剣（上下）
喧嘩、口論、探し物その他、よろず仲裁つかまつり候。旗本の家を出奔し、裏店にすみついた神名平四郎の風がわりな商売。長屋暮しの哀歓あふれる人生をえがく剣客小説。（村上博基）
ふ-1-36

（　）内は解説者。品切の節はご容赦下さい。

藤沢周平
無用の隠密
未刊行初期短篇

命令権者に忘れられた男の悲哀を描く表題作ほか、歴史短篇「上意討」、悪女もの「佐賀屋喜七」など、作家デビュー前に雑誌掲載された十五篇を収録。文庫版には「浮世絵師」を追加。（阿部達二）

ふ-1-44

藤沢周平
暗殺の年輪

武士の非情な掟の世界を、端正な文体と緻密な構成で描いた直木賞受賞作。ほかに晩年の北斎の暗澹たる心象を描く「溟い海」「黒い縄」「ただ一撃」「囮」を収めた記念碑的作品集。（駒田信二）

ふ-1-45

藤沢周平
白き瓶《かめ》
小説　長塚節《たかし》

三十七年の生涯を旅と作歌に捧げ、妻子をもつことなく逝った長塚節。この歌人の生の輝きを、清冽な文章で辿った会心の鎮魂賦。著者と歌人・清水房雄氏が交わした書簡の一部を収録。

ふ-1-46

藤沢周平
霧の果て
神谷玄次郎捕物控

北の定町廻り同心・神谷玄次郎は役所きっての自堕落ぶりで評判は芳しくないが、事件解決には抜群の推理力を発揮する。そんな彼が抱える心の闇とは？　藤沢版捕物帳の傑作。（児玉　清）

ふ-1-47

藤沢周平
闇の傀儡師《かいらいし》（上下）

幕府を恨み連綿と暗躍を続ける謎の徒党・八嶽党が、老中田沼意次と何事か謀っている。元御家人でいまは筆耕稼業に精を出す鶴見源次郎は探索を依頼される。傑作伝奇小説。（清原康正）

ふ-1-48

藤沢周平
闇の梯子

若い板木師・清次の元を昔の仲間が金の無心に訪れ、平穏な日常は蝕まれていく——表題作他「父《ちゃん》と呼べ」「入墨」等、道を踏み外した男達の宿命を描く初期の秀作全五篇。（関川夏央）

ふ-1-51

（　）内は解説者。品切の節はご容赦下さい。

藤沢周平
夜の橋
半年前に別れた女房が再婚話の相談で訪ねてくる——雪降る深川の夜の橋を舞台にすれ違う男女の心の機微を描いた表題作、「一夢の敗北」「冬の足音」等全九篇を収録。（宇江佐真理）
ふ-1-52

藤沢周平
周平独言
「私のエッセーは炉辺の談話のごときものにすぎない」と記す著者による初のエッセイ集。惹かれてやまない歴史上の人物、創作への意欲、故郷への思いが凝縮された一冊。（鈴木文彦）
ふ-1-53

藤沢周平
喜多川歌麿女絵草紙
生涯美人絵を描き「歌まくら」など枕絵の名作を残した歌麿は、好色漢の代名詞とされるが、愛妻家の一面もあった。独自の構成と手法で浮き彫りにされる人間・歌麿。（蓬田やすひろ）
ふ-1-54

藤沢周平
風の果て（上下）
首席家老・又左衛門の許にある日、果たし状が届く。かつて同門の徒であり、今は厄介叔父と呼ばれる市之丞からであった。運命の非情な饗宴を限なく描いた武家小説の傑作。（葉室　麟）
ふ-1-55

藤沢周平
海鳴り（上下）
心が通わない妻と放蕩息子の間で人生の空しさと焦りを感じる紙屋新兵衛は、薄幸の人妻おこうに想いを寄せ、闇に落ちていく。人生の陰影を描いた世話物の名品。（後藤正治）
ふ-1-57

藤沢周平
逆軍の旗
坐して滅ぶか、あるいは叛くか—戦国武将で一際異彩を放ち、今なお謎に包まれた明智光秀を描く表題作他、郷里の歴史に材をとった「上意改まる」「幻にあらず」等全四篇。（湯川　豊）
ふ-1-59

（　）内は解説者。品切の節はご容赦下さい。

藤沢周平
雲奔る
小説・雲井龍雄

薩摩討つべし——奥羽列藩を襲った幕末狂乱の嵐のなかを、討薩ひとすじに奔走し倒れた悲劇の志士・雲井龍雄。その短く激しい生涯を、熱気のこもった筆で描く歴史小説。（関川夏央）

ふ-1-60

藤沢周平
回天の門
（上下）

山師、策士と呼ばれ、いまなお誤解のなかにある清河八郎は、官途へ一片の野心ももたない草莽の志士でありつづけた。維新回天の夢を一途に追った清冽な男の生涯を描く。（関川夏央）

ふ-1-61

藤沢周平
蟬しぐれ
（上下）

清流と木立にかこまれた城下組屋敷。淡い恋、友情、そして忍苦—苛烈な運命に翻弄されながら成長してゆく少年藩士・牧文四郎の姿を、ゆたかな光の中に描いた傑作長篇。（湯川　豊）

ふ-1-63

遠藤展子
藤沢周平　父の周辺

「オバQ音頭」に誘われていった夏の盆踊り、公園でブランコを押してもらった思い出……「この父の娘に生まれてよかった」という愛娘が、作家・藤沢周平と暮した日々を綴る。（杉本章子）

ふ-1-91

藤沢周平・徳永文一
甘味辛味
業界紙時代の藤沢周平

藤沢周平が作家になる前、「日本加工食品新聞」編集長時代に書いたコラム「甘味辛味」から七十篇を収録。当時の同僚、仲間を取材した徳永文一氏による評伝も合わせた文庫オリジナル。

ふ-1-93

文藝春秋　編
藤沢周平のすべて

惜しんであまりあるこの作家。その生涯と作品、魅力のすべてを語り尽くす愛読者必携の藤沢周平文芸読本。弔辞から全作品リスト、年譜、未公開写真までを収録した完全編集版。

ふ-1-94

（　）内は解説者。品切の節はご容赦下さい。

安部龍太郎
バサラ将軍
新旧の価値観入り乱れる室町の世を男達は如何に生きたか。足利義満の栄華と孤独を描いた表題作他「兄の横顔」『師直の恋』「狼藉なり」『知謀の淵』「アーリアが来た」を収録。（縄田一男）
あ-32-1

安部龍太郎
金沢城嵐の間
関ヶ原以後、新座衆の扱いに苦慮する加賀前田家で、家老の罠に落ちた武辺の男・太田但馬守。武士が腑抜けにされる世に、義を貫かんと死に赴く男たちの美学を描く作品集。（北上次郎）
あ-32-2

安部龍太郎
等伯（上下）
武士に生まれながら、天下一の絵師をめざして京に上り、戦国の世でたび重なる悲劇に見舞われつつも、己の道を信じた長谷川等伯の一代記を描く傑作長編。直木賞受賞。（島内景二）
あ-32-4

浅田次郎
壬生《みぶ》義士伝《ぎしでん》（上下）
「死にたぐねえから、人を斬るのす」――生活苦から南部藩を脱藩し、壬生《みぶ》浪と呼ばれた新選組の中にあって人の道を見失わなかった吉村貫一郎。その生涯と妻子の数奇な運命。（久世光彦）
あ-39-2

浅田次郎
輪違屋糸里《わちがいやいとさと》（上下）
土方歳三を慕う京都・島原の芸妓・糸里は、芹沢鴨暗殺という、新選組の内部抗争に巻き込まれていく。大ベストセラー『壬生義士伝』に続き、女の〝義〟を描いた傑作長篇。（末國善己）
あ-39-6

浅田次郎
一刀斎夢録（上下）
怒濤の幕末を生き延び、明治の世では警視庁の一員として西南戦争を戦った新選組三番隊長・斎藤一の眼を通して描き出される感動ドラマ。新選組三部作ついに完結！（山本兼一）
あ-39-12

浅田次郎
黒書院の六兵衛（上下）
江戸城明渡しが迫る中、てこでも動かぬ謎の武士ひとり。勝海舟や西郷隆盛も現れて、城中は右往左往。六兵衛とは一体何者か？笑って泣いて感動の結末へ。奇想天外の傑作。（青山文平）
あ-39-16

（　）内は解説者。品切の節はご容赦下さい。

あさのあつこ
火群《ほむら》のごとく
兄を殺された林弥は剣の稽古の日々を送るが、家老の息子・透馬と出会い、政争と陰謀に巻き込まれる。小舞藩を舞台に少年の友情と成長を描く、著者の新たな代表作。（北上次郎）
あ-43-12

あさのあつこ
もう一枝《いっし》あれかし
仇討に出た男の帰りを待つ遊女、夫に自害された妻の選ぶ道、若き日に愛した娘との約束のため位を追われる男——制約の強い時代だからこその一途な愛を描く傑作中篇集。（大矢博子）
あ-43-16

秋山香乃
総司　炎《ほむら》の如く
新撰組最強の剣士といわれた沖田総司。芹沢鴨暗殺、池田屋事変など、幕末の京の町を疾走した、その短くも激しく燃焼し尽くした生涯を丹念な筆致で描いた新撰組三部作完結篇。
あ-44-3

梓澤　要
越前宰相秀康
徳川家康の次男として生まれながら、父に疎まれ、秀吉の養子に出された秀康。さらには関東の結城家に養子入りした彼はその後越前福井藩主として幕府を支える。（島内景二）
あ-63-1

青山文平
白樫の樹の下で
田沼意次の時代から清廉な松平定信の息苦しい時代への過渡期。いまだ人を斬ったことのない貧乏御家人が名刀を手にしたとき、何かが起きる。第18回松本清張賞受賞作。（島内景二）
あ-64-1

青山文平
かけおちる
藩の執政として辣腕を振るう男は二十年前、男と逃げた妻を斬った。今また、娘が同じ過ちを犯そうとしている——。時代小説の新しい世界を描いて絶賛される作家の必読作！（村木　嵐）
あ-64-2

井上ひさし
手鎖心中
材木問屋の若旦那、栄次郎は、絵草紙の人気作者になりたいと願うあまり馬鹿馬鹿しい騒ぎを起こし……歌舞伎化もされた直木賞受賞作。表題作ほか「江戸の夕立ち」を収録。（中村勘三郎）
い-3-28

（　）内は解説者。品切の節はご容赦下さい。

井上ひさし
東慶寺花だより
離縁を望み決死の覚悟で鎌倉の「駆け込み寺」へ――女たちの事情、強さと家族の絆を軽やかに描いて胸に迫る涙と笑いの時代連作集。著者が十年をかけて紡いだ遺作。（長部日出雄）
い-3-32

池波正太郎
鬼平犯科帳　全二十四巻
火付盗賊改方長官として江戸の町を守る長谷川平蔵。盗賊たちを切捨御免、容赦なく成敗する一方で、素顔は人間味あふれる人情家。池波正太郎が生んだ不朽の〈江戸のハードボイルド〉。
い-4-52

池波正太郎
おれの足音　大石内蔵助（上下）
吉良邸討入りの戦いの合間に、妻の肉づいた下腹を想う内蔵助。剣術はまるで下手、女の尻ばかり追っていた〝昼あんどん〟の青年時代からの人間的側面を描いた長篇。（佐藤隆介）
い-4-93

池波正太郎
秘密
家老の子息を斬殺し、討手から身を隠して生きる片桐宗春。だが人の情けに触れ、医師として暮すうち、その心はある境地に達する――。最晩年の著者が描く時代物長篇。（里中哲彦）
い-4-95

池波正太郎
鬼平犯科帳　決定版（一）
人気絶大シリーズがより読みやすい決定版で登場。「唖の十蔵」「本所・桜屋敷」「血頭の丹兵衛」「浅草・御厩河岸」「老盗の夢」「暗剣白梅香」「座頭と猿」「むかしの女」を収録。（植草甚一）
い-4-101

池波正太郎
鬼平犯科帳　決定版（二）
長谷川平蔵の魅力あふれるロングセラーシリーズの決定版、二〇一七年刊行開始。「蛇の眼」「谷中・いろは茶屋」「女掏摸お富」「妖盗葵小僧」「密偵」「お雪の乳房」「埋蔵金千両」を収録。
い-4-102

池波正太郎
鬼平犯科帳　決定版（三）
大人気シリーズの決定版。「麻布ねずみ坂」「盗法秘伝」「艶婦の毒」「兇剣」「駿州・宇津谷峠」「むかしの男」を収録。巻末の著者による解説・長谷川平蔵（「あとがきに代えて」）は必読。
い-4-103

（　）内は解説者。品切の節はご容赦下さい。

池波正太郎
鬼平犯科帳 決定版（四）
色褪せぬ魅力「鬼平」が、より読みやすい決定版で登場。「霧の七郎」「五年目の客」「密通」「血闘」「あばたの新助」「おみね徳次郎」「敵」「夜鷹殺し」の八篇を収録。（佐藤隆介）
い-4-104

池波正太郎
鬼平犯科帳 決定版（五）
繰り返し読みたい、と人気絶大の「鬼平シリーズ」をより読みやすい決定版で順次刊行。「深川・千鳥橋」「乞食坊主」「女賊」「おしゃべり源八」「兇賊」「山吹屋お勝」「鈍牛」の七篇を収録。
い-4-105

岩井三四二
崖っぷち侍
戦国末期。千葉房総の大名、里見家に仕える下級武士・金丸強右衛門は、戦で勝てば領地が増え、生活も楽になり妾も囲えると意気揚々。ところが主家は領地を減らされ……。（川本三郎）
い-61-6

稲葉 稔
ちょっと徳右衛門 幕府役人事情
剣の腕は確か、上司の信頼も厚いのに、家族が最優先と言い切るマイホーム侍・徳右衛門。とはいえ、やっぱり出世も同僚の噂も気になって…新感覚の書き下ろし時代小説！
い-91-1

稲葉 稔
ありゃ徳右衛門 幕府役人事情
同僚の道ならぬ恋を心配し、若造に馬鹿にされ、妻は奥様同士のつきあいに不満を溜めている。リアリティ満載の新感覚時代小説！　家庭最優先の与力・徳右衛門シリーズ第二弾。
い-91-2

稲葉 稔
やれやれ徳右衛門 幕府役人事情
色香に溺れ、ワケありの女をかくまってしまった部下の窮地を救えるか？　役人として男として、答えを要求されるマイホーム侍・徳右衛門。果たして彼は〝最大の敵〟を倒せるのか。
い-91-3

稲葉 稔
疑わしき男 幕府役人事情 浜野徳右衛門
与力・津野惣十郎に絡まれた徳右衛門。しまいには果たし合いを申し込まれる。困り果てていたところに起こった人殺し事件。徒目付の嫌疑は徳右衛門に――。危うし、マイホーム侍！
い-91-4

鶴岡市立 藤沢周平記念館 のご案内

藤沢周平のふるさと、鶴岡・庄内。
その豊かな自然と歴史ある文化にふれ、作品を深く味わう拠点です。
数多くの作品を執筆した自宅書斎の再現、愛用品や自筆原稿、
創作資料を展示し、藤沢周平の作品世界と生涯を紹介します。

利用案内

所在地　〒997-0035 山形県鶴岡市馬場町4番6号（鶴岡公園内）
TEL/FAX　0235-29-1880/0235-29-2997
入館時間　午前9時～午後4時30分（受付終了時間）
休館日　水曜日（休日の場合は翌日以降の平日）
年末年始（12月29日から翌年の1月3日まで）
※平成25年4月より、休館日を月曜日から水曜日に変更しました。
※臨時に休館する場合もあります。
入館料　大人320円［250円］高校生・大学生200円［160円］
※中学生以下無料。［ ］内は20名以上の団体料金。
年間入館券1,000円（1年間有効、本人及び同伴者1名まで）

交通案内

・JR鶴岡駅からバス約10分、「市役所前」下車、徒歩3分
・庄内空港から車で約25分
・山形自動車道鶴岡I.C.から車で約10分

車でお越しの際は鶴岡公園周辺の公設駐車場をご利用ください。（右図「P」無料）

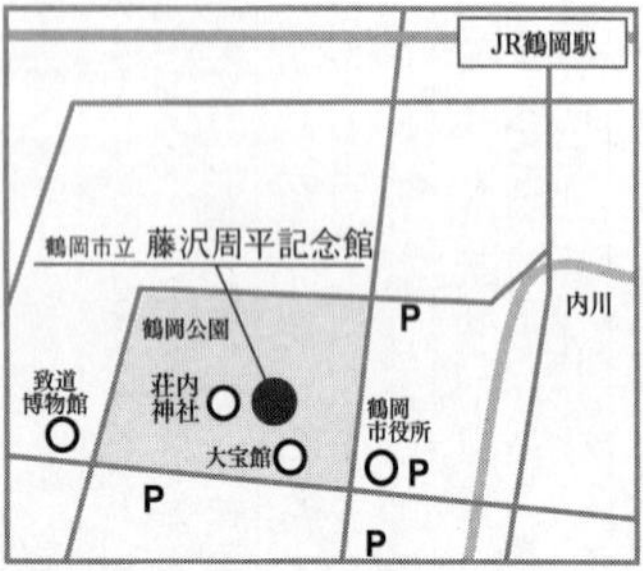

— 皆様のご来館を心よりお待ちしております —

鶴岡市立 藤沢周平記念館

http://www.city.tsuruoka.yamagata.jp/fujisawa_shuhei_memorial_museum/